乔春老师放学时特意叫住了他。

"昆廷，"那时候他也如今天一样叫他的名字，笑容亲切："我收到你的贺卡啦。"

"但是你折得实在太小了，我差点没看见。"

乔临秋蹲在年幼的昆廷面前，伸手摸他的头。

"昆昆，你以后想对老师说新年快乐、秋天快乐、下雪快乐，都可以写在英语作业本里。"

"老师会在改作业的时候悄悄给你画个小笑脸，表示已经收到啦，好不好？"

A+ 'u'

青律♡

青律·著

慢夏临秋

广东旅游出版社
中国·广州

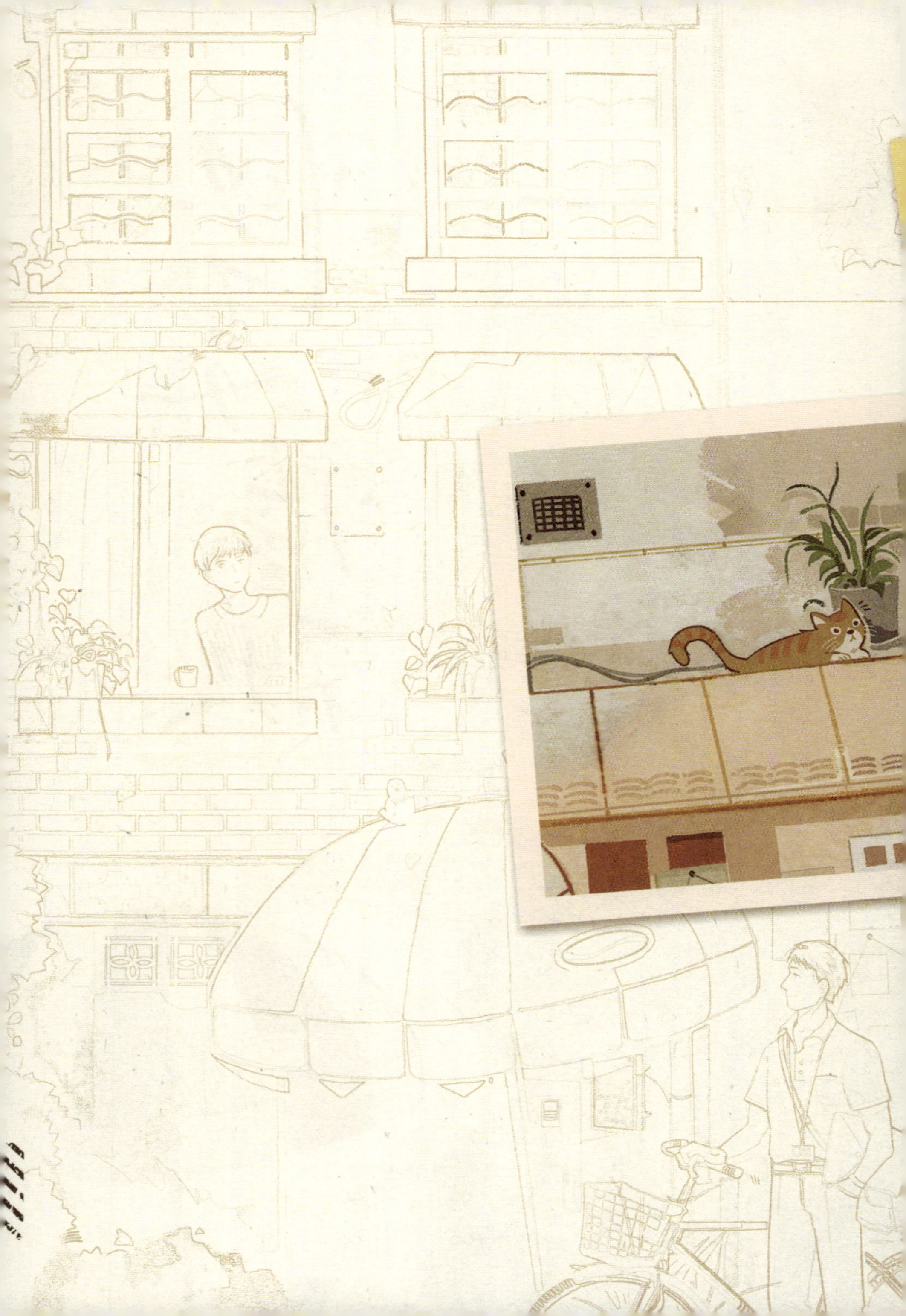

教师节快乐，季临秋。

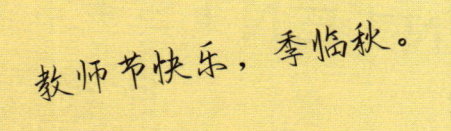

愿你一切光明，
永无束缚。 ☺

WORLD TEACHERS DAY

季老师：
    你永远是zui好的季老师！
我一定会好好学英语.做你的
骄傲！

Love 你的星星

CONTENTS 目录

001 第一章 星望

037 第二章 临秋

087 第三章 妈妈

125 第四章 蝉鸣

163 第五章 时光

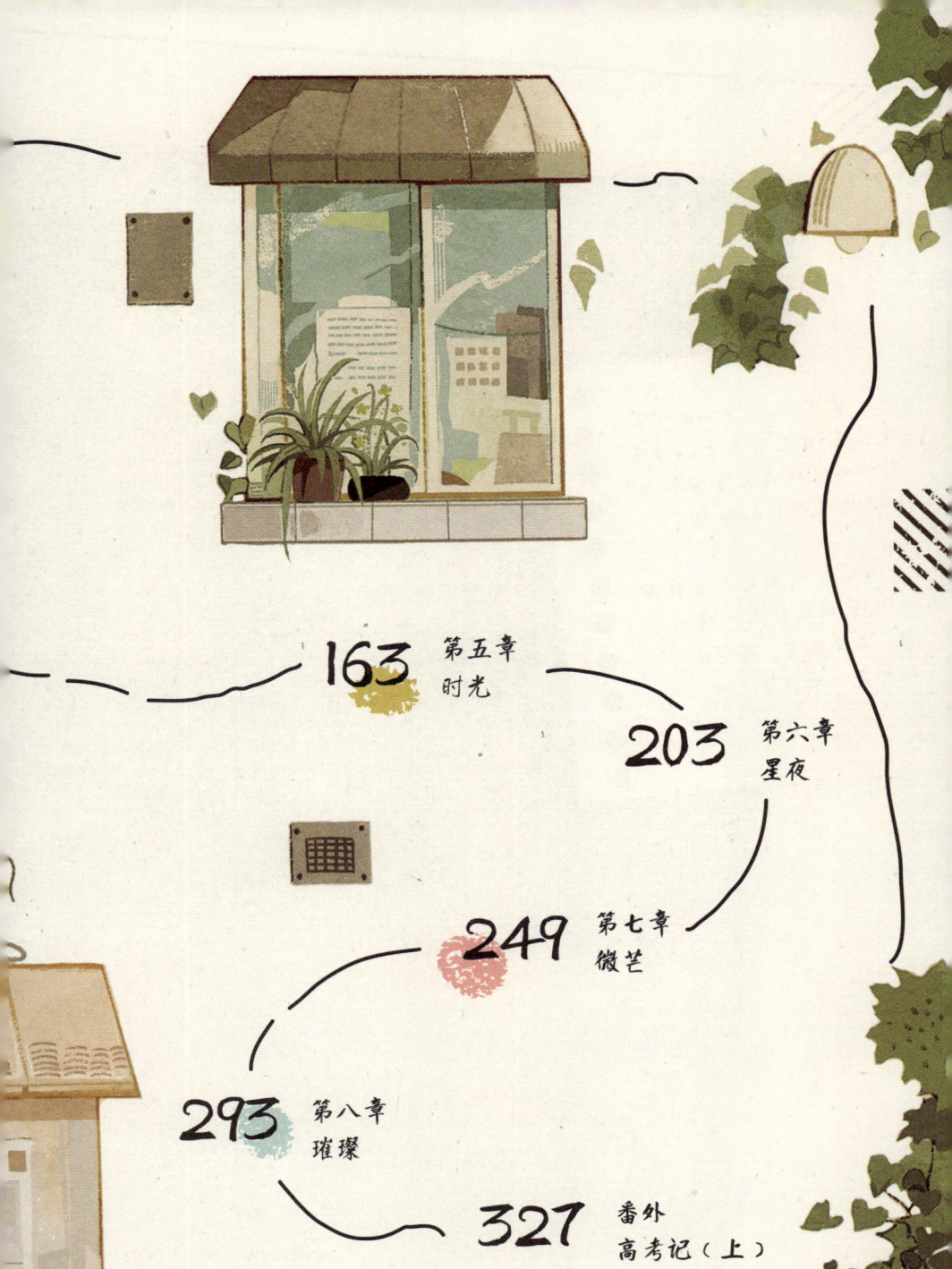

203 第六章 星夜

249 第七章 微芒

293 第八章 璀璨

327 番外 高考记（上）

梦中 2006 年的乡下天空还是澄透深蓝色，深邃到一眼可以看见宇宙尽头，以及光轨般的无数群星。

人忽然又变得格外渺小，渺小到好像所有的爱恨、不甘执念、欲望追寻，都只是一瞬的萤火虫。

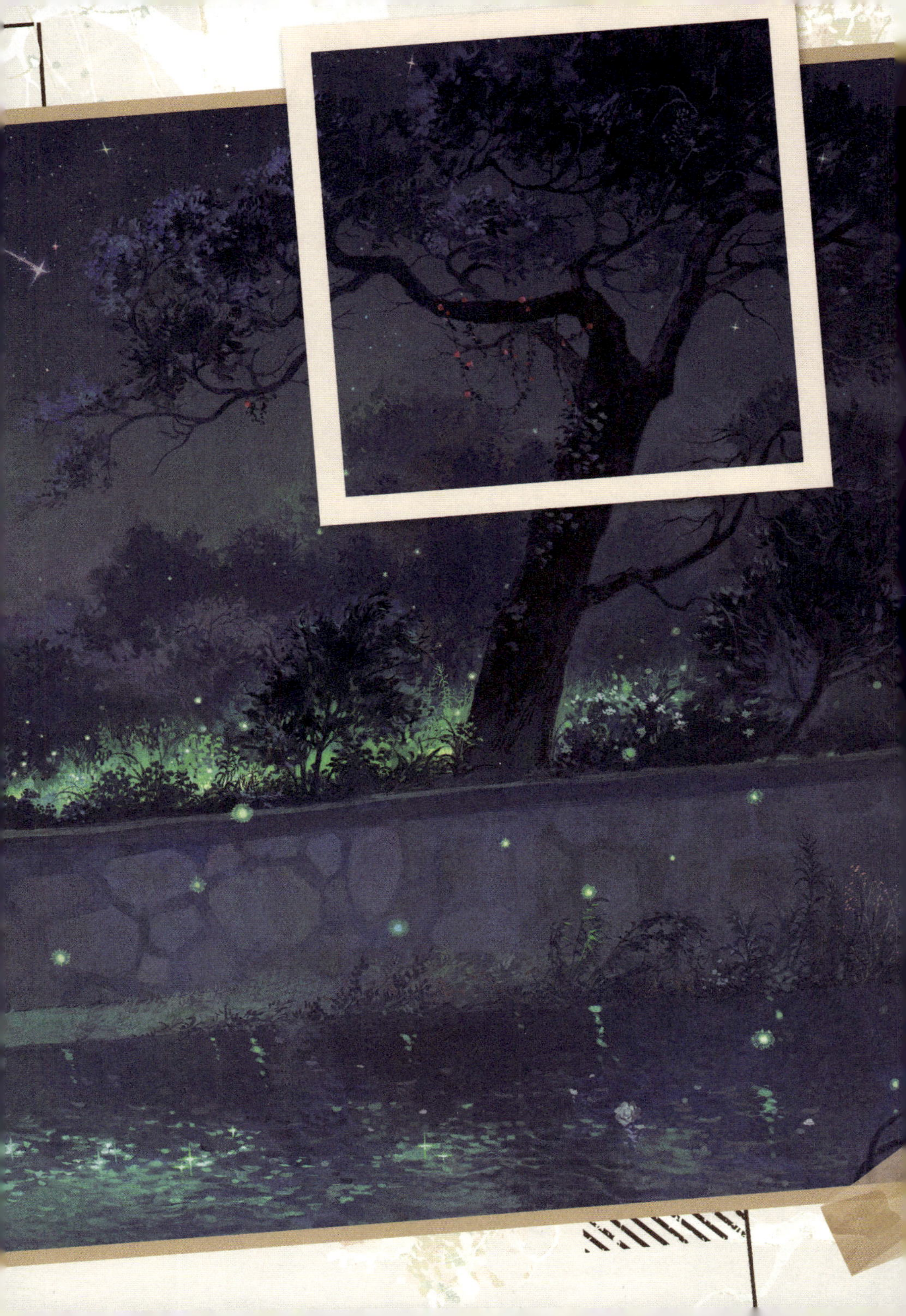

他想紧紧抓住他，把他从无尽的冬天里救出来。

季老师，这一次，我也有机会带给你温暖了。

第一章
星望

"姜哥,我这个月真尽力了,还有几家客户嫌房型不好价格太贵,实在是谈不下来。"

小平头抖了抖廉价西服,露出比哭还难看的笑容。

"我知道上头业绩考核收得紧,姜哥你帮帮我,我家里还有两个小的要养。"

男人背对着他,靠在路灯旁一言不发。

平头屏气几秒,又掏出一沓边角翻卷的红票子,伸手想往男人穿了十几年的旧外套里塞。

"拿开。"

旁边两个销售露出惊慌的眼神,哀声恳求:"姜哥——"

"再宽限两个月,"男人把烟头按灭,声音低哑浑厚,"上套成交的业绩我拿出来给你们顶,没有下次。"

平头如梦初醒地连连点头,手里还捧着那沓旧票子,递过去也不是,收回也不是。

旁边的人连忙使眼色道:"还愣着干吗,姜哥仗义,咱几个赶紧请吃饭啊!"

没等姜忘开口,不远处突然爆发撕裂的刹车声。

他本能地踹开身旁下属,下一秒喉咙发甜,身体腾空而起,直接被失控卡车撞到半空中。

"姜忘！！"

"姜哥！！"

世界在颠倒摇晃。

他失去重心，在摩天大厦和破旧民房的倒影里坠落。扑通一声掉进湖里，万物堕入黑暗。

姜忘看着霾色阴沉的天空，瞳孔渐渐失焦。只可惜了这件外套。

湖水带着腐烂的潮气灌入肺里，呛得人想要呕出来。

姜忘沉了大概十秒钟决定自己翻出去。

他水性一般但身形灵活，闭眼忍着喉管里的血味儿往高处游，心想下午的单子估计得迟到。

混沌声响如同火车穿过隧道，细碎光亮盘旋在水面上方。

姜忘睁开眼往上看，伸手拂开水草用力一蹬。

他湿淋淋地出现在水面，四周寂静无声，如进入了梦境一般。

不对劲，这里不是省城。

姜忘深吸一口气游到岸边。

他被撞得衣领都浸了血，下巴大片擦伤，手掌半面划开，皮鞋袜子灌满了水。

公园湖变成了小河，城市平坦到一眼能望见地平线，此刻正有群鸟飞过澄澈的天空。

姜忘多少年没见过鸟群了。撑着身体往堤坝高处走，发觉哪里都不对劲。

二百米外有十字路口，旁侧立着个新建的报刊亭，油漆味儿直冲鼻子。

他跌跌撞撞走过去，无视路人的异样目光，一手拿起本地报纸，在一众翻盖手机和保健品的广告里找到日期。

现在是 2006 年 6 月 10 日。

他身处 A 城。

他在做梦吗？

看起来只有做梦才能解释眼前的一切。

过时车型和老旧街道像是年代片里的怀旧布景，还有只土狗趁他怔住的时候撩开腿往西装裤旁滋尿。

姜忘一言不发地转身走回河边，一头扎了进去。再浮上来时眼前还是2006年的场景，只是岸边多了几个指指点点的小孩。

姜忘泡在水里，脸很臭。

这场梦还在继续……

"妈——"

"回去吃饭！不要看这个疯子！"

穿着花布衣裳的小镇女人把孩子往回赶，天色渐渐暗下来。

男人默默游回岸边，拧干衣服往街道深处走。

姜忘很熟悉这里——闭塞，偏僻，是通高铁最晚的五六线小城市，也是他十几岁就仓促离开的破地方。

就算做梦，老天爷也让他做个好梦啊！

唯一需要确认的是……如果是梦中的2006年，那么20年前的我，还跟以前一样吗？

镇子不大，十分钟就能走到熟悉的地方。

麻将馆里有人在高声说笑，乒乒乓乓的洗牌声如同摇奖。

露天小摊挂了个灯泡卖卤鸡卤鸭，小贩摸完钱抓一大把面扔进锅里炒，汗水顺着脖颈淋淋漓漓往下淌。

所有的都和童年记忆一模一样。

男人平日里喜怒不形于色，此刻更是保持缄默，记忆回溯般往狭窄街道的更深处走。

公司团建有时候会组织看电影，他看过类似的情节。梦中不同时间线的同一个人相遇，往往会导致一些坏事发生。

他只是快要完全忘记一些事情。

有大婶拎着大葱、猪肉和邻里聊天，说到兴头上就摇着手叹一口气。

"真是造孽。"

姜忘拐进棚户区里，突然听见了小孩的哭声。

他呼吸一紧。

先是有酒瓶子翻滚着落下来，又传来破空的皮带击打声。

"别打了，爸——求你了，爸！！"

小孩几乎是惨叫着号啕起来，声音穿破夜色像是被虐待的幼猫。

姜忘在这一秒血液凝滞，原本看一眼就走的念头被激出更多冲动。

不，那是过去的我，我不能——

酒鬼掀翻桌子摔得满地破碎声，破口大骂着又要一脚踹过去。

下一秒塑料印花窗帘被猛地拉开，一个小男孩捂着胳膊差点儿滚到地上，踉跄了一下还没站稳就往外冲，满脸哭痕，眼睛通红，然后他睁大眼看到站在拐角的姜忘。

醉醺醺的酒鬼破口大骂着打开门准备出来捉他，小孩又慌又怕地不知道该往哪里躲。

姜忘深呼吸一秒，抄起小朋友就往远处跑。

管他什么后果，跑了再说。

小朋友被夹在胳肢窝里说话都颠出颤音来："你你你……是……你是谁啊啊啊——"

姜忘臂力惊人，爆发力也强，这会儿负重跑八百米完全不带喘的。

他完全忘了酒鬼根本追不了多远，像是要逃到最后一口气都耗尽才敢停。

小朋友刚开始还吱哇乱叫、两只腿乱蹬，后面就跟兔子被逮着后颈一样没了声。

两人在完全不知道是哪儿的陌生角落里站定。

男孩被放下来以后没敢叫也没敢跑，甚至很自觉地捂住自己的嘴，在昏黄灯光下打量这个陌生人——

他眼尾有疤，一条断眉，衣服上挂着血，穿着一身黑衣。

绝对不是什么好人。

姜忘一手撑着墙还在调匀呼吸，完全没意识到自己已被定性为非法人员。

小朋友忍着没敢说话。

姜忘看了他一眼，伸手掏兜，从防水钱包里摸出四张票子和几个硬币。

二十年后早就不用纸币了,以前带着也是为了打点物业保安方便带客户看房。

小孩看到他在数钱,反而变得更加紧张,鸵鸟似的把脖子缩起来。

完了,估计是要把我卖掉。

"饿吗?"

小孩深呼吸了好几秒,战战兢兢地仰起头看他。

一米九大高个儿,逆着光看很恐怖。

"叔……叔叔好,我叫彭星望。"

提到这个名字,姜忘周身怒气更重,皱紧眉头道:"我问你想吃什么?"

彭星望已经在发抖了,这会儿强撑着,道:"叔叔,我会捡瓶子还会做算术,你别把我卖到煤窑里好不好?"

姜忘磨了磨牙,拎着他的衣领子往前走。

"今晚跟我住招待所。"

他随意找了处烧烤摊,要了两罐啤酒、一盘炒面,想了想给小孩点了碗蛋花粥。

彭星望三天没吃像样东西了,捧着热粥也顾不上跑,喝得稀里呼噜还带咂巴嘴。

姜忘沉着脸喝完两罐啤酒,情绪跟身上衣服一样又臭又潮。

桌对面的小朋友穿着肥大的旧衣服,上头还印着粉红卡通猪,一看就是邻居大妈看不下去,把自家闺女穿剩的衣服送他了。

彭星望闻着孜然羊肉串的肉味儿直咽口水,想吃又不敢碰,只敢悄悄地看。

姜忘眼睛毒,瞧见这一幕更觉得气。

"饿了你就吃。"

"不吃不吃。"小朋友摇头,"我吃饱了。"

姜忘板着脸把盘子推过去。

"吃不吃?"

彭星望憋着泪水啃羊肉串,一吓就尿。

姜忘就没对谁软过脾气,板着脸都能卖出十几套房。

目前看到二十年前的鼻涕虫非常火大。

彭星望吃干净烤串还拿小勺子把粥底舀干净，看见对面剩下的大半碗炒面露出可惜表情，很听话地跟着陌生男人继续走，也不敢多反抗。

他妈早就走了，亲爸这会儿估计已经睡成烂泥，被卖了也没几个人知道。

"叔叔。"

"不要叫叔叔。"

彭星望委委屈屈点头，小声道："谢谢叔叔。"

"叫大哥。"

某人的坏人身份被小朋友完全坐实。

天色已晚，街上卖衣服的店铺早关了，姜忘带着他往回走，半路去药店里买了点儿酒精、纱布和棉签。

招待所的伙计瞧他身份证看着较新，心想怕不是从城里来的人。

彭星望头一回来这种地方，再想到自己明天就得进窑子里挖煤又有点儿悲上心头，咬着嘴巴一脸纠结。

姜忘不等这人看见身份证注册日期，冷着脸催道："还开不开？"

"开，开的。"伙计忙不迭还了回去，嘱咐他登记下姓名电话，拿着钥匙领两人上去开房。

临关门前姜忘扫了伙计一眼："给根烟。"

伙计小心翼翼地掏了两根给他。

"火。"

伙计觉得憋屈，但是又不敢惹这种来头不好说的人，想了想还是把新买的打火机给交了。

姜忘去厕所简单洗了洗头和脸，把脏衣服脱下来拿水浸了浸晒在阳台上，穿着大裤衩叼了根烟，面无表情地给自己被刮破的手上药、绑纱布。

小朋友安安静静瞅了一会儿，给刚"血拼"完的大哥递棉签。

还算有脑子。

姜忘内心夸奖了他一句，示意他把衣服掀起来："我帮你上药。"

小朋友别过头把衣服撩开，青青紫紫的瘀痕全都露了出来。

彭星望先前被带钉子的木板抽过，好几处划伤都烂了。

姜忘眼神更冷，一言不发地给他处理伤口。

小朋友忽然抽抽噎噎地哭起来。

姜忘动作停顿:"弄疼你了?"

"叔……大哥,"彭星望眼泪汪汪,"你是好人,你不卖我成不成?"

姜忘忽然发现跟七岁的自己讲道理很困难。

"我不会卖你。"他缓慢道,"其实……我是你妈妈拜托过来照顾你的亲戚,按照辈分来说,我是你表哥。

"你现在很安全。"

彭星望已经好几年没看见过妈妈,此刻疼得眼睛都泪水涟涟的,还仰起头来看他。

"真的吗?"

姜忘内心松了口气,心想总算找了个像样的说辞,语气终于温和一些。

"嗯,其实我长得和她很像,你仔细看看。"

彭星望思考了几秒。

"你能给她打个电话吗?"

姜忘面无表情:"我没有手机。"

"招待所前台有座机。"

"去睡觉。"

彭星望一脸失望,就差把"你果然在骗我"写在脸上,吸吸鼻子爬回床上裹成球,不一会儿就呼吸均匀地睡着了。

留姜忘一个人坐在床边,拿着半卷纱布出神。

他没想过事情会发展到这一步,莫名其妙就在梦里把幼年版的自己拎出来,接下来也绝对不可能再把小孩还回去,只能硬着头皮继续带在身边。

某人恋爱经验至今为零,听见小孩哭就烦,原本自暴自弃打算打光棍到老,临走之前自己找个地方刨个坑躺下去了事还省笔棺材钱。

他看着彭星望有点儿烦。

第二天一早天刚蒙蒙亮,彭星望光着脚小心翼翼滑下床,瞅了眼隔壁床隆起的被子然后飞快往外跑。

三步撞到铁一样的八块腹肌上。

"哒——"

姜忘拎着豆浆油条低头看他,阴影落了老长。

彭星望掉头就跑,蹿回被子里强行续睡假装无事发生。

"起来。"男人冷冰冰道,"吃了,洗个澡出门上学。"

小朋友以为自己听错了:"上学?"

姜忘已经买了件廉价T恤套上,背对着他径自收阳台上的衬衣外套:"平时几点放学?晚点儿我来接你。"

小朋友安静了一会儿,声音变轻很多。

"从来没有人接过我放学。"

彭星望今年七岁,按A城这边提前入学的习惯该上二年级才对。

但他从没进过幼儿园,亲爹打出生起就成天泡在酒和呕吐物里,妈妈生完他没过两年仓促逃离去了外地,能活到今天全靠邻里们的百家饭。

小孩活蹦乱跳后没处去,成天在街上捡垃圾撩猫逗狗,得亏今年城市文明建设抓得严,才被居委会的阿姨们带去小学里强行落实九年制义务教育。

但毕竟不是家里的亲生孩子,街坊邻居管也只能算断断续续的关心,太亲近了别说糟蹋钱,家里人也会有意见。

小朋友还能怎么选,凑合着过呗。

姜忘沉默几秒,把旧外套整齐叠好单手抱在怀里,领着彭星望往外走。

红山小学早上七点开门,校服是齐刷刷的褐黄配黑双条纹,远远瞧着像一群小狗、蜜蜂排队进门。

大高个儿男人带着小男孩在校门口斜对角的公交站牌旁边站了很久。

姜忘突然想起来彭星望没有校服。

准确来说,直到快毕业了才领了一身干净衣服,之前都跟小叫花子一样破破烂烂地过。

彭星望没明白他在想什么,歪头道:"我过去了?"

姜忘皱起眉,转身道:"走了。"

他得先弄点儿钱给他买身校服。

一大一小顺着街道漫无目的地步行,半响拐进一家体育彩票店里。

老旧电视还是黑白屏幕,足球节目信号不好,播一会儿闪会儿雪花,时不时被老人抡起巴掌拍好几下。

这种地方一向是退休老人打牌闲侃的保留地,一大早开门营业生意也寥寥,但里头坐的人倒是很多。

守柜台的老头儿瞧见来了个社会青年还牵着个孩子,表情不算友好:"有事?"

姜忘盯着电视看,半响道:"世界杯?"

"看球得买彩票,"老头儿不客气道,"没座儿了,站着吧。"

彭星望怯生生地往街道外看,也不知道这会儿自己该不该跑。

姜忘不爱看球。他兴趣少到离谱,这些年活得自闭。刚工作那几年,出租屋客厅里有个投屏,合租室友周末闲着没事就看球不说,还把早几年的比赛翻出来反反复复地咂摸。

姜忘偶尔会接对方递的酒,那位兴高采烈地侃,他在旁边半睡半醒地喝。

偶尔球进了,客厅暴喝一声响到楼下都听得见,姜忘会睡眼惺忪地抿口酒看会儿屏幕,再靠着沙发昏沉睡去。

老头儿打定主意想赶他们走,没想到社会青年掏出一沓票子来。瞧着有好几百元,不知道怎么都给破成了散钱。

姜忘数了一百八十元递给他。

"波兰对厄瓜多尔,买零比二。"

老头将信将疑地看他一眼,把张张五十元、二十元都用验钞机刷了一遍,慢吞吞地开了张票。

旁边有躲着老婆看球的中年男人笑起来。

"你买厄瓜多尔啊?

"去年友谊赛波兰三比零,年轻人,想赌冷门也别这么玩。"

"波兰的球队进攻很厉害的,"旁边人笑着弹烟灰,"听我的,买满仓波兰不亏。"

彭星望找了个小板凳坐好,没一会儿趴在桌子上睡着了。两个小时以后,男人把崭新的五百元收进兜里,弯腰给小朋友弹了个脑瓜崩。

"嗷！"彭星望伸手护脑袋，"疼的！"

"喝汽水吗？"姜忘看着像在提问，手已经把人家冰柜门拉开了，"什么味儿的？"

彭星望很警觉："我不喝。"

姜忘我行我素拿了两瓶"北冰洋"。

老板一边给他们开瓶盖，一边闲着没事打探消息。

"这小孩是你儿子啊？"

"怎么可能。"姜忘嘴角一勾，"我生不出这么呆的。"

中午两人回到学校里，去教务处将校服、白鞋、红领巾、小黄帽一套买齐。付钱的时候有同班同学认出彭星望来，然后一脸好奇地仰着脖子看姜忘。

"望仔，他是你的谁啊？"

彭星望喊得又脆又亮。

"我大哥！"

姜忘莫名气压更低。

老师先前就在烦这孩子家里什么钱都不交的事儿，瞧见终于有人肯料理了也松一口气，两三下把合身衣服拿出来。

小朋友眼睛亮亮地抱着衣服，冲去洗手间换好了又冲出来，拉着姜忘衣角笑得傻乎乎的。

"好看吗？"

姜忘心想就这个配色能好看到哪里去，眯着眼很不情愿地点点头。

彭星望笑容变得更加灿烂，蹦跶着就想要融入其他小学生里："我去上课啦！"

姜忘刚一抬头，目光忽然顿住，走廊另一头有个熟悉的身影。那人瘦削单薄，右手腕上戴了块白玉，眉眼清朗似夏夜月。

时间流速像是忽然放慢，姜忘往前走了一步，像时隔二十多年终于回校看望老师的学生。

那人看见彭星望穿了新校服，笑着摸了摸小孩的头夸他好看，牵起手带他回班里上课。

男人站在遥远的另一头，望着他的落影如潮水般退下台阶，怔了许久，半晌才看向自己怀里始终抱着的旧外套。

他甚至不知道那个男人的名字。

"买英格兰踢巴拉圭，一比零。"

姜忘再回到体育彩票站时，早上聚在这喝茶打牌的人还剩下三四个。

有人认出他，自来熟地招招手："兄弟，来打一把吗？"

"不了。"男人把剩下的零钱全掏出来，数都没数径自推到老头儿面前："全买英格兰。"

"滕伯，就这你还抱怨生意不好呢，"坐风扇旁的大伯笑起来，"世界杯一来，别说咱哥几个忙里偷闲过来你这看球，新面孔也瞧见好几个了。"

滕伯这回收钱速度快了许多，拿验钞机过的同时不忘抬头打量姜忘。这个年轻人鹰眼剑眉，还带着股与众不同的傲气。

"省城来的？"

姜忘接了旁边陌生人递的烟，漫不经心道："不重要。"

递烟的人今早就听说他赌中的事儿，这会儿也跟风买了英格兰，兴致勃勃地等结果。

六七月正是潮热的时候，狭小铺子里顶上大风扇转得不紧不慢，小风扇对着吹还汗流浃背，打牌的人明显没什么兴致。

小镇人互相都认识，谁家跟谁家为了把葱撕脸皮，哪家姑娘嫁到外省去了，全都能成镇里人的下酒菜。

翻来覆去嚼到没劲了，少不了有好事的撺掇几回是非，好让邻里亲戚找点儿新笑话看。

姜忘扫了眼他们窥探的眼神，坐到牌桌旁边。

"我别的不会，"他慢慢道，"算命跟道观里的师父学过一手，五十元一卦不多要，不灵赔十倍。"

他缺一笔租房钱。

小地方房子便宜，稍微像样点儿的两居室只要小几百元一个月，太阳下山之前得凑齐。

话一放到这个地步,店里几个人明显兴趣涌上来。

"五十元这么贵?"油光满面的中年人佯装被冒犯,"爬西山去寺里摇签也就二十元。"

姜忘看了眼黑白屏幕,并不回答。

"这哥们儿早上猜了个准儿,现在就飘了,"瘦子调笑道,"我刚赢了几百元,来,玩一回。"

他把牌桌旁的整一百元直接拂到姜忘面前,还用指头捻起来摇了摇。"假一赔十,你说的。"

姜忘看着钱没接,淡淡道:"姓申是吧。"

瘦猴儿似的男人一愣,有些说不上话。

"你媳妇这会儿在跟别人偷情,回家吧。"

"不是——你这人怎么——"姓申的当即急了眼,站起来指着他鼻子骂脏话,"老子看得起你,你胡咧咧什么?"

姜忘靠着椅子活动了下指关节,懒洋洋道:"再晚点儿就抓不着人了。"

彩票店里一时间鸦雀无声,瘦猴儿涨红了脸又狠撑他一句,钱都没拿拔腿就走。

结果一下午就再也没回来过。

中间有牌友试探着打了个电话过去,那头传来破口大骂和女人的幽幽哭声。

众人目瞪口呆之际,老头儿闷头拿出一沓红票子。

"英格兰一比零,成了。"

姜忘面色从容地接钱揣兜,再看向其他人时发觉他们眼中多了几分畏惧。

他们再看他时就像在瞧着个"绿帽子"检测器。

"明儿我还来。"他笑了笑,"回见。"

一千二百元到手,房租去掉四百块,一百块换个便宜的二手小灵通,剩下的留作创业储备金。

2006年但凡囤十几套房子,日后光是收租都够养活全家一辈子。

房东五十多岁,被邻里唤作邹姐,头回见到看房这么爽快的人,匆匆打了个合同就数钱去了。

"我这房子位置好,出门就是公交站,斜对面走一条街就是学校,好些老师都住这个小区,你可赚着了!"

姜忘瞧着毛坯房般漆黑一片的脏屋子,没马上签字。

"通电了吗?"

"通了通了,插座在那儿,要上网你得自己去电信那儿跑一趟,"邹姐怕他反悔,忙不迭道,"我这水电什么都有,你随便收拾下就能住得挺好。

"别看屋子里没床没冰箱,但是采光好啊!"

姜忘心里笑着骂了句,两笔写完名字。

"不过有句话说在前头,"胖女人的表情突然凝重起来,"你做什么职业我管不着,别把什么不三不四的人往屋里带,懂我意思吧?"

"没那爱好。"

筒子楼有两种户型,他住的是边角里的小两居,大窗户采光好但隔音差,关着窗一样能听见小贩叫卖的喇叭声。

屋子完全没装修过,地板黑黢黢的,瞧着能种大麦,天花板上的布线跟动脉血管似的张扬狰狞,唯一的家具是拿胶布粘在墙上的小灯泡。

智能触屏机浸水太久失去抢救机会,被扔进小破桌子的抽屉里,差点儿还捅了个蜘蛛窝。

仔细一想,他得在这房子里陪"自己"读完小学,搞不好还要攒钱供"自己"读大学。

我供我自己,什么事儿。

姜忘揉揉眉头,抄起钥匙出门。

红山小学下午四点半开闸,一帮泥狗子色的小孩叽叽喳喳往外蹿。

彭星望抱着作业出来时探头探脑,一晃头就在一众白发苍苍的爷爷奶奶里瞧见黑着脸的大高个儿。

"季老师——他在这里!"彭星望快速晃了晃手,示意身后老师看那边。

姜忘本来被一帮精力过剩的兔崽子吵得头疼，听见彭星望声音时一抬头，发觉那小孩牵着个年轻老师过来，他条件反射地往后退一步。

"原来在这儿，您是彭星望的家长吗？"年轻男人任由小孩紧紧牵着，一笑起来脸颊有浅浅酒窝，"我是他的英语老师，姓季。"

姜忘不肯看他的眼睛，别开视线点点头。

"走了，回家。"

"等一下，"季老师温和道，"这孩子一直缺少……照顾，方便留一个联系方式吗？"

彭星望瞧着他们俩交换了联系方式，心里悄悄松了口气。

这样我就算被卖掉，警察叔叔也能找着了，好耶。

一群孩子跟海绵宝宝似的轮流跟老师打招呼、说拜拜，姜忘两三句简单告别，带着彭星望拐进隔壁人头攒动的小文具店里。

小朋友注意力并不在辣条、雪糕、旋转陀螺上。

"你很怕季老师吗？"

姜忘看了眼自己幼年稚嫩的脸，声音很低。

"不怕。"

"季老师是我们学校最最最好看的老师了！"彭星望一脸幸福，"他唱歌特别好听，从来不凶我们！"

所以你就成天黏人家身上。

姜忘眯了眯眼睛，没把嫌弃的话说出来。

"去挑个书包，缺本子、尺子也赶紧买。"

彭星望却不肯停止这个话题，特别认真道："大哥，我特别喜欢季老师。你也喜欢他好不好？"

姜忘："……"

再领着彭星望回招待所的时候，姜忘看了垃圾车好几眼。奇了怪了，自己平时能不说话就不说话，这话痨难道是拣错人了？

小朋友并没有察觉到成年版的自己想扔人的冲动，背着新书包戴着小黄帽蹦蹦跳跳走了好久，等红绿灯时想到了什么，突然哎了一声。

"要是咱们住的不是招待所，是不是就很像一家人了？"

他感觉大哥这个人其实还不错。

反正去哪里都比回爸爸那里好，起码不会挨打。

红灯转绿，姜忘伸手把他戴得板正的小黄帽扯歪，大步流星往前走。

"已经有屋了。

"我明后天收拾下，你搬过来住。"

两人一起在招待所楼下喝饺子汤、吃白菜猪肉煎饺，完事续了一天的房钱继续住。

招待所的桌子还配了个台灯，比小孩以前的学习条件要好很多。

彭星望一边做算术题一边咕咕叨叨，姜忘坐在他身后翻报纸。

翻了几页又放下。

"你以后改个名字，怎么样？"

他刚出生的时候，家里人起名很敷衍，其实叫的是彭兴旺。意思就是盼着老彭家香火不断，祖祖辈辈兴兴旺旺。

还是念过书的亲戚看不下去，说也就庄稼汉叫这破名字，把两个字稍微择了择，才变成"星望"。

再后来十五岁那年，他参加体育特招，一查发现是个黑户。刚出生那会儿户口管得松，小城镇也不是特别计较这个，重新领张表补全了就行。

他对这座城市和自己出身都没有半点儿留念，扯了个谎说妈妈姓姜，把名字又改了一道。

姜忘，忘个干净最好。

彭星望还在纠结四则运算，手指头掰来掰去，半晌才反应过来。

"啊？改成什么？"

姜忘突然笑起来。

"学校里他们都管你叫旺仔，你不生气？"

"不生气。"彭星望坐在高椅子上晃悠着脚，跟小拉布拉多似的皮实又活泼，"他们都嫌我闻起来臭臭的，能叫一叫我的名字就很好啦。"

姜忘正想训他，兜里小灵通响起嘀嘀哔哔的铃声。

这电话就存了一个号码，姜忘眼神一沉，径自去了阳台。

"您好，请问是姜先生吗？"

"嗯。"

"我是季老师，下午咱们见过。"

姜忘低头看着被昏黄灯光晕染涂抹的远方，久久没有出声。

"彭星望家里的事……您说您基本了解。"

"如果方便的话，请您带他去医院体检一下，确认是否健康。"

男人声音清澈明润，像是对这个世界永远保有几分温柔。

"我一直很牵挂他。"

姜忘匆匆应了一声。

"这周末就去，放心。"

待挂完电话回房间，彭星望已经写完数学作业，笨拙地在本子上画字母。

小孩没提问，姜忘反而忍不住提了一句。

"季老师打电话过来了。"

"欸嘿？"彭星望耳朵竖起来，"他有夸我吗？"

"他叫你洗澡多搓搓泥。"姜忘懒懒道，"赶紧写，等会儿我帮你洗。"

彭星望快速嗯了一声，再写作业时人都嘚瑟地在椅子上左摇右晃。

招待所小电视统共就四个台，除了地方新闻就是世界杯重播，再翻两个台全是保健品广告。

"千年神医绝世良方！"

"我老伴吃了这个鹿方壮骨秘药，高血压不犯了，偏头痛没有了！"

"鹿方秘药鹿方好药，百年陆家人的神药！！"

姜忘面无表情地关掉电视。

小孩悄悄看他一眼。

"你看我干什么？"

"大哥。"

"嗯？"

"你是来我们城里找药的吗？"

"写——作——业。"

等英语作业写完，彭星望抱着语文书蹦到他面前，满脸期待。

"老师要求我们读三遍课文，还要家长签字。"

他对终于有人能给他签字这件事特别开心。

"念吧。"

"小白兔弯着……"

姜忘摁住了他的课本。

"用人话读。"

彭星望感觉大哥又变凶了，下意识抖了下，清清嗓子重新来。

"小——白——兔——弯——着——"

姜忘再次摁住了他的书。

"别读了，签哪儿？"

彭星望露出失望的眼神："是我读得不好吗？"

"你用普通平淡的语气来。"姜忘耐着性子教他，"不要学得跟三黄鸡打鸣一样。"

彭星望憋着声调，用死鱼般的语气平平板板读了一遍。

"很好。"大哥满意颔首，"以后都这么读。"

正事搞完以后，两人搬了只马扎去淋浴间里搓泥。

姜忘先前天天洗澡，健壮身体透着小麦色，简单洗两下算过个水。

小孩在贫民窟一般的环境里泡了好几年，正经洗澡就没有几回，贴近一些都能闻着酸臭味儿。

虽然现在是自己搓自己，姜忘还是捏了下鼻子，皱着眉头用毛巾蹭他脖子上的汗泥。

彭星望跟小狗似的听话支棱着，偶尔被搓疼了都不敢叫。男人瞧见他这副听话驯服的样子又觉得不爽。

"疼就直说。"

彭星望眨眨眼，灵活地绕开话题。

"大哥，你有喜欢的老师吗？"

姜忘动手磨他后颈侧面的死皮，漫不经心道："有很信任的老师。"

"他对我很好，以前见我穷，还会特意给我带饭吃。"

"啊。"彭星望仰起头，吹了个鼻涕泡泡，"那肯定跟季老师一样好。"

男人并不回答，拎着他转了个面继续搓泥，见皮肉红了还记得抹点儿沐浴露。

"很可惜的是,那个人后来过得很不好。

"他对所有人都很好,逢年过节不收红包还倒贴着照顾学生,像是天生做老师的命。"

彭星望很会看时机地递了块肥皂,伸长胳膊道:"你的老师生病了吗?"

姜忘摇了摇头。

"他很健康。

"但是……我后来听亲戚说,他活到四五十岁了都没有结婚。"

小孩没听明白:"不结婚就是过得很不好吗?"

姜忘笑了下,拿喷头帮他冲干净。

"以后和你解释。"

大城市的人活得自由,邻居上下可能一辈子都不见面,数百万人像是在同一个钢铁森林里体验平行时空。

小镇就像一张蛛网,是非人言牵绊太多。那年他回去参加好哥们儿杨凯的婚宴,席上有姑婆一面往塑料袋里夹菜,一面絮叨。

"老季他们家那位,一直没结婚呢?"

"这都快五十岁的人了吧,也不看看爸妈头发有多白,唉!"

旁边花衬衫老头递了个眼神,刻意压低声音:"在说红山小学那个季老师吧?"

"是是,年轻的时候人长得可俊了,教书也好,好多家说媒都没成呢。"

姜忘那天在婚宴上看见过鬓发渐白的季老师一眼。

他到二十几岁了仍然只知道那人叫季老师。

温和可敬,循循善诱,听发小说这些年一直在资助山区里的学生。

姜忘清楚"不婚"在这种小镇语境里不是什么好词儿,大城市里自由开放,只要互不打扰怎么样都无所谓,跟自家养的刺猬过一辈子都没人管。

但在这种小地方但凡被传一嘴,无疑直接定了被里里外外排挤挖苦的底儿,他宁愿相信季老师在挂念年轻时认识的姑娘。

一个澡愣是洗洗冲冲三趟才勉强刷完,泥垢汗印在肘窝腿弯那儿都结出块来了,简直该搞个钢丝球猛刷。

彭星望套上过大的T恤往镜子前面一站，保持着稻草人的姿势哇哦一声。

"大哥！我变白了！"

姜忘："……"

"大哥！"彭星望贴着镜子左看右看，忍不住道，"等我长大了，我也给你洗澡！"

"不用。"姜忘略粗暴地给他擦头发，完全为零的育儿耐心被考验到极限，"长大也不是什么好事。"

彭星望隔着镜子看他，眨眨眼道："我做梦都想长大！"

"长大了就可以去工作挣钱，还可以想吃什么就买什么，这还不够好吗？"

姜忘动作停顿，隔着镜子看二十年前自己的眼睛。

这一刻显得极其荒谬。

"长大……是清醒的开始。"姜忘对自己说。

小孩没听懂，甩了甩发梢儿的水珠跑回被子里。

姜忘回头看他一眼，欲言又止。

"睡吧，明天送你上学。"

等关了灯，两人都陷进黑暗里，彭星望裹着被子转过来看他。

"大哥。"

"什么事？"

"你真的是……我妈妈拜托过来的人吗？"

姜忘思索几秒，意识到小孩关心的不是他，是他妈妈。

"嗯，她现在去H市了。"姜忘面不改色道，"H市和这里的电话不通，长途很贵，没法打电话。"

彭星望想了想，也想不出来H市在地球的哪里。

"那，妈妈有没有想跟我说的啊？"

姜忘沉默几秒。

"差点儿都忘了，也得亏你问我一句。"他故作轻松道，"你妈妈是有话托我转告你。

"多吃肉多睡觉，少玩游戏别感冒。"

小孩香香甜甜睡了一宿，对这句话非常满意。

也完全没觉得哪里有问题。

第二天一早手机铃声准时响起，姜忘打着哈欠叫彭星望起床。

热乎乎的豆浆、大饼被递到枕头旁边。

"大哥，吃早饭！"

小孩笑得有点儿不好意思："你说买文具剩下的钱是我的零花钱，可以随便用。"

姜忘跟独行狼似的活了二十七年，头一回被人守在枕头旁边递早饭。

还是被"自己"递。

他强咳一声爬起来，闷声和小孩一起吃完，然后送他去上学。

今天阳光很好，整座城市都被照得金灿灿的，让人走在路上就想笑。

彭星望边走边哼歌，心想要是能牵着大哥的手一起走就更好了。他悄悄仰起头看了眼姜忘，大哥好高啊，特别酷。

这么酷的人，一定不跟我这样的小孩牵手吧？

小学门口挤挤攮攮，学生们依旧跟尖叫鸡一样吵成一团。

姜忘送到门口本来还想程序性叮嘱几句"好好上课"之类的话，眼前小孩欢呼一声冲到前面去了。

"大哥！这是我的好朋友杨凯！"

姜忘表情有点儿凝固。

旁边还梳着小辫儿的男孩拿手背抹了把鼻涕，声音洪亮："旺仔！你为什么叫他大哥啊？"

"因为他最酷！"

不远处有个戴三道杠袖章的小姑娘冲过来，凶巴巴地吼过去："你们两个快点！小心我记迟到！"

"张小鹿的头！像皮球！一脚踢到摩天大楼！"

"你——我要告老师去！！"

姜忘目送他们三个打打闹闹地远去，心想杨凯啊杨凯，你知不知道你打算把你老婆的头当球踢。

他伸了个懒腰，有点儿头疼又有点儿好笑。

一起玩了二十多年的发小这会儿还拖着鼻涕，自己在梦里跑到2006年过日子，估计只能找叔父一辈的人当朋友。

早晨例行去逛一回体彩站，收获问卦两百块钱，八成积蓄全仓阿根廷打科特迪瓦二比一。

这次他只待了一个小时，转头买瓶"北冰洋"出去逛街。

总是投机倒把不算正经活儿，何况世界杯踢完一个月就散场，姜忘这几天想了很多出路。

买股票、炒期货，掌握信息源干什么都赚钱。

这小镇发展虽然一般，但是仗着竹林速生林长得好，是省市周边印刷成本最低的地方。

因此有大量的教辅资料集中批发到这里代工，后来这个城市还得了个"教育强市"的称号，中考一模二模都跟省城联考。

他打算开家网店，但现在这小破地方物流网点压根儿没开。

男人嘬了口"北冰洋"环顾街道，勉为其难地点了下头。罢了，我来承包这个城的快递。

A城很小，小到四个城区始终共用三个小学，2026年都用不着建地铁。

姜忘随意挑了家网吧，进门之后，网管小妹叼着棒棒糖给他开卡："46机，一个小时两块钱，包夜的话得在晚上十点之前来前台。"

姜忘等电脑开机，看见WindowsXP的界面跳出来时还是皱了下眉。

是不方便，非常不方便。网页排版拥挤杂乱，弹窗广告全都乱糟糟的。

他打开搜索引擎想了想，直接键入能排全国前三的速风快运。加盟联系电话就在官网底端，打进去等了快两分钟才有人接通。

"您好，我是H省A城的人，想加盟你们公司的快递业务。"

对面的接线小姐快速检索了一下，抱歉道："不好意思先生，我们这边暂时只有省城可——"

"你不是管事的，换一个接我电话。"姜忘打断道，"找能做主的人跟我谈。"

客服愣了愣，犹豫中还是答应了，把电话转给了客服主管。

客服主管说辞也是一样。

"不好意思先生,我们公司目前主接 S 市、H 市一带的业务,其他省会城市也在陆续——"

"换人,"姜忘把烟按灭,"找你上级来谈。"

电话里又响了一分多钟的《好运来》,换成一个略冷厉的女声:"什么事?"

"我想接 A 城的快递。"姜忘平直道,"先别急着拒绝我。

"H 省在地理位置算华中地区,A 城又处在核心地带,这里迟早要成为物流大省。

"你现在做主放弃这个地方,以后等其他快递公司蚕食完地盘再想回头,钱可就不这么好赚了。"

话是不全真,也不全假。

H 省确实自古以来都是交通运输的枢纽省份,只不过二十年后全线发达的是更有地理优势的隔壁城,而不是姜忘所在的这个地方。

但谈生意从来不用讲究"实诚"这两个字,从来没有乙方跟甲方说您开价三千元太高了,这活儿隔壁竞争方两百元就能接。

女人沉默几秒,吩咐秘书过来记他的手机号码。

"我研究一下,两天内给你答复。"

姜忘看出来有两成胜算,笑了一声没让她挂电话。

"我以前是卖房子的。"他声音很稳,稳到似乎说什么都是对的,"地段偏僻的房、吊死过人的房,我全都能卖出去。

"A 城算黄金位置,价格稍微抬一抬,都是三五年后的必争之地,您多考虑。"

等电话挂断,姜忘心里思虑落地几分,撑着下巴玩了会儿游戏。

当下电商网店都才刚刚起步,页面粗糙不说,客流量也比未来要少太多。

但有句话怎么说来着,站在风口上猪都能飞。

老电脑玩一会儿,显卡烫得能煎鸡蛋吃。

姜忘玩得心不在焉,没注意到有人在看他。

"哎,是你!"对方很热情地招呼过来,还递了根烟,"幸会幸会,我听于哥他们说过你。"

姜忘抬眼瞧面前的人："什么事？"

"你不是在彩票站算命嘛。"男人看起来三十多岁但斑秃得厉害，头皮都泛着不太正常的红，"我、我早上睡过了，也没想到这么巧又能碰到你，能算算吗？"

姜忘退了游戏，上下看了几眼，暂时没把这人和自己的过往记忆关联起来。

"您姓？"

"我姓魏！委鬼'魏'！"

"魏叔？"姜忘突然想起来什么，"在财务处当处长的那个？"

"哎哎，我长不了你几岁，也不用叫叔，"秃顶男人搓手道，"现在还是科长，不过上头是退了一批，轮不轮得到我还悬呢。"

姜忘往后退了一些，抽开椅子想站起来。

"我媳妇老是出差去外地，我其实……其实还是有点儿担心的。"秃顶男嗫嚅道，"你能不能……帮我看看？"

柯姨人很好，她是姜忘初中同学的妈妈，还经常给姜忘带水果。

姜忘再次看了会儿他的秃头，半晌才把目光移开："你有个女儿，对吗？"

秃顶男有些警惕："她看见什么不该看的了？"

"早点儿带她去医院做检查，"姜忘慢慢道，"她有甲亢，早治早好。你媳妇人很好，用不着多想。"

对方听蒙了："甲什么？我闺女看着除了瘦点都挺好啊。"

"去医院看看吧，查个血就知道了。"

没等魏叔多问，他看了眼表，下机离开："我该走了，以后聊。"

"欸——欸？"

姜忘没想过自己还有这些功能。

他听过的琐碎事件，认识的同学父母，有朝一日会以这种方式再次出现。

再转回小学门口，已经有几个班早早放小孩出来了。

学校左右两侧开了好些杂货店，卖劣质儿童口红、游戏卡牌什么的。

门口则隔三岔五聚几个小吃摊，多半卖着糖葫芦、钵钵糕一类。

姜忘经过他们的时候，想起来自己小时候其实很喜欢吃这个。那时候没有零花钱，只能厚着脸皮蹭同学买的吃。

眼前小贩用蜂窝煤烤着梅花小蛋糕，瞧着虽然像鸡蛋仔，但口感更软糯一些，蛋奶味也更足，外壳烤焦烤软都很香。

"蜂蜜小蛋糕！五块钱半份十块钱整份！都来尝尝嘿！"

姜忘掏钱买了份新烤的，心想我替他尝一口，然后整袋直接消失。

某人在小贩摊前面不改色："再来三袋，全都打包带走。"

小贩求之不得："马上马上！我给你第一个烤，他们都排队！"

姜忘难得有耐心地在那儿等，没过几分钟余光里掠过一个身影。

他眸子一缩，短短吩咐一声就跟了过去。

"哎哎，你等会儿记得回来拿！钱我先收着了啊！"

姜忘两三步已经跟到那人身后，眼神已经暗了下来。

挎着长条黑皮包的中年男人大摇大摆地跨过校门往里头走，保安倚墙打着哈欠，懒得拦。

醉鬼清醒过来时总会扮得人模人样，梳个油头再穿件白衬衫，黑皮鞋、黄铜腕表油得发亮，颧骨病态凸显着，看着像是死鬼投生。

那人根本不记得儿子在哪个班，扒着后门窗户一个班一个班看过去，到一年级（3）班才找着人。

里头英语课已经上完了，老师还在布置作业。许多小孩瞧见有家长进来了，全都好奇地往这边看。

季老师瞧见有家长过来，抱着教案课本走到门口："您是？"

中年男人看都不看他一眼，别过他直接半个身子卡进门口："彭星望！你给老子滚出来！"

班里一阵哗然，最里头的小孩拼命往里头缩。

"你不出来是不是？"彭父骤然变色，不顾季老师拦着就准备进去揍人，"反了你了！滚出来听见了没有，这几天你跑哪儿去了？"

话音未落，他被擒住了后领，猛地一扯跟麻将似的滑出了教室门口。

有个年轻男人目光冷峻如刀，皱着浓眉，声音仿佛在冰水里浸过。

"我是他表哥，以后这孩子我管了。"

"你是个什么东西?"彭父啐了一声,挣扎着要把领子从他手里弄开,"你动什么手?动什么手!放开!"

季老师表情一变,神情比先前严肃许多:"家里的私事请不要带到学校来,有事出去谈!"

这是姜忘第一次看见记忆里三十岁出头的父亲,他比对方高出一个头,以至于说话时都可以毫不客气地俯视对方。

彭父也是脾气上来了,嘴里不干不净骂了几声,扬言要报警。

"这是我儿子,我管你什么表哥大哥的,老子就是把他剐了下火锅都跟你无关——"

"啪!"

姜忘反手抽他一大耳刮子,冷笑道:"再说一遍?"

班里一帮小孩:"哇……"

"你——"

"啪!"

姜忘平静道:"学费不交、正事不干,这时候想起来到学校撒泼了?"

班里一帮小孩:"噢……"

季老师单手拦在他们之间,另一边反手关门,示意其他学生从后门放学,不要在这儿停留。

"您冷静,"他虚虚拦着姜忘,并没有用真力气,"我相信您二位都是为了孩子好,请注意方式和场合。"

姜忘没说什么,单手把对方拎到了半空中。他强健精瘦,拎亲爹还没有举铁费力气。

彭父也没想到力量差距这么悬殊,人在半空中蹬了两下已经怂了:"你、你有话好好说!"

"听好,"姜忘注视着对方的眼睛,"这孩子归我,以后他吃穿读书我出钱,你要报警随便。

"但你再敢打他一回,我直接废你整条胳膊。"

班里小孩们背着书包:"嚯——"

彭星望眼泪汪汪:"大哥!!"

姜忘也没想到拎亲爹居然跟拎鹌鹑一样。

彭父欺软怕硬这么多年,头一回在一帮孩子面前这么丢面子,再落回地上时涨红了脸又骂了好几句。

姜忘面无表情一举手,后者立刻闭嘴缩脖子。

"我是他妈妈拜托过来的亲戚,"他决定还是给个起码的解释,"来这儿是给这小孩一个基本的照顾。

"什么时候你能正常过日子了,再来我这儿把彭星望领走。"

彭父剜他一眼拔腿就走,脸上还泛着不自然的宿醉红。

闹剧过了没多久班主任急匆匆赶过来,老太太姓许,见着人先把季老师说了一通。

"你怎么做老师的?基本的纪律都维持不好吗?就这样放着俩家长打架让小孩看笑话?"

姜忘瞧见她时后背习惯性绷直,咳了一声上前解释。

许老太太上下打量他:"你是彭星望的新家长?"

"嗯。"

"学杂费二百三十六元,中午盒饭钱一百五十元他爹拖着不交,你来?"

姜忘也不多废话,把钱如数点清交了过去,交出去时迟疑了一秒钟。彭家辉今天揣着个皮包过来,难道是特意来缴费的?

老太太点完钱表示满意,把小孩招呼过来训话。

"现在多个人照顾你了,更得好好学习、认真听讲,知道了没?"

彭星望快速点头:"谢谢大哥!谢谢季老师!"

英语老师笑着摸了摸他的头:"我先走了。"

姜忘也不打算多待,两三句话截了老太太的话尾,顺着浩荡人流带着小孩往外走。

他一手揣兜,一手牵着小孩帽兜,走路时有些出神。

很讽刺的是,他一直盼着亲爹是好的。哪怕亲眼看见幼年版的自己被暴打一通,这种奢望也没被浇灭。

现在的彭家辉才三十岁出头,如果能做个好人,找个稳定的工作……姜忘深呼吸一口气,把这个荒谬念头抛在脑后。

给自个儿小时候当爹都来不及,还赶着给亲爹当爹呢,得了。

招待所的房间多续了一天，姜忘给小孩洗完澡自己也冲了澡，冷不丁拍了下脑门。

"怎么了？"彭星望一脸警觉。

"蛋糕……忘在那儿了。"

彭星望跟有幻嗅似的快速抬头。

"人家早收摊了，改天再给你买。"姜忘抄起衣服往外走，见小孩还在看自己，多问了一句，"我去新房子里铺墙纸，你要是怕一个人可以跟我一起去，但那里没电视。"

彭星望蹦下床穿鞋子："我作业在学校就写完了，可以给你帮忙。"

筒子楼里漆黑一片，有老人佝偻着身子在通风处坐水烧蜂窝煤，气味呛人。

姜忘没想到这儿连个夜灯都没有，上楼时牵住了彭星望的手。小孩抖动一下，笑得特别灿烂。

他们打开新屋的灯，屋里脏乱闷热，外头夜风阴恻恻地往里灌。

"本来想刷漆，但刷再环保的漆对小孩也不好。"姜忘把墙纸筒从包里翻出来，跟彭星望解释这个该怎么用。

目前来看，小孩跟他生命线没绑到一起，但也别因照顾不周弄出白血病之类的重病。

墙纸需要从上到下、由内到外地贴，胶水味道不算好闻，加上又是没有空调的夏夜，四周门窗便全都开着，点了两处蚊香还不太够。

姜忘踩着梯子顾着自己忙，小孩很懂事地帮忙打扫屋子里上任住客留下的瓶瓶罐罐、塑料袋，收集满一大袋就踩着人字拖出去扔。

彭星望心情好的时候会大声唱歌，一半是学校音乐课教的各种童谣，还有一半是乱七八糟的广告歌。

小孩跑远了歌声也像风筝一样扯着线飘远，过一会儿绕回来，再过一会儿飘到楼外去。

姜忘一边刷胶水一边听他那些不着调的歌，忽然又不烦他了。

小孩总是很吵，多说几句话都跟夏蝉似的乱哄哄炸得人头疼。

但听多了又让人发笑，心情跟着变得很好。

歌声从二楼往上飘，飘到这一层楼梯口忽然停了，半晌都没声音。

姜忘把手头一整张贴完都没听见后文，也没看见小孩回来，擦擦手上的胶水下楼梯往门外走。

不会真被拍花子了吧？

迎面就看见彭星望走在季老师前面。

"哈！老师你看，我说吧！"

姜忘眨眨眼，后知后觉房东说的那句"很多老师也住这儿"是什么意思。

他现在围了个破围裙，肩膀、大腿上都是墙灰，跟"体面"二字完全不沾边。

"姜先生也搬过来了？"季老师笑起来，"我住在五楼，好巧。"

小孩欢呼一声"你们聊"，抄起扫帚、簸箕跑到卧室去了，留他们两人在门口四目相对。

"这里……上学比较方便。"姜忘不太擅长和这样的人单独说话。

他如果碰见痞子、混混，又或者是客户上级，硬着来、油着来都行。

偏偏季老师温和清澈，不在他的经验范围内。

季老师先是看了看还没打扫完的客厅，一只手抱着书，另一只手帮他把没撕完的海报整张揭下来，随意道："抽烟啊？"

姜忘突然觉得心虚。

他很少有这种感觉。毕业多少年了，站在这人面前怎么还像在做学生。

姜忘走上前抢着干活，沾着墙灰的手指摸了摸鼻子，无意识地给自己整了个花脸。

"抽得少，没瘾。"

季老师嗯了一声，眼尾扫过他泛黄的指节。

姜忘拍了两下手，索性把双手都背了过去："最近这不是操心的事情太多……"

季老师笑起来。

他一笑，就好像什么事情都能原谅，却也什么事情都在看着。

"你们吃饭了吗？"

"刚才吃了碗炒面，不饿。"

"我中午炖了冬菇鸡汤，给你们带一桶过来？"

姜忘咽了口口水,理智已经拟好回答方案"不用,心意收下了"。

然后心里冒出来一个小人,说我超想喝老师煲的汤。

下一秒彭星望从卧室探头出来:"什么?老师你居然还会煲汤?!我好饿!!"

姜忘扭头凶回去:"晚上没吃饭啊?!"

"就是饿嘛!"

"稍等。"季老师挥了挥手,上楼给他们热汤。

姜忘等季老师走了才瞪小朋友一眼,后者瞪了回来:"你不喝我喝两碗!"

他再一次被"自己"气到。

房子面积小,贴墙纸进度也快。一大一小在季老师的注视下认认真真洗手三遍,然后围坐在一起喝热乎乎的鲜鸡汤。

季老师父母都是隔壁省的人,只是他师范毕业以后被分配到这里,一待就是六年。

这个年代升职调动都要走关系送礼,他不喜欢做这种事,便一直都没有做。

"你呢?"

"我以前在S市做生意,"姜忘喝汤很慢,捧着碗时声音也暖了几分,"受他妈妈嘱托,过来照顾星望,回头估计开个店之类的。"

"对了,"他看向季老师,声音有刻意塑造的随意,"老师,您叫什么名字呢?"

"临秋,秋天即将来临的那两个字。"

姜忘怔了下,心想这名字真好听。

两人吃完以后默契地去洗了碗,把季临秋送到楼梯口。

"明儿我带他去体检,应该没事。"

"好,多谢。"

等再分别的时候,姜忘还在想有关这个人的事情。

明明只是分内的事,他还要多说一声谢谢。

彭星望跑回屋子里,先去看自己的新房间。

"大哥!为什么我是粉红色小星星的房间啊?"

姜忘拿鞋跟敲蟑螂："因为便宜。"

彭星望又噔噔噔跑到他的房里："但是你的房间是深青色欸！"

"那你跟我换？"

彭星望一脸委屈："你明明知道我不敢。"

姜忘终于看向他："粉色不好看吗？"

"好……好看。"

第二天一早，两人准时去了市医院检查身体。

姜忘给自己也挂了个号，寻思着自己都被撞飞五十米，有点儿内伤会很麻烦。

他现在权当这场梦是个新世界，准备带着彭星望好好生活。

周末医院人流拥挤，还有小孩扯着嗓子哭。

外头夏日炎热晒得皮肤发烫，里头一片阴凉但到处都是尿味儿。

儿科医生大致了解了下情况，吩咐彭星望先过个秤，等会儿再查血看看。

"三十五斤，七岁了这么瘦，明显营养不良啊。"

姜忘皱眉："得喂到多少斤？"

医生心想你又不是养猪，能不能稍微注意下说话的方式。

"至少四十二斤，再胖一点儿都没事。"

彭星望早上没太睡醒，站在体重秤上没听清他们的对话。

他认字还没认到营养那里，听着听着突然瞌睡醒了。

等等！大哥为什么带我来上秤！！

紧接着姜忘的话落到小朋友耳边。

"这么瘦，我得喂到什么时候，顿顿给肉就行了吧？"

"您要科学育儿，不能乱来。"医生很无奈，"不能光喂肉，还得给他补钙补锌，正是发育的时候，再这么瘦下去器官发育都会跟不上。"

"明白了，您开药吧，我这边会监督他按时吃。"

姜忘没想到自己年纪轻轻还得学会怎么给小孩添膘，叹了口气。

"争取年末达标，太瘦了是不行的。"

小孩的表情变得惊恐起来：原来大哥不是人贩子！大哥他要把我喂

肥了卖器官！！

"这几样还不够达标，"蓝色圆珠笔圈出四五项数值，医生口气不算委婉，"得亏来得早，再晚点儿开始长个儿了，够这小孩疼的。"

姜忘点头称是，转头带着小孩去拿药，留神多看了眼单子。

钙铁锌都缺，小时候被饿成这样自己还能长高，也得感谢初中食堂米饭、菜汤不限量。

他走了几步发觉小尾巴没跟上，顿步道："星望？"

小孩瘪着嘴跟过来，别别扭扭的有点儿难过。

姜忘蹲下来看他："不舒服？"

小孩摇头。

"讨厌医院？"

彭星望用力点头。

他把刚才的那位儿科副主任理解为类似猪肉供货商般的存在。

姜忘心想不对啊，我小时候打针都从来不哭，还被护士亲来着，怎么可能怕这个。

男人脸一板，声音故意压沉："说实话，不许撒谎。"

彭星望愣住："你怎么知道我在撒谎？"

男人站起来往前走："你喜欢什么、讨厌什么，我全都知道。"

小孩忽然有点儿高兴："是妈妈特意告诉你的吗？"

"算吧。"

等到了领药的队伍里，姜忘心平气和地摸摸小孩的脑袋："别多想，中午带你去喝酸萝卜老鸭汤，开心不？"

小朋友本来刚恢复点儿情绪，听到肉菜又一脸苦大愁深："我不吃肉！"

然后痛痛快快猛干四大碗。

姜忘闲着没事拿炖烂了的鸭架喂饭店小土狗，时不时扭头劝彭星望两句："慢点儿，没人跟你抢。"

2006年这会儿还没全民小康，吃肉在很多家庭一周有两三次就很幸福了，顿顿鱼肉大虾是富贵人家才有的待遇。

也得亏他把彩票站当提款机，有把握就全押，记不清则爽快跳过，短时间里存款翻了几倍，否则哪里养得起这小馋鬼。

小孩吃着吃着开始哭："肉……肉太好吃了。"

眼泪咕噜噜流进嘴巴里，手里捏着鸭腿啃得一丝肉都不浪费。

姜忘在他旁边托着下巴纳闷儿："我这两天也没饿着你啊，哭什么？"

小孩咽完嘴里的肉才肯跟他说话，一张嘴三个响嗝也不知道是哭的还是撑的："大哥，你、你是好人。"

姜忘这辈子第一次被发好人卡，对象还是"自己"，并不是很荣幸："然后呢？"

彭星望眼泪汪汪看着他："你、你以后不要做坏事，行不行啊？"

姜忘心想怎么喝个老鸭汤半截还要劝自己"从良"了，略糊弄地点点头。

小孩登时不哭了："这是你答应我的噢。"

"答应你，遵纪守法。"姜忘拿纸巾给他擦油花和泪花，放缓声音道，"我对你也没什么要求，成绩好不好无所谓，你答应我好好吃饭，争取养胖点儿，行不？"

彭星望放声大哭："我不答应！你让我考一百分都行，我是绝对不会长胖的！"

姜忘心想自己是不是真把别人家小孩拐走了。

我自己小时候到底是怎么了……不对劲啊。

再到新一礼拜，速风快运的电话连着打了好几个。

估计是人家也从来没听过这么精准又奇怪的加盟申请，分部调研完总部又打电话问东问西，瞧着跃跃欲试但顾虑颇多。

姜忘坐窗台上玩手机自带的贪吃蛇游戏等他们来电咨询，等接到第四个电话时耐心出现裂缝。

"这样，"他看着窗外懒洋洋道，"我来给你们写份报告，选址分析、产业链评级、交通干线归纳，全部文档一份、表格一份、报告一份，你们看完再给我电话，行不行？"

对面根本没见识过跨时代的上班族必备技能，诧异道："你会用 Excel？"

打字员都招不满，这人到底什么来头啊。

"Excel、Word、Teambition、Xmind，你要什么我这边都有。"姜忘不再询问更多，反而把控制权转了回来，"邮箱发我一个，晚上交你成套的。"

电话那边窃窃私语了一番，再切回来时换了个人："那个，您有兴趣来我们公司工作吗？我们公司总部位于——"

"不用，我就留在老家。"

分析报告发过去没多久，半夜手机振动两下，说他们速风公司已经派专员过来考察，坐硬卧来预计后天到。

姜忘由衷怀念了一会儿飞机畅行无阻的二十年后，拍死一只蚊子蒙头睡着。

明天就去买空调。

速风快运派来的业务代表姓刘，剃了个小平头，人很精神。

两人租了辆车把城市内外看了一遍，连工厂区和外沿开发区也仔细瞧了，刘代表嚯了一声："你报告里写的那些我还以为是吹牛皮。"

"是吹了几句，不过藏得好，没让你看出来。"姜忘站在风口外套飘扬，转头又道，"别的方面我都很好配合，只是有一点，我这人没存什么钱，家里穷，也不方便贷款开业务。

"你们将来要是真打算在这扩展业务，估计得出点儿钱。"

刘代表笑起来："那可就赶了巧了。"

速风快运这两年碰见顶头老板简构收权，把加盟商并了不少，大有把所有站点所有权都攥回自己手里的架势。

"要是两三年前刚起步那会儿，你肯定得自己出钱开店，"刘代表给姜忘递了根烟，"现在上头铁了心要搞大事情，让那些混油水、蹭运线的油子都滚蛋。"

姜忘半真半假地叹了口气："可惜了，我还想多承包几家当山大王。"

两人哈哈一笑，晚上吃了顿饭就此别过。

酒足饭饱再回到家里，看见小孩趴在台灯旁边写作业。

姜忘给他打包了一份肘子："晚上吃的什么？"

"买了碗青菜粥吃。"彭星望期期艾艾道，"大哥……那个……我能不能买两支圆珠笔?"

姜忘瞅他一眼:"圆珠笔用完了?"

"不是,"小孩趴了回去,把脸闷在胳膊里很不好意思,"画画课作业,老师让画有颜色的。"

姜忘了然,他小时候确实干过这种事。

回回美术课都是最尴尬的时候,那老师并不是很好说话,他只能借同学的水彩笔用。

本来人缘就不怎么好,借个两三周身边的人也全烦了。

小孩估计是觉得这种算非必要开支,没什么胆子说。

"走,"他把门口钥匙揣回兜里,"下楼买。"

小卖部走五分钟就到,老板把家里一半客厅拆出来当店面,这会儿正打着蒲扇看电视:"要逛赶紧,这集看完我关门了。"

彭星望抬步往圆珠笔那儿走,被姜忘拎着帽子转了一百二十度:"去那边,买正儿八经的水彩笔。"

彭星望噢了一声,半晌捧出一盒七色水彩笔:"这个可以不?"

然后他又摸了摸头,故作老成:"这个贵,不划算,我用红圆珠笔涂几下就够了。"

姜忘把那盒水彩笔放了回去:"老板,你们这水彩笔多的是多少色?"

老板不情愿站起来,眼睛还在往电视上瞅,翻了盒二十四色的给他:"这个?"

姜忘摆手:"我说要多的。"

彭星望有点儿慌了:"够用了,大哥,真的!"

老板隐约感觉到了挑战和质疑,拍着小腿肚上的蚊子,往文具堆深处扒拉,翻出一盒四十八色的。

没等姜忘开口,他又踮着脚从高处取下来一大盒一百二十八色的,扬眉吐气宛如打了副飞机带对二:"够不够?你买哪个?"

姜忘把一百二十八色的放到小孩怀里:"多少钱?我给钱。"

老板没想到这位这么痛快,接过钱用验钞机过了一遍,完事还送了盒橡皮给他。

"够宠孩子的啊,小心宠坏喽。"

彭星望抱着水彩盒有点儿生气："我不会变坏的！"

说完他又仰头看姜忘："大哥，我不会变成坏孩子的！"

姜忘瞧着他一身正气像是要今天参军的架势，道了声谢带小孩回家。

他一边走一边琢磨，是我自己，愣起来还是挺像我。

小孩今天抱着超豪华水彩笔没有大声唱歌，一路闷闷地走了很久。

等走到黑黢黢的楼道里，他一只手抱住大盒水彩笔，一只手牵紧姜忘的手。

"大哥，"彭星望轻轻道，"我特别喜欢你。"

姜忘被本尊表白了，也不知道怎么回，嗯了一声。

"不是喜欢你给我花钱，"小孩说了一半不知道怎么讲，卡了会儿又道，"我是喜欢你，很照顾我，在乎我。"

姜忘感觉小孩今天牵他牵得格外用力，半开玩笑道："你怕我跑了？"

彭星望点点头又摇摇头，等开门的工夫自顾自地做了决定："算了，我以后吃完饭多运动吧。"

姜忘："嗯？"

这都哪儿跟哪儿啊。

男人洗澡的工夫反省了下是不是自己跟小孩沟通方式不恰当，造成了什么误会，擦着头出来时看到彭星望在对着白纸发呆。

"怎么不画？"

"题目是家长的工作，"小朋友回头望他，"老师说画哥哥姐姐也可以，大哥，你是做什么的啊？"

姜忘琢磨了几秒道："我来教你。"

"欸？"小孩有点儿惊喜，"画什么啊？"

男人下笔画了几栋房子。

第二天小孩交了作业，美术老师打了"A"。

彭星望跑过去扒讲台："老师，我的作业——"

"好看，"老师用力点头，回了句，"特别好看！"

第二章
临秋

眼瞅着银行卡余额末尾多了两个"0",再投几笔就能翻到六位数,姜忘决定带着小孩去买几件衣服。

他在这个镇里渐渐出名,按理说即将拥有这笔巨款的人早该走了。

十几万元,在省城可以买个大房子、买辆新款的车,稍微交点儿赞助费可以让小孩进名牌学校。

几个跟姜忘混熟的人也问过,为什么不把小孩带出去见见世面。

男人摸着胡楂儿没说话。

与此同时,速风快运在城内快速扎根,两个网点在南城北城分别开张,全程有跟踪记录不说,贵重物品丢件、损件有三倍赔偿,不声不响地改变着城里人的生活习惯。

想不知道实在太难,自选址确定起海报就贴得铺天盖地,公交车还特意粉刷一新环路公告。

"一日全城达,一周全国达!"

"六元起极限低价,你想不到的极速货运!"

"还在挂鸡毛信吗?时髦一把!"

为此姜忘买了辆三手夏利,带着新招的伙计们成天满城跑,有时候天没亮就出去处理生意,给小孩儿留点儿钱让他自己买早晚餐。

但再怎么忙,也是记得隔三岔五回来陪小孩写作业的。

彭星望很满意:"大哥没有忘记我,你是好人。"

姜忘很想把他后面那个习惯语掐掉。

第一步是快递网点建立运行程序，层层分管不要出乱，然后借此踩上更高平台。

本部公司也没想到这个看起来毫不起眼的小城市能有这么多单子，开始考虑在附近城市多扩展几家。

姜忘犹豫着要不要两线并存着多操操心，开车带刘代表又找了几个地方踩点，琢磨着生鲜有没有机会在省内流通。

跨区交通转成跨城考察，回家时间不知不觉变得更晚。

正往家的方向开着车，瓢泼大雨劈头盖脸地砸了下来。

先是像盛满石子的货车轰然倾翻，雨点敲得车壳噼啪作响，紧接着电闪雷鸣破空而过，连阴沉夜幕都被一瞬撕裂。

姜忘方向盘把得很稳，皱眉没说话。

刘代表这些天和他混熟了，隐约纳闷儿，但也没多问。

这哥们儿是个铁脾气，性子稳重，喜怒不形于色，看着是跟谁都笑笑，其实不好接近。

怎么一转头心情不好了？

刘代表正琢磨着，姜忘已经一手撑着头叹气了。

"要完，"他喃喃道，"家里有个小孩，出门肯定没带伞。"

家里有没有伞都是个问题，淋成落汤鸡回家不擦干得发烧一整晚。

姜忘今儿凌晨五点起来跑业务，包里三个备用电池都用了个干净，手机这会儿都没法开机。

他心里祈祷两句，红绿灯一过还是利落打方向盘，优先把生意伙伴送回酒店，转头再踩油门回家。

车灯洞穿暮色，他像是独自从千军万马里踏雪而过，暴雨都被映得蒸腾生烟。

瞧着像是成熟男人的浪漫，偏偏胃里饿到烧灼，没法自我陶醉。

中午尽陪那帮人喝酒吹牛皮了，吃个鬼。

姜忘停好车迎着雨赶回筒子楼，接近时往上望了一眼。坏了，灯黑着。但愿小孩知道找老师借把伞，热水器昨天刚装好，洗完澡得吹个头。

两三步上了三楼，门一开家里空着。

奇异的是窗户都关好了，阳台上的衣服还收了回来，整整齐齐叠好。

姜忘在漆黑客厅里回头一望,心想这小孩不会厚着脸皮跑老师家里了吧。

他视力极好,在伸手不见五指的雨夜里竟能依稀看见门口落了张字条。

姜忘走过去开灯拿字条,上面歪歪扭扭写了一行字——

大哥,wo去501禾子老师jia了(大哥,我去501季老师家了)。

"季"字上下分得实在太开,他看了两遍才勉强认出来。

男人找了条毛巾匆匆擦了下脸,关好门上去接幼年版的自己回家。但往上走着,心里又有点儿虚。性质等同于自己大晚上的拜访老师,不好意思。

他站在501门口等了会儿,先拉起领子闻闻烟味、酒味,搓两下指节间的烟渍,再双手把头发捯饬得像个正经样子。

跟小时候进老师办公室前一样小心克制地敲了两下门,没过多会儿传来声音。

"是谁?"

"姜忘,彭星望他哥哥。"男人抿了下唇,"打扰您了,我来接他回家。"

门很快被打开,入眼是米黄墙壁,以及头发湿漉漉的季临秋。

季老师刚刚洗过热水澡,原先捋在耳后的黑发垂落在鬓前,在落日般的暖黄灯光里身体还冒着热气。

天井里落着劈头盖脸的冷雨,门的另一侧干燥温暖,让人忍不住想要往里进。

季临秋擦着湿发往后让:"进来吧,姜先生也辛苦了。"

年轻男人穿着淡灰纯色T恤,肩侧被发梢儿水滴洇出小片暗色,莫名显得更加柔软。

姜忘有些却步。也许是因为他有些不敢走进这样私密又温暖的他人空间,何况还是内心尊敬许多年的好老师。

也可能是他从来没有见过这样放松状态的老师。

或者说,季临秋。

小孩对老师总有几分神圣化的仰望。

板书银钩铁画，神情严肃从容，衣摆像是永远不会起褶子般整洁。

总归不会是现在这个湿漉漉的、冒着热气的年轻男人。

此刻他以二十七岁的视角再次看这个尚在二十六岁的季临秋，虹膜与记忆里的光影既重合又错开。

季临秋没有注意到对方的打量，欸了一声往下看："你的鞋子湿透了，是淋雨了吗？"

姜忘怔了下，点头道："嗯，我就不进去了，免得弄湿您的地毯。彭星望应该还好吧？"

"他作业还有一会儿就写好了，这样，你先把鞋子、袜子脱了吧，"季临秋指指门口鞋架，"进来坐，我给你倒杯热茶。"

姜忘忽然有点儿脸上发烫。

他有点儿理解臭小孩那股黏糊劲儿，久违的新鲜。

姜忘小心翼翼脱掉湿透的鞋袜，像小孩要去探险一样走进陌生的房子里。

深棕长毛绒地毯踩起来很软，酸痛脚掌会轻易陷进去，走几步都能放松下来。

他控制自己不要乱看，但抬眼处就放着一个马头酒杯。质感很好，不像塑胶做的假货。

小客厅意外地很有风格——客厅没有电视，松木小茶几摆在纯白圆毯的正中，蓬松枕头散在角落，宜坐宜靠。

啤酒瓶压着半本没翻完的《十日谈》，扉页别着一枚红叶。

马头酒杯里落了对戒指，姜忘不好意思细看。

再往里走两步，墙角还摆了把蛇面三弦。蟒纹青花白地儿，瞧着苍老又漂亮。

"支教的时候学生送的，"季临秋递热茶过来，玻璃杯用得很旧，"我学了得有四个月，勉强能弹半首《风雨铁马》。"

"很厉害了，"姜忘站得都很拘谨，不敢随便靠墙，双手接着还记得说谢谢，"老师很有品位。"

他想起正事来，又低头解释缘由。

"我这两天在跑生意，刚从东城郊区回来，没来得及接星望，不好意思。"

"他很机灵,"季临秋笑起来,示意姜忘坐会儿,"下午瞧见了大阴天,还没落雨点就跑去问我,要是下雨了要不要一起回家,他带了伞。"

姜忘强咳一声,看向矮桌上的小说想转移话题。

"这书好看吗?回头我也买一本。"

他初中毕业以后就没怎么看过书,但在老师面前还是想当个文化人。

装也装得像点儿。

季临秋笑了笑:"别看,挺黄。"

姜忘心想我看起来像个纯情人吗,扬起眉毛表示有兴趣,又想起些什么,试探着问了句。

"季老师家里挺温馨啊,女朋友收拾的?"

季临秋摇摇头,进屋叫彭星望出来。

姜忘放下茶杯跟着起身,发觉小孩已经趴在书桌上睡着了。

男人轻手轻脚把幼年版自己打横抱起来,小孩睡得鼻涕泡都出来了,手里还拿着笔。

季临秋帮着把书包、作业本都收拾好,拿了钥匙帮忙送到三楼。

姜忘把小孩放床上盖好被子,又出门谢季临秋。

"季老师,"他笑得抱歉,"回头请您吃饭,实在感谢。"

"小事,以后忙不过来也可以让星望过来,他一直很乖。"

姜忘呼吸停顿,不太适应被当面叫小名。

"嗯,"他短促应了,又伸手拂季临秋的发梢儿,"您小心,沾着墙灰了。"

季临秋下意识想避开身体接触,挥挥手告别。姜忘没多想,关好门回去给彭星望换睡衣。

小孩早就坐得笔直,一脸精神。

"你醒着?"

"刚放下床就醒了!"彭星望举手发言,"老师带我吃他煎的蛋奶饼了,还请我喝酸奶!"

"知道了。"

"大哥你吃饭了吗?淋雨了要记得吹头发哦!"

"知道了。"

姜忘帮他换好睡衣，又摸了摸小孩头发确实是干的，松了口气道："睡吧，明天还要早起。"

小朋友窝在枕头旁，怀里还抱着个枕头，任他帮忙掖好被子。

"大哥，你凑近一点儿，我悄悄告诉你一个秘密。"

姜忘扫了他一眼："你睡不睡？"

"你过来嘛。"

男人俯身靠近小孩，耳朵旁边传来悄悄话。

"老师好香哦，像栀子花。"

姜忘面无表情凶了回去："不许乱闻，睡觉！"

彭星望成绩还不错。

一年级没教什么，只是小城也赶时髦，孩子们英语普遍学得早，他有点儿赶不上。

姜忘是这小孩的成年版，以前也用不着考四级练口语，这么多年水平也没好到哪里。

"艾，醒可，达特（I think that，我认为）——"

彭星望摸着嘴唇跟着念："哎醒可——"

期末考试没几天了，能补上一点儿是一点儿。

姜忘办公室里有这方面的资深家长，一边打毛线一边教他拿卡片裁成单词卡教小孩。

"就这么简单？"

"嘻，启蒙嘛，你要先陪他养成兴趣。"

姜忘回家以后拿着单词卡有模有样地教。

"牌，那，啊，破（pineapple，菠萝）。"

彭星望坐得板板正正。

"牌，啊，那，破。"

"错了错了，重来。"

十遍教完，姜忘把单词卡翻了个面。

"菠萝怎么说？"

彭星望自信满满："啊牌破那！"

姜忘辅导之前彭星望还能考六十二分，辅导完直接降到四十八分。

小孩鼻子都哭红了，抹干眼泪才敢回家，把卷子交给姜忘时嘴巴往下瘪，随时准备把屁股亮出来给他抽。

姜忘没有半点儿谴责的冲动。

倒不是他更赞成鼓励式教育或者其他，纯粹是因为初中时自己还考过更低的。

地理考了二十九分。

彭星望在男人看卷子的时候就跟探照仪似的仔仔细细观察他的表情。

姜忘没什么表情："签哪儿？"

彭星望支吾道："你不生我的气吗？"

我为什么要跟自己生气？

小孩见他没什么反应，主动坦诚自己的想法。

"大哥你……现在这么忙，还记得给我补习功课，我还考得更差了……对不住你。"

姜忘摸了摸下巴，忽然想起什么："季老师怎么说？"

彭星望眼眶又红起来："季老师批评我了。"

"他问我这些发音都是跟谁学的，我说我大哥。"小孩特别委屈，"然后他叫我多听磁带，下周一查我读课文。"

姜忘终于反应过来重点在哪儿，"吊车尾"没法辅导"吊车尾"，确实。

"这样，"他揉了揉小孩脑袋，还从抽屉里翻出牛奶糖给他吃，"我晚点儿联系下季老师，看他周末能不能给你补补课，好吗？"

彭星望决定惩罚自己不吃糖，十分珍重地把糖放进文具盒里："季老师会不会讨厌我？我好笨。"

姜忘笑起来："你看大哥笨不笨？"

"一点儿都不！"

"大哥不笨，你就不笨，记住没？"

小孩完全没搞明白其中的逻辑，但还是很听话地点点头。

再回客厅里看电视时，姜忘给季临秋发了条短信。

没微信确实不方便，他还挺想看看季老师的朋友圈都会发些什么。

"季老师打扰了，星望英语基础比较差，不知道您方不方便给他私下补补课？辛苦费好说，十分感谢。"

过了大概十五分钟，对方回了过来。

"姜先生客气了，我周五晚上一直有空，让他八点过来就行。"

话头到这儿应该停了，但姜忘还在看屏幕，他不太想跟这个人谈钱。

哪怕姜忘心中"温润清俊的季老师"形象转变成"偶尔会湿漉漉的季老师"，纯白光环还是形影不离，不该被任何琐碎玷污。

姜忘一时间没想好该如何报答，手机又振动了下。

"姜先生周末经常去省城吗？

"如果方便的话，能不能搭个顺风车，十分感谢。"

姜忘眼睛亮起来。

他每周末都要去省城见客户开会，基本都是自己开车来回，座位很空。

"方便，季老师要去哪儿？"

"师范大学附近经常有周末书市，还会开一些讲座，一直很感兴趣。"

"好，到时候见。"

姜忘对季临秋始终有一些执念，他很隐晦地打听过，邻里的反馈也与记忆一致。

季临秋和同事们关系客气友好，朋友不多。

这样好的老师，就这样清清冷冷一个人独自过到四五十岁，凭什么呢？

他每次一想到他，内心深处便会浮现出几分孩子气的执念。

想要讨老师开心，想让老师的生活多几分热闹自在。

周末他们一定能在路上聊很多。

正出神想着，姜忘余光扫到一个小不点儿。

"你在想什么呀？"彭星望率先开口，"一直在笑欤。"

男人瞥向他："有事？"

小孩先是在门口憋了会儿，两三步蹭到他椅子旁边，又憋了好几秒。

"那个……大哥，你别生气哦。"

"我不生气,有话直说。"

彭星望身上皮实欢快的气息消失了些,低着头看着脚尖道:"我……我想找个时间回家一趟。"

他生怕伤了敬爱的大哥的心,又很快抬头看男人表情:"你千万千万不要误会!

"我……我很怕爸爸死掉。

"虽然他经常打我,黄奶奶还说是他把妈妈气走的……可是我很怕他会死掉。"

姜忘沉默几秒,伸手牵住他。

"明天带你过去,好吗?"

他知道幼年的自己在恐惧什么。

酒鬼对旁人毫不在意,对自己更不会负责。

人一旦深度醉酒,自主意识会不断消失,容易被呕吐物呛到窒息。

姜忘小时候拿热毛巾给亲爹擦过许多次脸。

那毛巾本来是隔壁张阿姨送给他洗脸的新毛巾,雪白雪白的还印着梨子,后来被混浊呕吐物染成一块破烂抹布。

以至于姜忘很多年以后在超市买毛巾时都会停留很久。

但不管怎么说,还是要亲自陪着彭星望去,省得混账爹又做出什么出格事。

第二天放学很早,下午四点天空还晴朗灿烂着,姜忘陪彭星望慢慢往旧家的方向走。

小孩现在拥有了很多梦寐以求的东西,整洁干净的房间、书桌台灯和喜欢的书,写完作业还可以痛痛快快看两集《蓝猫淘气3000问》,但他仍旧在挂念着对他从来不好的爸爸。

小巷依旧拥挤热闹,大婶拎着袋西红柿站在露天菜摊前絮絮叨叨地聊着天,小贩汗流浃背地烤着羊肉串。

姜忘一步一步地往里走,也在想象父亲现在在做什么。

父母的角色,和老师一样,对小孩有种虚无又无法打破的光环。

好像只要提到他们,血缘卷着心脏脉搏便会唤出许多憧憬欣喜,哪怕明知不该这样。

彭星望去打疫苗时都活蹦乱跳，越往里走越显得紧张。

"其实我爸爸有时候挺好的，"他突然自顾自地辩解道，"爸爸不喝酒的时候，会带我去公园玩，还会煎鱼给我吃。

"爸爸他……工作压力太大了，总是有不开心的事，才会喝那么多酒。"

男人安静地听着，泛黄的记忆也一幕幕浮现。

"真的，大哥，"彭星望露出为难的笑容，"你会不会……讨厌我爸爸啊？"

姜忘低头看着幼年的自己，也想了很久。

"我不知道。"他回答道，"也许我也……不是很熟悉他。"

两人走到棚户区深处，忽然闻见排骨海带汤的香味。

小孩眼睛一下子亮起来："是爸爸做的汤！我好久好久以前喝过，大哥，你是不是提前跟他说我们要来了？"

"他没有喝酒真好啊，"彭星望努力让自己表现得自然一点儿，揉着眼睛一直笑，"我都跟你说了，不要跟爸爸讲嘛，真是的……"

话音未落，有个香水味浓烈的女人擦着他们的肩走了过去，小高跟又尖又细，踩在地上，声音清脆。

彭家辉在厨房正尝着味道，听见脚步声忙不迭用手梳两下头发出去迎她。

"抱歉抱歉，我该出来接你啊小艳，走累了吧，我给你削个苹果？"

女人任由他揽着腰，娇笑着往里走："彭哥，多见外啊。"

小孩呆呆地看着远处，突然不知道该怎么办。他才七岁，做什么事都好像很有主意，这时候才终于流露出符合年龄的惶然无措。

再往前走两步，就可以透过窗户看到阳台和客厅里的情景。

姜忘平复了几秒呼吸，想要弯腰把小孩抱起来。

彭星望却抢先一步往回走，声音低落许多："大哥，时间不早了，我先回家写作业了。"

姜忘想要说句安慰的话，彭星望却背对着他走得更快："好了好了，他没被呛到我就放心啦，谢谢大哥陪我过来。"

直到把小孩送回家，男人才披着外套下楼，独自返回棚户区里。

他站在不近不远的地方发呆。

海带汤炖得很香，隔着十几米都能闻到。

他也好多年没有喝排骨汤了，明明饭店里几十元一大盆，他一直都没有喝。

也不知道站了多久，送别女人的彭家辉才走了回来，认出姜忘时吓了一跳。

"欸？是你？"

姜忘倚着墙，没看他也没说话。

三十岁出头的彭家辉露出尴尬笑容，心知他是看见了。

"星望他……还好吗？"彭家辉也知道自己没脸提小孩，讷讷地解释道，"我刚刚换了个工作，现在喝酒比以前少了。

"大家都羡慕你能赚钱，还说你把他管得很好，我一直特别感激你。"

中年男人并不知道姜忘是来自未来的血亲，自顾自地说了很多。

"我也知道老喝酒不是好事，但这几年太依赖它了，我老是戒不掉。

"等我能买个像样的房子，我一定……"

姜忘忽然打断了他。

"星望担心你呛着了，叫我来看看。"

"没有，没有的。"彭家辉露出窘迫笑容，快速说了声"你等等"，跑回家里取了几样东西，又从怀里掏出一沓碎钱，努力把几张大额的择出来，一并递给姜忘。

"这是星星没做完的练习题，这是他喜欢抱着睡的小羊……还有这个本子，我之前喝多了拿他撒气，现在都粘好了。"

姜忘不出声地看了他几秒，从兜里翻出来五百块钱，连同那沓碎票子塞了回去。

"东西我收了，钱你拿着，起码买几件像样的衣服，别给孩子丢脸。"他声音沙哑，像是压着很多话没说，"走了。"

彭家辉拿着钱呆呆站在巷尾，站到姜忘走了许久才离开。

有些事他不想多分辨，也并不是什么能思考哲学式亲情难题的人。

姜忘一个人去烧烤摊坐了很久，最后打包了一份火腿肠炒饼回家。

小孩已经写完作业睡下了，零花钱没有动，连客厅新买的薯片都没吃。

也可能并没有睡,只是不想面对他。

姜忘没说话,俯身把脏脏旧旧的小羊塞到小孩脸边,想了想又给小羊也掖好了被子。

他离开房间时听见隐约的啜泣声。

想到周末要出门,姜忘又去买了几身像样点儿的衣服。

他有意让自己看起来干净整洁,但快递点少不了沙尘乱飞,单是身上的灰尘味每天都得洗好久。

彭星望收到小羊以后饭量短暂减少了两天,后来被带去吃了顿十三香小龙虾后又生龙活虎起来。

他把脏脏旧旧的小羊放在枕头旁边,姜忘说拿去用肥皂搓搓也不肯,还把用胶带拼得歪歪斜斜的小本子藏了起来。

姜忘观察了几天感觉他对自己可能会有新妈这件事接受良好,心里松了口气。

在姜忘的记忆里,彭家辉自他读小学以后就没少往家里带女人。

刚开始还看着烦,烦着烦着人会渐渐麻木,管他呢,现在一切都不一样了。

——过两年在首都买完房子带小孩去国外读书都行,还用头疼这个?

世界杯四分之一决赛时谁都没想到德国踢阿根廷竟然五比三,光是这么高的进球数都像是个天文数字。

姜忘当时押了二十万元,许多人心里发怵不敢跟,小部分人咬咬牙跟着一块儿买。

凌晨四点球踢到点球时半个A城都醒着,紧接着狂吼欢呼轰动起来,吓得许多女人、孩子不知道发生了什么。

"姓姜的厉害啊!这都能算出来?"

"我跟他混了,不瞒你们说,我是他远房表叔的邻居。哎,这人真学过《易经》,《易经》晓得吧?"

"会不会是攒着局等着坑咱钱啊?谢老三我警告你,你可不许赌球知道不知道?"

还真有几个混混盯上过他。

又开着快递站，又回回体彩都赢个盆满钵满，但凡抢点钱都能痛快花上好几个月。

然而在他们拿着蝴蝶刀琢磨该怎么下手的时候，姜先生给保安们一人配了把手拉电锯，还是托着速风快运网购来的。

电锯，自带惊悚感，震慑力满分。

紧接着速风快运给警局赞助了两辆巡逻用的面包车，红山小学一带以及附近街区治安迅速得到改善，听说现在鬼市都关门得比平时早半个小时。

姜忘瞧着谁都笑两下，时间久了反而是周边人公认的硬茬儿，长脑子的都不敢轻易惹他。

抢劫？是电锯不够刺激还是生怕警车拉不来一面包车的人？

转眼就到了周末出门的日子。

彭星望原本想待在家里看《小神龙俱乐部》，扛不住某人真情实感的诱惑。

"省城可以坐轮船哦。"

小孩跟春游一样认认真真塞满一背包东西，并且在姜忘的拒绝下还给他和季老师带了两瓶橘子水。然后一上车就在后排歪倒睡死，小猪一样呼呼打鼾。

姜忘手抚额头。

季临秋坐在副驾驶座系好安全带，礼貌又客气："辛苦姜哥，好像要开两个半小时？"

"嗯，车比较破，晕的话我这里准备了药贴。"

三手夏利跑起来像个铁皮罐头，好在前两任主人没怎么摧残它，到手时还留了七成新。

国内高速大多是在2006年以后全面修通，姜忘出门前不得不用红笔圈了两遍高速地图。

二十年前的世界，荒芜、原始，车窗外大片油菜花田连绵不绝，偶尔还能瞧见零散几头耕牛走在路边。

季临秋话很少，姜忘说起什么事时会笑着附和，遇到好奇的事也不会多问。

彭星望睡了醒、醒了睡，有时会趴在窗边指远方。

"哥！你看，好多麦子！"

"那是水稻田。"

路况平平，不到半程便跑得脖颈微酸。

姜忘把车停到一边，任由彭星望对着狗尾巴草小解。

他昨天忙生意太晚，这会儿其实还有点儿宿醉般挥之不散的困意。

季临秋徐徐伸了个懒腰，呼吸几口清新空气，又转头看他："姜哥，我来开吧。"

姜忘以为自己听错了。

"季老师会开车？"

季临秋从兜里拿出驾驶证，竟然已经考了四年。

姜忘挑了下眉，把位置让了出来。

"您来。"

三人再回到车里，季临秋系好安全带，启动挂挡行云流水，起步稳，超车、平变速流畅，完全是个中老手。

姜忘都做好了一个人开三个小时的准备，坐在副驾驶座反而不太适应。

季临秋甚至没问他该换哪条国道，淡瞥一眼变道提速，做事守序却有种说不上来的野。

姜忘看了许久，半晌道："季老师好懂。"

季临秋目视前方，单手打着方向盘："又是'您'又是'季老师'，姜先生真客气。"

姜忘失笑道："特别尊敬您，没办法。"

彭星望睡眼惺忪地接茬："老师，我天天跟大哥夸你来着！"

"乖，继续睡。"

小朋友嗯了一声，又栽回没开封的零食堆里。

两人有一搭没一搭地聊了会儿，季临秋递给他一瓶矿泉水。

"睡吧，还有五十分钟到。"

姜忘抿了两口，不太习惯自己被这样照顾。

"真睡了？"

季临秋瞥他一眼，空着的右手把广播声音调小，冷风调高。

姜忘目光落在对方细长冷白的手腕上片刻，一闭眼便没了意识。

他睡觉动静很轻。

少了几分儿时的放松，多了太多步入社会后的警觉。

隔壁吉普车碾过一个空易拉罐，姜忘本来还做着梦立刻就醒了，只是合着眼虚虚眯了几分钟。

再睁开眼时，姜忘无声看向季临秋，呼吸依旧悠长平稳。

季临秋没发现他醒了，还在专心开车看道，目光直视前方，只是神情里有着浅浅漠然。那并不针对任何人，而是对这个世界留着一分冷漠。

他漫不经心地转弯改道，动作很轻，会特意避开小坑、沙石，好让睡着的两人更舒服一些。

姜忘没有见过这样的季老师，他开始怀疑自己的记忆。

"老师"这个标签一安上，无论男女都会被罩上一层光环，显得高大严谨。

季临秋对小孩子们有发自肺腑的温柔耐心，但转身再面对这个世界时，竟与姜忘一模一样地保持着距离。

既不会冷淡到让喧嚣众人一眼就能分辨出来，也不会选择融入更多。

姜忘发觉这一点时，莫名扬起笑容。

他刻意坐正许多，像是刚醒来，揉揉眼睛道："已经进城了？"

季临秋有些走神，过了几秒才嗯了一声。

"我等下在碧川路下车，明天下午两点见？"

"嗯，到时候在师范大学门口接您。"

姜忘想到什么，又道："要不早一点？"

"我打算再开个书店，线下一个线上一个，"姜忘看向他，"季老师要是对这方面熟，也可以给我推荐几个书商。"

"好，那上午十点见。"

季临秋下车告别的时候，一大一小都探头出车窗挥手。

"明天见——"小孩大声道，"我会想你的！"

姜忘削了下他的脑袋，彭星望有点儿委屈："怎么了嘛！"

"没什么,手感好。"

"嗯?"

夏利往速风分部的公司驶去,小孩坐在后排咔嚓咔嚓啃旺旺雪饼。

啃完一个还记得给前排大哥塞一个。

"我不吃。"

小孩的手反而往前又递了递。姜忘拧着眉头叼住几百年不吃的奇怪饼干,含混不清道:"你现在在学校朋友多吗?"

"比刚开学那会儿好多啦,他们发现我的闪光点了。"小孩自信满满,"我同桌想认你做大哥,我没答应。"

姜忘咬了两口雪饼,自后视镜扫他一眼:"在学校还是低调点儿,别到处炫耀。"

"嗯呀,"小孩脱口而出道,"那些擂肥的都没认出我,我从旁边成功溜走好多回了。"

汽车压着黄线一个急停。

"擂、肥。"男人缓慢重复了一遍。

在 H 省方言及塑料普通话里,"擂肥"两个字约等于勒索。

常见于中学及小学的不良少年犯罪活动。

"大哥·姜",最近一个月里都致力于改善社区风气,由于年龄的视角直接忽略了某些地方。

彭星望自知说漏了嘴,捂着嘴道:"我什么都没说!"

"你说了。"姜忘心平气和地又重复了一遍,"说吧,哪些人在擂肥?找你说过什么?"

小孩猛烈摇头:"没有,一个都没有。"

红灯转绿,车子慢悠悠发动,刚好开到沿江大道。

"坦白从宽,"姜忘反手指了下窗外的汹涌大江,"或者我等会儿把你从轮船上扔下去。"

彭星望一秒就怂,支支吾吾答道:"也就,也就四五个人。"

年龄最小的上四年级,最大的上初二,长期在上下学阶段游荡在红山小学附近,会自觉绕开家长,然后嬉皮笑脸地找小学生要钱。

由于这帮小孩实在太小,以至于大部分家长都没当回事,以为是小孩之间闹着玩。

然而初二大哥在三年级小朋友眼里,与黑熊没有太大区别。

彭星望说完以后又非常自觉地双手捂嘴,满脸担心。

姜忘把车开进停车场拔了钥匙,随意问了一句。

"我收拾他们,你怕什么?"

彭星望伸长腿够到地面,背着小书包跟在身后。

虽然什么都没说,但脑子里已经浮现出恐怖画面。

"放松点儿。"男人拍拍他的脑袋,晃着车钥匙往前走。

"哥哥这不叫欺凌弱小,叫天降正义。"

姜忘对职业规划很谨慎。他目前手头本金充沛,但也只是借了世界杯的彩头,积累的不动产和流动基金远远不够。

规划的第一个点是他们以后要去哪儿?

他其实很想带小孩去省城读书生活,首都太远也太过陌生,不如靠近一点儿。

只是有些事情迟迟找不到了结的由头,便暂时在此待着。

第二便是两头生意准备做多大?

物流自然不用说,先在本城加盟盈利,等发展得足够壮大了,就把城内的优势资源向外转化。

姜忘看中的是这儿的卷子和辅导书。人们的阅读习惯时有时无,在未来实体书很不好卖,除了一个题材——命题真卷。

是个人这辈子就得做题,搞不好做过的题比睡过的觉还多。他打算先盘活产业链,然后做一套自己的IP出来。名字都已经想好了,就叫《黄金十二卷》。

上要笼括国考、法考、财经考;下要覆盖高考、中考、小升初,迈向全国走向胜利。

有了长远目标,姜忘周日逛书市的时候格外热情。

彭星望年纪还小,没心没肺,捏着个棉花糖到处摸摸看看,只当自己在逛很有趣的市集。

季临秋倒是有些惊讶。

"姜哥这么在意教育吗？"他笑道，"也不用这么早就开始找高考宝典吧。"

姜忘略解释几句，季临秋很快了然，边逛边分析两城各缺什么。

街边有小贩推着玻璃柜卖成碗的水果，菠萝削成棱柱用竹扦串着，沾了清透水珠便看着格外新鲜。

彭星望还在专注地啃棉花糖，脸上都蹭得黏糊糊一片，对这个不感兴趣。

姜忘略有些口渴，多看了几眼玫瑰紫的葡萄。

季临秋先他一步开口，声音温润清透。

"这个多少钱？"

小老太太看他们三人穿着打扮都干净体面，眼珠子一转便漫天要价："二十块钱一碗。"

直接翻了五倍。

季临秋淡笑一声，低低用本地话说了两句，语调升降颇为地道。

老太太脸色骤变，摆着手连声道歉，说只要三块钱。

小孩没听清楚："斑马？什么斑马？"

姜忘眯眼捂他耳朵："你听错了。"

季临秋挑了最新鲜的那一小碗葡萄，用纸巾擦过水珠先自己尝了一颗。

然后他笑眼弯弯："好吃，不酸。"

于是他眉眼微霁，把甜的这碗送给姜忘，自己又买了一碗，算是照顾老太太生意。

老太太也知理亏，连声说好几句谢谢然后推车跑路。

姜忘同他走了几步，尝了两颗葡萄，暑气略解，慢慢道："第一次瞧见老师这样。"

瞧着温声轻语一副斯文相，凶得人家不敢耍滑头。

季临秋眉毛一扬，并不否认。

这一趟收获良多，姜忘既打算做进货商，又打算牵头卖货，手机号存了不少。

待下午再开车回 A 城，两人轮流开了半程。

轮到季临秋坐驾驶位时，他卷袖子时啊了一声，低头转手腕细看："吃葡萄没注意，袖子弄脏了。"

姜忘坐在副驾驶座瞧他，莫名觉得有趣。

到了周一，某人特意提前下班，蹲守在放学路上的电话亭里，佯装投入地跟谁侃侃而谈。

没过多久，彭星望出现在小学门口，脖颈间挂了把钥匙，双手拉着书包带和朋友们一起走。

小学生们如同鸟群般快速散开，三条长街登时都热闹极了，商贩们也打起精神吆喝卖货。

彭星望瞧着在跟同学说话，眼睛一直跟探照灯似的四处打量。

果不其然，前头出现几个初中生，几个人一站开直接把路挡死，嬉皮笑脸地找小孩讨钱。彭星望脚步顿住，快速吩咐朋友换路回家，自己硬着头皮准备在不远处过马路。

被盯上的苦主已经快哭了："不是已经给钱了吗？我真的没钱了，我午饭钱都给你们上网了啊！"

二流子初中生正准备说话，肩膀突然被拍了一下。

一米九高的男人阴影笼罩在他们面前，极客气地笑了一下。

"收保护费呢？"

初中生吓了一跳，身旁五年级的小跟班拔腿就跑。

彭星望差点儿叫出声，边用一只手捂嘴，边躲到电线杆后面偷看。

完了完了，大哥真的盯上他们了！

他们还是学生啊！大哥！！

小痞子没想到有成年人掺和进来，抬头见到他的断眉伤疤时气势已经弱了下来，但还有好兄弟在旁边看着，面子不能丢。

于是那初中生强行挺起胸膛，粗声粗气骂了回去："关你什么事？莫挨老子！"

姜忘心情很好，示意那哭鼻子小孩赶紧回家，又哟了一声。

"欺负小学生啊。"

初中生脸一白，强行学大人又骂了句脏话，变声期公鸭嗓特别尴尬。

"我正好路过这儿,"男人低头慢条斯理道,"最看不惯你们这种欺负小孩儿的人,来行侠仗义一下。"

旁边三个初中生站得笔直,一边拼命回避大哥的求救眼神,一边快速点头。

"光点头没用。"姜忘笑得很邪,把手掌张开,"嗯?"

几个初中生苦着脸掏钱,十块钱二十块钱地掏出来放他手里。

为首的小痞子这辈子都没被这么威胁过,脸白了还不敢打哆嗦生怕出事,颤颤巍巍掏兜,结果掏出来的全是公交票根和碎纸片。

"钱、钱都在他们那儿。"

旁边初中生连忙摇头:"不是我们,是上头的。"

"噢,还有上头。"男人长长应了一声,颠了下碎票子又笑,"就这些?"

小痞子拿眼睛剜身边的矮个子,后者不情不愿地把整五十元都掏出来上交。

"行,一百零五元。"姜忘手腕一抽,小孩吓得差点儿跪下。

他手一扬,对着这群人说:"行了,下次别让我逮住你们,站稳了说声'姜哥对不起',放你走。"

领头小痞子脸青一阵白一阵,被同伙一左一右夹稳,齐齐九十度鞠躬:"姜哥对不起!"

眼瞅着要走了,小痞子突然爆骂出声。

他伸手直指姜忘鼻子,放完狠话转头就跑。

"老子是舵主,告诉你,'战龙飞天'不会放过你的!"

姜忘默默目送。

等那帮小孩逃了个干净,彭星望捋捋校服小跑过来,贴紧大哥站好。

"你来接我啦?"

姜忘还在回味被初中生小痞子威胁的感觉,过了几秒低头看拽自己衣角的小孩。

"'战龙飞天'是什么?"

他努力忍着笑把这个名字完整重复。

小孩没听出来大哥的语气,皱着眉头认认真真想了会儿,然后装傻。

"不知道。"

"彭——星——望!"

小孩继续装傻:"走啦,我好饿哦,晚上吃什么?"

姜忘随手把那一百多块钱丢进街委会铁门上挂着的募捐箱里,任他牵着衣角往前走,然后幽幽开口:"再不说,把你送给他们玩哦。"

彭星望一脸委屈:"大哥,我是为你好。"

仔细一想,小时候好像是有这么回事。

只不过那时姜忘还在努力躲掉亲爹的毒打,以及每天发愁该怎么厚脸皮混饭吃,相关记忆残留很少。

两人进肯德基一人吃了碗土豆泥,小孩吞吞吐吐把事情讲清楚。

原来在当地初中和高中里,有好几个无所事事、成绩垫底的学生组成的小团体,他们经常聚在一起欺负附近的小学生。

这种行为对于成年人而言,实在太过幼稚,以至于提起都会有点儿羞耻,但是在小学生和初中生眼里,不亚于格兰芬多大战斯莱特林之世纪争霸战。

姜忘听完神情都变得有些慈祥。

"这个'战龙飞天',怎么样呢?"

他努力让自己的口吻不要太怜悯。

彭星望想了想,还是希望大哥不要蹚这儿的危险浑水。

小孩挤出自己能想到的最严肃表情,一板一眼道:"'战龙飞天'是我们这儿人最多的小团体。"

"听说,"小朋友压低声音,悄悄补充,"他们有几百人,老大特别厉害。"

彭星望说着说着自己害怕起来,甚至由衷为姜忘今天的鲁莽行为感到后悔:"要不我们搬家吧?大哥,我怕你出事。"

"不要怕。"姜忘按住幼年版的自己,深情款款道,"你大哥来到这个世界上,就是为了匡扶正义,给人间带来正道的光。"

小孩特别感动。

"大哥,你以后不要接我上下学了。

"你要是被围住了,我救不了你。"

红山小学坐落在丁字路口，正南方向零零落落开了十几家小餐馆，姜忘闲着也是闲着，接小朋友的工夫按照顺时针方向一家家吃过去，时间一长后面的厨子还会主动跟他打招呼。

"姜哥！今儿店里的黄骨鱼可新鲜了，来尝尝啊？"

"还没排到呢，不急。"

姜忘把这条街当食堂吃，小孩跟着下了几天馆子就觉得腻味，兴致勃勃回家煮泡面。

男人也不多管他，自顾自继续对比豌杂面和炸酱面的口感。

胡婶面店瞧着铺子不大，里头六张桌子放满凳子快摞到天花板，到饭点时生意不是一般地好。

毕竟前后三条街里，只有她家的面是用鸭蛋黄小麦粉手打上劲儿，凌晨三点就支着夜灯吹风抖干，力保入口弹牙。

牛骨汤熬得浓白奶香，小葱熬出油来临头一浇，更是说不出的香。

姜忘吩咐几个伙计去处理跨城业务，提前半个钟头过来吃面。

凳子还没坐热，窗外有人敲敲窗户。

"好巧。"季临秋打了个招呼，侧脸隔着低清晰度的钴蓝玻璃窗竟显得有几分港风俊色。

姜忘略有些诧异，见季老师走进来坐在他对面，不太自在地笑了下。

"这家店味道一般，时间还早，要不季老师换个地方尝尝？"

"前两天还说欠我一顿饭，今天连牛肉面都舍不得请了？"季临秋目光在他脸上停留几秒，似是审视又像调笑，"放心，也就再点锅鱼翅、鲍鱼，姜先生豪爽，肯定不会拒绝我。"

说来奇怪，平日店里都有好几个老客光顾，不吃饭也打牌聊天捧捧场，今天店里空空荡荡，只有角落坐了俩老头在闷头吃盖浇饭，旁边摆了个破旧的帆布包。

老板娘不在柜台前，伙计点完单匆匆去了后厨，都不肯出来倒茶。

姜忘眸色微变，还想找由头开口赶人，门口已传来了重重的脚步声。

来不及了，店门口前后被堵死，十几个人涌入店里，外头还有人拿工具封门。

咔嗒一声，门彻底被锁死。

季临秋扫一眼门外，自顾自给姜忘倒茶。

"姜先生像是外地人，喝过这里的山茶吗？"他仿佛没看见包围过来的人，轻抿一口道，"我们这儿的土话叫这种茶为三皮罐，听着鄙陋，其实泡的是泰山海棠，香气很独特。"

姜忘接了他递的茶，目光里多了几分审视。

"你不害怕？"

"怕什么？"季临秋扬首环视，看得很慢，"巧了，这里头还有三个是我教过的学生。"

"夏朋、冯赵洋、李海，现在应该在读初二和初三，对吗？"

季临秋坐姿松弛，撑着下巴语气玩味地说。

姜忘心里突然像被挠了下痒痒。

几个学生在这种和蔼注视下沉默了半晌，憋了半天才出声。

"季老师……"

姜忘原本早有打算，战局里突然加入一个小学老师让气氛变得荒谬又奇妙。

季临秋缓缓站了起来。

"'战龙飞天'是吧？"

他一站起来，领头的和旁边好几个跟班齐刷刷跟着警戒起来。

年轻男人垂着眼眸，长长的睫毛有点儿翘。

他竟像是完全没有意识到危险，伸手拿过领头那人手里的东西。

"你要干什么？"

"我警告你！！"

"老师你别乱来啊！！"

姜忘没出声拦他，只十指交叠不出声地旁观。

季临秋右手张开在桌上放平，用来写粉笔字的手骨节分明，指甲边缘都修剪得很好看。

他有些为难地嗯了一声，打量着他们。

下一秒没有等任何人反应过来，指向了他们的领头。

姜忘勾起唇角吹了一声哨。

季临秋盯着面前的小青年，不紧不慢道："你是他们的头儿。"

季临秋咬字有种职业感的清晰，以至于二十多岁的人在他面前似乎都应忏悔受训。

一个人很难同时拥有两种矛盾的光芒——既温柔纯粹，又锋利嚣张。

领头人面色一白，想动手发觉武器在对方手里，本能地往后退了一步。

"别退。"姜忘懒洋洋道，"门都被锁了，你退什么？"

"你——"他示意手下动手，心想今天怎么也要给这两个人一点儿教训。

在场的学生们没想到他真会下令，怎么也不敢对准老师。

——如果今天来的只有这个外地人，他们绝对不会犹豫一秒，至少会跃跃欲试。

"都愣着干什么？上啊！"领头男怒吼道，"屁了？"

姜忘举手示意暂停。

"那个，等一等。"

众人齐齐回头。

男人从登山包里取出手摇式电锯，神情和蔼地拉了两下，疯狂马达声响彻胡姆面店。

社会男看得眼睛发直，没等其他人反应过来就猛冲至门口拼命捶门。

"开锁开锁！我不打了！放我出去啊！

"快开门！人呢？"

季临秋坐在旁边瞧姜忘玩电锯，喝了口茶道："早备好了？"

"工业时代的智慧结晶，"姜忘认真赞叹，"最适合吓唬这些不学好的小屁孩了。"

几个小孩已经躲到墙角，跑又跑不掉，打还打不过，憋着哭一脸惨相。

领头人已经在砸门了，外头好些人好奇探头，还跟着指指点点。

"就是他们几个啊？"

"是啊，听说在学校天天惹事，现在还敢威胁老师噢？"

"啧啧啧，现在的孩子真是要好好管着……"

姜忘摁着玩似的开大马达，领头人直接叫出声："我不打了，我不打了，我再也不欺负小学生了。

"救命，啊啊啊救我！"

姜忘伸手关掉电锯，敲敲桌子道："站成两队，排整齐点。"

"门口那个，你过来，也站队里。"

他都快吓傻了，哆哆嗦嗦倒在门边站不起来。

季临秋一脸好奇地拿起了电锯。

社会哥连滚带爬跑到队伍里站好，一边被罚站，一边呜呜直哭，就没受过这种委屈。

"行了，陈伯，铐人吧？"姜忘扭头道。

面馆角落里的老头面还没吃完，擦擦嘴嗯了一声，把帆布包当众打开。

里头装的全是明晃晃、银亮亮的手铐。

瞧着十几个人排队戴铐子同时接受民警教育，姜忘站在门口眯眼吹风。

"时间差不多到了，"季临秋把碎发捋到耳后，"我回去给星望上课。"

"今天这事，他告诉你的？"姜忘哑然失笑，"小孩就知道乱出主意。"

"不会，我也是碰巧凑了个热闹。"季临秋温柔笑笑，转身出店。

成功维护红山区正义的震撼都抵不过目睹老师野性指人的那几秒钟。

姜忘处理紧急事件时脑子里大半填塞的还是工作性理智，回到家以后越品越上头。

这种事交给每天捧着书给学生们上课的季临秋来做，就格外不一样。

他本来觉得自己和老师挺熟，现在反而有不少事想了解更多。

顺应平常却又不太合理的是，这件事结束以后，季临秋在学校里跟没事人一样继续上课，小孩们依旧围着他叽叽喳喳，家长们也拉着他的袖子絮叨个不停，满脸写着欣赏喜欢。

姜忘接小孩放学时在人群后面多打量了一会儿。

彭星望仰头观察他："大哥，你是不是也想靠近点？下次早来才行噢。"

姜忘伸手削他脑袋。

"啊！为什么又敲我？"

伴随着小混混们招的招、求饶的求饶，"战龙飞天"等相关团体被快速清理掉。这种小团体本来就没固定据点,纯粹是中二期小孩装酷做梦,一击即溃,没什么抵抗力。

不管怎么说,这也是洗净社会风气,杜绝安全隐患。警察局特意给姜忘发了张奖状——红山区优秀市民。姜忘双手捧着奖状和警察同志们合影。

"人人为我,我为人人。这是我应该做的,谢谢鼓励。"

姜忘特意穿了件比较帅的纯黑皮夹克,拍完照后背热得全是汗。

但穿这身确实帅,瞧着像电视剧里的大哥从良,特别正义英朗。

彭星望踮着脚把奖状挂到客厅的侧墙上,盯着照片里笑得傻乎乎的自己看了几秒。

"眼睛太小了,不好看。"他轻轻叹了口气,"要是我长得像大哥就好了。"

姜忘伸手把小孩的脸往两边扯:"想什么呢?"

明明就是一个模子里刻出来的。

话虽这么说,但姜忘先前就发现了些细节。现在的彭星望,大概率和小时候的自己形似神不似。

他很清楚自己十岁出头的模样,阴郁、内向,哪怕穿着大红大绿的衣服,拍照出来脸色也像是蒙了一层灰。

彭星望还没有吃过未来许多年的苦,早早地被二十年后的自己从深渊里捞出来,养了没多久就逐渐恢复到小孩子的情态里,笑起来特别讨喜。

姜忘端详了会儿他的样子,安抚道:"没事,长憨点儿也有福气。"

小孩静默两秒,完全不觉得这是褒奖。

"对了……"彭星望从书包里掏出一张回执单,支支吾吾道,"学校里……有暑假夏令营的活动,但参不参加都可以。"

姜忘接过单子一看,心里略有数。夏令营没几天,其实算是几个老师带孩子们在周边郊游团建,变相给家长们放假。

他两笔签完同意,笔尖点着纸看后面还有哪里要填。

小孩凑到旁边,生怕他没看清楚价格。

"要两千八百元……"

姜忘停下来看他。

彭星望有些无措:"要不我写个记账本,等我长大以后都还你。"

他没法理解这种超脱父母血亲的感情,既不想表现得生分见外,却也努力想要对等回报。这实在难为一个七岁小孩。

姜忘思索了一会儿,把后面的地址栏号码一并填好。

"其实你大哥小时候,也这样被很多人照顾过。"

他慢慢道:"你要是觉得不好意思,长大以后遇到过得不好的小孩,多帮帮他们就好。

"要是碰不到这样的小孩,救一救路边快冻死的小猫小狗,大哥就很满意了。"

彭星望接过回执单认真点头,看着上面的字发了会儿呆。

姜忘清楚小孩顾虑得太多,但也不可能挑明说其实我就是你,你就是我,只能跟"撸"狗一样一遍遍揉他的头。

小孩半晌欸了一声。

"大哥,"他高高举起回执单,"你的生日居然——跟我是同一天欸!"

"而且都是在后天欸!"

姜忘的手停在了半空中,糟糕,他忘记这一茬了。光顾着把日期填到时间线前,生日没有改。

彭星望一年级竟然就会看身份证号信息,瞧见"19780711"时一眼捕捉到重点。

小孩像是生怕自己看错了,把回执单递到他面前:"真的吗?"

大哥缓缓点头:"好……巧啊。"

彭星望声音超大地欢呼一声,他像是发觉自己其实是个幸运的小孩,能够和钦佩的大哥同一天生日,跟拿到三好学生奖状一样开心。

"大哥大哥!我们其实超级有缘分啊!

"那那那,我是不是可以给你过生日了呀!我要给你唱歌!"

姜忘伸手捂脸,麻烦了。先不说过去十几年里他就没正经过回生日,有也是给同事个正经借口出去胡吃海喝。

自己给自己相互过生日这件事,简直跟对着镜子打电话一样。

彭星望只当他是不好意思了,干脆利索地把存钱罐小猪尾巴拔掉,把里头的硬币纸票全都捧出来,哼着歌就要出去给他订蛋糕。

"等等。"姜忘确实是不好意思,铁血男儿这辈子就没跟小孩一起吃过蛋糕。

他把彭星望喊住,看见小孩的灿烂笑容又没法开口。

于是拒绝的话硬生生吞回肚子里。

"不要订巧克力味,"男人绷着表情道,"也不要草莓,普通蛋糕就行。"

"好嘞!"

到了7月11日当天,闹钟还没有响,小朋友一吹彩带炸得好像有人开枪。

姜忘简直是从睡梦里弹射出被子,看见头顶纸皇冠的彭星望时太阳穴突突直跳。

"大!寿!星!"小孩踮着脚给他戴生日帽,"生日快乐噢!"

彭星望其实也不好意思,但还是鼓起勇气把自己写的生日贺卡交给他,还从由浴巾围成的国王披风里拿出一份用红卡纸包好的礼物。

"谢!谢!你!"他大声道,"大哥我爱你!"

话音未落,没等姜忘自己反应过来,小孩一溜烟儿跑走:"我去上学了!"

姜忘目睹完幼年版自己害羞行为的全程,深呼一口气,低头先拆贺卡。

贺卡是在学校旁边小卖部买的,能看出来小孩努力避开那些画满花仙子、奥特曼的卡纸,找了个最简约风格的香水卡片,上面写着——

大哥
祝你活dao700岁(祝你活到700岁)!
一定要每天开心哦!

你的彭星星

旁边用蜡笔画了极其夸张的二十八个五角星,姜忘揉着眉头一直笑,这会儿想把小孩儿摁回来练字。都要上二年级了写个字还写得歪七扭八,作业还是布置少了。

看得出来是他在美术课上用双面胶裹的礼物包裹,边角歪歪斜斜还会露出胶面,但礼物正面用铅笔在红卡纸上画了两个大人牵着一个小孩，天上还飞过一只乌鸦。

给我送生日礼物还记着画季老师，行吧。姜忘表情嫌弃得不行，起身拿水果刀沿着胶面慢慢把纸拆开，没舍得破坏小孩画的火柴人。

自从来到梦境世界以后，和星望相处的每一秒都像在探索被遗忘的自己。

压抑的、麻木的、凶戾的成人外壳里，曾经鲜活快乐又明亮的自己。

礼物跟洋葱似的仔仔细细裹了三层，两层礼物纸剥开后，里面是一个木盒子。

姜忘记忆里有什么东西动了一下，又想不起来这个盒子在哪里出现过。

盒子一打开，露出一个小熊水晶球。可爱的树脂小熊抱着水晶球酣睡，水晶球里是灯火明亮的小木屋，也是小熊梦里的家。

轻轻摇一摇，璀璨明亮的六芒雪花便跟着飘飞起舞，映得森林小屋更加温暖。

他想起来了，这是他妈妈在离开这座城市前，给他买的最后一个玩具。

却被彭星望再度送给了他。

姜忘小时候从来不敢找家里要任何东西。

哪怕是过生日了，也会聪明地假装什么都不知道。

他记不清妈妈走时的琐碎争吵，只记得那天下了很大的雪，天空白茫茫的都看不见月亮。

女人给他买了他在橱窗里看了很久的小熊，然后亲吻他的额头，就此离开。

后来那个小熊被锁在书柜深处，再后来便被所有人忘记了。

姜忘捧着水晶球站了很久，突然发觉二十八岁的自己有时候仍然猜不透八岁的自己。

小孩把这个被忘记的家送给自己，是想说什么呢？

姜忘有些烦躁地抓抓头发，突然不知道晚上接他放学的时候，该回赠一个什么样的礼物才好。

星星已经把他能拿出来的、最珍贵的唯一的礼物送给他了。

像是要感谢这些日子里他的照顾和保护，也像是想诉说更多内心不敢讲的悄悄话。

姜忘翘了半天班，把城里的礼物店逛了大半。

贵的不好，便宜的不好，什么都不好。

男人实在没办法了，中途给季临秋打了个电话，然后豁然开朗。

放学时间一到，彭星望满脸忐忑地跟着季老师往外走，像是在等姜忘的一个答案。

男人还是很酷。

穿着最好看的机车外套，在一众白发苍苍的老爷爷老太太里插着兜等他。

彭星望小步蹭了过去，脸上还是很不好意思。

姜忘把他抱了起来，超用力地亲了一下。

"以后叫哥。"

"我就是你亲哥。"

"祝你生日快乐——祝你生日快乐——"

姜忘二十八年里头一回开口唱生日歌，虽然内心还是有点儿羞耻，但板着脸从头到尾唱完了。完事陪彭星望切蛋糕。

"你许了什么愿？"彭星望很好奇，但刚问出口又慌忙摆手，"不说不说，说了就不灵了。"

姜忘还没回答，小孩又忍不住道："我许愿期末考第一名！"

姜哥很静默。

"你知道吗？做第一名小孩的家长可光荣了，还会在家长会上被老师夸！"彭星望把堆满蛋糕的纸碟递给他，把巧克力标签扔到嘴里嘎嘣嘎嘣嚼，"我英语现在能考八十分了，再复习复习一定可以！"

姜忘很少关心他的分数，作业不会做、课本不会念倒是教得很勤，唯独不会给他压力，逼小孩一定要考多少分。

姜忘恋爱都没谈过，养小孩也是第一次。

想来想去，也不打算培养个什么高才生，能从小到大都开开心心就行。

以后这小孩万一五官轮廓都跟自己一模一样，到时候再想办法解释自己真不是隔壁家老王。一想到这儿,男人忽然提起了兴趣。

"彭星望,你长大了想做什么?"

他小时候好像没工夫思考人生理想,现在听听也好玩。

彭星望在小口小口吃蛋糕,闻言很认真地想了一会儿。

"我想去做公交车司机。"

"为什么是公交车?"

"因为,因为开公交车,就像在城市里开船一样,特别浪漫。"男孩比画着说,"司机永远都有可以坐的位置,还可以给所有人放自己喜欢的电台频道,很幸福啊。"

小孩这个星期才学会"浪漫"两个字该怎么写,逮着机会就可劲儿用。

"如果不能开公交车,去放羊也很好。"彭星望又道,"我喜欢羊,羊很好。"

姜忘托着下巴听他畅想,意外感觉很不错。

"行,你回头要是去乡下放羊,我给你配几条边牧。"大哥说话很硬气,"冬天的棉袄围巾都指着你了。"

"好!拉钩钩!"

自打 7 月 10 日世界杯结束,姜忘的临时取款机正式关闭。

全镇跟着看球的男人们都意犹未尽,扒拉着这算卦神人再赌些别的。

姜忘记忆里还存了点亚冠、欧冠记录,但暂时可以扔到一边。

他的存款和人脉已经相当够用了。

比起算今晚电视里会进几个球,令更多人惊奇的是他能算中出轨离婚、生病痊愈,甚至还能看出谁家怀了男孩女孩。

有时候有人请姜忘吃饭,本来是谈生意合作的事儿,吃完姜老板擦擦嘴:"怀的是女儿,恭喜。"

做东那哥们儿人都傻了:"什么,我老婆怀孕了吗?"

他这张嘴足够灵,以至于一口同时混杂南北方的口音,都能在这座小城里极快立足。办事处的婆婆婶婶们瞧见他巴不得多留着说几句话,办证过审都是飞一般的感觉。

7月12日，距离小学生期末考放假还有五天，"不忘书屋"正式开张。

地址恰好位于胡婶面店右边，直接把两个铺面合并起来装修一新，附带卖烧仙草和咖喱鱼蛋的小店，名字也叫"不忘奶茶"。

按理说新店铺不至于开得这么快，奈何姜老板给钱爽快、思路明白，早晚过来监工不说还隔三岔五请工人兄弟们喝酒吃烤串，铺子质量自然也格外好。

红山初中离这儿只需步行十分钟，好些老师也喜欢逛这条街，分类齐整的教辅资料，开门第一天就卖得紧俏。

毕竟老板招牌都打出来了——全H省的好教辅全搬过来了！不怕你做不完！！

爷爷奶奶带小孩来买书满四十附赠鸡蛋一篮，多买多送！

有鸡蛋搁这儿，书屋生意当场爆满，小伙计们忙到恨不得拿头做奶茶。

姜忘吩咐彭星望帮着照看生意，自己在柜台调试六个位置的监控，突然感觉有小孩在盯自己。他抬起头，与吸鼻涕的小孩四目相对。

"杨凯。"姜忘平直道，"你看我干吗？"

小孩很惊讶："你还记得我的名字啊？"

嗯，毕竟是一起在荒野里啃过地瓜、一起豁过命的交情。

杨凯这个人二十多岁的时候特别像哲学家，像是早早参悟透生死，大道理一套一套的。平时姜忘碰到什么事，但凡听他扯几句弗洛伊德、亚里士多德就一定能想开点儿。

目前这个哲学家还在吸鼻涕。

"请你喝奶茶。"姜忘示意店员优先给这小孩做一杯，坐在杨凯对面，"你是彭星望的好朋友，我记得你。"

杨凯很老到地点点头："要草莓奶茶，放椰果。"

姜忘和缩水二十岁的挚友坐在一块儿，本来想叙叙旧聊点儿什么，又感觉找不到话头。于是便撑着头看这小胖子吸椰果。

"姜哥，"杨凯也是渴了，喝完大半杯才开口，"你到底想要什么啊？"

姜忘没想到这位一上来就提出这么哲学的问题。

于是还是和当年一样回答："你觉得呢？"

"我觉得你还没想好。"小朋友抱着草莓椰奶道,"我将来要去开飞机,从这里开到 M 国去,听说 M 国有哥斯拉。"

不,你将来会去考研学生物,然后在异国他乡一边骂人,一边做实验,一边哭。

姜忘停顿片刻,又问道:"你为什么觉得,我没有想好?"

"很简单啊。"杨凯指指他的领口,"所有人都戴小铁标了,你没戴。"

姜忘伸手一摸,意识到他说的是自己给店员配的徽章,这个灵感还是来自红山小学人手一个的校徽徽章。

他是背后的老板,并不用戴店长标,领口很干净。

他不喜欢被身份束缚,一直如此。这么选很自由,但同时也不会有归属感,也不知道算不算好。

男人决定再参考一下小哲学家的意见。

"那你觉得,我什么时候会想明白?"

"这个,"杨凯摸领子,"你什么时候想在衣服上别东西了,就一定是想好了。"

正聊着天,彭星望带着一帮小孩过来。

"哥哥!"他特意喊得又亮又脆,"他们都要买《皮皮鲁和鲁西西》全套!一共八个人你可以打个折吗?"

姜忘眨了下眼,心想这孩子真随我,有"钱途"。

"行啊,去那边结账,每个人都给打八折。"

小孩嘿嘿一笑,趁着朋友们过去,大声说:"那边有免费的橘子水!记得喝哦!"

姜忘把小孩搂到一边咬耳朵:"等会儿给你提成。"

"真的?"

"嗯,"姜忘笑起来,"搞不好等你初中就可以自己交学费了。"

人生归属这种事暂时是虚无缥缈的哲学问题,不过做生意赚钱是目前实打实的重头戏。

姜忘做事很精,趁机把书店生意和全城快递一块儿推广,趁着广告便宜把营销推开。现在快递店的业务主要还是承接公司和厂家之间的大量货物运输，私人业务数量很少。趁着书店的畅销小说、教辅资料流向全城区，快递的安全便捷也会慢慢被人们接受。

总体来说，就是真顺。也就在这个节骨眼，他认识了个靠谱的房产推销——房全有。内行看内行最容易瞧不顺眼，毕竟一秒就能瞧出来对方的弯弯绕绕、花花肠子，多说几句等于相互探底。

然后挑准黄金位置买了六个铺子。

房全有没想到这个传说中啥都能算，搞不好瞧人一眼就知道对方长不长痔疮的"神人"，对房地产交易市场也能讲得头头是道，索性把话摊开了讲，互相做敞亮生意。

"不过，这么好的路段，三个街区都挑着做书店可惜了吧？"

姜忘抽了半根烟没回答，心里算盘早八百年前打完了。

他要的不是书店，是仓库。明着是书店门面，同时也是网店的仓储和收发站，所有线下收入都算外快。这么做生意才稳赚不亏。

三家书店相继开业，趁着暑假来临前狠赚一把期末考试参考资料费，打印、彩印甚至是做动漫的钱都要比周边别家低，奶茶名儿越花哨越好。

他下决心快，迈步子稳，甚至在开张之前暗地里请真师父算过风水吉时。

真一算利润，账面那叫一个漂亮。房全有也没想到现在开书店生意能好成这样，毕竟大伙儿都去干餐饮了，没几个人看得上这种小生意。

他惊讶之余更坚信姜老板不是一般地有脑子，打定主意要跟这位一条路走到黑。

网店设计花了些时间，还在反反复复地改。

姜忘正和新聘的美工开会讲思路，突然季临秋的电话打了过来。

语气很不好。

"姜先生，彭星望在学校打架了，麻烦您尽快过来一趟。"

季临秋平时不生气的时候，其实叫人时，声音里有股温温软软的黏糊劲儿，姜忘暗里特别受用。

一般都是带着几分友好的"姜哥"，以及很宠溺的"星望""星星"。

这回电话打过来语气罕见地强硬，能让人直接想到他皱起来的眉头,以及微冷的眼睛。

姜忘示意美工先把U盘拔了回去改主页面,自己下楼开车同时稳住季老师。

"小孩出事了?"

"他拿三角尺划伤了女同学,"季临秋语气里透着疲惫,"女孩一口咬定他是要划破她的脸,家长现在都过来闹事,要讨个说法。"

"您辛苦,"姜忘也清楚明面上说话得端着点儿,"我马上过来,最慢十分钟。"

说完一路抄近道往学校赶,边踩油门边觉得事情不对劲。

彭星望是他本人,他再了解不过了,小时候尿得很,一吓就想哭,被亲爹拿来出气,哪里还敢跟学校同学打架。

再一个,小孩生意头脑相当好,轻易也不会得罪班里同学。

那多半就是被激将或者是戳痛处了。

其他七八岁的小孩能戳什么痛处呢?极有可能是骂他本人亲爹酒鬼亲妈跑路,然后再添些从碎嘴家长那儿听到的难听字眼。

嗯,非常有可能。男人想到这里,眼神变暗,不自觉地气压变低。敢骂我?

小姑娘目前并不知道大哥小弟一体化的神奇局面,还在办公室里哭哭啼啼。

"他……他居然……嚯,太过分了!"

旁边两个家长也面色难看。

"到底来不来啊?姜老板书店不就在旁边吗,需要这么久?"

"人啊,别赚了点儿钱就飘了,该不会是上梁不正下梁歪吧?"

高大男人推门而入,走路时衣摆生风。

"抱歉,来晚了。"他利落地与两位家长握手,然后向班主任许老太太致意:"您辛苦。"

老太太这会儿气得说话都哆嗦了,一个劲地拿手掌拍桌子,半天说不出话来。

不对,两小孩打架至于气成这样吗?

"星望呢?"

"他情绪太激动,我让他坐在隔壁办公室先缓一下。"旁边帮着安抚家长情绪的季老师解释道,"我现在把他带过来。"

"您也消消气,别为小孩儿难受。"姜忘环顾着周围情况,程序性哄哄老太太,"他犯错肯定有我这个家长的责任,您先说说,具体怎么了?"

没等老太太开口,穿着艳丽的女人冷笑一声。

"怎么了?你家孩子竟然敢煽动全班同学群殴我女儿!"

"那可不一定吧。"老太太一脸厌烦道,"声音小点儿,我不聋。"

许老太太年纪大了,看谁都烦,说话也直接。

下午上体育课的时候,彭星望和孙蓉蓉不知道因为什么,先是拌嘴然后动手。

虽然小孩"嘴炮"干不赢动手也正常,谁想到彭星望居然张口叫人帮他打架,女孩自然也尖叫着喊小姐妹们过来帮忙。

——然后全班小朋友都扭打在了一起。

体育老师上了个厕所的工夫,再回来发现全班小孩打得那叫一个热火朝天,连扛带拽被抓挠地费了老大劲才把他们分开。

然后小女孩冲去电话亭先拿 IC 卡召唤家长,再冲过来对着在喝茶的老太太一顿猛哭。

孙蓉蓉家长脸色非常难看:"男孩打女孩够可耻了,居然还叫一堆人来!"

"您哪里的话。"姜忘皮笑肉不笑道,"小女孩指甲尖爱抓脸,芝麻大点儿事就兴风作浪,谁仗势欺人还不一定。"

"你——你什么意思?"女的当即竖起眉毛道,"姓姜的我告诉你,别以为你有几个臭钱就了不起了!"

说话的工夫,季老师把彭星望牵了过来。小男孩很倔强地没有哭,但是脸上都是指甲印,有一块被掐得都快出血了。

姜忘一目了然,声音冷下来:"星望,哥哥在这里。"

"你不要有任何顾虑,遇到什么就说什么,犯错了咱们认,没错咱没必要扛。"

小男孩咬着嘴巴看他,鼻子都被拧红了。

"清醒点。"姜忘加重声音,"到底怎么了?"

彭星望看向其他人，目光落在孙蓉蓉爸妈身上。

"全说吗？"

刚才还抽抽噎噎哭着的女孩忽然尖叫起来："你是臭流氓！

"老师，他是撒谎精，他说的你都不要信！"

"我不是撒谎精。"彭星望深呼吸一口气，"你上体育课，穿的是旧球鞋，被你朋友取笑了。

"她们笑你校服脏，鞋子烂，说以前的破烂王是我，现在是你。

"你不去跟她们生气，见到我刚好在旁边，骂我不要脸。

"你骂我爸爸迟早醉死在路边，骂我哥哥是赌鬼迟早被人剁手，家里的钱全是赃钱。"

"孙蓉蓉，我提醒过你很多遍，你最好不要再说了。"

"然后，"彭星望深呼吸一口气，当着所有老师的面，用力道，"你骂我妈妈是婊子。

"你说我家的钱，全是她出卖身体赚来的。"

孙蓉蓉倔强着不低头："本来就是！不光我妈这么说，街坊阿姨都说你是杂种！"

她身后的女人脸色一变，怒骂道："老娘是这么教你的吗？"

转头没等别人发难，张口又骂身边老公："你有钱在外面养女人，没钱给你女儿买双像样的鞋子，孩子被人打了还闷声不吭，你是男人吗？"

姜忘被吵得太阳穴突突跳，自己这边还没跟小孩讨到公道，女孩又尖声哭起来。

"我不是破烂王——我不是——他才是！！

"凭什么？凭什么他都有新鞋子穿？他明明是捡来的！！"

她生怕自己不够清白，也不顾门口窗外许多同学在扒着看热闹，抹着眼泪大哭，想要吼给所有人听到。

"彭星望是捡来的！他是野孩子！！我不是，我有爸爸妈妈，我不是破烂王！！！"

小孩子的自尊真是要命的东西，既不能说毫无意义，但是又像泡沫一样难以保护，一不注意就会把他们击溃。

孙蓉蓉连哭带号一通耍赖，办公室里想帮忙劝架的几个老师都皱了眉。

她妈妈明显在借着这事儿跟老公发泄情绪,哪里还管彭星望受的委屈。

季临秋先前在隔壁班上课,不了解具体情况,这会儿脸色很不好看。

"您安静。"他压着情绪道,"我们先解决问题。"

姜忘蹲了下来,用指节擦彭星望拼命忍住的眼泪。

"你很坚强,"男人轻轻道,"你已经在努力做对的事了,对不对?"

彭星望咬着嘴巴点头,像是再多说一句都会憋不住哭出来。

他不想老是哭,也不想给哥哥惹事。

"看什么,看什么!都回去!!"

许老太太起身把周围的小孩都轰走,满脸厌烦。

"互相道个歉,小孩再交个检讨。

"俩小的不懂事,你们大人别怄气。"

姜忘没有笑,当着他们的面掏出手机。

"稍等,我有点儿事没交代完。"

"你要干什么?"男的刚才还闷头装糊涂,这会儿立刻警惕起来。

姜忘轻蔑地看了他一眼,出门打了个极短的电话。

男人和女人的表情都变得慌乱又愤怒。

"你不能把这事闹大!"他叫道,"本来就是你没管好小孩,哪有男生打女生的?"

"他还要划花我女儿的脸——"孙蓉蓉的妈妈接茬训斥,"女孩的脸是能随便碰的吗?"

两个孩子都睁圆眼睛等姜忘的反应。

"他们说得对。"

姜忘缓缓牵起彭星望的手,声音平静。

"我们不能靠武力解决问题,也不该把其他同学卷进这件事里。

"星望,我们说声对不起。"

他竟服软得如此之快,以至于在场所有人都变了脸色。

季临秋神情微变,想开口阻止,姜忘却以更不容驳斥的语气重复了一遍。

"星望，跟我一起说，对不起。"

男孩呆呆地重复了一遍。

"对不起。"

许老太太巴不得息事宁人："行了，你们一家子把人家小孩贬低成这样，见好就收也道个歉，别再吵了。"

女人不情不愿地又埋怨丈夫数句。

"但凡你对女儿上心点儿，她今天会这么丢脸吗？"

"现在好了，全校都知道她有个没用的爹，她穷到只能穿破烂！！"

姜忘看着女人摇晃的宝石耳坠没说话。

"快点儿，"女人不耐烦道，"说对不起！"

"可是……"小女孩眼里有怨毒的神色，"他……"

"快点说！！"

"对不起。"

事情折腾到现在，直接到了放学的时间。

姜忘再也没让其他人接触小孩，牵着彭星望回班里收拾书包。

小孩受委屈时都没有颤抖过，重新回到全班同学的注视里时嘴唇都在哆嗦。

放学广播响彻校园，所有人都在往门口走。

最前方的小孩惊呼出声。

"我的天啊——"

"哇！！"

彭星望还没有看清前面发生了什么，蒙蒙地又很委屈地被姜忘牵了过去。

只见校园门口停着四辆婚庆级别的加长款豪车，十八个身着西装、戴墨镜的保镖一字排开。

在彭星望出现的下一秒，他们整齐划一地排成两行，气势俨然像私人护卫接受检阅。

"恭迎彭小先生回家！！"

所有小孩和家长全都傻了。

"小先生！老夫人从国外给您打来电话，问您那只斑点狗要不要抱过来养?"

"小先生！波士顿龙虾已坐飞机运达，您今晚想吃红烧、清蒸还是焗芝士？"

"小先生！您的私人服装设计师在等您了，今年还是用天蚕丝做新校服吗？"

姜忘皱眉摇头："喊得不齐。"

十八个墨镜保镖齐齐收声，然后同时起身行礼。

"一切唯您是从！"

"请您吩咐！！"

彭星望一瞬间尴尬到头顶冒烟，他牵紧姜忘的手，小脸通红不知道该怎么办。

始作俑者下巴一扬，十八个保镖整齐后退，漆黑鞋跟踩得水泥地两大响。

部分没见过世面的家长们表情涣散，旁边小孩们脸上有止不住的羡慕。到底是 2006 年的五六线小城，很多孩子要考上大学才有机会去省城看看。

这儿的小学生们对"名流贵族"的了解还局限于电视里的土豪装潢，见到彭星望有这种待遇都新鲜得走不动道，伸长脖子看半天不肯跟爹妈回家。

"好厉害……"

"天啊，他为什么有这么多人接？"

"欸，这是你们班同学？"

彭星望听着周围人的议论听到耳朵根发烫，仓促道："快走吧。"

姜忘跟贴身管家似的严谨行礼："您请。"

请什么啊！走回家也就五分钟啊！！

没等小孩反应，左边的墨镜保镖动作轻柔地双手接过米老鼠书包，右边的接过校服，然后在众人注视下引他坐进超长款豪车里。

姜忘帮他把车门关好，深鞠一躬坐到后面的车里，一行仪仗队就此消失。

孙蓉蓉站在不远处怔怔看完全程，突然扭过头看向身后父母。

"你们根本不爱我,对吗?"

男人女人脸色很难看。

豪车小队绕城半圈,停到新开的西餐厅门边,解散前还特意合影一张,留作双方纪念。

彭星望跟着姜忘去吃牛排,表情窘迫又忍不住笑。

"哥,你这样……"他双手捂头,完全想不出词来形容,"我都不知道明天该怎么解释。"

"不用。"姜忘在尝他的那份柠檬味巧克力芭菲,被冰得轻嘶一声,"他们问你,你就笑笑摇头,什么都别承认。"

小孩还没拥有二十年后自己熟练掌握的高级糊弄学,讷讷道:"可是……"

"不会编故事对不对?"

"你不开口,他们就一定会替你编。"

第二天起,红山小学便被神秘传说充分围绕。

明明已经到期末最后几天,小孩儿们的注意力全被一年级的贵族新生吸引。

有人说他其实是某国女王的跨国遗孤,有人说他吃饭用的都是钻石汤匙。

小孩想象力有限,把所见所闻拿回家跟家里人讲,会得到比电视剧还花里胡哨的充分猜想。

于是姜忘的身份从普通商人变成了某国首富的神秘二代,小孩来这里搞不好只是为了体验下生活。

——为什么武艺高强还会算命也有了充分解释,非常合理,非常豪门。

彭星望亲爹不得不解释许多次,但他说真话没人信,说假话更没人信。

小朋友也没想到有朝一日大家会同时用看灰姑娘和龙傲天的目光注视他,只能闷头学习假装什么都不知道。

一年级(3)班小孩莫名扬眉吐气起来,个个出去做广播体操都倍儿精神,像是因此沾了不少面子。

季临秋事后再遇到姜忘,由衷地表示感谢。

"还好你没有用……更激烈的方式来处理问题。"

"毕竟是在学校,闹大了影响不好。"姜忘说这句话时脸不红心不虚,"算是给他增添点儿有趣的童年回忆。"

他不会和七八岁小女孩较劲,但一定会充分保护他家小孩儿的自尊心。

哪怕手段无厘头一点,效果到位就好。

两人正聊着天,手机响了起来。

"姜哥!姜哥不好了!!"

季临秋略有些遗憾:"下次聊。"

"嗯,"姜忘快速接了电话往外走,"什么事?说话稳当点儿,教你多少次了。"

手下伙计也是慌了神。

"我们网店这才刚开两天,有个外省学校打电话过来,一张口就要订五千本《高三密卷》!

"他们再三强调要在七天内把货送到,说要作为三校联合临时加量的暑假作业,再晚点儿学生们都放假了没法发!"

姜忘加快速度往停车场赶,语气凝重。

"现在库存有多少?"

"我们把三个仓库全找完了,统共就囤了八百本,哪想到这个卖得这么好啊。"伙计发愁道,"咱们现在跑到省城进货也不一定进得够,几家批发市场存货都有固定量啊。"

"订金给了吗?"

"我听着您之前吩咐,按八折内部优惠价算,已经收好钱开票了。"

男人原本开车前往自家书店仓库,临时改了方向往轻工业区走:"把出版社电话给我,我临时找他们批。"

"这——这也行吗?"

"别废话,快点!"

电话打过去,姜忘对接话员说:"我想找总编辑,《高三密卷》有个学校直接订了五千本,我们库存不够,希望再订一批货,十万火急,麻烦您转达。"

接话员愣了几秒,说:"好的。"

姜忘把车停在相熟的印刷厂旁边,额头抵着方向盘。

出版社那边如果进展不顺利,他直接跟学校谈换书,这单生意成交额近十万元,还关系着和外省学校的长期合作,绝对不能丢。

两分钟过去,电话打了过来,这次是个略苍老的女声。

"我是出版社总编辑,有事说吧。"

姜忘费了二十分钟谈下来印刷代工的事,然而对方表示整本书文件很大,得靠移动硬盘或者 U 盘传输,不可能靠电子邮件传过来。

"再一个,签合同也需要时间,光是双方盖公章一来一回也得一个星期了吧。"

"我们出版社的这套密卷,算是 H 省几个知名高校联合押题,确实含金量非常高。"总编辑喝了口茶道,"所以在数据交接和合同签订上,我们更要保护好双方的利益。"

姜忘深吸一口气,把车开向加油站。

"我去拿公章,现在开车来省城。"

对方愣了下。

"你真打算赶这一趟?"

"就算你快递三天内到得了,四天时间去掉今天的来回,五千本连印刷带包装可能吗?"

"我有数。"男人平静道,"电话挂了,三个小时以后见。"

他需要四个印刷厂同时开工,以及七个小时内带着加密硬盘回来。

2006 年,连个电子公章都没有。

姜忘开车从 A 城到省城只花了两个小时十分钟,见到总编辑时一口水都没喝,谈分成、签合同、盖章,前后不过十五分钟,拿走硬盘、合同,掉头回 A 城。

等四个印刷厂全部谈妥,安排好人手连夜开工,已经是凌晨四点。

他开车从郊区回家,脑子疲倦到一片空白,什么多余的都没法想。

七天赚近十万块钱,每个流程的要求都精密到恐怖。

如果做成了呢?他不去想如果单子砸在手里会怎样。

凌晨四点,城市空空荡荡,路灯落影都显得落寞。

姜忘困得不行，等红绿灯的时候看见街对角大排档附近有几个人影。

男人揉了揉眼睛，视力极佳地发现有两个人在努力扛另一个人。

最后那人喝得烂醉，像是站都已经站不起来了。

两个同伴也是搞不动他，又吝啬于叫车送他回去，竟然直接把这人甩到路灯旁公交车站里，放任那人瘫倒在冰冷的砖地上。

前头有三个人招手催促他们快走，后头两人便勾肩搭背扬长而去，不一会儿身影消失。也是一帮孙子。

姜忘困得倒在车里就能睡，这会儿犹豫几秒才把车开向那个人。虽然现在正是盛夏，夜里地上凉快，睡一整晚顶多满身蚊子包，但还是怕出事。

他家里有个嗜酒的人，因此格外留心。

夏利在公交车站旁缓缓停好，男人目光为之一顿，胸口堵得发疼。

彭家辉双手抱紧一个黑色公文包，身上满是尘土地睡在灌木丛里，脖颈、裤脚都沾着草叶。

他喝得很难受，以至于脸颊都憋得紫红，偏偏身体已经失去自我控制，想要呕出一些酒都难。

姜忘二十多岁以后经历过太多酒局，清楚他在扮演什么角色。

——无论事业单位还是外企都有这样一个人，负责谈生意时在旁边捧场敬酒，以满足各个老板及管事人的微妙控制欲。

能喝不能喝的都会跟他殷勤敬酒，像是只要几瓶红的、白的下肚，便是双方诚意得到坦诚。

至于身体健康，肝脾正常？那与群体利益有什么关系。

用完就扔，真是帮浑蛋。

姜忘下车走过去探彭家辉的呼吸，语气不算友好。

"醒醒，看得见我是谁吗？"

中年男人声音含混，手指都被麻痹到没法灵活弯曲。

他想要睁眼睛又想要睡过去，呼吸不时被呛到，咳起来极狼狈。

姜忘把烟按灭，双手架着亲生父亲把他往上托："咳出来，别卡着，你配合一点儿。"

男人这时候已经意识混沌，没法说出完整的话，唯一记得的就是抓紧公文包，不能弄丢重要的东西。

"彭家辉，你清醒一点儿。"姜忘怒道，"三二一，呼吸！"

他技巧极好地重拍男人后背，后者如同溺水般长长抽气一声，挣扎着道："疼。"

"哪里疼？"

彭家辉眼睛里全是血丝，睁开眼视线都没法聚焦，喃喃着又喊疼。

姜忘拖拽他几分钟都累出一身汗，意识到生父搞不好真要死在这条街上，反身背起他往车的方向走。

他极力想忘记这个人，以至于名字里都不肯留这个人的姓，却仍旧无法放任对方死在街头，就此了断。

酒醉以后的人极沉，背着想走路很吃力。

"你别吐我身上！"姜忘听见他微弱的呼吸声，再次加重声量让对方保持神志清醒，"醒醒！头往车厢里头进，往右边看得见吗？"

他一路驱车开往人民医院夜间急诊部，途中不断确认彭家辉是否还有神志。

医生接到人时略有怒意："这都喝成什么样了？你不怕他胃出血死掉吗？都这样了也不拦着点儿！"

"你是他什么人？"

姜忘疲倦道："邻居。"

甚至不想说是朋友。

几个护士匆匆过来照顾彭家辉入院洗胃，留了个实习的通知他去挂号缴费以及拿药。

"目前看来，有重度酒精中毒现象，肠胃急性反应肯定也有，具体还要进一步确认。

"你今晚别走了，最好一直在这儿陪着，免得出事。"

医生把几个表单交到他手里，声音又急又快："你认识他家属吧？尽快通知病人家属过来。"

姜忘想了想："估计全死了，有事找我吧。"

至于彭星望，小孩睡觉呢，不要找他。

姜忘不得不守到天亮。

他中间昏昏沉沉靠着墙睡过去一会儿，又因为脖子失去受力猛地低头醒过来。

护士又过来通知他办入院手续，要填病人本人身份证号和年龄、地址。

姜忘本来替彭家辉拿着黑色公文包，在昏暗又混着尿臭味的急诊大厅里独自坐着。

他低头看了两秒，伸手打开公文包。几张散钱，总额加起来不超过八十块钱。

一张身份证，一串钥匙，钥匙串是个泛黄的塑料小羊。再往里头探，还有个比较隐蔽的拉链夹层。

他动作停顿两秒，把拉链也完全打开，首先映入眼帘的是崭新的五百块钱。

姜忘那天给他时是什么样，现在就还是什么样，一张都没有动。把红票子拨开，里头放了份折叠仔细的采购协议——

"拟向成丰机械公司订购 EP-12 零件伍拾箱。"

狗屁不通的文书下面，有双方手印签字，以及交易金额。

贰万元。

男人狠骂出声，引起远处输液的病人诧异注视。

为了两万元的单子喝成这个鬼样，也不怕让小孩明天去给他烧纸送终。

姜忘一股无名火不知道往哪里发，如果再年轻气盛点儿，这时候可能就直接开车去把那帮浑蛋都撞一遍。

他两三下把东西收拾回原样，起身去给彭家辉安排住院病房。

等一切琐碎忙完，已经是早上七点，走廊外陆续有人拎着热腾腾的早餐来看望病人。

彭家辉半夜被安排完洗胃、输液，这个时间已经睡熟了。

姜忘不想和这个人待在同一个房间里，一个人坐在病房外靠着墙又闭着眼睡。

他脖颈很痛。

印刷厂的电话在九点半突兀响起，询问做书的工艺替代方案。

姜忘清醒过来快速回答完，起身去看还在补液的彭家辉。

后者半夜和清晨吐了好几次，全靠护士帮忙照顾着。

姜忘本来想看一眼就安排护工自己走人，没想到彭家辉听到他的脚步声，有点儿吃力地睁开了眼睛。

"你的包在这里。"姜忘冷冷道，"下次没人救你。"

彭家辉脸色有种病态的苍白，嘴唇翕动着想要说话，却没法发出声音。

姜忘忍着脾气给他喂水。

"拜托你，"彭家辉意识没完全回笼，现在说话还是断断续续，"别，别告诉星星。"

姜忘其实很不习惯被叫小名。

"星星"这个称呼，哪怕是现在，也是在他心情极好的时候才会喊两声"彭星望"。

中年男人怕他不答应，又努力撑起身体再恳求一遍。

"知道了。"姜忘面无表情道，"我要上班去了，还有事吗？"

"没有，没有，"彭家辉声音干哑，"兄弟，谢谢啊。"

"医生说你再晚送来会儿，搞不好就因为胃出血死在那儿了。"姜忘本来只想说两句就走，一开口火气又腾地上来了，"让你找工作不是让你把自己整死，好好过日子很难吗？

"他们让你喝酒你就喝？你算什么？给他们卖笑的玩意儿？"

彭家辉被训得不敢说话，很窝囊地把目光放低，像是认错。

姜忘看他一副欺软怕硬的样子，深呼吸一口气转身往外走，心想老子忙得要死还要管你，凭什么？

走了没几步又折回来，站在彭家辉的病床前皱着眉毛看他。

"你来我公司吧。"

"别跟那帮人玩，知道吗？"

三十多岁的彭家辉面容比记忆里要年轻很多，透着股夹在青年和中年之间的茫然无措。

身份已经是个爸爸了，但并没有想好自己在这个世界的位置，像是欠了生活许多的债，慌乱、疲惫又苍白。

也可能很多人活到三十多岁也完全没准备好肩负更多家人的人生。

姜忘很不想和这个人扯上关系，但以他现在的生活，给彭家辉安排个清闲稳定的工作还是再容易不过。

没等姜忘讲出更优厚的条件待遇，彭家辉摇头拒绝了。

"远香近臭。"彭家辉喉咙正痛着，说话特别慢，"我养不活小孩，只能把星星交给你，对不起。"

"兄弟……对不起。"

姜忘抿着唇没说话，他知道这个人的思路在哪里。

彭家辉大概是在儿子被带走以后，才略清醒一点儿去重新走人生主线，找工作赚钱以及努力换个像样的住所，被迫重新认识到自己各方面的无能。

他宁可彭星望留在姜忘这里过像样的生活，也宁可不要工作，不让姜忘觉得厌烦，以至于对星望不好。

护士又捧着托盘过来换药，催促姜忘赶紧聊完走人。

"病人还要休息，探望别太久！"

姜忘低头看着彭家辉，很想质问他你为什么现在才像个人。

生活不如意的时候揍小孩撒气，三十多岁了连老婆都留不住，你人生前半段到底在混什么？

他最后什么都没说，把黑色公文包往床头柜深处放了放。

"好好养病，明天来看你。"

"不要提前出院，公司那边为难你直接来找我，知道了吗？"

他现在与父亲只差几岁，竟然还会被叫一声兄弟。

姜忘没有等彭家辉反应，很利落地转身走了，没再回头。

他回家以后倒头就睡，一直从早上十点睡到半夜。

第二天小孩没有问他去哪儿了，只是很高兴地说期末考试有好多题都会做，作业也全写完了。

姜忘瘫在床上睡得四仰八叉，有气无力地应了一声，把他送去季老师那儿补英语，转头买好热粥过去看望彭家辉。

彭家辉今天精神很多，虽然还是被护士摁着输液，但说话终于利索了。

他结结巴巴地解释前几天生意有多难谈，自己其实快要升职了，以及公司态度很好还给营养费补偿。

姜忘撑着下巴面无表情地听,偶尔见彭家辉表情尴尬才捧哏性质地嗯了一声。

"对了,"男人试探道,"你既然是……文娟的亲戚,应该知道她的情况吧?"

姜忘本来还在习惯性捧哏,嗯完反应过来文娟是自己亲妈。

"文娟好像已经结婚快一年了,我听回城的亲戚说过。"彭家辉长叹一口气,"要不是当年不小心有了孩子,她早该过得比现在好太多。"

姜忘第一次听生父谈起生母,内心无数个问题涌了上来,但仍然神情平淡地只点了个头。

"她喜欢上过大学的那种人,当年嫁给我都一直在哭。"彭家辉自我辩解道,"要离婚时我根本没拦着,可谁想得到,她孩子也不要,像是生怕我缠着她一样着急忙慌直接跑了。"

"你说文娟跑什么呢?在小城市里过日子就这么苦吗?"

说到这里,彭家辉坐正了许多,蹙着眉絮絮叨叨。

"对了,听说她这个月要回来一趟,到时候你带星星跟她吃饭,我就不去了,见面也没什么话能说,是吧?"

"星星肯定想她了。"

第三章
妈妈

彭星望并没有发觉哥哥不见了,也没有注意到哥哥回家时身上带着淡淡的消毒水味儿。

他目前在持续心碎,心碎的主要原因在于,有天他去杨凯家里一起打游戏,好朋友家里有一帮人在打麻将。

三姑六婆一向嘴碎,瞧见多了个小孩会问这是谁家的。

一听说是姜老板认的干弟弟,登时聊什么的都有了。

小朋友表面在跟发小全神贯注地打《雪人兄弟》的游戏,视线都没有离开过电视机,其实耳朵一直竖着。

爹爹、婆婆从姜老板年轻有为一路感叹,最后又把话题绕回彭星望身上。

"星望,哎,星望!"有个大姑手里玩着麻将,笑眯眯喊他,"你有没有想过,你哥哥跟人结婚以后就不要你了?"

彭星望啊了一声,表示听见了,僵直着背继续玩游戏,佯装根本不在意。

杨凯有点儿生气,顾不上自己的小白熊被怪物吃掉也要反驳回去:"那是他家里的事,而且凭什么结婚就不要他啊!"

"那当然了。"旁边的邻居接茬道:"幺鸡。我跟你讲啊,你哥哥长得帅又有钱,肯定有不少女人想跟他生孩子。"

"等结了婚再生个小孩,你哥哥哪里还管得上你,本来就是嘛。"

彭星望没有面对过这样被伪装成关心的恶意,憋了一会儿还击道:

"不是的!"

"哥哥现在还没有女朋友!"他声音变大很多,"而且哥哥一直对我很好!"

"再好也不如亲生的啊,"打麻将的阿姨笑起来,很享受折磨小孩的过程,"六饼,哎呀,杠了!你哥哥肯定会结婚的,搞不好现在已经在谈了,只不过偷偷掖着没跟你讲!"

"多个嫂子也好,"有人在旁边附和,"多个人疼嘛,是不是?"

"和啦!"

排列整齐的麻将被轰然推倒,碎瓷片般稀里哗啦被洗乱搅开。

彭星望在杨凯家时本来没往心里去,回家以后莫名又开始想那些叔叔阿姨说的话,渐渐就开始心碎。然后就变得看什么都心碎,吃什么也心碎。

姜忘不在家,他照例煮自己最爱吃的酸菜牛肉面。叉子舀起来一大口,心就碎掉两三瓣。要是真有嫂子了,以后就不能在家随便煮泡面了。

暑假刚刚开始,少儿频道动画片轮着播,彭星望看《哪吒传奇》都眼睛红红,心又啪嗒啪嗒地碎到掉渣。

哪吒那么厉害都被赶出家门了,完蛋了,我什么都不会,我只能去捡垃圾。

刚好这几天姜忘医院、印刷厂两头跑,忙到快吐血,回家也是倒头就睡。

小孩一边准备着期末考试,一边悄悄看他表情,很担心自己被抛弃。刚考完成绩好,特意绕到男人面前说题目被自己押中了,做的题全都会。

姜忘顶着黑眼圈虚虚嗯了一声,四肢酸痛翻个身继续昏睡。

完了,考好了也没法讨大哥开心。

小孩委委屈屈地回房间看书,把在这儿待的每一天都当最后一天过。

姜忘连着盯了三天印刷厂,忙到甚至没时间考虑有关生母那边的事,等到第四天所有书提前出厂等待捆扎装货,心里悬着的沉石才终于缓缓放下。

他心里牵挂着小孩,一想到小朋友期末考那天自己都不在,有点儿不好意思。

于是工作间隙特意开车把彭星望接出来吃比萨。

小城市这年头只有杂牌子比萨店卖些鸡翅、蛋挞之类的快餐。

小孩第一次吃比萨,完全没有姜忘预料的开心雀跃,像是写作业一样垂着眼睛一块一块地吃完,连掉在盘子里的玉米粒都全吃干净。

姜忘隐约觉得不对劲儿。

"怎么了,因为什么事不开心吗?"

彭星望摇摇头。

"是不是吃不习惯?"姜忘心想不对啊,自己的口味自己最清楚,点比萨时他还特意跟服务员说不要放青椒圈,"要不重新点几个吃的?"

彭星望又摇摇头,用很罕见的驯服语气说:"很好吃,谢谢哥哥。"

不对,绝对是出事了。

姜忘能感觉到自己问不出来什么,把小孩送回家以后给季临秋打了个电话。

"姜哥,"对方睡眼惺忪,尾音带了些浅浅的懒倦,"补觉呢,什么事?"

姜忘意识到自己打搅人家休息了,连忙说了两声对不起,然后才解释来龙去脉。

"我感觉放几天他应该就没事了,但还是觉得不对劲,该不会有谁欺负他了吧?"姜忘不想在季老师面前表现得神经大条,宁可做事谨慎点儿,"你方便帮我试探一下吗?"

"姜哥回回周末给我搭顺风车,我感谢还来不及。"季临秋笑起来,"放心吧,我下午带他去游乐场玩,你忙你的。"

于是温柔体贴的季老师下午把小孩带去公园游乐场里,十块钱一趟的小飞机坐了两回,旋转木马坐了三回,然后再一起坐摩天轮、吃冰激凌。

彭星望知道这是大哥拜托季老师代为照看自己,努力表现得更开心一点儿,但是笑容有点儿勉强。

等到摩天轮缓缓升起,小孩坐在椅子上发呆,任由冰激凌融化滴落在手指上。

季临秋把他抱进怀里,搂着彭星望一起看窗外。

"很害怕吧?"

彭星望愣了一下，又轻轻点头。季临秋没有再问，掏出纸巾给他擦净手指。

男人动作很慢，一个一个指尖擦过去时耐心又轻柔，像是要隔着纸巾把手掌的温暖都给他。

彭星望忽然很想哭，但是他忍住了，没有在季老师面前丢脸，然后低着头把听到的那些话都说了出来。

季临秋抱着他继续坐摩天轮的第二圈，像是两个人都可以借此短暂逃离一会儿这个喧闹到让人厌烦的世界。

"原来是这样啊。"季临秋轻轻道。

"老师，你别跟哥哥说这件事好不好？"彭星望很担心自己会妨碍大哥的幸福生活，努力恳求他，"如果真的有嫂子，我一定会提前跑掉，不会影响他们生活的，到时候哥哥估计就以为我丢了，找几天也就不找了。"

"季老师，我真的很相信你，你不要跟他说。"

季临秋陪着彭星望一直到晚上小孩洗完澡睡着，准备离开时姜忘刚好上楼。

男人刚刚把快递车辆送走，胡楂儿都冒长了也没顾得上剃。

他与他目光一接触，莫名地也想亲近。

大概是因为内心也住着一个喜欢老师的小孩。

"都问清楚了。"季临秋陪他在筒子楼的露台旁站了很久，"还是需要你来处理，这件事我不好参与。"

姜忘听完季临秋说的话，半晌没有吭声。

"为什么总有人想伤我家小孩呢？"男人喃喃低语，"一没留神就没护住，怪我。"

季临秋笑得有些自嘲。

"如果你做老师的话，"他平淡道，"每时每刻都要绷紧神经。

"你要担心笔尖戳伤他，楼梯绊疼他，哪怕是上课回答问题出了错，批评凶一点儿，也可能会让这个小孩再也不想学这门课。

"小孩子懂什么呢？偏偏爸妈会打疼他，汽车会不小心撞到他，甚至多吃两块苹果半夜都会肚子疼得乱哭，好像全世界每时每刻都混乱又危险。

"养小孩子就是这样。"

姜忘怔住,看向季临秋。

"那你为什么要当老师?"

季临秋也怔住,想了一会儿才回答。

"大概是代偿。

"我对别的小孩好,就好像在对小时候的自己好。"

"我保护别的小孩,就像是在保护小时候的自己。"他撑着下巴,任由夏风吹拂起白衬衫一角,"如果我能回到过去照顾七八岁的我,搞不好会一直宠一直宠,宠成坏孩子也无所谓。"

姜忘很想说,你小时候也过得很糟糕吧。但他知道这样会引起对方想起更多难过的事,所以只是点点头,没有再回应更多。

自这一天起,姜老板多了个打麻将的习惯。

姜老板人很高冷,连年轻漂亮的女孩子都不敢轻易贴过去,退了休的大爷大妈更不敢轻易招惹。

没想到姜忘突然就转了性子,以前人们盛情邀请也懒得去茶楼里赏个面子,现在每天都会找城里朋友打牌闲聊,四五天里便串了七八家的门,人气口碑持续飙升。

他牌技时好时差,有时候还会犯糊涂,让对家赢走一大笔钱。

偏偏像是打听出来什么,会对着几个人一个劲儿赢。

跟他玩牌的爹爹、婆婆本来也是想赚点儿,哪里想到会被针对到裤衩都差点儿输出去。

但玩麻将这件事一向是越玩越上头,三连输、四连输传出去还会被街坊们笑话,老脸都不知道往哪儿搁。

七八百元、两三千元,对姜老板来说不过蜻蜓点水,对老头老太太来说就是整个月的退休金统统泡水。

——那能买多少猪肉、螃蟹和棒子面粥啊!

多来几次以后,家里头看不下去,一合计反应过来是得罪人了。被针对的那几家人私下一通气,想装傻都难。姜老板真护短啊!

不就是随便说了几句,至于往死里搞吗?

偏偏表面好客得维持，邻里往来也没法把这种亏往外说，说出去太丢脸了。

合计来合计去，几家人咬牙买了点儿水果、零食登门看孩子。

彭星望正窝书房里写暑假作业，听见敲门声还特意问姜忘是谁。

男人正瘫在客厅长椅里看《还珠格格》，一摆手让他去开门："找你的。"

一打开门，看见先前那帮大婶大叔的脸，彭星望的毛都快竖起来了。

街坊们忙不迭进门道歉，塞水果、虾片，说什么好话的都有。

他们瞧见姜忘头都没回也不敢生气，只好声好气地问彭星望暑假作业多不多啊、放假想不想出去玩。

等好大一通圈子绕回来，才小心翼翼提先前的事情。

彭星望终于回过味儿来，神情古怪地听他们解释、道歉。

"所以说，"为首的老头想摸摸他的肩，被闪开了也只讪讪笑一下，"我们也不是那个意思，不管你大哥结不结婚，他都肯定会对你负责，那些乱七八糟的你都别乱想，啊？"

"是我们这帮人嘴上没个把门的，胡说八道，别跟我们一般见识，"旁边阿姨作势抽自己一下，其实连响声都没有，"星星啊，你好好学习，长大了报答你大哥，听话。"

彭星望眼睛都不眨，反问了一句。

"所以你们说这些话，只是为了刺激我，是吗？"

"呃……怎么会呢？"几个大人面面相觑，"没那个意思。"

"那你们说的都是真的了？"

"不是真的，不是真的！！"

"那到底怎么回事？"小孩看着他们，"阿姨、爷爷……你们先前故意说那些话，是很想看我难过吗？"

方才还想着应付应付把这事糊弄过去的人们安静下来，像是终于反应过来自己做了什么，然后面色难看地、姿态终于放低地认了错，匆匆离开。

等门关好以后，彭星望看向还在看《还珠格格》的姜忘。

"我讨厌他们。"小孩烦恼起来，"你不要再跟他们打麻将了。"

"不会，"男人没回头，"他们也没脸再开门放我进去。"

五千本书竟然提前半天到了外省。

那边的老师也没想到这是可以达成的事，甚至还一度怀疑过这个网店会把订金吞了迅速装死，瞧见货车抵达学校门口时忙不迭把尾款结清，喊门卫大爷过来一块儿帮忙点数。

一本不差、一本不坏，甚至还附赠了几十本抵折损用的样书。

以至于负责采购的老师略激动地打电话过来致谢。

"你好你好，我真没想到，也是买得急，辛苦了！"

"本来早就提前两个月跟别的书厂说了这事，但是人家临时变卦把货高价卖别的省去了，我们一帮学生想加点儿暑假作业都没的写！你说气人不气人？"

姜忘心想搞不好小孩正巴望多休息两天，表面还是和和气气地赞同："那当然，我们的宗旨就是'一本作业都不能少'。"

"每个孩子都有合适的作业写，而且要多少有多少，这才能利用好暑假的时间，对吧？"

老师连连应声，感激到说话都有点儿语无伦次，并且表示希望长期合作下去，以后就只定他们家的辅导书。

"那我当然要给最优惠的价格，"姜忘揉着颈骨道，"您这边有什么买不到的书、采购不到的材料，尽管给我们说，我们一定帮忙想办法。"

"好好好好！一定一定！"

电话一挂，男人长舒一口气，回头去看在整理卧室的小孩，他还没想好该怎么办。

如果杜文娟这个月真的回来看小孩，他的身份也必然会跟着暴露，搞不好还会被一通电话送进派出所里。

比起吃牢饭，姜忘更关心彭星望的去留。生母是最放不下小孩的，亲爹可能巴不得暂时摆脱这个麻烦，好好开始一段新的人生。

但是母亲怎么也是十月怀胎，有很大可能要把小孩带走，接去外省过新的生活。都结婚一年多了，想来应该也是安定下来了。

姜忘内心浮现出跟先前小孩一模一样的纠结不舍。

他这辈子没想过有朝一日还要照顾他自己,更没想过这些日子竟是以这样的方式温暖又快乐地度过,以至于本能反应是不想放人。

哪怕现在带着小孩远走高飞都来得及,钱也够车也有,换个地方万事大吉。

但不管怎么说,星望和姜忘还是两个人。

拥有一样的基因,拥有一样的骨相轮廓,但截然不同的记忆和人生。

小孩应该和妈妈在一起,他不能自作主张,替星星做选择。

姜忘一想到离别,内心便觉得煎熬,可当惯铁血男人不轻易表达感情,整个人只能拧着难受。

彭星望刚从随时可能被抛弃的恐惧感里解脱,收拾被子、床单时都格外有干劲,还特意拿小抹布把书桌台灯全都擦了一遍。

完事他拎着抹布跑到姜忘身边,见姜忘心情还可以的样子,挥挥手道:"那个,期末考试成绩下来了。

"我语文考九十五分,数学考九十八分,英语考九十分,是全班第二名。"

小孩很诚实,说完生怕姜忘夸他:"但是有三个全班第二名,总分都一样。"

姜忘应了声,过了会儿才从自己的思绪里回过神来,认真道:"很值得表扬啊。"

"我们去庆祝下吧,"他站起来环顾四周,"怎么庆祝好呢……想吃什么?或者买个新玩具?"

彭星望头皮一紧:"昨天刚下过馆子!不用了,真的!

"而且我没有考第一名啊!根本不用庆祝!!"

"当然要。"姜忘拎着钥匙出门,见小孩一脸紧张,心知他不喜欢自己花太多钱买玩具。

"要不,"男人若有所思,"我们去买菜包饺子吧?

"时间也刚好,现在三点,买完回来三点半,六点多就可以吃了。"

小孩愣了下,笑容又灿烂起来。

"好耶!!"

出租屋的厨房其实收拾得很干净,但是姜忘一直没开过火。

——确实不会，完全不会。

以至于今天出门还得现买蒸笼和锅碗瓢盆。

从车祸那天开始，这个梦境里的时间已经过了一个多月，姜忘早已决定在这场梦结束前，重新过日子。和彭星望顿顿下馆子顿顿出去吃，他的肠胃本来就不怎么样，现在更时不时闹腾会儿。

与此同时，彭星望同学还完全没有过和家人一起做饭的体验。以至于班里同学埋怨家里人让自己吃完饭洗碗，到他耳朵里都算一种甜蜜的炫耀。

小孩走路走着走着就飘起来了，我也可以给家里洗碗了！

我还可以跟哥哥一起包饺子！开学了我也要去炫耀下！！

姜忘一边留神着小孩别跟气球一样飞出去，一边努力在空白大脑里找点儿参考。

包饺子要什么？

面？肉？菜？酵母，对了，还要买酵母……酵母怎么用？

不管了，先买这些，回家了再用新买的电脑查查怎么弄。

他表面完全没露怯，甚至厚颜无耻地摆出下厨多年的口吻。

"喜欢吃什么馅儿？随便点。"

自己摸爬滚打这么多年，还不会包饺子吗？

小孩也不好意思点太复杂的馅儿，只说想吃白菜猪肉馅儿。

姜忘买肉的时候把小孩支使去买糖葫芦，转头悄悄问割肉的大妈。

"阿姨，包饺子要买什么啊？"

阿姨特别热情，哐哐哐猛讲一通，等到彭星望拿着俩糖葫芦回来了还在重复。

"好的好的，我记住了，"大哥生怕被小孩发现，连忙止住话头，"谢谢啊，以后我常来买肉。"

"好嘞！"

彭星望碰到这么一点点简单的家庭活动都觉得特别幸福，特意踮着脚喂哥哥吃糖葫芦，自己也跟着咬一口，酸到腮帮子快咧开。

姜忘临时抱佛脚抱得不算成功，走到杂货店前又忘记了。

刚才说要高筋还是低筋面粉来着？中筋又是干什么的？

等一整套东西买全，回家已经接近四点。

姜忘教小孩怎么敲键盘用搜索引擎搜问题，跟他一块儿把和面过程过了一遍。

"啊呀，"彭星望反应过来，"咱们没买白菜！"

"我去买！哥你和面就好！"

面发得还算成功，馅儿也剁得像模像样。一大一小围着茶几神情严肃地切面团、擀面皮，每个步骤确认三遍再动手，然后第一屉全部奇形怪状。

彭星望中途很想问一句哥哥你是不是也从来没包过饺子，但是怕被他削脑袋，又把话咽了回去。

姜忘皱着眉头一言不发，心里已经在想这笼不行就出去吃，起身中断了包饺子的进度。

"先煮一锅看看。"

实在不行把剩下的大半锅面和馅儿都送给邻居，别糟蹋东西。

他们俩确实包得不够扎实，以至于水煮开下饺子之前还手沾面粉轮流紧了紧口，然后放进去搅。

等饺子浮上来以后，又加了三四次水，确保煮熟煮透。

然后一锅崭新的丸子碎肉白菜汤闪亮登场。

"罢了。"男人利落认输，"我搞不赢这种东西，出去吃，吃大份的。"

彭星望特别难过地扒在旁边看，看着锅里的饺子皮跟肉丸子一起浮浮沉沉，整锅汤跟呕吐物一样什么都有。

"不行，这是我们第一次一起包饺子。"小孩突然说，"我们找季老师救场吧，季老师一定会！"

姜忘板着脸："你哥哥不要面子的吗？"

小孩虔诚看他："去嘛，去嘛。"

五分钟后，一大一小抱着馅儿和面啪啪敲门。

"季老师，你会包饺子吗？"

季临秋推开门，目光落在两人抱着的不锈钢盆上。

"我要是说不会，你们是打算抱着这一大盆馅儿再回去是吗？"

姜忘面不改色："不，我拿去送给楼下王大妈。"

"能耐。"季临秋笑骂一声，踩着人字拖转身，"你们先下楼，我换个衣服过来。"

"还用换衣服吗？"姜忘随意道，"都认识多久了，来呗。"

放了暑假，季临秋也不用随时一副斯文老师的做派，在家就穿了件宽松纯白T恤，头发蓬松，脚也光着，手里还端杯冰块乱晃的可乐。

说他是大学刚毕业估计都有人信，身上透着股青涩味儿。

季临秋眉毛一扬，算是把姜忘的话当作褒奖，回屋把收音机关了过来陪他们包饺子。

小孩抱着一大盆白菜肉馅儿挺好奇。

"季老师平时不看电视吗？"

"不看，"季临秋揣着兜往前走，"没劲。"

彭星望没见过老师这种风格，有点儿茫然。

姜忘反而放松很多，比平时在学校里碰见他要来得自在。

"平时不看个电影什么的？"

"加班完了偶尔在办公室看一会儿，回家以后只想睡觉。"季临秋打了个哈欠，"过两天又要教师培训半个月，没的睡。"

小孩入学快一年，头回看见季老师打哈欠，眼睛瞪得圆圆的看了半天。

三人重新洗手坐下，两人坐旁观位等着搭手，季临秋撑着头看面团。

"怎么包？"

姜忘表情一僵："你也不会？"

"这不是来凑个热闹，"季临秋瞧见他电脑开着，起身去看了一遍视频，"哦，大概会了。"

再回来随便捻了块皮儿，试探着把馅儿揉进最里面，像模像样地捏了八个褶。

虽然没街头卖的煎饺好看，但比先前那屉像样太多。

季临秋一钻研便认真起来，也不搭话接茬，只聚精会神地边包边摸索技巧。

半屉下去便利落不少，越往后包越轻快，十二个褶儿整齐又漂亮。

姜忘还真就被比下去了，坐在旁边看了会儿，啧了一声："我就是这么包的啊！"

季临秋看了眼在拿面团捏恐龙玩的彭星望，似笑非笑道："你包一个我看看。"

姜忘当着他的面擀面捏馅儿，褶没捏完一半馅儿噗地挤爆出来。

"握掌不对，"季临秋用沾着面粉的指尖虚虚点了下他的虎口，"这儿要紧，旁边要松。"

然后跟讲时态主谓宾似的，把前后几个要领清晰说给他听。

两人渐渐都驾轻就熟，电视机里放着《走近科学》，茶几上还排了一长排面团捏的迅猛龙、霸王龙。

姜忘也没想到俩男的能包饺子包这么好，手里忙着还有工夫看季临秋。

心里忍不住夸一句好看。

男人这种生物天生过度自恋，把自己跟大明星比时没有半点儿心虚，很难承认别人比自己帅。

季临秋眼尾线条舒展，轻眨一下便有种魅感。眉骨生得恰到好处，薄唇淡色皮肤玉白，稍微包装一下，出道做个明星绰绰有余。

四屉新包的饺子煮一笼煎一笼，剩下一人一屉拿回冰箱冷冻，能顶两三天伙食。

小孩也是等饿了，醋都顾不着蘸就埋头猛吃，姜忘在一旁看了很久，还是不舍。

季临秋看出来什么，在分别时试探道："姜哥怎么像心情不好？"

姜忘笑了笑："小孩妈妈要回来了，搞不好打算接他走。"

"也不一定。"季临秋平静道，"小孩会选自己更喜欢的生活。"

"跟妈妈走能有什么不好的，"姜忘没多想，"结婚一年多，想来也是都安稳了。"

季临秋教书近七年，目睹过太多事情，此刻只缓缓摇头，挥手作别。

姜忘关门后看着专注看电视节目的彭星望，半响走进阳台把门关好。

然后他拨通了杜文娟的电话。

他这些日子和人打牌听了不少消息，略费了些功夫要到了小孩妈妈的新手机号。

杜文娟嫁了一个在事业单位上班的男人，从外省坐绿皮火车过来得四个小时，也从A城这边的亲戚朋友嘴里听过一些姜忘的事。

现实生活中，姜忘成年后和这个女人也几乎没有接触过。

女人老了以后给他打过好几次电话，大概是想找个养老的归属，但姜忘回应得冷漠简单，并无意亲近半分。

小时候不在，二十年后也没必要再出现。他在等待电话接通时，呼吸逐渐放轻。

心跳加速，有久违的不安。

这大概也是他人生里，第一次主动与生母联系。

"喂？您好？"对面传来年轻的女声，听着刚刚到三十岁，"是打错了吗？"

"不是，"姜忘平缓道，"我是姜忘，目前在代为照顾彭星望。"

女人惊诧地应了一声，语气有些慌乱："您好您好，我在朋友那边听说了您的事，刚好也打算这几天回来一趟。"

"他们说你是杜家这边的亲戚，"她说话仓促，自己也不知道该怎么表达，"也可能是我父母这边亲戚实在太多了，抱歉……我记得不太清楚。"

"你有一个表爷爷，家里人在H市做生意，有恩于我。"姜忘平缓道，"他们原本拜托我出差时过来看看小孩。

"但我看到的情况……不太好。所以他们留我在A城发展生意，顺带照顾小孩。"

女人有些慌乱地连连点头，充满歉意道："我妈妈那边有四五个兄弟，我自己都分不清楚谁是谁，但确实一直对我很好。"

"请您一定要替我转达谢意，我和爱人过来以后也一定亲自向您致谢。"她犹豫几秒，似乎感觉自己不配问这种问题，"星望现在……好些了吗？"

姜忘有一瞬以为她在询问自己的近况。

男人回过神来，沉默几秒才回答："期末考了全班第二名，长胖不少，很健康、开朗。"

是很好的小孩子。

杜文娟接到这通电话时,所有身为母亲的失职都重新浮现脑海。她感觉自己和对面这个陌生人聊什么都窘迫难堪,但又不得不拜托他再照顾几天小孩。

"我和我爱人买了 7 月 20 日的车票,周五下了班就赶过来,到时候跟您联系。"

姜忘短促应了声,直到电话挂断都没问出口:你打算怎么和星望解释?小孩其实一直很想你,如果见面了,拜托你多抱抱他。

女人心思都在小孩身上,没有更细究他的身份。

夜风吹得人神经像浸在冰块里,思绪也被拖拽着往下沉,像是要随夏夜的躁意一同融化。

姜忘像小孩一样蹲下来,抱着膝盖看漆黑的远方。他先前像是一个人在星海里漫游,突然身边多了一个乱窜的小卫星,两个人就此一起坐在银河上看太阳。

现在,小卫星终于可以回归真正的港湾了。

彭星望在客厅看到两集都播完了,也没等到姜忘回来和他一起吃橙子。

小孩滑下摇椅跑去阳台找他,却看到玻璃隔板外男人抱膝蹲着的落影。

月亮很高,天空很黑,世界变得安静下来。

彭星望无法想象哥哥这样无所不能的人,会为了什么这么难过。

他鼓起勇气走上前去,敲敲门,然后笑容灿烂地走向他。

"哥,外面有蚊子呀!"

姜忘蹲得脚都有点儿麻,伸手摸摸小孩的头。

"大哥要跟你说件事。"

"嗯?"彭星望歪头,"你有女朋友了?"

"不是。"

"你生意赔钱了,咱们得捡垃圾去?"

"不可能。"

"那能有什么事啊,"小孩捏了捏他的脸,"笑一个。"

姜忘笑起来,缓缓伸手抱他。

"告诉你一个好消息。

"你妈妈这周五要回来看你了。"

彭星望先是一愣,然后很快蹦了起来。

"真的吗?

"真的是妈妈吗?"

真是个小没良心的崽子,算了算了。姜忘牵着他往回走,耳朵都快被吵聋。

"妈妈是从 H 市回来看我吗?她不会坐飞机突然停到咱们家阳台吧!

"她想不想我啊?!都好几年没看见了,会把我和别的小孩弄错吗?

"啊大哥,我今晚要幸福到睡不着觉了,我脸都烫了你摸摸。

"你摸摸嘛!!"

大哥努力控制住小孩。

"明天带你去买新衣服,再去剪个像样的发型。

"别蹦了,再蹦楼下王大妈抄扫把上楼揍你。"

要不要告诉他杜文娟再婚的事情?还是先瞒着,等亲妈到了自己说?

姜忘一边给泥猴子一样脖子都沾了面粉的小孩洗澡,一边心里忍不住想。

你们一个两个的,自己谈恋爱成家是爽了,能不能想想小孩。

还得老子来帮忙擦屁股,凭什么?

周五一晃就到,火车说是晚上九点半到还可能会晚点,姜忘早上五点就醒了。

醒了以后再怎么都睡不着,先是把家里仔仔细细打扫一遍,被单、被套全换,连带着轰小孩再去从头到尾洗得香喷喷的,不许跟同学去草地打滚。

然后上班都心神不宁。

男人一向很会找借口,面上装出一副尽职尽责好家长的嘴脸,给还在昏睡的季临秋发消息。

"这两天星望他妈妈过来,季老师方便陪着聊聊小孩的情况吗?"

温文尔雅的季老师睡到十二点半才醒,回消息挺迟。

"得了吧。"

"下回再找我帮忙，别装，都是大尾巴狼。"

"姜大尾巴狼"认得痛痛快快。

"是，我真有点儿怂，你这两天陪我见他们呗，哥们儿回头请你喝酒。"

"不喝酒，你帮我写八千字教师心得，Word文档交，格式短信发你。"

"行。"

等到了晚上九点，两大一小穿得人模狗样在车站就位。彭星望还学了电视上那一套，特意画了个彩虹小纸牌，上面写着"欢迎妈妈回家"。

姜忘瞧着这接车牌实在臊得慌，又不好打击他贴了一下午星星月亮的积极性，板着脸在旁边跟着迎宾。

天色已晚，老旧火车站一股灰尘味儿。有流浪汉拖着纸板、编织袋在附近找个角落躺着，还有老人在附近小广场抽陀螺玩，啪啪啪啪响得让人心烦。

姜忘习惯了高铁站、飞机场那套，再回到这种地方很难不嫌弃，迎宾十分钟就开始打蚊子。

季老师又变回学校那套，站在小孩旁边耐心陪他聊天。

直到九点四十分，拖着行李箱的中年男女才匆匆出来。

女人看着三十岁左右，男人估计得接近四十岁了，穿着还算讲究，至少比彭家辉体面很多。

姜忘从来没有见过杜文娟。

他记忆里的母亲，是温柔又模糊的影子，连面容都不够清晰。

二十七年足够一个人忘记很多事情。

可当那个女人走向他们时，他心里突然就涌出了几分静脉注射一般的冰凉渴望，像是尘封的血缘得到响应共鸣，催促他过去迎接她。

此时此刻，他们都只是陌生人。

"星星！"

"妈妈！！"

小孩欢呼一声扑过去，被女人抱在怀里用力摸头。

"长这么高了，是小大人了！"

姜忘沉默不语，往后退了一步。季临秋也没有过去，给母子俩充分的亲密时间。

他双手交握，又是英语老师的那副温顺模样。

"想家了？有空回去看看。"

"回不去了。"男人淡笑一声，"很可惜。"

季临秋眸色微变，轻轻拍了下他的肩。

两边人都特意把晚餐留到这个点，路上只简单垫了点。

季临秋提前把餐厅都订好了，点菜之余还特意叫了个清淡养胃的砂锅粥。

杜文娟旁边的男人姓常，在那边城里的卫生局上班。

"喝点酒吗？"他殷勤道，"两位都辛苦了，谢谢你们来接我们。"

姜忘看向杜文娟杯子里的酸奶，示意服务员再开两盒："太晚了，都喝点儿简单的吧，没事。"

常先生笑得僵硬，坐回去又道："我和文娟这次过来，也是想着该看看星星。"

小孩抬起头，像是明白过来什么，专心吃饭没多问。

季临秋起身向他们都敬了一杯，夫妻俩忙不迭回敬，然后开始聊两座城市的小学教育。

"对，我们那边也在抓英语，唉，现在辅导班可贵了。"

"谢谢季老师这么关心我们家星望——"

姜忘听得心里硌硬，什么叫"我们家"，你今天才来好吗！

女人也是自知理亏，席上一个劲儿给小孩夹菜，趁着去洗手间的工夫把账给结了。姜忘没有拦，只安静看他们几个互动。

"这几天我好好陪星望玩玩，"杜文娟又起身给他们满上酸奶，笑容歉疚，"以前没有好好陪孩子，明天我带他去游乐场、动物园都逛逛，刚好也是暑假了。"

小孩突然想起来什么。

"今晚我可以和妈妈睡吗？"

"当然可以。"

"不行。"

姜忘想都没想就说了"可以"，听到反对时闻声抬头。

"小孩已经九岁了吧？"常先生笑了下，"星星，你已经大了，要学会自己睡觉，知道吗？"

彭星望像是被刺了下，抿唇道："我刚满八岁，我平时都自己睡。"

杜文娟很不赞同地看向常先生，后者皱眉摇头："你要注意点，万一压着小孩怎么办？"

"星星，"女人咬唇道，"刚好时间晚了，毛巾、牙刷也没带过来，明早妈妈来接你，好吗？"

彭星望点点头，又继续埋头吃最后一道甜点。小孩吃得慢，季老师也还在喝粥，常先生起身出去透气，留他们几个在房间里聊天。

姜忘佯装去洗手间，过了会儿也出去透气。

"你好，辛苦，"常华跟他公事公办地握了个手，"听文娟说你是她表弟？"

"谈不上，"姜忘随意道，"隔了好几家的血缘，也就沾了个关系。"

"原来不是很熟吗？"常华松了口气道，"刚才让你见笑了，抱歉啊。"

"不过咱们都是男人，你也明白，"他声音很微妙，"这小孩怎么也是她前夫的儿子，贴太近了……硌硬。"

姜忘笑了下："都懂。"

是很硌硬。

"文娟哪儿都好，就是做事糊涂，结婚前一个月才跟我说在外头有个儿子。"常华背对姜忘翻了个白眼，"孩子他爸爸也不管着点，让她天天费心。"

"不过你不用担心，等这孩子接去我们那儿了，我肯定当亲儿子疼，"中年男人嘴皮又利索起来，"我给他安排个重点小学，肯定过得跟现在一样好。"

姜忘虚虚嗯了一声，把刚点燃的烟扔进了水盆里。

两拨人分别时已是深夜十一点，母亲和孩子都有些依依不舍。

"明天见了，"常华笑容满满道，"好好睡哦，星星。"

姜忘扯了下嘴角，把小孩抱回车里。季临秋坐在副驾驶，等车走远了才放松下来。他一直在悄无声息地调节气氛，现在累得说不出话来。

彭星望扒着车窗看妈妈远去的身影，小声道："妈妈好好看噢。"

"她以前工作辛苦，现在终于有机会来看看你，"姜忘打着方向盘往回开，说话很公式化，"明天还要早起，回家赶紧洗澡睡觉。"

小孩一直在看外面，突然开口道："哥哥，你现在是大人了，你还会想妈妈吗？"

姜忘看着远方如流星般一晃而过的车辆，声音很轻："会吧。

"也许会经常想。"

季临秋笑起来，声音带着睡意："只有想和不想，哪有什么'也许'。"

彭星望听见他们的对话，觉得自己也没有那么丢脸，想妈妈也不是什么可耻的事。

"我刚才抱着妈妈的时候，像在天堂里一样，"他小声说，"她头发好香哦，还一直亲我。"

车一路开到家里，两个男人领着小孩往楼上走，楼道仍旧黑漆漆的，只能瞧见隔壁老婆婆门口煤炉有细微红光。

等到分别的时候，彭星望又问了一句。

"我以后，是不是要管常叔叔叫爸爸？"

"不会。"

"会。"

姜忘抬眸看向季临秋，诧异于他的真话。

"这种时候没有必要哄着他，"季临秋注视着姜忘，"他完全知道发生什么了。"

彭星望想了想，表现得很大度。

"没事，我是个很好说话的小孩子，"他挥挥手，"谢谢季老师，晚安呀！"

姜忘洗完澡再倒回床上，一时还觉得拧巴。这事肯定不能这么干。

他这个暴脾气，处理社会混混、麻烦生意时都好使得很，碰到这种弯弯绕绕的家庭关系却没办法。

以至于临场还得拉季临秋过来帮忙，不然可能中途就已经黑脸走人。

也可能是先前三个人一起包饺子、看电视太温馨了。

那种场景温馨得让他有种幻觉，像是他可以在这个梦里单独照顾幼年的自己长大，不用管什么挥之不去的血缘牵挂。

姜忘翻了个身，突然很想把彭星望床边那只羊抢过来抱着睡。

门突然被轻叩两下。

"哥，你睡着了吗？"

"没。"

"我可以进来吗？"

"嗯。"

小孩抱着羊摸索着凑过来，站在他的床边瞧他。

姜忘拧着眉毛，心里烦躁说话也不客气："不怕明天睡过头啊。"

彭星望眨眨眼睛："哥，我可以跟你睡吗？"

姜忘心想我照顾小时候的自己就已经很奇怪了。

要是大晚上的自己搂着"自己"睡觉，简直可怖。

"上来。"

"乱动的话踹你下去。"

小孩嗯了一声，抱着羊睡到他旁边，乖乖地没有动，躺得很板正。

姜忘闭眼继续睡，随后面无表情地把小孩抄进怀里，伸手搂紧。

"不许打鼾。"

彭星望跟猫儿似的团在他胸膛里，毛茸茸的脑袋抵着他下巴，很雀跃地应了一声。然后很乖很乖地睡着了，一整晚都没打呼。

第二天早上，杜文娟七点半就来接小孩去动物园，瞧见整洁客厅时略有些吃惊。

"姜先生有女朋友吗？"

"没有，是我和星望一起收拾的，"姜忘平直道，"他一直很会做家务。"

也可能在变相地通过家务抵房租。

小孩见到妈妈，笑容就没停过，还特意拉她到自己房间看期末考试卷子、老师打满五角星的作业本、手工课叠的蝴蝶花，像是想要把她看不见的自己的每一天都找出来。

然后临走前他很用力地抱了抱姜忘。

"大哥，拜拜！"

"拜拜，"姜忘打了个哈欠，"玩得开心。"

杜文娟看了眼在楼梯口打电话的丈夫，露出抱歉的笑容。

"姜先生下午有空吗？"她双手交叉放在星望胸前，像是生怕孩子跑丢，"我有……恐高症，很多项目都不能玩，放小孩单独上去也不好。"

"嗯？可以，"姜忘很好说话，想了想又道，"人多也热闹，要不我叫上季老师？"

"好的好的，"女人如释重负，"我也怕找不到话题，今天也辛苦你们了。"

等两人把孩子接走，姜忘伸了个懒腰，下楼买好早点上楼找季临秋。

A城很小，动物园能逛一个半小时就不错了。

人家也知道能观赏的动物没有几样，基本是靠投喂项目赚赚钱，黑天鹅、羊驼、老虎、黑熊什么的都能喂，还专门配了好些隔着铁丝网递肉的长叉。

姜忘刚来这里时陪彭星望去过一次，猴山搭得乱七八糟，骆驼天天被骑已经满脸不耐烦，偶尔还会拿口水吐人。

他那会儿也是想和小孩熟络下感情，省得老被当成人贩子，特意在小贩那儿买了四桶杂粮饲料，光是喂鸽子就喂得快把痔疮蹲出来了。

一想到这儿，男人忍不住笑起来，拎着豆浆、油条敲季老师的门。

季临秋喜欢熬夜，这会儿还没睡醒，敲了快半分钟才慢吞吞过来开门。

门一打开没有男宿舍里常有的闷到发霉的臭味，反而有混杂着栀子花香气的风涌出来。

"早，"季临秋声音有点儿哑，"小孩送走了？"

"去动物园玩儿了。"姜忘把豆浆、油条递给他，倚着门框道，"下午他们去红河公园玩，他妈说不敢坐高的，希望我陪着。"

季临秋没接，眉梢一扬又是笑模样。

"然后姜哥希望我陪着？"

"我怎么还敢麻烦你，"姜忘大言不惭，"季老师假期宝贵，过两天还要教师培训，正是要好好补觉的时候。"

季临秋还是不接，存心要为难他一会儿。

"大尾巴狼"很硬气:"真男人从来不坐旋转木马。"

"我主要是,"男人咳了一声,"怕你太孤单,是吧?"

季临秋眨了眨眼:"我看起来很孤单?"

"嗯,只要季老师单身,我就有义务多招呼你出去玩玩,你刚好又能蹭两顿饭,多划算。"

季老师接过早餐,举高了仔细瞧里头的油饼、油条:"我喜欢吃包子。"

"下次一定。"姜忘尾巴又翘起来,"我给你买二十种馅儿,吃撑吃圆为止。"

两人约了个时间碰面,一个回去补觉,另一个出门看账,心情都相当好。

彭星望一路拉着妈妈说学校里的事,见她笑吟吟地听什么都很感兴趣,开心得不得了。

常华走在他们俩身边,偶尔很捧场地接几句话尾。

动物园不大,走个十五分钟就能瞧见全景。

彭星望莫名有种东道主的感觉,务必要带着两个大人玩开心,见到卖玉米粒的小贩特意迎过去。

"我们来喂天鹅吧!"

杜文娟抢着掏钱买了一小杯,主要都是看着彭星望喂鹅,然后拉着他一起拍照。

过了一会儿绕到猴山,又有景点人员推着小车走来走去。

"喂猴子也很好玩!"小孩笑嘻嘻道,"有的猴子还会敬礼,我上次和姜哥哥来的时候看见来着!"

常华过去买装满香蕉段的投食碗,拿回来时语气嘲讽:"一碗要十五块钱?真会做生意啊,都省给猴子的饲料钱了。"

杜文娟笑得尴尬:"毕竟还有人力成本。"

男人喊了一声,仍然觉得开动物园赚钱。

彭星望有点儿不好意思,伸手摸了摸兜里的两百块钱,心想得亏哥哥今天特意提前给零花钱了。

其实他已经存了好多零花钱了,但是哥哥执意要给。

鸟类观赏区闹哄哄的很吵,鹦鹉八哥一直在拌嘴,还有很多人在和葵花鹦鹉合影。

彭星望一边和妈妈聊天，一边悄悄看常叔叔的表情，发觉对方没什么兴致，一直在打哈欠。

"我们去看看羊驼吧？那边可好玩了！"

"好啊，"杜文娟今天也特别开心，笑得鱼尾纹都出来了，"妈妈也喜欢这个，你带我去。"

彭星望点点头，牵着她快步往前走。

"慢点！"常华出声道，"你妈妈累了。"

彭星望愣了下，以为是自己疏忽了。

杜文娟眼神流露出几分犹豫，点点头道："星星乖，我们慢慢过去。"

羊驼在一片小草坪里悠闲散步，周末这儿小孩子一向很多，还有几个刚好是彭星望的同学。

"星望！你今天也来动物园啊！"

"这是我妈妈！"彭星望生怕他们没看见，特别骄傲道，"我早就说过，我妈妈特别好看对吧！！"

"好有气质啊！"

"阿姨您好！星望在学校特别厉害！！"

"你们真的养了电影里的斑点狗吗？"

小孩们好奇地看向常华："对了，他是谁啊？"

常华眼神微变，探询地看向杜文娟。

"是常叔叔，"杜文娟和几个同学家长点点头，笑着解释，"今天也特意来陪星望一起玩。"

常华撇了下嘴。

正聊着天，管理员推着装着水果草料的小车过来。

"二十元一杯！卖完就没有了，来喂羊驼哦！！"

"小朋友们，来看看羊驼最喜欢吃的是什么！"

小孩们呼啦一下跑过去围住小车，彭星望闻声也要跑过去。

"站住！"常华皱眉拦住，"已经喂过三回了，你急什么？"

杜文娟张口想要说话，常华又道："你要懂事，妈妈专门过来看你，你多和妈妈一起玩就好了，没必要再花这种冤枉钱。"

彭星望怔怔站住，手里还捏着从兜里掏的一百块钱。

杜文娟看清时吓了一跳："宝贝，你哪儿来的钱？"

"是……是哥哥给的。"彭星望低头道，"那我们不喂了。"

"这才听话嘛，以后你跟妈妈过去住，也要学会勤俭节约。"常华满意道，"咱们不穷，但钱得花在刀刃上。"

他示意杜文娟把那钱拿好，领着两人和小孩儿们告别，继续往前走。

"你那表兄弟挺有钱啊，做什么生意的？"

杜文娟很不安，想晚点把钱还给姜忘："我也不太清楚……好像是开了家书店。"

"嚄，书店现在这么赚钱了？"

小孩短暂慌乱了一会儿，小声悄悄问妈妈："我们以后可以一起住？"

"是不是很棒？"杜文娟神情温柔，"妈妈一直很想很想你，工作住所一安定下来就来找你了。"

彭星望呼吸短暂暂停，像是终于有什么魔咒被解开一样。

妈妈不是不要我了，是有别的事在忙啊，哥哥真没有骗我。

中午十一点常华打电话过来，姜忘故意拖了会儿说公司还有事，十二点才过来接人。

他特意开了辆宽敞点儿的商务车，接人时先看彭星望的表情。

季临秋坐在副驾驶瞧了会儿："有说有笑的，看着相处得不错。"

三人陆续上来，汽车掉头驶向公园旁的西餐厅。彭星望也是累了，上来以后猛喝完大半瓶水，然后像是想起了什么好消息，很开心地趴到姜忘身边。

"哥哥！妈妈说要接我过去住欸！"

姜忘动作停顿几秒，很自然道："好事儿，以后写作文也不用发愁了。"

杜文娟忍不住再次道歉："辛苦您照顾星星这么久，真是给您二位添麻烦了。"

"等明天我们接走星望，你们也能好好休息一阵子。"

彭星望愣住。

"明天？"

"当然是明天，"常华瞧出来这小孩有点儿怕，"别担心，叔叔给你找我们那儿最好的小学，英语老师里还有外国人呢。"

季临秋笑了笑，侧身给小孩递刚烤好的巧克力面包。

"饿了吧，先垫一下。"

彭星望说了声谢谢，双手接过，注意力并没有被转移。

"为什么是明天？"

"因为周一大人们都要上班，"杜文娟面露歉意，"成为大人以后就没有寒暑假了，周一到周五都要上班。"

"星星不要怕，咱们先去C城待一段时间，"她轻声道，"如果不习惯……再回来也好说。"

"肯定习惯，"常华接话道，"我们那儿比这儿好多了。"

彭星望没想到这件事这么急，脑子一时间还没有转回来。

等于说，他二年级会换一座城市读，刚认识的朋友们也全都会见不到了。

更重要的是……

"哥哥会去C城吗？"

"应该不会，"姜忘看着十字路口的指示灯道，"不过我和季老师会去看你，一定会。"

季临秋瞧他一眼，默契点头。

"老师会很想你哦。"

彭星望有点儿着急，偏偏又不知道该怎么说，他很大声地喊了一声哥哥。

"在呢。"姜忘透过后视镜看他。

彭星望一下子难过起来，伸手抱紧他的肩膀。

"哥哥，"他喃喃道，"我真的要明天走吗？"

姜忘来的路上本来心理建设充分，这会儿突然就很没有原则地心软了。

季临秋不太赞成地看了他一眼。

我得快刀斩乱麻，姜忘这样想着。耽误太久小孩两边都放不下，问题更大。

"也可以再缓缓,你多待十天半个月的,大不了我找个时间再把你送过去。"

彭星望慌了起来,他忽然感觉十天半个月也不太够。

可是妈妈就在旁边,若他说想留下就是一种背叛。

"哥哥不能去 C 城吗?"

姜忘摇摇头。

"我工作在这儿。"

他不可能融入杜文娟的生活里,为了星星也不可能。

杜文娟感觉到小孩情绪不对,忙圆场道:"没事没事,今天先好好玩,明天咱们再商量。"

常华心不在焉地应了一声。

下午阳光很好,正是适合逛公园的时候。

红河公园算游乐场和散步场合的结合,这儿没有欢乐谷之类的地方,只是场地空旷的大公园里放一些小型娱乐设施。

杜文娟恐高,常华兴致索然,反而两个没有血缘的大男人全程在陪着小孩玩。

一块儿坐旋转木马,一块儿坐小过山车,然后搂着小孩在碰碰车厅里撞来撞去,三个人放声大笑,像天生就是一家人。

等需要上下折腾的项目都玩完,杜文娟牵着星望去捞金鱼、做手工,常华坐在旁边跟着说说笑笑。

姜忘松了口气,倚着路灯抽烟。

"你呢?"他侧头道,"来一根?"

"不会。"

"支教不是很寂寞吗?"姜忘笑起来,"挺纯,还以为你什么都学。"

季临秋还在看金鱼池旁的母子,半晌道:"她并不恐高,对吗?"

"嗯。"男人回头瞥一眼,淡淡道,"这个节点接回去也好。"

难怪会选择在这个时间来接星星,错过这一次,可能以后都没有机会了。

"不过话说回来,我作为他大哥,还是能持续给到关心的。"姜忘突然想起来什么,"小升初、初升高,再加高考全题,我这边能包圆儿,不是？"

"等他转学过去，我去看看孩子，顺带把他们学校辅导书包圆儿好了。"

季临秋长长叹气："那可……真贴心啊。"

两人说了会儿话，季临秋过去陪彭星望玩滴胶，换杜文娟过来喝点儿水休息。

杜文娟瞧着远处又在接电话的丈夫，感慨道："带孩子不容易，您二位真的很有耐心，季老师实在太好了。"

姜忘嗯了一声，转移话题道："其实……这小孩睡觉，半夜有时候会发抖。

"我给他掖被子的时候发现过几次，有时候起夜上厕所，也会看到他卧室小灯开着。"

"大概是以前总是被打的缘故，"男人垂眸道，"虽然现在开朗不少，还是会梦到不好的事情。

"不过，有你陪着他，以后也许渐渐就不做噩梦了。"

杜文娟眼眶登时就红了，正想答应，不远处有带小孩的老夫妻走过来。

"文娟！是文娟吗？"

"欸，黄爷爷！"

老两口见到自己看着长大的文娟特别高兴，又见姜忘站在她旁边，连连直夸。

"你这个表弟啊，了不得，了不得！

"他在咱们城里开了好几家书店，还捐了好些钱，是大善人！"

姜忘突然被猛夸一通，在年轻的亲妈旁边耳朵根发烫。

"您别这么客气。"他试图阻拦，"都是小事。"

"欸，文娟，你有空给你这弟弟说门亲事，我那个外侄女就特别好！"老爷爷锲而不舍，竖着大拇哥道，"小伙子人长得多俊哪！心地好，做事周全，还给我们这些老人家送鸡蛋！"

杜文娟忍着笑送别两位老人，看着他们的背影道："真好啊。"

"我特别羡慕你。"她转头看向姜忘，发自内心地赞叹起来，"可以做自己喜欢的生意，可以到处结交朋友，特别自由。"

姜忘耳朵根已经烫得不行了，脸也有点儿红，强咳一声装没事人："你也可以啊，才三十岁出头，现在机会很多的。"

"我啊，"杜文娟笑得有几分为难，"我的日子估计能一眼看到老了。"

"不过也没事，现在接回星星了，遗憾也少一桩。"她温和道，"你也照顾好自己，一个人在外面闯荡，很辛苦吧。"

姜忘看着母亲年轻的面容，胸腔深处有什么在融化滚动。

就像是他刻意忽略掉的东西从保险箱里掉了出来，在空空荡荡的胸腔里晃来晃去。

"嗯，会的。"

"都是一家人，哪怕姓姜也一样是我的亲人，"杜文娟郑重道，"以后咱们常联系。"

彭星望玩了一整天，晚上照例回姜忘家里睡觉。

季临秋吃完饭有事提前走了，姜忘还陪着他们坐了很久，最后才带彭星望回家。等回到熟悉又温暖的家里，姜忘发了会儿呆，然后开口提醒彭星望。

"你该打包行李了。"

"有什么喜欢的都可以带走，哥哥帮你拿个行李箱吧。"

小孩听见话了没动，站在原地不知道该怎么办。

姜忘蹲下来，方便他平视自己。

"怎么了？"

彭星望眼眶红起来。

"我不知道，"他快速摇着头，"我不知道该怎么办。"

他很想说一句哥哥我不想走，可是他本来就该和妈妈在一起，天下所有小孩都会和妈妈在一起。

——而且妈妈已经来接他了。

姜忘内心谴责自己完全没原则，摸摸小孩的头道："那就不收了。

"你就当是去和妈妈旅行，去新的地方玩几天，玩累了再回来见哥哥好不好？"

彭星望怔怔看着他："我真的还能回来看你和季老师吗？"

"真的,你不是记得我的手机号吗?"姜忘从未这样温柔过,"只要你打我的电话,我坐飞机都会去看你。"

"为什么?"小孩怔怔道,"妈妈把我接走了,你的任务也结束了啊。"

"再说就太肉麻了,"姜忘拿他完全没办法,揉了把脸道,"快去洗澡吧。"

杜文娟先前担心小孩跟他们处不过来,特意买了下午五点半的车票,现在看来反而晚了。

姜忘只给小孩拿了点儿换洗的衣物,玩具书本基本没有带,唯一记得反复提醒小孩把暑假作业全带牢。

季临秋这次没有等姜忘开口问,主动过来一起送别。

杜文娟走时特意送了他们两大盒C城特产,紧紧牵着彭星望,笑容放松。

"有空再见,我们一定会照顾好星星的。"

小孩还在怔怔看他俩,季临秋隔着检票口挥别。

"我们就不买站台票进去等了,你们多熟悉熟悉。"

姜忘还是有点儿舍不得,眼瞅着小孩要进站了,蹲下来张开双臂。

"来,哥哥再抱一个!"

彭星望背着包猛冲过来,用力亲他的脸。

"哥哥我会想你的!只走一天也会很想很想你!!"

"好了,时间快到了,"常华自知没法融入他们,频繁看表道,"硬座容易被抢行李架,咱们得早点儿去排队。"

彭星望好奇道:"我也有座位吗?"

"你坐在箱子上好了,没到一米四,刚好不用补票。"

姜忘目送着他们消失在安检口,站了一会儿突然觉得冷。

世界变得太过安静,他有点儿缓不过来。

"走了,"季临秋插兜道,"不用谢,知道你寂寞。"

"还欠你八千字教师心得。"姜忘叹口气,"八百年没写过作文了,网上照抄一篇行不行?"

"当然不行,"季临秋接过他手里的车钥匙,"去喝一杯?"

姜忘还在看检票口,再回头时又变得痞里痞气,像是对什么都不在乎。

"这两天穷，季老师请。"

"行。"

另一头，杜文娟坐进座位最里侧，常华略费力地把几个箱子都搬上行李架。

"等到那边以后啊，"他擦汗道，"你先睡几天沙发，等我把书房腾出来再摆个小床。"

"到了新学校要好好听课，给你妈妈争气。"中年男人摸摸他的头，想了想又把背包里的苹果拿了出来，"饿不饿？等会给你泡泡面？"

彭星望先是摇摇头，又反应过来什么。

"我还没想好要不要转学啊。"他讶异开口，"不是说先过去几天吗？"

"开玩笑呢，"常华见小孩都上车了，也懒得再隐瞒，"你还想回这儿？你妈都在C城了，还回来干吗？"

"可是哥哥——"彭星望着急起来，"哥哥说了。"

"哥哥骗你的。"常华径直打断道，"你以后就是C城人了，要跟我们一起好好过日子。"

杜文娟脸色微变，想要拦住他："别这样。"

"车都要开了，还哄着呢？"常华皱起眉头，"都八岁了，又不是送他去吃苦，没必要这么小心翼翼吧。"

火车汽笛应景高鸣，犹如战乱前夕的号角。

彭星望脸都白了，突然掉头就跑。

他本能地感到害怕，本能地感觉自己要快点离开这里。

"星望！！"

"回来啊！！车要开了！！！"

小孩差点儿撞倒拿着泡面的大叔，慌不择路地跳下火车，一路往检票口方向跑。杜文娟起身想要追，火车却已缓缓驶动。

"星望！！"

与此同时，姜忘在等烤腰子上菜。他今天情绪起伏太频繁，晚上格外地饿。

季临秋拿了两罐冰啤酒过来，又瞅了眼隔壁桌的小龙虾。

"我们也来一盆，"他有点儿犹豫，"我不太能吃辣。"

"是男人就吃辣。"姜忘拍桌子道，"搞！"

啤酒还没有开，电话突然响了起来。

"姜忘！！星星跑了！！你快去找找他！！！"

"跑了？他不是跟你们——"

"临开车前常华说了不该说的，小孩被吓得直接跑下车了，你快去找找他！"杜文娟已经急得直哭了，"火车站这么乱，人贩子也多，拜托你快去，我想办法再回来！"

"你别急，我现在过去，"姜忘起身道，"没事，他兜里有两百块钱，知道怎么打车回来。"

杜文娟脸上已经没有血色了："常华没把钱还你吗？"

"还我？"姜忘皱眉道，"还我什么？"

"糟了，小孩身上没钱！你快去找找他！！"

季临秋正端了两碗凉面过来，发觉姜忘表情不对，即刻会意皱眉："星星丢了？"

姜忘抄起外套点头，随手往餐桌上拍了张红票子："老板！有事不吃了，退单！"

季临秋伸手按住他："你往火车站走，我去家附近等他，万一小孩回家了也好给你消息。"

"他身上没钱，一般能往哪儿去？"姜忘抬腕看表，"这个点公交车还有，不知道兜里有没有钢镚儿。"

"最好多拜托几个朋友，警察那边也拜托着查查监控。"

"好，现在就分头找。"

姜忘从未想过小孩会跑，何况是目送他们进了检票口。

彭星望今年刚八岁，人生有一半时间里妈妈不在身边，以至于在公园时哪怕杜文娟去买饮料，小孩都要紧紧跟着，一步不离。

怎么会……怎么突然就跑回来了？

夜幕如连绵不绝的晦暗蛛网，把街道都蒙得像沾了一层灰。

昏黄灯光再一倾洒，处处更显萧索破旧。

姜忘一路踩油门连闯两个红灯，眼睛不住搜寻两侧道路是否有小孩身影。

他感到焦灼苦涩,却又有种不合时宜的开心。

就好像在这个梦中世界终于被选择了一样。

——哪怕选择者是幼年的自己。

火车站广场空空荡荡,男人下车以后就双手围成喇叭状一路狂吼。

"彭星望!!"

"我来接你了!!你在哪里?"

"星星!!"

有路人像看疯子一样打量他,姜忘全然不顾,一边奔跑一边大喊。

可广场寂寥空旷,根本没有几个小孩。

姜忘正要给警察局的朋友打电话,身后传来声音。

"小孩往公交车站那儿去了。"

他下意识回头,发觉是送别时就在这里的抽陀螺老头。

"您看清楚了?"

"嗐,穿着件黑白外套,跟斑马似的,是不是?"老头弯腰把陀螺捡起来,揣兜里准备回家,"我想叫住他,小孩生怕遇着人贩子,本来还在走,后来撒腿跑上公交车了。"

姜忘连声说谢谢,把手头的钱全塞给老头还鞠了个躬,也不管人家想推回来。

完事他拔腿跑向公交站,一边给季临秋打电话。

"家这边没有人,"季临秋仔细思索,语气不安,"火车站离这儿远,就算坐公交车也至少要换乘一趟,我先去查线路发给你,你开车在沿途找找吧,小孩可能下错站。"

姜忘快速应了,一边接电话听杜文娟边哭边解释,一边继续开车找小孩。

他也怕彭星望磕磕碰碰出什么事,一路开着车,空调都没有开,后背渐渐湿透。

62路公交车开开停停,14路公交车根本没有看见,也不知道到底是停运还是改线路了。

男人一边看一边找,直到开回自家楼下也没有看到小孩。

这么晚了，手里还没有钱，他会去哪里？去电话亭用公共电话报警也行啊。

当他准备折返回去找第二圈的时候，手机忽然响了。

小孩哭得上气不接下气。

"哥……哥哥。"

"我在这里，我马上接你回家。"姜忘把所有情绪强行压下来，怕吓着他，"你在哪儿？"

彭星望也是慌了，连哭带打嗝。

"这里有佳兴百货，有……有个陈氏五金店。"

"你不要跑，把电话给旁边的大人，我跟他说。"

电话过了一会儿才转到杂货店老板娘手里，对方解释几句，很快报清了地址，顺带还埋怨几句："这么小的孩子你们看好啊，万一丢了怎么办啊。"

姜忘连连道歉，带着季临秋一起开车过去。

彭星望坐错车了，一路开到城西才发现附近哪儿都不认识，慌里慌张下车找人打电话。

姜忘一路把速度开到最快，但开车过去至少要十几分钟。

"慢点儿，"季临秋低声道，"注意安全。"

"嗯。"

姜忘心头焦虑，还好身边有季老师陪着，开着车说火车里发生的事情。

"那些事情对星星都太陌生了。"季临秋提到常华时表情不太友好，"这么粗暴地要求一个小孩，很难不害怕。"

"但需要提醒的是，"季临秋轻声道，"你在接到星望之前，最好和他妈妈打电话通个气。"

"通什么气？"

"这种逃避对于小孩子而言……大概算是世界上最不可饶恕的背叛。"

季临秋额头抵着车窗，看着窗外慢慢往下讲。

"很多人一辈子都没法离开原来的家庭。

"拥有自己的独立意识，违背父母期望选曲折的路，又或者就此消失远走，全都像是在背叛血缘深处的捆绑。"

这种捆绑如永不断开的脐带，自出生起，至死亡终。

若是对待得当，它是连接亲情的桥。

如果反抗挣扎，它是煎熬内心的牢。

姜忘呼吸停了几秒。

他不自觉想起梦境外的人生，但最终只允许那些画面很短暂地一闪而过。

"知道了。"

彭星望在陌生街道的杂货铺里早已哭成小傻子，见到季临秋时号了一声飞奔过去抱紧，所有恐惧再度爆发，哭得鼻涕都糊了上去。

季临秋没躲开黏糊糊的眼泪、鼻涕，看星星的眼神很心疼。

姜忘蹲在他的身边，伸手摸了摸小孩通红的脸。

"哥哥……你别打我，"彭星望抽噎道，"我错了，我不该跑，你不要生我的气。"

"不打你。"姜忘伸手把小孩接进怀里，臂弯搂得很用力，"哥哥只担心你受伤了，不会怪你。"

"可是妈妈那边，"小孩已经绝望了，"妈妈不会原谅我的。"

姜忘刚才努力安抚杜文娟的情绪，以至于车在路边停了五分钟才靠近这家店。

女人也完全没想到孩子最后会选择远亲，同样有种被抛弃的痛楚。

"妈妈知道你只是被吓到了。"姜忘用纸巾擦拭彭星望脸上的泪痕，认真解释道，"她很爱你，哥哥也很爱你，我们都希望你开开心心地长大。"

"至于你想怎么选，想什么时候选，这些都不急。"

小孩已经哭傻了："她会生气的，我抛下她跑了，我伤着她了。"

姜忘心想得亏带着季临秋过来了，不然母子俩一块儿隔着电话哭更难收拾。

他把小孩抱到凳子上，电话拨了过去。

杜文娟很快接通电话，同样也在哽咽，但情绪因为提前安抚过已经好很多了。

"不怕不怕,"她手足无措地哄着小孩,"妈妈爱你,妈妈不会生气,只要你好好的。"

"你真的还爱我吗?"彭星望眼泪汪汪,"妈妈对不起。"

"是叔叔吓到你了,妈妈也该多确认一下再带你走,"杜文娟缓声道,"没事哦,你在哥哥家好好过暑假,什么时候想好了再来都可以。"

彭星望呜呜呜一直道歉,最后哭累了才挂电话。

姜忘拜托季临秋照看着星星,在杂货店老板这儿买了几条烟,刷卡付的账,转手把烟送给了老板。

"不用不用,你拿着吧。"老板娘在旁边推辞道,"心意已经收了,我们也挺不好意思的。"

姜忘瞧了眼塑料袋里的烟,没说什么便收下了。

等再开车回家的时候,小孩已经累得睡着了,睫毛上还挂着泪。

姜忘和季临秋短暂道别,自己洗了个澡坐到彭星望旁边,在小夜灯旁看他。

其实也没什么情绪,就是饿得慌。

男人看了许久熟睡的幼小的自己,觉得这个小孩很熟悉,又很陌生。

他如今已经二十八岁,绝不会哭得噎住,问任何人还爱不爱自己。

甚至好像从来都不相信"爱"这个字,以至于对幼年的自己都不肯说。

小孩子好像没有任何屏障,轻易会受伤,轻易会去爱。

爱小猫,爱路边的鸽子,爱一直在撒谎的哥哥,爱有了新家庭的妈妈。

简单脆弱,好骗又好哄。

姜忘轻轻伸出手,粗糙指腹触碰着小孩花瓣般柔嫩的脸颊。

他很难相信这个孩子也是他自己。

再想一想自己如何活了二十八岁,如何从彭星望成长为姜忘,这件事和他的梦一样不可思议。

"睡吧。"男人轻轻道,"做个好梦。"

杜文娟第二天请假回来看儿子。

但她也懂再见面会更难分开，只远远看着，没有过去抱他。

彭星望醒得很早，特意煮泡面给大哥当早餐，然后仔仔细细把家里全擦了一遍。先写作业，再写给妈妈的道歉信，还特意去楼下买了十张邮票全贴了上去。

他以为邮票贴得越多，信就会寄得越快。

这会儿季临秋陪他在街角小花园里打秋千，两个人一起晒着太阳，晃荡着看路边来来往往的车辆。

杜文娟站在隐秘处，双手交叠着，眼眶很红。

常华在车站旁的空地等她，他不肯过来见姜忘，估计是怕被打。

那男人嘴硬说是光顾着行李、车票，忘了把钱还给人家，不觉得自己哪里有错。

女人原本就很瘦弱，来回折腾这么一趟好像更加憔悴羸弱。

"我已经怀孕了，"她苦涩道，"预产期在明年3月。

"我真的很想……让他现在就融入新家庭里。

"再晚点儿，可能真的来不及了。"

"融不进去。"姜忘说，"多早开始，也不可能融进去。"

再亲近、再热烈，也终究会隔着一层什么。

杜文娟在角落里看了一下午，看儿子在玩跷跷板，在沙坑里堆沙堡，怎么也看不够。

新的血脉在她的小腹里萌芽生长，让她的感应与渴望都变得格外强烈。

其间常华打电话来催过两三次，后来她直接挂了。

中途彭星望回头看了几次，只是报刊亭被竹林遮掩得很好，小孩什么也看不到。

杜文娟借着季临秋的手机和他说了很久的话，说到两个人都渐渐平静下来，期待起下次见面相聚，电话才最终挂断。

姜忘开车把杜文娟送回了车站。

他看着坐在长椅上跷腿看报纸的男人，一时间没有解开汽车锁。

"你太容易被拿捏了。"姜忘淡淡道，"他会逐渐推掉你的底线，不管是以为了星望还是你肚子里这个孩子的名义，他总是能找到借口。"

杜文娟愣了下，像是从未想过这个问题。

"我……有吗？"

姜忘深深看她一眼，情绪平静。

"是你说的，哪怕我姓姜，我们也是一家人。

"你受了任何委屈，回到这里仍然可以平安快乐地生活，星星和我都会保护你。"

"当然，"他深呼吸一口气，轻声道，"我们也都希望你幸福。"

女人很少得到男性在这方面的承诺，甚至可以说，她很少被这样对待过。

作为一个普通的小镇女人，杜文娟在粗暴简单的氛围里成长生活至今，早已习惯性放弃掉很多事情。

她像是从不知道自己的懦弱。

"应该不会。"她喃喃道，"我和……常先生，会好好过日子的。"

姜忘笑起来。

"他怎么对待你，要看你自己怎么争取。"

常华欺软怕硬再典型不过，知道她母家有这么个体格强壮的表兄弟，也会相对忌惮很多。

杜文娟快速点点头，突然伸长胳膊用力抱了抱他。

"谢谢你。"她认真道，"把星星留在这里，我很愧疚。"

姜忘头一回在有记忆的情况下被亲妈用力抱紧，脸颊立刻开始发烫。

"好了，说太多就烦了。"他语调变软很多，"走吧，一路顺风。"

杜文娟下车时还挥了挥手，然后向常华走去。

常华看见了姜忘的车，很戒备地把报纸收了起来。

"走吧。"杜文娟揉揉眼睛，心里还是一片酸涩，"改天我休假了再来看孩子。"

常华瞧见她身边没小孩，既松了口气又觉得受到冒犯："怎么？星星不肯跟你回来？"

"这地方有什么好的？"男人抱怨起来，"真是不知好歹，我们在那边……"

"闭嘴。"杜文娟平直道，"以后你再刺激他，我会扇你。"

她从没有过这样强硬的语气,像是终于想通了什么。

常华眼睛睁圆,讶异道:"你受什么刺激了?"

他有点儿生气,又顾忌她肚子里的孩子:"咱俩感情多好啊,别为这点儿小事伤了和气啊。"

杜文娟冷笑一声:"星望这是没有出事。

"他如果跳下火车时摔伤了腿,跑出火车站时被人拐走,我都绝对没有这么好说话。

"常华,你有时候太过分了。"

男人涨红了脸,想跟她吵架又自知理亏,把两百块钱拍回她手里。

"知道了,知道了,"他不耐烦道,"以后我用心点儿,等你生完休养一段时间接他来也好,省得顾不过来。"

杜文娟任由他帮自己拎包,一边慢慢地往前走,一边重新思考很多事情。

她确实不该一味地忍着,她早该想到的。

第四章
蝉鸣

这件事并没有困扰小孩子太久,他们很快开始为新的事情忙碌起来。

姜忘清楚暑假、寒假都是卖书的黄金时期,这段时间都在到处转悠找灵感。

卖得多不如卖得精,其实按照他现在的资产,开个类似沃尔玛、家乐福的大超市都绰绰有余。

但书这种东西没有时效性,好运输、易保存,而且调货顾不过来还可以在本地立刻印刷,实在再适合做生意不过。

他想来想去,觉得这座城市太安静了,什么热闹都没有。

——现代节日活动都仅限于百货大楼衣服打折,以及周边地区摆摆圣诞树、光屁股小天使之类的,看久了也就没意思了。

姜忘左右一合计,决定包下一个小广场做"不忘嘉年华"。

卖书当然是最重要的,教辅区、畅销区、漫画区,三个大类做不同主题展示。

纸片人立牌先订个十几款,再聘几个人穿玩偶服到处跟游客互动,中间穿插点儿好玩好吃的小摊位,挑周六周日让全城人一起过节。

主意一定,他行动力变得极快。

彭星望负责去打探下最近同学们都在看什么漫画、动画片,最好拿个小本本填一下愿望单,再统计下人气排名。

姜忘则去和消防局、警察局申请报备,以及找足够多的小摊贩参与这次的嘉年华。

梅花糕、肉松饼都来几家，尽量挑有工商执照的干净店家过来摆摊。

再来点儿套圈拿玩具，塔罗牌算爱情、学业、财富线的，把小学生、初中生、高中生都涵盖进来。

彭星望一有事情忙就顾不上思考人生，每天早上带着小本本目标满满地串门收集情报，在家也打座机找人聊天，嘴皮子比以前还要利索。

姜忘顺带也借着这个机会和城里几个初高中校长都接触了一下，免不了找人脉、请客喝酒，意外交到了不少新朋友。

以至于有个副校长当场拍板，邀请彭星望努力考到他们这里来读高中。姜忘当场干了一大杯，看着也醉到快要说胡话，进退分寸滴水不漏。

他的公司规模日益壮大，员工全部得亲眼过目再放进来，一个比一个靠谱。

A城接近半城人都认识了姜忘这个人，哪怕不认识他本人，也听过、逛过他开的四家书店。

——经过上次的五千本事件，仓储规模进一步增加，很快就以闪电速度装修过审开了新一家。

姜忘跑嘉年华的事儿跑空好几箱93号汽油，到最后连睡着了做梦都在谈生意。

他做事细，严谨提防火灾、踩踏之类的事件，哪怕在管制松散的2006年也处处留神，方案管理一改再改，改到员工都纳闷儿老板哪儿来的这么多想法。

城里地图更是一闭眼就能背出来，哪儿是工业区，哪儿有好吃的蜜汁猪排店，哪几个小区的小孩零花钱最多。

绕着绕着又回到老城区里，大白天地看见彭家辉靠着个垃圾桶在喝酒。

按常规视角，彭家辉嗜酒打小孩还成天穿得邋遢脏臭，是个很不讨喜的反派角色。

但是冷不丁瞧见这么个反派角色一脸忧郁地靠着垃圾桶喝酒，又有点儿好笑。

姜忘手搭在方向盘上，看着亲爹自暴自弃地摇着头喝酒，心想自己是不是有受虐倾向。

他还是再一次选择停车走过去。

彭家辉挺哀伤地边唱歌边喝酒,都懒得管周围的人掩鼻子绕开他时的眼神。

然后就看见姜忘走了过来。

他有点儿慌张地坐直了些,又反应过来自己靠着个垃圾桶,一时间站也不是,坐也不是。

姜忘西装革履还梳了个背头,闲庭信步跟彭家辉一块儿坐垃圾桶旁边。

"刚把你从住院部捞出来几天?"姜忘看了眼表,"现在才下午四点半,你被工作单位开了?"

"没开,"彭家辉噙着眼泪摇头,"我外派工作,已经把活儿干完了。"

按时干活,还行。

姜忘打量他一副哀痛欲绝的样子,语气玩味:"然后呢?"

"然后——"彭家辉打了个哭嗝,仰头猛灌酒,"小艳跟卖黄鱼的都在我床上。"

他抬手用酒瓶底猛敲脑袋,像是要拿瓶底敲掉看不见的"绿帽子"。

"一个两个,怎么都这样!"中年男人哭丧着脸道,"我就是个垃圾!废物!败类!"

你确实是。

姜忘瞧见他惨成这样,莫名心情很好,也当是工作累了休息休息,坐在旁边点了根烟,还从兜里摸出来彭星望上次没用完的半包纸。

怎么当爹、当儿子的一个两个都这样,他明明感觉自己身上没这种喜剧天赋。

彭家辉擤鼻涕的动作跟彭星望一模一样,惨惨的,好像被欺负得不行。

"你知道她说什么吗?"中年男人用纸巾猛地擦脸,"她说我天天跑工厂,身上机油味比卖黄鱼的还臭。

"然后小艳她当着我的面把我手机号都删了,趾高气扬地就走了!我都傻了!"

彭家辉深呼吸一口,语重心长:"我跟你说,爱情是个坏东西。

"碰烟碰酒都别碰爱情!!"

姜忘揉揉鼻子，暂且接受了亲爹给他的第一个人生经验。

"不碰，"他只觉得好笑，"那你也少碰。"

当自己阅历、收入都高于生父母时，好像很多拧不过来的念头都能轻描淡写地被抹掉。

他现在占据的优势实在太多，哪怕坐在垃圾桶旁边和彭家辉都像两个世界的人。

"我碰不了了。"彭家辉特别忧郁，"我真是个废物啊。"

"那就不要做废物。"

中年男人动弹了一下，拿手背擦眼睛。

"就这么简单？"

"就这么简单。"姜忘兜里的手机又在振动，估计还是跟嘉年华有关的消息。

他突然想起什么，重拍彭家辉的肩。

"要不要来卖棉花糖？"

彭家辉愣在原地，重复了一遍："我？做棉花糖？"

"对啊，"姜忘把硌屁股的矿泉水瓶扔进垃圾桶里，理所当然道，"我要开嘉年华，还差个卖棉花糖的。

"机子租给你，摊位费免了，你就当来玩玩儿。"

彭家辉也是头一回听见这种事，摸着头道："我行吗？不过我会做饭，切黄瓜丝特别细，应该行？"

"走，起来，"姜忘把他胳膊架起来，"你先去换身像样的衣服。"

这个垃圾桶离彭家辉家很近。

亲爹也是刚失恋买了酒边喝边哭，哭傻了直接靠着垃圾桶瘫下来，感觉自己一辈子彻底完蛋。

等回家以后，姜忘捂着鼻子开窗通风，拿了本书把屋里霉味儿都往外扇。

"欸？"彭家辉忽然想儿子了，"你这个动作，特别像星星。"

"哥们儿我没想占你便宜啊，"他意识到自己可能又说错话，双手直摆，"可能是我太想小孩了。"

"你先顾好你自己吧。"姜忘嫌弃道，"干脆先洗个冷水澡，我看看你有什么衣服。"

"卧室在那边,"彭家辉指路道,"那我先去洗了。"

浴室里的水声哗哗响,姜忘环顾四周,一瞬间又回到十岁那年。

他的许多记忆像是一盆豆子骤然发芽,又被硬生生盖上盖子。

男人强咳一声,拿着书继续开窗猛扇。

彭家辉洗得很快,围了个浴巾跟他一块儿挑衣服。

姜忘也没跟他客气,挑一件扔一件。

"真脏。

"这件不行,丑。"

"你这样怎么可能谈恋爱啊,"他反手把又一件油腻 polo 衫扔垃圾桶里,"不行,你这都没法穿出门,上司看了也会烦。"

彭家辉心疼衣服还不敢反抗,很孬地在旁边小声拦。

"这个——这个总归可以了吧?"

"不行。"姜忘平直道,"穿出去别说是彭星望他爹。"

"也没要求你穿多高档的衣服,"他拧着眉毛道,"紫绿紫绿的你是想演个茄子吗?"

于是将就着穿了件白的,又拎着人去平价店里重新选了三套衣服裤子,像样的袜子也挑了好几双。一结账五百三十元。

"欠着,"姜忘面无表情,"利率两点八,一年内还。"

彭家辉憋着表情点头。

"还,肯定还。"他想起来什么,又要找黑色公文包,"对了——"

"那五百元不收利息,回头一块儿还。"姜忘心想你欠我的可不止这一千元,眉毛一扬转身道,"走了,去拿机器。"

公园里卖棉花糖的那几位当然不可能请到嘉年华来,他是网上订购了机器又要到配方图纸,正准备找人好好琢磨。

彭家辉在机械公司干了好几年,来到棉花糖机旁边上摸摸下摸摸,突然就欸了一声。

"这机子你多少钱买的?"他精神起来,"这玩意儿原理简单,其实我都能做。"

姜忘暂时没扩展业务的打算,指指图纸问:"那你会用这个吗?"

机子刚接回来的时候,他图新鲜想做两个拿回家,半炫耀性质地送季老师一个,再给星望一个。

结果愣是弄得满手糖渣儿不说,还差点儿把机子搞得过热烧掉。

后来专门拜托保洁洗了半天。

彭家辉还在挠头,估计是劣质洗发水越洗越痒:"我试试。"

他对比着步骤图启动放糖,捏了根竹扦一边踩踏板,一边慢慢旋转。

第一个瘪掉,第二个就渐渐像样了起来。到了第五个、第六个,真就跟说明书里的彩图一样,做得蓬松又浑圆。看得公司里好些妹子围了过来。

"原来是这样做的啊?"

"你好厉害哦!一看就会吗?"

彭家辉很不好意思,主动把做好的样品送给她们吃。

姜忘瞅着有意思,拍拍肩把机子直接送他了。

"算个副业,好好干。"

彭家辉这次真上了心,虽然醉意还没完全退掉,但脑子已经清醒过来了。

"你说的那个嘉年华,是个什么东西?"

姜忘大致解释了一下,彭家辉边听边点头,搓搓手道:"那不行,我得先找地方多做些练手。"

"那个嘉年华,估计人流量大,需求也多,"他生怕给姜忘惹麻烦,"我做熟了,也方便多卖点儿,是不是?"

那倒也是。小孩买什么东西都喜欢扎堆儿,一扎堆儿就容易爆单。

姜忘难得看见亲爹靠谱的时候,想想道:"你在我书店旁边卖吧,就红山小学旁边那家。"

"不过吧,要注意操作安全,灭火器会用吗?"

彭家辉快速点头:"会的会的,工厂那边都有这个,每年有消防演习。"

"行,回头给你在旁边配一个。"

第二天下午,"不忘书店"真就添了个棉花糖摊。

"棉花糖五块钱一个,八块钱俩!

"草莓味、哈密瓜味，想吃什么都有！"

在这儿蹭书看的小孩很多，经常点一杯奶茶一坐一整天，都忍不住蹭过来。

彭家辉从来没有被这么多小孩包围，有点儿慌乱又很骄傲，语气比从前要耐心很多。

"一个一个来，都排队，排队啊！"

他每递出一个云朵般的七彩棉花糖，就有一个小孩欢呼一声，像是在过儿童节一样。

彭家辉突然上班就有精神了。

主要动力在于赶紧忙完，然后下班去书店卖棉花糖。

——以至于第三天就先还完了五百多块钱，然后还特别自信地做出来一棉花糖兔子、一棉花糖向日葵，一左一右跟招牌一样插在摊位上。

小孩儿们也很给面子，知道他是彭星望的爸爸，给钱都客客气气的，还有小孩买完了都一脸痴迷地赖在旁边看，感觉叔叔像是在变魔术。

姜忘佯装在总台对账，余光瞅着在一群小孩外悄悄观望的星星。

小朋友其实第一天就收到消息了，但是没敢过来看。

他对亲爹的感情太复杂了，复杂到八岁的阅历没法消化。

既像是在这座城里的唯一至亲，又好像再靠近点儿就又会被伤害到。

彭星望酝酿了两三天，甚至还装作不怎么在意地，趁着晚上吃橙子的时候问了一句。

姜忘故意不说。

"自己去看呗，问我干吗？"

彭家辉正专注地给所有小孩做棉花糖，突然心有灵犀地抬了头，瞧见一群小学生、初中生外，小小一只的彭星望。

"儿子！"他声音突然大了起来，"儿子！过来！"

彭星望蒙了一下。

小孩儿们自觉地分开，用很羡慕的眼神看彭星望走近他。

彭星望又想起来以前被追着打的事情，也不敢靠太近，小声喊了声"爸"。

"你想吃哪个？"彭家辉眼眶有点儿红，用手擦擦围裙，笑得不好意思,"爸爸刚会做兔子和小花,别的还在学。"

彭星望转头看向姜忘,后者耸耸肩,让他自己拿主意。

"吃兔子!"

大叔快速点头,用这辈子最专注的状态给他做了个最好看的蓝耳朵兔子。

书店还是很热闹,小孩儿们等的时候一直在互相交朋友、聊天,还有不少人坐在旁边长桌上玩飞行棋。

彭星望站在最前面,和爸爸一样小心又专注地盯着越来越蓬松的棉花糖。

等兔耳朵固定就位,蓝眼睛也点缀完毕,彭家辉长长舒了一口气,弯腰递给彭星望,笑得有点儿羞赧。

"你吃的时候小心点儿,"他也不知道该说什么,"里面有两根牙签,小心划着。"

彭星望点点头,拿着最新款的兔子棉花糖高高举起来。

"看!!"

小朋友们跟着仰头:"嚯——"

"叔叔我也要这个!!"

"我们买的都是粉兔子欸?只有他的是蓝色的!"

"慢点吃啊!吃不完没事!"彭家辉见他要走了,又招呼了一声,"以后你想吃——爸爸随时给你做!"

"嗯!"彭星望快速应一声,跑了个没影。

姜忘心里松了口气,继续查账,清点库存。

到晚上六七点,秘书那边打电话过来说场地布展图出来了,拜托他过去再亲自看看附近布置哪里要改。

姜忘答应着往外走,忽然被彭家辉拦住。

中年男人看他的眼神仍然敬畏又亲切,有点儿不好意思地递了根粉色棉花糖。

"你,你也尝一下吧。"彭家辉鼓起勇气道,"好像……是挺好吃的。"

姜忘看向他,把电话挂掉,伸手接了棉花糖。

"我还真的……从来没吃过这个。"男人喃喃道,"尝尝看好了。"

他当着彭家辉的面,像小孩一样歪着头咬了一大口,沾得嘴角都是糖汁。

轻薄绵软的草莓糖在舌间融化流淌,又像柳絮又像花瓣。

姜忘愣在那里,突然发现一件事。他好像在成年以后,格外抗拒碰触那些属于小孩儿的事物,像是本能地在逃避一些伤口。

可是现在他正在吃棉花糖,彭家辉还在忐忑地等他给出评语。

"很好吃。"姜忘皱着眉笑起来,"齁甜,但真挺好吃。"

"我早该尝尝。"

小城居民对嘉年华的热情远比姜忘预计的要高。

这种模式的小庆典,既顶了个洋气的外国名字,有吃有喝有玩;然后时间场地都定得恰到好处,对于生活枯燥的本地人而言实在太有意思了。

姜忘本来还提前划了笔宣传经费,后来发现光是传单就已经有人争着抢了,热线电话24小时停不下来。

不行,要规避踩踏事件,还要多请点儿保安提防扒手和人贩子。

大哥头一次感觉到钱太好赚的痛苦,吩咐相熟的厂子临时印门票。

亲戚朋友当然先发一批门票,各个合作的学校也要发一批服务教工家属,完事书店满赠一拨,限时免费抢再来一拨,竟然就没剩几张了。

姜忘直接赶助理去买打卡器,场地一旦人数达到限额绝对不允许放人再进入。

"姜哥,不至于吧?"

"绝对至于,"男人说道,"咱们宁可少赚点儿。"

提前三天开始布置场地,放置桌椅线路电板的时候,各校教师有不少来提前看情况的。

姜忘做事坦诚,事事想着多方共赢,特意在筹划期间就和多方学校打了招呼。

凡是有意到时候来采购辅导书、设置招生咨询处、安排学生过来做志愿者的,他一律安排专人接待服务。

正忙碌着,姜忘像是感应到什么视线,在喧闹音响声中抬头往另一方向看。

季临秋穿了件松松垮垮的黑T，银链子垂在锁骨旁，笑容懒散。

"季老师？"大尾巴狼嗅到了味儿，人模人样晃了过去，"您也来视察工作呢？"

"我主动申请的。"季临秋心情很好，任由他领着一起逛，"好热闹，竟然还有魔术师和现场乐队。"

姜忘看向还在试贝斯、吉他的乐手，又发掘出很有意思的细节。

"季老师喜欢乐队？"

"嗯，听现场很过瘾，不过我只有磁带和光盘，还没有亲眼见识过。"季临秋抿了口冰可乐，半开玩笑道，"要不是身份是个老师，我可能就主动问能不能上去唱两首了。"

姜忘侧头："你现在上去试试？"

"今天不行，"季临秋神情遗憾，"今天有同事，开展以后有学生，都不合适。"

姜忘发觉季临秋这人性格和身份太矛盾。

他是满分的好老师，对学生们轻声细语、做事耐心、说话温和，在学校里一言一行让任何人来都没法挑出毛病。

但靠得越近，越能看到季临秋的叛逆不羁，像是内里有什么在极力对抗，甚至是自我否定地、双重矛盾地活着。

前者并不是伪善的表演，后者也不算故作潮流。两者都无比真实，却又无法吻合。

季临秋清楚姜忘在观察他，但奇异地没有任何回避，像是乐于被对方看见一样。哪怕会被误会。

"我有个建议。"季临秋走向喷泉旁的空地，俯身看这边黑胶带圈出来的场地，"这里你原来想放什么？"

"表演区或者科普展板。"姜忘思索道，"游乐项目已经饱和了，放太多会分散他们的注意力。"

"可以弄一个珠心算现场赛，以及有奖单词拼写记忆，"季老师不紧不慢道，"放三排桌椅，一个主持人一个音响，文具辅导书有啥送啥。"

姜忘哒了一声。

"好家伙，你比我还狠。"

"这种事一向是小孩躲着走、家长争着比，比不过就会来旁边找你买书报班，"季临秋感慨道，"我刚好给我朋友拉两笔生意，她音标班还没招满人。"

姜忘闻声点头，吩咐秘书来办这件事，继续和季临秋往里走。

"有情况啊，谈朋友了？"

"谈什么。"季临秋摇晃着冰蓝色易拉罐，漫不经心道，"是以前帮过我很多忙的师妹，人家明年就结婚了。"

姜忘内心极其不赞成老家伙们配牲口一般的催婚法，但又隐隐地为季临秋焦虑。

他完全不知道现实世界中这么好的人怎么会孤独终老，但在这梦里最好不要。

"话说，你都二十六岁了，谈过吗？"男人努力让语气听起来随意点，开玩笑道，"该不会心里惦记谁，一直为那人守身如玉吧。"

姜忘内心预设的答案，无非为是或不是。

如果是，他有责任陪老师走出情伤拥抱阳光，虽然听起来怪《青年文摘》的，但是他一定会这么做。

如果否，那背后肯定也有别的故事。

可季临秋没有回答，情绪抽离起来。他的目光变得空空荡荡，像是姜忘无意间打开了从未存在的房间，里面没有墙壁地板，既存在又虚无。

他半晌才垂眸开口。

"我不知道。"

他比姜忘年轻，却很少露出这样迷惘的表情。

"我不知道我会怎样。

"也许一辈子都会和任何人无关。"

姜忘意识到气氛不对，正想要开口缓和下，季临秋自嘲地笑了下。

"算是异类吧。

"可能一辈子都不会恋爱结婚，管他呢。"

姜忘愣在原地，大脑空白几秒，很快转移话题，准备带他去吃顿好的。

"你呢？"

"我啊，"男人摸摸下巴，"实不相瞒，这些年我要安身立命，工作都忙不过来。"他笑起来，"咱俩进度条差不多，都是零。"

季临秋眨眨眼："没想到。"

"没想到什么？"姜忘回身看他，"别取笑我，我估计要脸红的。"

"不会，"季临秋皱眉笑道，"我只是先前觉得……你好像阅历挺深的样子。"

居然一任都没谈过，他们在某些方面达成惊人一致，晚上去撸串都显得更放松。都没拿满分人生，谁也别笑谁。

8月5日，第一届"不忘嘉年华"正式在金悦广场举办。

全城大人、小孩望眼欲穿地等了两个星期，日子一到倾巢而出，光是入口处凭票可领的一千个闪光气球上午十点就发完了，下午不得不临时雇三个人猛打猛送。

这年头没有"双十一"、没有迪士尼，各家就算挣着钱了也没啥消费欲，难得有个嘉年华自然也乐意多吃吃玩玩。

各国风味的快餐小摊卖得都相当紧俏，鲜榨果汁和奶油沙冰几乎人手一份。

有些项目好多大人自己都没有玩过，说是帮小孩试试手，其实是自己赖在游乐摊旁不走。

姜忘闻着空中乱糟糟的烤肉和果汁气味儿，牵着彭星望逛逛玩玩小半圈。

场地比他预计的要大，加上人工设置的小道回环和功能分区，逛一整天也没问题。

彭星望一路都在跟新朋友、老朋友打招呼，像是整个老城区的小孩儿全认识他。甚至还有几个初中生都特意停下来和他聊几句，然后挥挥手告别。

小孩儿也很喜欢这样热闹的地方，左右不住地看，还特意和姜忘在郁金香花墙前合照。

然后一拐弯看见了珠心算集中营。一拨小孩苦兮兮地临场算四位数乘四位数,另一拨惨兮兮地在现场记单词,同时背后都伴有幽灵一般的家长。

旁边有主持人跟喝了十罐红牛一样卖力呐喊。

"加油!第一名小朋友将获得超级无敌豪华大礼包——终身辅导书全包!音标速算、升学考试、进阶班半价优惠!!"

彭星望打了个激灵。

"我记得没有这个项目啊!"

"你季老师说了,"姜忘慢悠悠道,"可以有。"

彭星望长长抽一口冷气,在接收到同班同学幽怨眼神时努力往后缩。

"大哥,"他艰难道,"那我这算……跟你狼狈为奸了啊?"

姜忘伸出手,弹脑瓜儿崩三连击:"又!乱用!成语!"

"痛痛痛!"

他只陪彭星望玩了不到二十分钟,放任小孩和朋友们一起去疯闹,自己跟场务处理各种现场问题。

什么这家摊位抢了那家的地方,有家长逛着逛着忽然发现小三跟别的男人一块儿约会,或者谁谁谁家小孩儿又走散了在哇哇大哭。

忙碌之余,还记得去看看彭家辉的摊子。

——生意果然不是一般好。

棉花糖这玩意儿虽然俗,但是放到二十年后照样兴盛不衰。

"来尝个!慢慢吃!"彭家辉比从前要爽朗很多,"得亏我提前练了一个多星期,不然现在手脚都顾不过来了。"

姜忘很自然地接了他的礼物,吃了一大口后看后面的队伍。

旁边有小孩不满抗议:"为什么他插队!你明明说不许插队的!"

家长忙不迭把崽子捞回去:"嚷嚷什么呢,人家是老板,整个广场都是他的。"

一瞬间十几个小孩全都跟看偶像一样看向姜忘。

彭家辉手里忙个不停,倒是还能分神和他聊天。

"那个,兄弟啊,我今天下午或者明天下午能请个假不?"

姜忘表面嫌弃这玩意儿齁甜,其实两三口就吃完小半了,漫不经心道:"请啊,随便请。"

"我好不容易赚了点儿钱，想带星望一起逛逛嘉年华，陪他多玩玩。"彭家辉表情局促，"你也知道，我以前对这小孩实在不怎么样……"

"真没事，"姜忘正色道，"这摊位是你的，机子也是你的，想去玩多久都成，我这两天忙不过来，你可以让小孩回去睡两天。"

彭家辉连连点头，喜笑颜开。他现在还是会犯酒瘾，毕竟这得算没法逃避的生理反应。可一旦尝到清醒活着的甜头，人一样不会回头。

当天嘉年华一直办到晚上九点，保安催了又催，人们才恋恋不舍地散开。

清洁工一拥而上收拾四处，小货车陆续开过来补充花树盆景。

姜忘一直留在广场没走，吃饭都是将就着吞了半盒炒饭。

他没把大头利润抽走，只象征性地收了点儿摊位费。

比起搜刮金钱、无尽敛财，似乎看到这座城市都热热闹闹、快快乐乐的，比想象中还要舒服。

难得皆大欢喜，挺好。

季临秋接到电话的时候，已经是晚上十点了。

"不是吧，"他夹着手机还在写备课方案，"姜哥，这个点还邀我出去？"

"你来不来？"姜忘懒洋洋道，"错过就没有了啊。"

"行，哪儿见？"

"广场。"

季临秋把钢笔一盖，随意搭了个外套出门叫车。

广场此刻仍旧灯火通明。

有数十个工作人员在核对款单、检查插电线路，很多摊贩也在短暂休息以后过来补货收拾东西。

"热闹都散了才找我啊。"季临秋佯作可惜。

"就是要散了再找你。"姜忘反手指了指远处的台子，"上去玩儿吧。"

吉他、麦克风都在，爱唱啥唱啥。

季临秋倒也没打算当个歌手，他只是喜欢很多常人绝不会做的事。

他看了一会儿空空荡荡的高台，那儿黑黢黢的没有光，附近的人们都在忙着搬运装卸，无人会看。

"好。"

季临秋不是个扭捏的人。他迈着长腿走上台阶,用吉他略试了试音,坐在高脚椅上看几乎空无一人的台下。

"唱什么?"姜忘仰着头看他,"×××不是出了个什么新专辑?"

"你还挺潮。"季临秋笑了笑,低头拨弦道,"我写了首歌,你听听看。"

姜忘笑起来,仔细看他。

> 不说还活多久,免得又辜负年岁。
> 人们絮絮聊天黏着对方,任由骨头汤咕嘟嘟地响。
> 而我灵魂抽离太远,像月球漂浮在水上。
> 又情绪白费,恍然全忘。

几声弦响清澈干净,沙哑嗓音低沉温柔。

季临秋弹的旋律很简单,几个和弦声音很轻,听起来像是在清唱一样。

他第一次坐在空旷夜色里唱歌,对着空无一人的远方,对着聒噪不休的蝉鸣。

> 有时候会想,每个人闭眼睡着时候,
> 是不是悄悄疼的地方形状都一样。
> 想用力拥抱,心里被冷藏的地方。
> 又惴惴不安,怕看见天亮。

季临秋睁开眼,长长睫毛像在泛光。

> 一切选择都在把回忆重织成救赎的网,
> 也许再向前一步,便不用逃亡。

他唱完停了很久,然后才把吉他放回原处,椅子摆好,慢慢走下来。

"本来感觉没什么,"季临秋用手背挡着脸,"还是有点儿臊。"

姜忘还在往上看,像是打量自己永远都不会上去的稀罕地方。

"我KTV都不带张口的,"男人伸了个懒腰,"五音不全,没你这么好的条件。"

他们像是莫名就约好了要一起散会儿步,谁都没开口提议,就很顺理成章地一块儿沿着广场边缘慢慢走。

姜忘懒得想话题,季临秋也没开口。

走了快十分钟,季临秋才又看向他。

"唱得怎么样?"

"好听。"姜忘诚恳道,"声音好,尾音悠长,听得很舒服,再多的我不会夸了。"

季临秋看他一眼,插着兜继续往前走。

没有几步,他又开口问:"词儿呢?写得怎么样?"

"你挺自恋啊。"姜忘忍不住取笑他,但是又很认真地给好评,"虽然没什么情情爱爱的,但是听着很舒服,我很喜欢。"

季临秋像是收到了不得了的评价,仔细看他表情。

"真的?"

"真的很喜欢。"姜忘摆手,"再夸我都要跟着臊了,你放过我。"

姜忘走在季临秋旁边,感觉这哥们儿也是个哲学家般的人。

他发小杨凯一向喜欢哲学,小到下雪、开花,大到结婚、生孩子,总是能感慨一大堆事情,有时候啰唆得都嫌烦。

但季老师哲学家一会儿,莫名就很好。

他很喜欢。

第二天嘉年华准时开放,人流量比第一天还要爆炸,以至于姜忘不得不又叫了一队保安四处巡逻,防止有人从栅栏挡板缝隙里钻进来。

这小城市平时悄没声儿地像是年轻人、小孩全跑出去了,怎么搞搞活动就冒出来这么多人。

季临秋白天要开会培训,一直没来玩。

彭星望踮着脚跑到高处找了又找,最后有点儿沮丧。

但是小孩总能想到办法,他特意挑了好几本大人喜欢的书,又仔仔细细用纸包好烤鸵鸟串、脆炸鳕鱼条，拜托姜忘给老师送一趟。

姜忘活儿干多了也累得慌，索性扔给助理秘书自己看着办，给自家小孩儿再跑一趟外卖。

临走前他想起来什么，跑到梅花小蛋糕旁边要了一大份。

小贩居然还认得他："你！你不是那个谁吗？"

助理生怕小贩扯着姜忘算命，跟保镖似的准备伸手拦。

"我还欠你三袋小蛋糕呢！你等着我给你烤！"

彭星望准备一路送他到车上，闻言好奇道："为什么是三袋？"

"哥，你除了给我吃，还要送谁啊？"

小孩对于有人争宠这种事还是很警惕的。

姜忘也懒得解释，等人家烤完了伸手一接，趁热尝了几个。

"不用送了，我走了啊。"

彭星望噢了一声，又有点儿没反应过来。

"欸？这个不是买给我的吗？"

"你带零花钱了啊。"大哥并没觉得哪里有问题，一人把三袋全卷走了，"晚上见，记得早点儿回家写作业。"

"欸？"

他开车离开广场，被音响尖叫声轰炸一上午的耳朵终于得到解放。

姜忘没仔细琢磨季临秋说的"异类"两个字是什么意思。

他的灵魂活在2027年，把世界看得明明白白。谁不是假装活得按部就班，合群几十年努力不暴露自己是个异类。都甭装。

老太太照例大中午的捅煤炉子烧水，呛得满楼道一股二氧化硫的臭味儿。

姜忘捏着鼻子敲门，扬长声音跟小孩儿一样喊。

"季，老，师——"

季临秋过了会儿才来开门，手腕还沾了些没干的红墨水。

"哟嚯。"他笑起来，"星星送的吧？谢了。"

"怎么就不能是我送的呢？"姜忘已经习惯了进他屋，换拖鞋都熟门熟路，"小孩生怕你去不了难过，见到啥都猛买。

"刚好我也没吃饭，分我点儿呗。"

季临秋还在改卷子,像是在忙教师评测之类的事情,示意他先吃。

"我等会儿来。"

姜忘不多客气,去厨房找碗碟帮忙布置,进去之后欸了一声。

"怎么都是一次性的?"

男人探出头来:"你不买瓷碟的啊?"

没等季临秋搭话,他又去翻别的柜子。

"好家伙,杯子都是一次性纸杯,现在老师不都用保温杯吗?"

季临秋把钢笔又放了回去,走近了倚着墙解释。

"茶垢不好洗,保温杯放久了也容易冷,还是纸杯随用随扔方便。"

"不是吧,"姜忘捧了几个纸碟纸碗出来,"有这么忙吗?"

"当老师就是这么忙。"季临秋心平气和道,"保持整洁还省时间,没什么问题。"

姜老板不置可否,泡了壶茶的工夫把小孩拖他捎的外卖全布置好了,瞧着有荤有素还有主食,是顿像样的午饭。

如果不是姜忘来,季临秋可能会拖到下午两三点才想起来吃饭这件事。他没被这么细致地照顾过,不太习惯。姜忘吃得不紧不慢,还有工夫给他倒茶。

"本来觉得你日子过得挺自在。"

"也还行吧,"季临秋想起什么,喝着热茶慢悠悠道,"你这么尊敬老师,以前是碰到过什么吗?"

姜忘略费劲地嚼着肉,也没回避。

"嗯,被照顾过。

"我九年义务教育结束后,实在交不起学费了,于是出去闯荡。"

男人给自己斟了杯茶,没有看他。

"当时准备去北边,那儿下场雪能冷到零下十摄氏度,脚指头都能给冻掉。

"我在火车站发呆,刚好碰到那个老师。

"他问我要去哪儿,然后把外套脱下来送我,说北方冷,一路小心。"

姜忘想起什么,语气渐渐放缓,像是在认错。

"那外套我留了很多年,抽条长高了就托裁缝帮忙改,用一模一样的布料,一模一样的扣子。

"可是有年我不小心掉水里,老旧衣服不经泡,再晒干时已经没法穿了。"

季临秋停下动作,像是能看见他的愧疚,温和道:"那个老师,你一定很想他吧?"

姜忘抬眸看他,也笑起来。

天气一热,晚上睡觉得一直开着空调,不然早上起来连凉席都要湿透。

彭星望推说要省电,时不时会赖在姜忘这边一块儿睡觉,频率不会密集到过于黏人,但偶尔来蹭几回空调很像撒娇。

一开始还睡得规规矩矩,后来就跟信任全开的小狗崽一样,睡着睡着四肢摊开,然后乱滚。

有时候姜忘早上醒来,能瞧见小孩四仰八叉,自己的背和腿在被子外拧成钝角。

再这样下去,迟早腰椎间盘突出。

房全有打电话过来的时候,屋子里还昏黑着,一大一小发出一模一样的闷哼声,像是能继续睡很久。

"喂。"姜忘翻了个身,"什么事?"

"姜哥!是我,小房啊!"房全有精神道,"你现在方便不?有个特别好的房子我帮你留着了,是你上次说想买的那种!"

男人昨儿忙工作到凌晨两点,这会儿脑袋里都是空的。

"房子?"

"离重点中学步行十分钟,坐公交、开车来红山小学十五分钟,交通便利,旁边有大卖场,而且!!房东家里要出国,急着出,价格很低可以兜底!

"现在已经有两家人在看房型了,哥,我这边先帮你搂着,你等会儿能来看看吗?"

姜忘总算清醒一点儿,应了声。

"好,我等会儿过来。"

彭星望睡得翻肚皮，冷不丁被戳了一下。

"醒醒，跟我去看房子。"

"我也要去吗？"小孩赖在被子里，"现在住的地方就很好啊。"

"你明天就要去夏令营了，今天闲着也是闲着，起来。"

出门时一看表，才十二点半。

他们俩在楼下打包了两杯豆浆和煎饼果子，都是不要香菜，微微辣，加个蛋，加根肠，老板驾轻就熟早就能背下来。

房子处在闹中取静的高级小区，保安会 24 小时巡逻，绿化好到媲美花园，藤萝花、月季、薰衣草种了大片。

彭星望本来还没睡醒，走进去时都有点儿犯怵。

"哥……你打算，买这么好的房子吗？"

他第一次进这样的地方。

姜忘不置可否，顺着房全有的短信找到指定门牌号，然后愣了下。

平头小伙儿正安抚着房东，瞧见姜老板出现在门口时忙不迭奔了过来。

"姜哥！！看看！！

"装修风格也是您喜欢的那种！简单低调冷配色！"

"姜哥，我跟您说，这是咱们城里第一个自配新风系统和中央空调的高档小区，而且房子都住了三年了没有什么味儿，买下来随时可以住！"

男人看了一会儿。

"我确实提过想买房子。"他清清嗓子，表情和缓，"但我没说，想买小别墅，对吧？"

何况还是独栋三层小别墅，这种房子在一二线城市当然热手得很，每年升值像是坐登月火箭。问题在于……这里是 A 城，要住进来的人只有他和彭星望。

"房子呢，确实是大了点儿，"房全有讪笑道，"五室三厅自配小花园，但姜哥您看这价格——房东他们急着变现压得很低，我真心把您当朋友才拉您过来啊。"

话倒没错，三百五十平方米要不到一百万元，还附赠全套精装修和实木家具,买了不亏。

"别看有五个房间,"小平头正色道,"您弄个健身房,弄个书房,再来个影音室,怎么布置都行啊。

"当然了,您把父母接来孝顺,或者时不时邀请朋友过来玩到过夜,那也相当便利!"

姜忘对这个上赶着的便宜有点儿心动。

他莫名想到更好的一个选择,季老师现在住的房子又小又旧,还不如过来租他的单间。不过现在邀请他过来好像太热情了,还得再熟点儿再提。

彭星望跟着姜忘上上下下看完,瞧见男人还在思考,小心翼翼地提问。

"如果房间太多了,能不能租给我爸爸啊?"

"不太可能,"姜忘摇头道,"你爸再过段时间会很忙,得隔三岔五去外省出差。"

"欸?"

彭家辉自从卖棉花糖卖开窍以后,整个人像是打了鸡血一样,深夜跟姜忘撸串,许下愿望要自己挣套房子。

他像是浑浑噩噩混了三十年然后突然想明白了,以至于特意向公司申请了更高难度的职位考核,还主动去跑更远的业务。

只不过忙工作就顾不上小孩,还是得满怀歉意地拜托姜忘再照顾一段时间。

姜忘完全没意见。

他一向不会跟小孩隐瞒这些事,知道多少便说多少,听得小孩眼睛在发光。

"太好了,"彭星望捂着脸道,"爸爸变了好多哦,像谁对他施了魔法一样。"

"这个房子确实地段很好,"他和小孩一起从阳台往下看,"小花园里可以给你搭个秋千,阳台采光很好,可以放两个躺椅喝茶、看书。"

四处都有绿竹繁花,空气闻起来很让人放松,再也没谁成天捅煤炉子,搅得楼道有扫不完的灰。

房全有还站在小花园里，仰着头冲姜忘喊："房东答应再便宜两万元！姜哥！您考虑下！！"

"不考虑了！！"姜忘喊了回去，"直接刷卡！！"

第二天星望踏上夏令营大巴时一脸不舍，还挂念着童话一样爬满青绿藤蔓的新家。大哥说要从三楼做个滑滑梯直通客厅，滑梯欸！而且还说花园里可以孵鸟蛋，养几只小鹦鹉，到时候每天早上都会有小鸟唱歌！

"好好玩，注意安全！"姜忘挥手送别，瞧见大巴消失在街道拐角了才转身往回走。

他把新家的软装翻修交给信得过的朋友，自己转头研究新的生意。

——假发。

事出有因，姜忘当初特意吩咐手下收集整理嘉年华的大数据，看看哪些项目赚得最多，哪儿货物消耗最快。

他不懂软件程序，不会轻易投资自己不熟悉的行业，反而在这些接地气的事儿上格外用心。

然后意外发现，竟然有个假发店销售额飙过文具、餐饮，名列第二，完全是商界一匹毛发浓密的黑马。

姜忘那天接到数据都有点儿怀疑真实性，亲自去人家店里仔细研究，然后哑然失笑。

"姜老板你是不知道，"店里小老板也乐意分享生意经，"现在小年轻可喜欢这个——他们管这个叫什么来着，'忘了爱'？"

是'忘了爱'，也是非主流。

姜忘跟目前的文化潮流还存在一定代沟，但很快能领会过来发生了什么。

悄无声息地，全新浪潮正在袭来。

最时髦的语言是火星文，初中生、高中生都在偷偷戴着假发嘟嘴拍照，QQ空间成为全新的流行社交平台。

真要把头发接到两尺三，染半撮荧光红、大片艳绿色，再拿发胶糊个三角形翻盖头，结局多半是学校记过、工作单位劝退。

一帮十几岁小孩又喜欢攀比，下了课偷偷假发一戴炫酷无比，今天是陈家街绿头哥，明天是六中忧郁男，就差在胳膊上写火星文。

姜忘表面笑笑就过去了，转头试探着在书店里卖了一小批张牙舞爪的成品假发。当天就卖了个干净。

大伙儿都是偷摸着买、偷摸着戴，胆小架不过好奇心作祟。

姜老板思索再三，跟假发厂又一联系，决定顺道再卖卖COS（cosplay的简称，指角色扮演）用的发饰和衣服。什么双马尾垂腰、假毛狐狸耳朵，只要学生提需求，他就敢进货。

于是某家书店的人流量悄没声儿地再次变大。

一部分学生会神神秘秘地背包进去，如同地下交易般一手交钱一手换货。

"白毛有吗？红美瞳呢？喀喀，我想COS那谁……"

"新货，摸摸，看看这手感，买两顶送发胶，来点儿？"

学生们背着包再走出来，面对街边大婶大叔时，仍旧一脸的正经严肃，像是刚刚通宵复习完数学奥林匹克竞赛题。只不过公园和古建筑附近的奇装异服出没率日益提升，逐渐成为城市的奇特一景。

姜老板用全新视角扩大书店渠道功能之余，还是会有点儿寂寞。

怎么小孩儿一走，他身边就静悄悄的。

没人在晚上吵着要吃橙子，书店盯生意的人换成时不时打瞌睡的兼职学生。

电视完全没人看，空放节目听声还是觉得不习惯。

他开始想小孩儿了，虽然夏令营统共才两周，但莫名觉得日子哪儿都不对。

姜忘作为硬汉不是很允许自己太感性，只是回家以后会把星望的房间也一块儿收拾，没事开窗通通风。

小孩儿拿IC卡打电话过来，他还嘴硬。

"想你？我难得消停会儿，这几天总算清净了。"

彭星望哼哼唧唧撒娇："哥——我想你了嘛——你也想我一会儿成不？"

"行行行，想你想你，真是拿你没办法。"

两人傲娇又黏糊地打了半天电话，助理拿了沓文件过来。

"姜总，这是这两天的合同和邮件。"

姜老板一秒恢复面无表情的酷酷形象："哦。"

助理忍着腹诽,把贴着邮票的信件递给他。

"有来自 C 城的信件,收信人写的是彭星望。"

姜忘接过厚厚信件一看,竟是杜文娟亲笔写信过来了。

他怔了几秒,助理又小声提醒。

"她给您也寄了一份。"

姜忘伸手一捻,发现真是两份信件。

"我也有?"男人不自觉扬起笑容,"知道了,我先看看。"

等助理退下,姜忘取了小刀仔细拆掉胶封,取出被仔细叠好的信纸。

没有视频通话的 2G 年代,跨省的长途电话太贵,邮件快递也才刚刚兴起,书信还是人们最常用的通信媒介。

杜文娟的字清秀舒展,很像她的风格。

姜忘弟弟:

好久不见,最近还好吗?

慈州最近总是下雨,有时候看到小孩儿们穿着胶鞋踩水,会想到你们,更添挂念。

我给星星写了一封信,嘱咐他要听话勤学,少吃零食,避免发胖。

想来想去,也给你写了一封,希望你不要觉得唐突。

先前看到你的时候,我发现你的眼睛旁边有疤,是不是被谁欺负过?一个人在外面打拼还好吗?

你独立能干,我一直羡慕,但也想作为表亲,略作规劝。

姜忘,在外千万不要斗狠犯险,一切以平安为先。

挣钱多少固然重要,我也如同期望彭星望万事顺遂一样,期望你无事烦忧,勤加餐饭,夜夜好梦。

望喜乐安康。

杜文娟

2006 年 7 月 31 日

姜忘第一次收到信,还是来自母亲的信。他像是忘记如何阅读一样，怔怔看了好几遍，把每一行字翻来覆去地咀嚼，又垂着眼睛笑。

从某种意义上讲，母亲给幼时的他，还有如今的他，都寄了一封信。

每一封都代表着挂念和温暖。

姜忘很小心地把彭星望那一封存放在自己上锁的抽屉里，等小孩回家以后再给小孩自己拆，他则是把信认认真真读完，有些无措地找纸笔回信。

妈妈给我写信了。妈妈她叮嘱我要保护好自己，她很在乎我。

姜忘努力不去注意内心如同小孩儿一样的雀跃念头，抿着唇想了又想不知道怎么下笔。

他开始懊悔自己在语文课睡了好几回觉，真要写什么时脑子很空。

最后略笨拙地回了短短一篇，用信封胶条封好，再找自家快递寄回去。

前后不过四十分钟，但像是要花好几天才能回过味儿来。

他空空荡荡的胸膛里像是被填充进一些什么，像是塞了两根棉花糖，以及几张信纸，以至于心脏再摇晃时，不会碰撞得到处乱响。

彭星望像是知道姜忘的拧巴，前天刚打完电话，今天又打电话过来。

上来第一句便是："大哥！我好想好想你！"

还真是嗲得坦坦荡荡。

姜忘虚虚应了声，又以完全不符合年龄的幼稚语气炫耀起来："你妈妈给你写了一封信，给我也写了一封。"

"啊！！妈妈给我写信啦！！你快读给我听！！"小孩在电话那边懊恼起来，"我怎么跑去夏令营了呢，我也想看信。"

但他又很快振作起来，很期待地问道："哥哥，你以后会给我写信吗？"

姜忘想了想："咱还是打电话吧。"

他有点儿应付不来这么细腻的事情。

小孩撒娇打滚要听杜文娟给他写了什么，他回了什么，又百般叮嘱姜忘要保护好自己那封信，恨不得现在就飞回来看。

等电话挂断，姜忘伸了个懒腰下班，去取车时一路都在哼歌。

日暮余晖犹如温暖的轻薄外套，平等如一地拥抱着每一个人。

他脸颊很暖，心脏也热乎着。

小孩晚上不赖在客厅里看动画片，姜忘一个人啃着橙子看了半集《走近科学》，破天荒地晚上八点半就困得不行，索性洗个头回房睡觉，日子过得特别养生。

夏夜宁静安稳，梦也是些无关紧要的平淡故事。

正沉浸着，姜忘忽然听见了焦急的敲门声。

"姜哥！"

"姜先生，在吗？"

他睡得太熟，以至于花了些时间才反应过来那是现实里的声音，翻身下床快步过去开门。

"季老师？"

季临秋脸色惨白，从未有过这样狼狈的状态。

"姜哥，你帮帮我，"他已经彻底慌了，说话都有些磕磕绊绊，"我爸爸、我爸爸脑出血，现在正在省城医院开刀，医生下了紧急通知，你能不能带我过去？"

姜忘眼疾手快地给他端了杯热水："你稳住，我穿件衣服现在开车带你过去。"

季临秋从未在三更半夜求人办事，一时间歉疚又无措，喃喃道："实在太突然了，对不起……"

"再说就生分了，"姜忘已经穿好鞋，抄过他的肩一同关门下楼，本能地想要给季临秋更多力量，"咱是哥们儿，有事互相照应是自然的。"

凌晨三点半连加油站的伙计都睡死了，捶了三回门才伸手背擦哈喇子，还差点儿加错型号。

姜忘刚好开的是公司谈生意的好车，起步快、过石子路也稳，比那三手夏利好太多。

他全神贯注地开车赶路，让雪亮灯光驱散一路黑夜。

其间季临秋的手机响个不停，有女人带着哭腔的求助，说情况紧急，医生都下通知书让他们做准备了。

姜忘从未接触过季老师的家庭，也没问另一边女的是谁，想了想报了个人名。

"季老师，你拿我手机给这个人打电话，他在省城有门路。"

季临秋一面帮他照看着漆黑到两侧水面都看不见的长路，一面拨通电话。

第一回没有人接，肯定也在睡觉。

"再打，"姜忘不怕得罪人，"接了以后开免提。"

第二回响了两声立马接通，传来粗声粗气的爆骂："你这货看看现在几点？"

"野子，帮我找下人，你认识人民医院那边的朋友吗？"姜忘直视路面，语速平快，"我老师家人重病，现在没床位急得很。"

"现在医生都不收红包，三更半夜的哪有门路啊，"对面又骂了句，想半天道，"我爱人的弟弟在另一家医院当医生，那边一般都会预留床位，不行你们办转院手续——是什么病啊？"

季临秋此刻才出声应答："脑出血。"

"那巧了，我那小舅子就是脑科医院的，等会儿我发个短信过来，你打电话跟他说。"

几番折腾，竟然真在路上就把事情谈成了。

季临秋父亲在的医院同时还在处理连环车祸，运转饱和没法收治更多病人，只能做完手术紧急处理好再转院。

季临秋直到把事情谈妥才长嘘一口气，脸色仍然虚白。

他用手背抵着眼睛，压力大到声音都有些颤抖："谢了，我欠你一个人情。"

姜忘熟练地打双闪示意前头的车看路："你家里人在省城？"

"不，恰好来看我妹妹罢了，她嫁过来好多年。"

季临秋深吸一口气，额头抵着车窗："我爸年纪大了，生活习惯也不好，唉。"

姜忘其实羡慕他这样的人，父母都还在身边，哪怕平日有点儿磕绊，也在互相挂念着，心里一定很踏实。他没说出口，只专心开车。

"没事，我陪你把这事料理了。"

他们赶到时天色已蒙蒙亮着，像是被雾霭染了几重灰色。

季父已经转到了脑科医院，此刻正在病房里休息。手术有惊无险，预后也好，只要平稳用药仔细照应着，慢慢养一段时间也就无碍了。

姜忘陪季临秋上去时，季母正泪水涟涟地感谢着医生。

她矮小佝偻，像是吃过许多生活的苦，脸颊与手背都满是皱纹。但看起来穿着体面，是受过教育的人。旁边还陪着个抹泪的年轻女人，面容与季临秋有几分相仿，应该就是他的亲妹妹。

"妈。"季临秋低低喊了一声。

"这是姜哥，他帮忙联络的病床。"

两个女人忙不迭迎过来，百般感激地连连道谢。姜忘很不会应对这种场合，客气了几句推托说有电话要打，躲到不远处的安全通道里去。

他从前没见过季临秋惶然又狼狈的样子，以至于现在被卷进来有些尴尬。

但不管怎么说，人安全了就好，问题不大。

正这样想着，远处突然传来了清脆的耳光声。

"你这个废物！"

姜忘脸色一变，把消防门悄悄推开一条缝，发觉季临秋被打得头都偏到另一边。

"我和你爸爸苦口婆心劝过你多少次，"女人在没有外人的情况下，歇斯底里得毫无掩饰，"我们门路都找好了，只要你过来就可以来银行上班，实在不行找个好单位做点儿赚钱的差事，你在那破地方教书，你爸爸快死了都差点儿赶不过来！！"

季临秋的背影很单薄，他沉默很久，声音依旧清冷。

"现在已经没事了。"

"有事，事情大得很！"女人声音尖厉又刺耳，像是根本不在意病房里的人会不会被吵醒，"我们老季家就你一个儿子，你爸爸就是放心不下你才来省城。

"我问你，你到底什么时候才能找个像样的人结婚？

"你可是已经要奔三的人了，但凡不想你爸爸醒过来又被气死，你最好想明白！！

"我们老季家——可不能绝后啊！！！"

姜忘一时间没法再出去。

成年人被当众奚落是极伤自尊的事，何况还配合打耳光这种动作。

"光赶过来有什么用？你爸爸就是操心太多才这样！"女人看起来苍老又痛苦，极力把所有生活压力都发泄到季临秋身上，"话都说到份儿上了你居然还一点表情都没有——你这个怪物！"

季临秋动了一下，像是听见她实际想说什么。

"你们这次瞒着我来省城，其实是为了给我相亲，对吧？"他淡淡道，"刚到妹妹家里住了两天就半夜脑出血，也是因为我？"

年迈的季母狠狠剜他一眼。

"我们当年省吃俭用供你上大学，不是为了现在看你脸色！"

"现在爸爸已经在重症监护室了，"季临秋声音变冷，"你还想让我抛下他去相亲，你认真的吗？"

女人长哐一声，痛心疾首地冲上前戳他肩膀。

"季临秋，你已经要三十岁了你知不知道？你是不是有什么毛病才不结婚？

"你爸爸在单位里逢年过节就要被领导、同事当笑话问，你妈回娘家还要被他们问，一个两个都以为我们没把你当儿子。

"是我们欠你的吗？我们提过任何过分的要求吗？我们就是盼着你像个正常人一样过日子！"

季临秋还在看病房里的人影，半晌像是过滤掉她施加的所有负面情绪，淡淡道："知道了。"

他的妹妹在旁边无助又委屈，但自始至终都不敢参与他们的对话，像是已经默认为外家人。

"明天中午，你去和你佟叔叔家的闺女吃饭，人家是书香门第、正儿八经的教授家庭，给我们老季家争口气！"

女人气还没有撒干净，不休不止地拿手戳他："别再黄了，听见没有！"

季临秋突然把胳膊抽回来，冷冷看她。

"您在配牲口呢？"

"怎么着，生怕我有问题，没法让您抱孙子？"

季母脸都变得惨白，姜忘预感到情况不对冲过去救场，板着脸的护士也同时出现。

"吵什么吵？这里是住院部，多少病人需要休息！"

"麻烦你们有话出去说，再闹我要叫保安了！"

"好好好，我们不说了，不说了，"季母又换回先前那副卑微样子，像是刚才没发过脾气一样，"不好意思，真是给您添麻烦了。"

姜忘走到他们中间，状似无意地把季临秋挡在身后，笑容很客气。

"季老师跟我轮流开了一夜的车，中午不睡一会儿就去吃饭，估计状态也很难好吧。"

季母在别的事情上都格外配合，唯独对这种事咬定不松口。

"这样的机会错过就没有了，吃完再睡也对肠胃好！"

"什么机会？"季临秋抬眼道，"攀高枝儿、倒插门的机会没有了？"

季母没想到一向逆来顺受的孩子怎么敢连着顶嘴了，当着姜忘的面猛地伸手又要抽脸，却被男人两指挡开。

"伯母，不合适吧？"姜忘皮笑肉不笑道，"您也说了，他都要奔三了。"

季母重重叹一口气，又无缝切换回怨妇模式，絮絮叨叨地说自己有多不容易。

姜忘听得厌烦，只推托说住院手续还没办完，拉着季临秋往医生办公室那边走，换个暂时的清净。

过了一两个小时，天大亮了，小舅子在医院的匡野也赶了过来。

这哥们儿长得人高马大像头棕熊，刚见面上来就抡姜忘一拳。

"你小子厉害啊！半夜折腾我！"

姜忘笑笑："咱俩情深义重，这不还是把事儿办妥了嘛。"

他略一侧身，给朋友互相介绍。

"这位是季老师，是我很尊重的人。

"这位是匡野，我做生意认识的朋友，在省城这边人脉很广。"

季临秋客气地打了个招呼，匡野大大咧咧跟他握了下手。

"读书人，一看就气质倍儿好，放心，你爸的事我特意嘱咐过了，我弟弟回头也会多来照看照看。"

季临秋一夜没睡，气色不好，鞠躬时人有点儿晃。

"真是添麻烦了，晚上请您几位吃饭。"

匡野人如其名，人很狂野，家里有钱也成天骑辆摩托满场子飞，交朋友全凭开心。

姜忘清楚这事托给他就稳了，回头多照顾他家厂子生意便是，也开了几句玩笑领季母她们过来认识。

等到了上午十点多，困劲儿就没法控制地上来了，像是要把人的动脉血从脑干到脖颈那块儿全抽空。

他自己撑得不舒服，看季临秋时也目带同情。

"真要去啊？"

"权当蹭个饭。"季临秋自嘲地笑了下，"搞不好被人家当成'凤凰男'，聊不了几句。"

"欸，我能跟着去吗？"

季临秋愣了下，点头答应。

"那敢情好，"他像是终于松了口气，"都是女生带着女伴，我也算头一份享受这待遇了。"

季母只要看见儿子松口答应相亲就满意，还担心影响姜忘休息，假惺惺地客气了好几句。

"我这儿子啊，从小就不敢离女生太近，也可能是我以前太严厉了，成天都盯着他生怕早恋，"季母抹了抹眼睛，像是独自承受了十二分的苦，"现在有你们这样的朋友陪着也好，总算开朗点儿了。"

姜忘心里豁然开朗，心想搞不好你都盯出毛病来了。

订的餐厅还挺高档，位置在五星酒店二十二楼的旋转餐厅，往外一看能瞥见整座城市的高空景观。

水晶灯如贝壳般旋转垂落，深红丝绒桌布上没有半寸皱褶。

女孩今年二十五岁，珍珠耳坠一晃一晃，打扮得很精致。

不过看她身边女伴的憨笑表情，大概率也是被父母强行架过来的。

席间好菜一道一道地上，姜忘吃得不紧不慢，注意力基本都在季临秋身上。

他发觉这人真的很有意思。

男人都差不多一个熊样，碰到好看的女生总是忍不住看看胸、看看屁股，只不过伪装程度不一样罢了。

姜忘观察了一会儿，发觉季临秋始终注意力涣散，都没看对方姑娘几眼。哪怕人家中途去了趟洗手间，连修长的小腿都懒得看。不是吧，真的怕女人？

季临秋一路困到强撑，但礼貌优雅、谈吐有度，再加上外貌清俊，其实很讨两个小姑娘的喜欢。

相亲对象的女伴本来还想当背景板，后来也没忍住跟着攀谈，甚至还捧着脸专注地看季临秋。

对面那个女生倒是对姜忘更感兴趣，饭毕散场时特意问了一句他是否单身。

"二婚有娃，"姜忘也怕搅黄人家的好事，笑着拒绝道，"小孩儿都八岁了。"

女生深表遗憾，挽着朋友感慨几句走了。

他们在省城一共待了四天，四天里被安排着相亲三回，不是吃饭就是喝咖啡，反而只有晚上有空守着老爷子。

季临秋始终距离感很足，对女孩们十分客气。

其中有一位略有些动心，也被他礼貌回避。

姜忘看出来什么，医院陪床间隙拉季临秋去院里小花园透气。

小花园不大，这会儿只有两三个老人被用轮椅推着出来遛弯儿。

午后阳光落在他们身上，光点斑驳凌乱。

"怎么了，心情不好？"姜忘陪他慢慢往前走，感觉自己距离现实世界的真相越来越近，"那些亲戚说闲话什么的……也不过就是为了点儿优越感。

"他们都结婚有孩子了，也就在这种事上能攀比指点几句。

"不过……你是在刻意躲着女生吗？"

季临秋站定在梧桐树下，看着他没有说话，眼神仿佛夹杂着丝丝缕缕难以言说的心事。

梧桐枝叶的碎影笼罩在他们身上，像是给予暂时的庇护。姜忘看着昔日老师眼眸中的哀愁，眼里的光也逐渐黯淡。他突然才发现季临秋也是一个普通人，和他一样在处理家庭关系时茫然又烦躁的普通人。

他总是有意无意地带着光环看他,以及季临秋在照顾小孩儿上实在太得心应手,有时候会给姜忘一种他什么都能处理好的错觉。

滤镜破碎以后,他反而感觉距离更近,甚至于有种碰到同类的惺惺相惜。

老爷子在做完手术以后的当天下午就醒了,只是人很疲惫,话变得很少。

他从 ICU 转出来以后,季母寸步不离地守了全程,女儿则负责回家炖汤炖药,殷勤照顾。

老太太像是个严谨管家,每天发生了什么都事无巨细地一一汇报给他听。

季父虽然身体还不太能动弹,但会眯着眼睛听,然后点头摇头,以及重重摇头,这时候季母就会泫然欲泣地回头看季临秋。

姜忘没有太多家庭记忆,两三天里围观季临秋这边的情况,也觉得头皮发紧。

这也太窒息了吧。

他们临离开前居然去相亲了第四回,掐着点儿吃完再回城。

这回对面坐了个带着四岁小孩的二婚女人,小孩全程不是嚷嚷要听故事,就是拿筷子戳菜玩,两人勉强笑着陪玩,悄悄打包两份汉堡鸡翅,藏包里没让季家人看见。

"你回去以后再考虑考虑,咱早点儿托关系讲人情把工作调省城来,好不?"季母这时候又换回慈母模样,满脸的牵挂不舍,"妈妈最放心不下的就是你,家里也有钱给你娶媳妇,你妹妹当年收的彩礼我们都存着呢。

"一个人在家好好做饭,平时早点儿睡,改作业不要太晚,听话。"

季临秋敷衍着答应,和家人挥手告别。

姜忘直到把车开进高速才缓过来,感觉自己像是带着季老师逃离魔掌。

他们本来可以下午三点走,到家一块儿吃个晚饭,现在回去时已经是晚上了,估计得深夜才到。

国道有很多路段都没有灯，全靠车灯指路，走起来很麻烦。

交通广播里絮絮叨叨地说着今日新闻，窗外是猎猎风声，世界忽然变成枯燥的直线。

姜忘发觉季临秋一直没有出声，担心他心情不好，开口安慰。

"我爸妈离开得早，其实我还是会有点儿羡慕你，毕竟能够陪陪他们。"男人尽量不戳他的难处，"但是……也别为别人的几句漂亮话，把自己一辈子搭进去。

"就算你结婚了他们没法说闲话，生孩子晚了，孩子成绩好不好了，人家一样能指手画脚。"

季临秋轻轻嗯了一声。

他喜欢靠着车窗发呆，但这样的姿势会露出细长脖颈，看起来格外脆弱。

"眼光高也挺好的，没事，哥回头给你找几个合适的，先一块儿玩相处看看。"

"不用了。"

"姜忘，"季临秋看着漆黑的远方，声音平淡，"我这辈子都不会结婚的。"

男人先是一愣，然后又笑了笑："那怎么了，小事儿。"

他没想到季临秋开口就是一辈子。

姜忘以前接待过很多客户，也确实见过好些个年龄很大也没有成家的。

只是从未想过，竟然在自己身边这样近的地方，自己看重又亲近的老师，也会怀有这样的想法。

他有一瞬间想劝季临秋想开点儿，又很快发觉这是个很傲慢的想法。

像是男人在逃避什么。

以至于开口说什么，都会变成色彩不明的奚落。

季临秋看到姜忘欲言又止的表情，只摇一摇头，低头笑起来。

"我讨厌别人对我的触碰，不管男女。

"想来想去，也许我什么都不是，从一开始便不该存在罢了。"

姜忘目光一怔，意识到季临秋当初说的完全没恋爱过，是真的没有和其他人亲密接触过。

"不是吧……"他放慢车速，终于转头看了季临秋一眼，"你没必要把自己逼成这样。"

"事实上，我如果敢和任何一个家长说这些话，都会面对他们无边无际的指责。"

季临秋提到这些时，有种抽离的平静，像是根本没有在谈论自己。

"你……是遇到过什么不好的事吗？"

"没有，"他慢慢道，"只是在被其他人碰触的时候，我脑内会立刻提醒我与旁人的不一样。

"而这个念头就足够让我自我厌弃了。"

季临秋说出这些时颇有几分自暴自弃，他大概这几天被家里压制得太狠，以至于担着失去姜忘这个朋友的风险都要说出口。

"我像一只走散了的大雁，每年冬天往南飞的大雁，姜忘你见过吧？

"走散了，迷路了，往北飞不知道去哪儿，往南也根本回不去。

"姜忘，我就是那只大雁。"

姜忘又转头看他，缓缓踩刹车把车停好，声音低缓。

"季老师，那如果我碰一碰你，你也会感到恶心吗？"

事实上，刚认识那会儿他碰过，季临秋避开了。

那天星星在老师家里睡熟，季临秋一路送到家里时湿发沾了墙灰，他想帮忙拂掉。

只是没有想到会是这样。

姜忘故意忽略掉了这个记忆，像是从未尝试过一样再次提议。

"也许只是想多了，事情没有那么复杂。"

季临秋低眉沉默，半晌点点头。

"我会碰一下你的肩头，"男人和缓道，"你不要怕，我会等你放松下来再把整个手掌都放上去。"

季临秋已经绷起了呼吸，很驯服地又点了一下头，身体却已经开始微微颤抖。

姜忘动作很慢，在他的注视下把手伸过去，一点一点地靠近他的肩头，然后感觉到季临秋身体发抖得更加厉害。

"放松，"他笑起来，"又不是要世界末日了，明天咱都还得上班干活。"

"我把手指放下来了啊。"

他的手掌干燥温暖，覆盖在他肩头时像兽类的温和闻嗅，温度由点到面地扩散。然后默数五秒，再缓缓拿开。

季临秋深呼吸了一会儿。

"是我矫情。"他自嘲道，"也对，平时少不了被领导拍肩，有的还喜欢搂人。"

汽车缓缓驶动，姜忘把广播声音重新开大，像是刚才并没有发生什么。

"你知道我在想什么吗？"

"不知道。"季临秋防备机制还没解除，垂着眸子。

姜忘打了个哈欠："我想的是，好歹，我终于和你一样平等了。"

"平等？"季临秋没想到他会用这个词。

"我以前总是忍不住仰望你，感觉你什么都懂，而且像是没有任何弱点。"姜忘笑起来，感觉自己也很幼稚，"以前看你照顾星望太多，感觉我跟小孩儿都一堆臭毛病，你哪里都好。

"原来季老师也会被家人为难到说不出话，一天恨不得相亲八十回。

"哎哟，就突然亲近不少。"

季临秋忍俊不禁。

"瞧瞧你幸灾乐祸的这个劲儿。"

姜忘不想他难过，随口岔开话题。

"对了，我新买了栋房子。"

"栋？"

"嗯，捡漏抄低价，搞了个带院子的独栋小别墅。"他又快活起来，把不开心的事全扔脑后，"回头可以挖个小池子养养锦鲤，也可以给彭星望搞个秋千。"

季临秋听得入神，时不时纠正他几个太天马行空的幻想。

正聊得开心，彭星望的电话打了过来。

"喂——大哥——"

"还没睡啊，"姜忘已经习惯了这孩子随时冒出来要贴贴，"在夏令营玩儿得开心吗?"

"今天我们追兔子去了!差点儿就追着了嘿!"

姜忘隐隐约约感觉有哪儿不对,解释自己还在开车,让季临秋跟他聊。

小孩儿没想到自己能跟最最亲爱的季老师聊天,声音甜度都立刻蹿高十个点。

"季老师!!我超级,超级,超级想您!!我还给您做了个超棒的礼物,您等我过几天带回来给您!!"

季临秋一听到彭星望电话,不自觉地人就放松下来,眼角眉梢都是笑。

"不能爬树,小心摔断胳膊。"

"可是上面有松鼠欸!!我真的很想摸摸松鼠!!"

他们开着免提聊了十几分钟,姜忘便一边开车一边听着,时不时还插几句嘴。

最后小孩恋恋不舍地挂电话,说营里老师催他回去睡觉。

"其实我是悄悄溜出来给你们打电话的!明天也要记得想我哦!"

两个男人都拿他没办法,一块儿答应。

再往回家方向开时,车里似乎很暖和,天上星星也亮亮的。

第五章

时光

姜忘一个人冷静了几天，没有再贸然去找季临秋。

他没有处理过这种朋友关系，总归得找个脑子清楚的时间段好好想想。

季临秋敢把话说明白到这份儿上，也是独一份的信任。

姜忘蹲阳台上想来想去，结论是该吃吃该喝喝。

季老师要是一辈子真独来独往，真活得跟落单大雁似的，那他就没事遛遛大雁喂喂食，看情况摸一把毛以示友好。

要是以后阴差阳错找到合适的伴侣了，他也会帮忙掌掌眼，跟对待其他朋友一样没有区别。

姜忘一开始的策略是要谨慎小心，半根烟抽完又觉得自己犯傻。

季临秋多通透的人，一眼就能看出来他在刻意照顾他的感受。

那还不如不照顾，糙着来就行。

姜忘有很多故事没有说给他听，以后也不见得有机会，索性把所有情绪都转成对这个人好。

他的记忆与彭星望不一样。

彭星望小时候苦了一阵子，好歹现在有大哥罩着，生活平安富足，过去有什么难过的也能很快释怀。

姜忘的过去晦暗冰冷，只被一个人持续又坚定地照亮过。

他想到这里，心脏像被撑开一样跳动迟缓，还有些酸涩。

姜忘厘清想法的这阵子，生意因为暑假的展开而业务暴涨，客服忙到键盘敲坏了两三个，还得找人紧急培训一批帮忙轮班。

书店现在完全按照计划运转，最前端处理成小型书吧，中间是展示架和奶茶店，后端作为网店实体店的仓储物流集散点。

由于旺仔小老板出去玩儿很久还没回来，姜老板盯店时间逐渐变长，不时替伙计打发几个难缠的客人，做实体店就是这一点烦人。

有试图把三十五块钱的书砍价到十块钱的大叔，不答应就翻脸，扬言找一天要一把火烧了他们的店。

有边吃黏糊糊的糖葫芦边把鼻涕往新书上抹的小孩儿，稍微提醒几句直接撂脸哇哇直哭，家长当即黑脸骂人。

但是与这些人相比，伙计们最怕的还是老师。

从小学老师到这街区附近的初高中老师，无一例外。

这些老师哪怕穿着便服，打扮得和学生家长一模一样，看店的营业员们还是能一眼看出来。气质、眼神实在是太突出了。

他们不管五官怎么样，一定长着一双直勾勾的锐利眼睛，哪怕是酒糟鼻子胖老头也毫不例外，像警官一样审视着，能把正在看书的学生都吓走。

一般会先去看看教辅书以及工具书，精准仔细地挑几本翻阅，然后决定是否购买。

而后就跟巡查晚自习一样在整个书店逛一圈，很自然地把学生存在的地方当作自己的领地。

看言情小说的姑娘，玩儿卡牌、打游戏的学生，以及捧着漫画看到忘我的小学生，全部都会感觉到冷汗直冒。

也有几个老师会坐在水吧旁跟做奶茶的伙计闲聊，其中有个姓寇的男老师话尤其多。

国际局势紧张了，他要义愤填膺然后唉声叹气。

房价悄没声儿开始涨了，他要连连摇头然后拍桌子生气。

看杂志、看报纸，瞧见哪儿又抢劫杀人了，哪儿又贫富差距太大了，寇老师能跟忙着做咖啡的哥们儿废话一下午。

后者急着交单给咖啡拉花儿，刚开始还应付几句，后头就机械性捧哏，也不好意思得罪人家。

寇老师见怪不怪，估计是早就烦走不少人，始终过来点一杯咖啡然后指点江山,也算是过了个悠闲的暑假。

事情坏就坏在这老师正义感爆棚上。

寇老师长期跟机器人说社会新闻也没满足感,教育他几句要关心时事又背着手去店里四处转悠,看有没有认识的学生在这儿玩。

刚好就抓着一姑娘在看言情小说。

初中生也认出来这是隔壁班老师,吓得脸都白了,慌忙找借口想溜。

没等寇老师张口理论,旁边被姜忘反复叮嘱的伙计麻利过来收桌子顺带救场。

寇老师被伙计转移注意力的下一秒,初中女生连买好的书都顾不上要,书包一抄掉头就跑。

"欸,你站住,你哪个班的?"

"抱歉啊,我这边要擦下桌子,您小心溅脏衣服。"

男老师火气都上来了,抄过人家买的书重重翻了大半本跳着看,又把花里胡哨的封面扣在桌面上。

"你们店卖的这都是什么?十几岁的男孩儿跟女孩儿骑一辆自行车?是不是还要亲一个?"

"把你们老板叫来!"

第一天伙计还能用老板出差了应付,第二天这老师又过来气势汹汹查"不好的书",第三天照样拧着眉头来捍卫正义。

姜忘那时候还在省城陪季老师相亲,眉毛一跳心想真碰上事了,吩咐伙计好好哄着自己回来收拾。

这种事儿来横的当然能来,怕就怕这男老师气不过把事情闹大,影响附近学校老师对书店的印象。

所以一定不能硬碰硬,得想办法把人请走。

他出饭店以后特意跟那老师打了个电话,约在某一天下午见面。

言辞诚恳、态度客气,完全挑不出毛病,人家当然答应了。

不光答应,还本着要造福新一代的思想把言情区、漫画区等"伤风败俗"的书全挑了出来,等着一块儿汇报给老板让他清理干净。

伙计背着这寇老师翻了快十几个白眼,面上还是兢兢业业哄他开心。

但前后这么一闹腾,店里生意折损近一半,好些小孩儿不敢来玩儿,奶茶、零食自然也卖不动。

先前四家门店里红山小学这家业绩最好,员工们开会拿红包时脸上都倍儿有面子,碰到这事店里几个人都怄着气,真是来了个"神仙"。

姜忘回城以后没有马上见这人,还是坐办公室里充分想了想对策。

他最近要考虑的事情实在太多,新家房产证到手了都没进去瞧几回,只能一个人忧伤地砸着核桃慢慢想。这天下的烦事儿怎么这么多呢。

日子一到,姜忘特意穿得人模狗样过去见这老师,俨然要参加什么跨国经济峰会。

寇老师平时喝奶茶都舍不得加布丁,哪儿穿得起他身上那件定制西装,见面时气势自觉弱下来,还算客气地打了个招呼。

然后气势汹汹地把存放在伙计那儿的书搬了过来,十几本哗地全散在桌子上。

几个胆子大的学生早就听见了风声,今天特意来看姜老板怎么收场。好不容易有个写作业舒服、咖啡也好喝的店,真难啊。

姜老板随意瞧了一眼。

"这些书怎么了?"

"乱搞男女关系!伤风败俗!都是毒草,毒草!"寇老师口水快喷到他脸上,底气很足,"你但凡真是为了这些小孩儿好,就该把这些都统统下架!"

姜忘很平和地点点头,示意他先坐下来。

"让我看看,您最讨厌哪一本?"

寇老师愣了下,很快找出封面上有少男少女亲昵牵手的一本书。

他生怕姜忘等会儿不给他机会,又把另一本画着夸张骷髅的漫画也拿出来。

"这个!还有这个!"

"这样啊,"姜忘点点头,"坏在哪儿?"

"坏在——坏在它唆使学生早恋!它血腥暴力!"

姜忘面露好奇:"那您跟出版社投诉了吗?"

"我已经跟出版社打电话了,而且连着打了四个。"寇老师根本没听出讽刺的意味,斩钉截铁道,"先从你这儿做起,不能再卖这种鬼东西！"

姜忘噢了一声，又好奇道："那如果这些小孩儿以后出事了，是找您负责，还是找我负责？"

"什么？"寇老师愣了下，"什么负责？"

"我说，"他很慢很慢地重复了一遍，"如果这些没看书的小孩，恋爱被骗了，碰到校园暴力被羞辱了，找不到工作绝望了。

"是寇老师您负责，还是我这个开书店的老板负责？"

寇老师一脸莫名其妙。

"凭什么要我负责？"

"小孩看了不好的书，有错误的影响，那肯定如您说的，出版社和我这个卖书的都得担责任。

"但如果他们因为没看过这些书，遇到更痛苦、更绝望的危险，归您还是归我负责？"

男老师像是听见什么怪话一样，反应了会儿才回问道："他们不看这些书是好事，怎么还会遇到意外？"

姜忘平静摇头，随意拿起一本恋爱小说。

"其实我在进货之前，也会随意读几本当个消遣。

"您知道有些小女孩因为家庭的关系，一直很缺爱吧。

"她们在现实里和家人相处的时候，甚至可能因为吃药时喝了几口水就被痛骂贬斥没脑子，好像从来就不该被保护照顾一样。

"而她们读这些书的时候，会发现有很多女孩对待这个世界的方式跟她们完全不一样。

"哪怕遇到热烈的追求，霸道的占有，大片大片的香槟、玫瑰或者热气球告白，书里的那些主角也不一定接受不合适的爱情。

"这些书至少成为一面又一面镜子，告诉她们其他人是怎样面对十字路口的选择，以及对应的结果。

"如果我按照您的吩咐，把这些书全都销毁，这些小孩又该去参考谁的人生？"

寇老师眼皮连着跳了好几下，像是碰见一个精神病人。

"你，你在说什么胡话？

"就这样轻易左右学生们的人生参考,难道不是一种狂妄吗?"

姜忘笑起来:"您可以不接受我的观点。"

"只要您亲笔写一封至少八百字的公开声明,表示愿意为所有不看这些书的小孩人生负责到底,我就当着您的面把书全部烧掉。"

寇老师瞪着眼睛直直看他,像是被堵到没话讲,一拍桌子吼过去。

"你这是无理取闹!"

说完他拎起包就走,头都不回,想必是以后都不会来了。

姜忘面无表情地伸手,旁边员工忙不迭递纸给他擦唾沫星子。

周围传来许多学生松了口气的声音。

"可算是把这'神仙'送走了,"助理自己都擦了把汗,"也得亏您昨天晚上连夜补《霸道魔王俏公主》,那玩意儿我看两页就撑不住了。"

"不光是《霸道魔王俏公主》,"姜忘面无表情,"《总裁的偷心小姐》和《叛逆千金带球跑》我也看完了。"

旁边员工应景鼓掌。

老板厉害!真的厉害!

姜忘料理完这桩麻烦以后松了口气,莫名很有成就感,他决定拎着两盒炒面去找季老师。都好几天没见了,估计他又在废寝忘食地写报告。

怎么当老师好像成天都在写报告?

姜忘拎着从楼下饭店里打包的两盒热乎的腊肠炒面上楼,在季临秋门口站定,从容敲门。

过一会儿季临秋过来应门。

"干吗呢?"

两人同时开口:"写报告。"

姜忘笑得很得意:"你看我多了解你。"

季临秋发觉这哥们儿成天皮痒得很,跟彭星望有的一拼,门也没全开。

"有事儿?"

"看看看看,才几天没联系,我这不是忙了会儿书店的麻烦,再回头你就生疏成这样。"姜忘一脸遗憾,"季老师,这样不好。"

季临秋上次说完那些话其实也心虚,这几天反复看了好几回短信都是空的，发觉这人又主动跑自己面前嘚瑟时心里松了口气。

还好，他没有走。

季临秋性格内敛，不会主动招惹别人，朋友也很少，日子确实过得清冷。

他在遇见姜忘之后，莫名感觉生活像是卧室里的窗帘被哗地拉开，变得吵闹、烦人又快乐。姜忘和星星一块儿消失的这几天，他很不习惯。

于是两人照例去厨房拿了一次性碗筷，面对面吃炒面。

姜忘发觉季临秋的忐忑时心里莫名挺高兴，季老师很在乎我，真好。

为了解释这几天他干吗去了，姜忘讲起跟寇老师的这件事。

"我昨天看书看到头大，心想这书封面瞅着也挺清新啊，怎么情节腻歪成这样……"

季临秋忍着笑点头，给他添橙汁："你把帽子扣到这程度，人家估计也给盖蒙了，聪明。"

姜忘叹了口气："做生意不容易啊。"

他抿了两口橙汁，又提到正题。

"对了，那房子你要不要跟我一块儿去看看？"

"晚上黑黢黢的，又是空空荡荡三层楼，我怕鬼。"

季临秋瞧了眼姜忘劲瘦的身材，以及能扛起电锯的肱二头肌，慢慢重复了一遍。

"你怕鬼？"

"季、老、师……"

"你真是和彭星望一模一样。"季临秋抚额道，"拿你们俩都没办法。"

"像吗？"姜忘有点儿惊讶，"我感觉我跟那小孩差挺多，完全是两个人啊。"

季临秋一脸"你在说什么"的表情。

"别说这股活蹦乱跳的劲儿，"他伸手一指姜忘的左耳，"你这儿有颗跟星星一模一样的痣，巧不巧？"

姜忘立刻伸手捂住，开始心虚。

他脖颈靠近耳垂的地方，有一颗小黑痣，有时候头发长了能稍微遮一遮，不算打眼。

得亏自己没胎记什么的，不然真是解释不清楚。

"那也不算什么，"男人嘴硬道，"跟星望比，我可要稳重靠谱多了。"

季临秋托着下巴虚虚应一声，自恋劲儿也一模一样，哎，真是谁养像谁。

他们一块儿开车过去，进小区时还在回顾先前在国道聊的想法。

季临秋总感觉加个滑梯是不是太娇惯小孩了，其实姜忘只是自己想坐罢了，也没好意思解释。

类似想法还有在厨房弄个油炸槽专供垃圾食品，书房里搞个拧开关启动的暗门，以及地下室搞个放满街机的游戏房。

反正有啥幼稚想法都能丢锅到彭星望身上，他那都是为了照顾小孩，完全没毛病。

季临秋听了个七七八八，也没拆穿，偶尔看两眼姜忘，似笑非笑。

车停好之后，姜忘领着季临秋开门。

"这栋就是我选——"

季临秋细看了几眼客厅里的布置，皮笑肉不笑道："姜先生好品位。"

姜忘要疯了，我看房时候的北欧风呢？冷淡感简约设计呢？窗帘沙发的莫兰迪配色呢？这个洗浴中心一样的黄金大吊灯是什么东西？

进门迎面就是一幅花开富贵的巨型十字绣，喜庆大红锦鲤摇头摆尾，富贵竹和牡丹姿态招摇。

斜对门墙上还挂了一幅万马奔腾水墨画，瞧着是美院学生赶出来的二手仿图，马眼睛睁得贼圆，一脸死不瞑目。

最绝的是电视背景墙，原本这里只有隐蔽背光不过多设计，现在硬是拿喷绘墙纸贴了个不知道哪儿找的电脑背景风景画，质感塑料，颜色都喷飘了。

姜忘看着大花袄风味洗浴中心风的新家，血压都上来了，直挺挺后退三步出去看门牌。然后表情更加绝望，真是他家，没走错。

某人今天带老师来其实本来挺嘚瑟，有那么点儿孔雀开屏炫耀的意思。

垮了，全垮了。

季临秋插着兜闲闲看了一圈，转头看向姜忘。

"姜老板不是要进来坐坐吗？"

姜忘憋了半天，把他从中老年养生风客厅里拉了出来，在还没有被摧残的小院子里给朋友打电话。

"老徐啊，我家里……"

"姜老板！正找你呢！你家软装可是我亲手设计的，经费才用了一半不到，你今天是不是进去看了？"

对面的设计师很精神，声音都因为激动有点儿破音。

"我跟你说啊，你家之前跟精神病院一样冷灰灰、病恹恹的，我费好大劲才给你换成这样！"

"可是……"

"你买的那房子半点儿人气儿都没有，首先我想的这个思路啊，就是要高端！一定要高端！要符合你这种商务人士的档次！"

设计师说得兴高采烈，根本不给姜忘开口的机会："你一定要去卧室看看，卧室的窗帘以前挂的都是什么啊，深灰色跟要入土一样。"

姜忘已经快呼吸不上气了："您给换成？"

"换成欧风花卉写真大窗帘了，配超长流苏，嘿，那叫一个洋气！"

老徐也愁没地方练手，现在完全把姜忘家里当成自己的得意作品，一讲就滔滔不绝。

"别看储藏室空间小啊，我还弄了个镭射激光灯，你没事儿开个卧室音响进去摇，欸，摇就完事儿了，跟夜店一模一样！"

姜忘实在等不到他说完，忍无可忍挂掉电话。

然后看见季临秋一脸云淡风轻地站在旁边。

"别演，"男人绷着表情道，"你可以笑了。"

季临秋直接笑到直不起腰来。

"咱俩真是落井下石、幸灾乐祸的同款。"姜忘算是认栽了，重新开门进去看上下改动。

所有该换该改的一概没有动，但凡符合他心意的全给撤了。

能答题答到精准零分也是厉害。

季临秋这儿看看，那儿瞧瞧，表情特别丰富。

姜忘硬着头皮解释："我主要是不喜欢用别人家里的软装，才说都换一套新的,谁想到他乱来。"

"那之后你打算怎么办?"

"重新找个靠谱的,全拆了重弄。"姜忘算了算月份,表情难过,"完了,估计赶不上在新家里过年了,我跟星望蹲那鸽子屋里唰泡面拉倒。"

"罢了罢了,我来帮你。"季临秋心情很好,"我这也算救死扶伤。

"房子装修成这样再往外卖,估计倒给钱人家都不一定要。"

姜忘立刻抬头。

"季老师——"

"行了别撒娇,"季临秋看着满屋土豪金也头疼,"你找的这朋友也是绝了。"

姜忘血压降下来不少,一边点头一边和和气气比画哪儿哪儿要拆,像是终于有人肯跟他一块儿兜底。

正言语着,一楼突然传来清脆门铃声。

"大哥!!季老师!!我回来了!!!"

"是星望!"季临秋反应过来,"小孩看到家里没人,居然能反应过来我们来这儿了。"

姜忘忙不迭下楼开门。

"你今天回来啊,我都快忙忘了。"

大门乍一打开,男人表情凝固,头顶如同红绿蓝配色三角恐龙的非主流小孩站在他们面前,脸上还有骷髅头条纹贴纸。

"大哥!"小孩很有气势地喊了一声,"来抱抱!"

姜忘面无表情地把门砰地关上。

姜忘先前赚了点儿小钱,人还是有点儿飘。人一飘就感觉自己什么都应付得了,有钱能活得像半个神仙。现实选择迎面拳击。

此时此刻门外是七彩斑斓非主流小孩,门后是花开富贵养老中心。

姜忘突然很想和这个金边檀木雕花门融为一体,人生到此为止。

彭星望委屈巴巴在外面扒拉门。

"哥——你怎么把我关外面了——"

季临秋刚量完墙壁尺寸,下楼时还不知道发生了什么:"不开门吗?"

姜忘眼观鼻鼻观心,再次告诫自己门外头那崽子也是自己本人,不能随便扔垃圾桶里。然后哗地把大门拉开,小孩和老师同时看向对方。

彭星望:"……"

季临秋:"……"

彭星望率先大叫一声,一脸震惊地跑进客厅再跑回来。

"大哥!!家里怎么了?"

姜忘面无表情把他拎了起来。

"你先解释一下你这身打扮。"

"噢,这个,"彭星望在空中晃来晃去,还记得伸手护住三棱锥般的头发,"潮流!时尚!"

季临秋深吸一口气。

下一秒姜忘甩手抽掉假发,季临秋蹲下来猛烈揉脸。

"彭!星!望!

"出息了你!!"

"啊啊啊啊啊——"

小孩被揉得吱哇乱叫,半分钟不到全招。

学校报的夏令营算省内联办项目,小学、初中生全都一块儿送进素质拓展中心全面玩耍,收费高,环境设施也好。

一般夏令营要个七八百块钱算不错的了,这家要两千八百块钱,算是省内顶尖的豪华配置。

据说老师带着小孩们野战突击式露营野炊,还要抹着迷彩泥、扛彩弹枪实战演习,转头再一块儿去种田、摘西红柿忆苦思甜。

好处是小孩儿们确实玩得爽还学了不少东西,坏处是同营的一帮初中生跟着搅和进来,领着这帮小学生瞎玩,临走时还教了不少乱七八糟的东西。

彭星望显然是在外头认了新的临时老大,复述时屁颠儿屁颠儿道:"他还教我们念诗!!"

"一个人,一座城,一生心疼!"小孩儿背得抑扬顿挫,"孤单是一个人的狂欢!狂欢,是一个人的孤单!"

姜忘伸胳膊把小孩抄进怀里,表面笑得客客气气,其实已经在磨刀了。

"告诉我,这些初中大哥哥大姐姐在哪儿?"

"啊,好像坐大巴回去了。"

季临秋轻飘飘道:"教了很多不得了的东西呢。"

"彭星望!!你今天自己睡!被蚊子咬肿了都不要来找我!!"

"为什么?"

"你味儿太冲!"

"我洗过澡了!我天天都洗澡的!!哥哥你欺负人!!"

姜老板再次被社会生动形象地上了一课,有钱并不能决定任何事情。

既不能决定发型师最后搞出来的发型,也不能决定靠谱设计师突如其来的抽风,连小孩基因里刻了什么鬼东西都没法预料。

徐大设计师,曾一手包办姜忘书店及公司办公室等一系列场合的室内设计,以明快大方、低调大气出名,是省城都有不少人慕名约单的优秀设计师。

姜忘先前瞧着他把自己办公室弄得很有那么点闷骚的味儿,加上跟这人喝过七八回酒感情也深了,大手一挥把房子全权交给他发挥。

"我这人不懂艺术,你审美好,我信你。"

徐大设计师当即浓墨重彩地发挥了一大笔,当下装修工程打回重来,徐璜闻讯赶来看工人们把房子打回原形,面露悲愤地给姜忘退了钱。

姜忘也没跟他闹僵,毕竟退钱爽快,态度也好,以后搞不好还有别的合作,只蹲在旁边喝着汽水,看工人们把三米长的《万马奔腾图》往外搬。

"我不明白,"姜老板喃喃着思考人生,"你以前给我装修办公室不是很清爽吗?"

徐璜也很惆怅。

"姜老板,我以为你懂我的。"他看向姜忘,"什么才是真正的庸俗,大伙儿都觉得好那就是俗!我想给你的是返璞归真啊姜哥!!"

姜忘伸手把他的帽兜遮住脸:"那我这人忒俗。"

新屋花了三天才把徐大设计师的手笔都拆干净,转头房子变回光秃秃一片,什么都得重新买。

季临秋本来还赖在家里写备课笔记,本子被姜忘扔给助理代抄作业，人直接架去了省城最大的家具城。

彭星望跟出来旅游一样到处蹦，乐此不疲地帮他们把十几个沙发轮流坐了一遍。

"我这人活得糙，真搞出个绿配紫也是随我爹。"男人跟土匪一样把卡拍到老师手里，"季老师，这回我们俩都听你的，卡随便刷。"

季临秋扬起眉毛："你还真不跟我见外。"

"是这样，"姜忘一手搭着他的肩，一手还拽着彭星望的帽兜，搂着两人往前走，"鹤华高苑的房子有五室三厅，我跟彭星望住三楼，一楼二楼房间还空空荡荡。"

季临秋露出惊诧眼神，正欲开口却被截断。

"欸欸，先别急着拒绝，"姜忘扣着他肩膀说道，"季老师给我交房租刚好多赚一笔，咱俩朋友几个方便照应，还能搭伙做饭，多划算。"

季临秋又想说话，还是被姜忘给抢了。

"这事还在合计阶段，咱在开学前一天再定这事儿，到时候你再拒绝我一样。"

男人笑容明晃晃："先看窗帘，季老师，不急不急。"

他们的距离近到呼吸就烘在耳侧，偏偏姜忘一手还牵着个小孩，彭星望也没听清楚大人们在说啥，只好奇地回头看他们。

季临秋孤僻惯了。他第一反应是想拒绝，被凑到耳边说了几句，心跳不由自主加快。

暖香借着字句自耳间缭绕至鼻间，几句话说得嬉皮笑脸又不许拒绝，太乱来。

再回过神时，早就错过拒绝的时机了。

季临秋只能佯作嫌弃地扫他一眼。

"不来，嫌你烦。"

彭星望又好像突然抓住重点："季老师你不喜欢大哥没事，一定要喜欢我哦！"

姜忘拧他耳朵："怎么哪儿都有你。"

他们最后也没再聊合住的事儿，只一块儿商量着选用美式田园的风格。

欧风太冷了，让人想到冰川荒原，距离感太重。

彭星望想要暖和的家，喜欢自然又放松的氛围，两个大人亦毫无意见。

新房现有石膏线吊顶很好，墙壁刷米黄配合长绒菱纹地毯，半墙铺装搭简单碎花，踢脚线用暗金色浅勾弯过，再配几把蒂芙尼蓝的漂亮椅子，基本齐活儿。

"我去选几件枫木家具，家里那个大理石桌子用着难受，也换掉。"姜忘问好环保漆的效果，转头问季临秋这周末有没有空。

他忽然又不急了，更不想请太多装修工人来家里。

装窗帘、铺地毯之类的事，完全可以让他和季老师一块儿慢慢折腾。

大不了过年带着星星一块儿挤季老师家里吃饺子去。

姜忘习惯性想要把季临秋从那个封闭狭小的屋子里拽出来。

季老师现在住的小家温馨舒适，但还是太闭塞了，正午都晒不进多少阳光。

一个人待久了会胡思乱想，不知不觉便把自己困进死胡同里，仿佛做什么都错，呼吸也多余。

他从一开始便莫名能嗅到季临秋身上的低郁，宁可天天用这些鸡毛蒜皮的杂事烦对方。

季临秋思索再三，像是没想好该不该融入这两人的奇特小家庭。

彭星望悄悄牵他的手。

"老师，我会煮汤圆哦！等你们忙完了我们一起吃汤圆！"

季临秋忍不住笑起来。

"大夏天的吃什么汤圆。"

8月中旬正是盛夏最热的时候，学生们放假以后招朋引伴地往公园跑，还有好些人约着去柳堤旁骑车吹风。

姜忘开着车上班下班总能瞧见有小孩儿骑着车呼啦乱窜，大概在第五回被烦到时想起来一点儿什么。

现实世界中共享单车早就不是什么新鲜玩意儿，但这会儿的自行车还有点儿小贵。姜忘还是出来闯荡后现赶着学的自行车，以至于被朋友笑话过，后来记忆也渐渐淡了。

他等红绿灯的工夫瞧见有小孩儿在车的握把上拴着彩色气球一路猛蹬，心想凭什么我家小孩儿没有，今天就给彭星望搞一辆。

大哥再回旧屋时，猛一推门很有气势："彭星望！走了！跟我挑自行车去！"

彭星望正拿铅笔头算着数学题，冷不丁被吓一跳。

"啊？"

"自行车！"大哥正色道，"你到了该学骑车的年纪了。"

小孩眨眨眼睛。

"但是哥，我不用骑自行车啊。"

他伸手指窗外隐约可见的红山小学："我走路过去只要五分钟啊。

"等以后搬家了，我可以坐公交车，又方便又安全。"

红山小学放假前三令五申过交通安全，老师还没少讲惊悚案例吓唬小孩儿，彭星望对这玩意儿完全不感兴趣。

姜忘一时憋不出理由来，又拿手背叩门："走了，去学！"

小孩一脸"你到底怎么回事"，盯了大哥半天还是慢吞吞答应了。

最近的自行车行位于公园旁边，正有家长带着小孩儿在挑型号配件。

彭星望没见过这么多自行车，看见一排虹光四射的新车时眼睛圆圆噢了一声。

姜忘心情立刻好了起来，他莫名跟自己以前受到的待遇怄气。

凭什么别人小时候都学了我没学？学，现在就学！

彭星望看着价格表不太敢过去，哪想到姜忘大步流星选车行里最靓的车。

"就要银蓝色这辆！"

"哟！这不是姜老板吗？好眼光啊！"车行老板认出是他，笑容都更显殷勤，"给小孩儿挑自行车呢？

"我跟您说，您选的这辆啊，不光是全国限量款，而且变速快、制动灵活，你看这个可调节结构，最适合七八岁的小孩儿学车！"

姜忘表面听得漫不经心，内心非常地爽。

对，我小时候就该骑这么帅的车！

一边这么想着，一边扭头试图跟面前幼年版的自己取得共识。

彭星望不知道什么时候缩在配色保守的老款小黄车旁边。

"哥……我觉得这辆比较好。"

姜忘微微不舍地看那辆闪闪新车:"不要考虑钱的事情。"

"这个黄车上标了'安全认证'欸。"彭星望脑子里都是老师讲的公路上铲都铲不起来的惨烈情况,"两边还有小镜子,可以看后面有没有车!"

最后试图挽回童年尊严的某人还是屈服于小孩的强烈要求,并且给他配了头盔、护腕、护膝、反光条等全套装备。

小黄车很适合在新小区里骑,小朋友踩着四个轮子的车摇摇晃晃骑得很开心,一圈回来发现季老师和大哥都守在家门口——一人手里拿了个扳手。

彭星望蒙蒙地抬头:"怎么啦?"

"没事儿,"季老师笑眯眯道,"帮你卸两个小轮子。"

方才还可以随便骑的黄车忽然就站不稳了,彭星望再上去时有点儿慌:"我要摔跤了!"

季临秋走到很远的道路尽头,姜忘双手把着他的后座,像是教小鸭子学飞一样开口道:"你尽管蹬,哥哥给你扶着。"

"不,"彭星望立刻识破他的套路,"你绝对会突然就松手。"

"不会,"姜忘诚恳保证,"松手是小狗。"

小孩被扶着后座摇摇晃晃往前骑,逐渐能找到平衡感,姜忘看准时机一松手。

砰!

彭星望摔得护膝都弯了,委屈巴巴爬起来:"我就知道。"

"没事,再来。"

轰!

"再来。"

哐!

小孩眼泪汪汪:"你是小狗!!"

季临秋在远处看得直笑,伸手围成喇叭。

"彭——星——望!"

"快——过——来！"

彭星望顾不上哭，一抹鼻子把头盔扶好，生怕季老师走了："我马上过来！"

说完一个劲儿往前蹬，都不管后头姜忘有没有扶。

然后一路蹬到季临秋面前，刚刚好被老师抱了个满怀。

"恭喜，"季临秋笑得很开心，"这么快就学会了，好聪明。"

"欸！我学会了！！"

姜忘被甩在后面哭笑不得，也不知道这小孩是争气还是不争气。

彭星望嘴上说着不需要学，真学会骑自行车以后恨不得每天骑十圈，敲铃铛敲到满小区都能听见，邻居家的狗都嫌烦。

偏偏老式筒子楼里搬车太麻烦，姜忘索性买了个U形锁铐在楼下。

虽然那把锁都快有半个童车车轮大，影响不大。

彭星望宝贝这辆车宝贝得不得了，特地给它取了个名字叫小黄，天天拿抹布擦铃铛。

姜忘放任这小孩在新小区里跟哈士奇一样撒欢儿，每天和季临秋一块儿平稳推动装修进度。

他自己的工作需要早起开例会，忙完差不多晚上六七点才回来，如果有应酬的话得耽误一天。

而季临秋没有额外开补习班，主要是配合学校那边的预前准备，进入正轨以后还算清闲。后来索性就拿了把钥匙日常过去，不用一直等姜忘回来。

周五姜忘跑业务忙了一整天，包里三块备用电池又打到没电，下班的时候已经是晚上八点了。

他想起来季临秋还在新房子里，匆匆买了份烧饼赶过去，发现家里黑漆漆一片，没人。不对，今天约好了啊。

姜忘又返回老筒子楼里找季临秋，敲敲门另一边很快应声。

"姜哥，"季临秋刚回过神，"不好意思，我忙忘记了。"

"电脑突然没法用，有个文档还没保存……"他有点儿焦虑，"这个我得明天早上交，麻烦了。"

姜忘快速换好拖鞋过去帮忙，大致用鼠标点了几下，然后陷入迷惑。

不是吧……鼠标还是滚球式的，界面一派复古蓝条，用的软件还是Word2003。

"重写一份来得及吗？"

"来不及，我写了快四天才够两万字。"

姜忘瞧了眼黑匣子一样笨重臃肿的笔记本电脑，果断给认识的人打电话。

"数据恢复啊，"那边不太确定，"得把电脑拿过来给我看看，明儿方便不？"

季临秋微微摇头，姜忘直接拍板。

"你等一会儿，我现在带电脑过来。"

季临秋有点儿不安："要不我自己打车去？"

姜忘转身瞥他一眼："走了。"

他们开车驶向暑气蒸腾的夏夜。

维修点位置很远，开过去至少要二十分钟。

广播电台已经从"交通实况"转成了"知心夜谈"，道路两侧没什么人，一晃而过的只有大排档灯牌的余光。

他们再次进入奇异又宁和的缄默里。

生活大多数只有枯燥琐碎，许多情节不值一提。

季临秋托人修、自己上网查弄了一下午都没搞好，在姜忘敲门前觉得这种事只能认栽，并且已经打算认栽，但转眼又坐在这人的副驾驶位上。

他怔了一会儿，开口道："真是……很小的事。"

"你不用特意送我。"

姜忘还在听广播电台里的两口子拌嘴，过了几秒才看他："你不好意思啊？"

季临秋不太习惯这人直来直去的调调，一时间想否认，但还是嗯了一声。

"奇怪了。"姜忘笑起来，"我找你帮这么多忙，你事事都有求必应。"

"怎么你遇到一点点的小麻烦，都不好意思跟我说一声？"

季临秋没想到对方会这样问，内心有什么一闪而过。

"我以前没想过这个问题，"他坐正一些，低声道，"我习惯对所有人都特别好。

"从小做优等生,大了做个所有人公认的好老师,工作时基本没脾气。

"但我不敢接受别人对我的一点儿好。

"姜哥,你说这是为什么?"

车恰好驶向红灯,姜忘看向季临秋,抬眸笑起来。

他眉深眸亮,看人时很有英气。

"管以前的你干什么。

"你想怎么活,下一秒就怎么活,试试看。

"我这人很少问为什么,一直只想怎么办。

"你不喜欢,改就完了。"

季临秋目光一动,像是突然从洞穴里被他拽出来,暴露到新的未知里。

那是他从未考虑过的未知。

红灯变绿,姜忘踩着油门往前开,漫不经心地继续聊天。

"你知道我刚开始看见你,想到的是什么吗?"

"什么?"

"这个人真端着。"

姜忘记忆里的季老师,是四五十岁的模糊背影。

他重新认识的季临秋,在最初,像极了朋友圈里的标准模板。

模板式的温柔,模板式的优秀老师,完美到无可指摘,活得很端着。

后来私下相处熟悉,他一点点看到季临秋被刻意掩藏的另一面,反而惊讶又赞叹。

以至于连同现实的记忆一起,发自内心地敬慕这个人。

季临秋怀里还抱着电脑包,半响也笑起来。

"要不是为了合群,谁会想成天端着。"

不合群会影响工作,会被家人指责,会使原本枯燥又疲惫的生活更加麻烦。

男人看向他,眼睛亮得像是有星星在闪。

"你试试,在我这儿偷偷不合群。"

他眨眨眼睛。

"我一定假装什么都没看见,我保证。"

维修站只支棱了两个风扇,一个对人吹,一个对机箱吹,空气热得能拧出一把水。

笔记本电脑修了快一个小时,其间姜忘拿着本子唰唰扇风,照样洇湿后背一大片。

这一个小时里他们都坐在风扇旁,听着没营养的电台,聊着没营养的天。

从学校里有鼻子有眼的灵异八卦,到书店里又来了哪个让人头疼的客人。

一个人偶遇琐碎时,做什么都会觉得孤单。

两个人一起陷进琐碎里,反而能乐在其中地一直等待下去。

等电脑快修好时,姜忘忽然指了指季临秋的背后。

"看这儿。"

季临秋闻声转头,看见镜子里的自己。他的碎发已经被汗浸湿,垂落在额前鬓边。脸颊热得微微发红,脖颈也沾着汗。

原先有型得体的T恤湿了小片,还蹭了些机油,显得有些凌乱。

"你看。"姜忘也在注视镜子里的季临秋。

喜欢小孩儿,玩刀很溜,性子里藏着野却从来无法说脏话的季临秋。

"你穿着T恤、人字拖,模样好看但偶尔也会脏兮兮的,刘海儿都湿到垂下来。

"很真。

"你一直真下去,也很好。"

姜忘下班回家的时候,发现小孩特意下楼来接他。

彭星望每天能从楼下汽车引擎声中分辨出来是谁回来,有时候甚至会把写完的作业带下去,举到姜忘面前看。

"哥!快夸我!"

大哥一般还处在面无表情的工作状态里,但也扛不住某人的厚脸皮。

"夸我嘛!笑一个!"

暑假作业上个星期就做完了,这次彭星望手里举着一个米粒大的小东西。

"哥哥！！看！！"

姜忘锁车时扫一眼没看清，弯腰靠近才发现他举着一颗牙齿。

缺了颗门牙的彭星望说话有点儿漏风："我掉牙了！"

"噢，是上牙啊。"姜忘同他一起往回走，想了想道，"那得埋起来，埋得越深长得越好。"

"这样吗？"小孩没听过这种老习俗，快速喊他等等，撒丫子跑到筒子楼里找老太太借刨煤灰的小铲子。

两人蹲在蔫了吧唧的老松树下面挖了个拳头深的坑，仔细把牙埋好。

"埋歪了会不会长歪？"

"不会。"

过了两天姜忘下班回来，远远就看见小孩等在楼下。

跟举钻石一样又捏着一颗下门牙。

"哥！我们去山上吧！"小孩上下门牙都少了一颗，精神比以前还要好，"丢到最高最高的地方！"

姜忘心想你怕不是要长成大门牙兔子，摇下车窗看了看他手里的牙。

"丢楼顶吧，效果一样。"

彭星望乱扭："去山上，山上。"

也就小孩儿掉了个牙跟过节一样，姜忘莫名心情好起来，把公司里乱七八糟的烦心事丢到脑后，拍拍副驾驶位示意他上来。

小城三面环山，不过都是海拔很低的小山坡，后来国家安排着建了好多发电风车，还有好多极限爱好者特意来这儿玩滑翔伞。

开车上东寺山只要十几分钟，他们快去快回，特意挑了个高地把门牙放好。

彭星望看着佛寺里的香塔有点儿惆怅。

"别想了，回家玩儿去。"

回去路上小孩儿还在想这件事，扯大哥的袖子。

"我要是把牙放冰箱里，是不是就永远不会长虫牙了？"

姜忘平直回答："那你把牙放医院里最安全，保证什么病都不敢来。"

"我不要去医院！！"

再停车、锁车又花了点儿时间，男人再往回走时发觉小孩还在楼道口。

"怎么还不往上走？"

小朋友表情有点儿慌。

"我……我的小黄不见了。"

姜忘循声看过去，发觉一直停在门口的小黄车真没有了。

"是不是停书店？或者去同学家玩忘了骑回来？"

"没有，不会啊，"彭星望焦虑起来，"我每次都会很认真地锁好，今天只去过书店，还是走过去的！"

姜忘心想应该没有贼闲到偷小孩儿的车吧，不确定道："那会不会是记错了？"

"哥你先回去，我去找找！"彭星望生怕给他添麻烦，"我找完就回来。"

"别，小心车没找到人也丢了。"姜忘叹了口气，把钥匙揣回兜里往外走，"我陪你。"

于是两人先跑了一趟书店，又回家在隔壁同学住的小区里找了一圈，甚至特意去了一趟新家。

就是没有，明显是有人连锁带车一块儿抱走了。姜忘暗骂还有这么缺德的家伙，小孩儿的童车都手痒要偷，领着彭星望往回走。

"算了，我们先回家，不行明天给你再买辆新的。"

小孩突然犯了倔，摇摇头不肯上楼。

"你先回去，我要再找找。"

"这又不是狗丢了，"姜忘虽然也心情不好，但还是得哭笑不得地跟他讲道理，"你就算满大街找，喊它一声它也不会答应你啊。"

"再说了，你的车很小，说不定已经被偷到谁家里了，对不对？"

彭星望咬着唇很拧，又摇头。

"哥哥辛苦了，你先回去休息吧。"

"我一定要再找找。"

姜忘没太明白小朋友在想什么，纳闷儿又无奈："明天再买呗。"

"这是我的第一辆自行车！第一辆！"彭星望声音突然扬高，很委屈又很坚决，"我不能这么快就放弃小黄！"

"就算买了别的车，它们也都不是小黄了。"

姜忘人生里不算多的第一次早消磨完了，对任何事物的来和去都早已感觉钝化。

他此刻不太能共情幼年的自己，但还是伸手揉揉头，跟着彭星望再次到处找。

虽然结果和预测的一模一样，根本不可能找到。

彭星望甚至不怕脏地扒开树丛往里头看，还差点儿被流浪猫挠脸，最后脸上灰扑扑了也还在拧着。

姜忘哄了半天，最后把他抱回家洗澡，小孩直到睡着都气呼呼的。

其间季老师打电话过来问书店的事，得知情况时也很讶异。

晚上十一点又发消息过来问下落。

"找着了吗？"

"没。星星犟得很，就差跑派出所了，死活不要新车。"

"那你打算怎么哄？"

"不打算哄，我半夜去趟鬼市。"

季临秋那边沉默了一会儿，然后打电话过来问鬼市是什么。

姜忘没想到他对这个感兴趣："就是扒手小偷、黑当铺和其他做小生意的人交换赃物顺带换钱的地方，不是什么好地儿。"

"你晚上能带我去吗？"

"行啊季老师，"姜忘又笑他，"这么喜欢找刺激？"

季临秋坦白承认："非常心动，特别想去。"

他们约在凌晨三点半见面。

季临秋夏天一贯喜欢穿大裤衩、大衬衫配双人字拖，今晚破天荒地穿了个兜帽衫工装裤配跑鞋，像是自己要去偷车。

姜忘觉得这人难得犯迷糊，莫名有意思。

"咱们是买东西去，又不是去销赃，"姜忘扯了扯他的深棕色帽兜，"还挺好看。"

季临秋没想到他就穿了个大背心："这么简单？"

"就这么简单。"

沿平街鬼市今天开得很早,还有小老太太在卖烤串。

这条狭窄小巷藏在老城区两个百货大楼中间的缝隙里,巷口外又有个报刊亭挡着,大白天都不会引人注意。

季临秋还真是第一次来这么禁忌的地方,比去清吧喝鸡尾酒还紧张。

姜忘闲庭信步地往前走,偶然一回头,发觉季老师跟得很紧,就差和星望一样拽袖子了。

"季老师'对战'战龙飞天时不是很刚吗,"他比了个手势,"这次不行了?"

季临秋一脸"你不要搞我"的表情。

"那不一样,"他声音弱下来,"我平时很守规矩。"

"看出来了,"姜忘小幅地指指斜对角卖烤串的老太太,"你猜她卖的是什么肉?"

季临秋看着玻璃柜上的字,不假思索道:"羊肉串啊。"

姜忘似笑非笑。

季临秋脸色一白,捂嘴犯恶心:"不会吧,真的有人吃吗?"

"哪儿有五毛钱两串的羊肉串,"姜忘瞧向老太太身后的泔水桶,"小市民的消遣罢了。"

他们在拥挤又狭窄的巷子里慢慢前行,气氛有种吊诡的喧闹。大部分商贩都在热情客气地招呼生意,可眼睛里没有任何笑意,反而提防又审查。

他们对姜忘这种社会气息浓厚的人没有太多防备,但看向季临秋这种书卷气重的人很警觉。

摊位或冷白或昏黄,都是随意接了个灯泡照着,也有很多地摊根本不接,全凭旁边两侧的余光。

季临秋又贴近姜忘很多,不出声地观察他们都在卖什么。

中途有人跟暴露狂一样潜行过来,然后猛地扬开外套:"买点儿?"

季临秋被这人吓到抽气,躲在姜忘背后有点儿想跑。

"怕什么,"男人回头瞥他,"是卖黄碟的。"

"来点儿嘛,保证清晰!"这哥们儿还挺热情,"买三张送一张,怎么样?"

"不了，今天带朋友来逛，得装正经点儿，"姜忘笑道，"改天。"

那人心领神会，一扭身又跑别人旁边去推销了。

季临秋刚才以为这人是要卖器官之类的，这会儿才缓过来。

"我还是太正直了。"他捂着心口，"真不禁吓。"

姜忘乐得不行，一张望还真找到刚摆好的自行车摊："那边，走，看看。"

有人正一辆一辆地往下卸，瞧着货车里头还有十几辆的存货。

季临秋仔细从左往右扫过去，没看到里头有黄色小童车。

这些车大部分都是偷来的，有的几乎全新，完全像商场里的现货。

价格也很便宜，只有市价的一半甚至更低。

"找什么呢？"卸货的伙计见怪不怪，"是你们的车，赎回来只要五十块钱，也别跟咱找事。"

姜忘憋着笑道："见着一黄色童车没？"

"童车？多大？"

姜忘一比画，伙计像是被侮辱了职业道德："有谁偷这玩意儿？有毛病吧？"

"我们这一行那也是有操守的！老人的不偷，孕妇的不偷！小孩儿的更不可能偷！！"

"没事没事，我也就问问。"

他们俩正聊着，季临秋忽然在另外一条分岔路看见熟悉的影子，快速拍姜忘的肩膀："找到了！那边！在那儿！"

小黄还真在一个杂货摊旁边，由于体积太小差点儿被纸箱子盖住。

姜忘给卸车伙计递了根烟说谢谢，快步过去看情况。

一个头发都快掉光的秃顶老头守在摊子旁边，哆哆嗦嗦地剥着红薯皮，身上一股垃圾味儿。

"随便看，"老头含混不清道，"都便宜，便宜的。"

小黄车和花瓶、钢盆摆在一起，花瓶里还插了两根大葱，很应景。

塑料纸铺得不算扎实，用两块砖压住了角，还摆了很多老纸币和银圆，真真假假混着卖。

很多东西都沾着泥土或者污垢，像是从垃圾堆里翻出来一样泛着恶臭。

唯独一辆明黄色小脚踏车停在旁边,画风格格不入。

姜忘先是在古董堆里翻了会儿,最后才把注意力转到小童车上。

"师傅还卖这个呢?"

"这?"老头抬了抬眼皮,继续埋头吃红薯,"我收废品的时候有人卖给我的,说要按斤卖。"

"我一看这就不是纯铁的,熔了都不值钱,"他喊了一声,"那人花五十块钱倒给我,原价放这儿了,你们看着给。"

季临秋心想这最多给个八十块钱,漆都磕掉好些,一定要还价。

姜忘蹲下来仔细看车,然后比了个巴掌。

"五十五块钱。"

老头不耐烦地摆手:"不买就走,别折腾人玩儿。"

"就五十五块钱,"姜忘盯着他的眼睛,"多一分不给。"

老头吞咽都费劲,就着凉水把半块红薯吃完,看了姜忘一眼,跟打发叫花子一样又摆摆手。

"行行行,拿去拿去。"

旁边的季临秋一脸费解,姜忘拎着车就走,临了还跟季老师嘚瑟。

"这就是江湖规矩。"

老头啐了一声:"规矩个鬼,真抠。"

第二天一大早,六点闹铃一响彭星望就爬起来找,最后在筒子楼后门角落里找到小黄车。

小孩高兴疯了,连拖带拽把车直接抬回家里,嘭嘭嘭直敲姜忘的门。

"哥哥!!"他跟麻雀一样快乐叫唤,"哥哥哥哥哥!!"

男人顶着一头乱毛开门:"咋地?"

"车!我找回来了!!"彭星望恨不得把小黄举到姜忘脸上,"你看你看!

"肯定是占着楼道位置,楼道里哪个阿姨给挪开了,她居然放在后门,这谁找得到啊!

"我就说一定还在吧,你都不信我!

"我又有小黄了，嘿嘿嘿嘿——"

姜忘很敷衍地点头："嗯嗯，恭喜贺喜，我回去睡了……这才几点。"

"不许睡！你先别关门！"

小孩踮着脚蹦上去猛亲一口。

"今天我心情很好！所以要亲你一下！"

姜忘跟着乐："亲，随便亲。"

这头小孩神清气爽地把车锁客厅里出门找朋友玩儿，姜忘倒床上一直睡到下午，醒过来时发现有七个未接电话。

其中有五个来自公司，都是生意上需要定夺的事儿。

还有两个来自彭家辉，一个是中午十二点打的，另一个是下午一点。

姜忘打着哈欠打了回去。

"先前没开铃声，什么事？"

"姜老板，我终于出长差回来了，"彭家辉也怕打扰他，挺不好意思，"您看最近有没有空，我想做顿饭，请您和星星过来吃，成吗？"

彭家辉也是没别的好招待，给钱太少，何况给了人家还不一定收。

请吃饭诚意不够，而且姜老板一看就是吃过、见过的，什么好地方没去过？

想来想去，还是请人家来家里，自己亲手做一顿，诚意最足。

他别的不行，动手能力一直很强，做饭跟做车零件一样麻利，手艺相当好。

姜忘从回家一直睡到现在，肚子已经睡空了，还很应景地打了个嗝。

"成啊。"他揉着乱发道，"今晚行不行？"

彭家辉也没想到他这么不客气，先是一愣又很快答应。

"可以，可以的！你们想吃什么？我现在去买！"

这爹在现实世界里亏待他太多，姜忘提要求时完全没有犹豫。

"弄个海带排骨汤，搞个红烧肉，再搞两个素菜，洋葱炒蛋之类的。"

彭家辉很感动："全是星星爱吃的啊，亏您照顾他，那姜老板想吃点儿什么？"

姜忘这会儿瞌睡才醒，反应过来哪儿不对。

"你看着弄，"他糊弄道，"我不忌口。"

时间约在晚上六点，姜忘拿剩馒头随意垫了垫，到点了出门找彭星望一块儿去蹭饭。

小孩正在书店里跟店员一起摆新书，临走时很有礼貌地跟姐姐们道别，还被美女亲了一口。

"好乖啊！你真可爱！"

彭星望嘿嘿直笑。

姜忘看不下去了："还走不走？"

"来了，来了！"

彭家辉如今还住在棚户区里，虽然那地方确实破败陈旧，但仔细收拾下其实也能接待客人。

他紧赶慢赶用高压锅熬着骨头汤，又争分夺秒地炒着菜，火力开到最大，以至于整条小巷都香喷喷的。

彭星望闻着味儿飘过去，脸上的表情也飘飘然。他爹以前要么喝醉了骂天骂地还打人，要么大半个月不回家，现在居然主动做饭请他们来了。

"星望！"彭家辉穿得特别干净，头发还特意拿水抹了抹，"你回来啦！爸爸这个月一直在外面出差，特别想你！"

"我也想您！！"

姜忘懒得看这两人黏糊，自己找了个地方坐好看电视。

房子小没有餐桌，吃饭都是在茶几上，彭家辉还特意搞了个桌布提前垫好。

"请，请！一点小菜，见笑啦！"

一大一小坐在海带汤前，深呼吸的表情都完全同步。

"好香啊！！爸你好厉害！！"

彭星望说完就猛喝，也完全不怕烫，转眼搞空一碗："还要！"

彭家辉眉开眼笑地给他添："就知道你喜欢喝这个，老爸以后天天给你做。"

他一边注意着姜忘那边饮料和汤碗空了没有，一边和彭星望絮絮地说自己去了Ｓ市，看到好多厉害的东西。

"以后我争取早点儿升到主管，给星星买个大房子住，好不好？"

"好！"

姜忘喝完想自己添，被彭家辉双手捧走碗。

"您照顾星星辛苦了，我来，我来！"

彭星望也有点儿不好意思，转了个话题聊小黄车的事。

父子两人捧腹大笑，彭家辉看姜忘没加入话题，有些好奇地问他这边近况。

"姜老板好像在这边待好几个月了，打算什么时候回家看看？"

彭家辉说到这里，又情不自禁补了一句。

"您这么厉害能干，回家看爸妈时他们肯定特别高兴。"

姜忘看着彭家辉三十多岁的样子，半晌道："大概吧。"

"他们走得早，"他别开眼神，"我都快忘了长什么样了。"

彭家辉没想到自己戳到恩人的伤心处，忙不迭道歉。

"不过，您父母肯定也很优秀，不然不会培养出您这么好的人。"

姜忘不太适应以平辈的姿态和亲爹聊天，接话接得很慢。

"优秀……也谈不上。"他继续低头喝汤，却也在笑，"臭毛病一堆，有时候还犯糊涂，但本性吧，都不算坏。"

彭家辉认真点头，忍不住给姜忘夹菜，恨不得把他的碗面堆满。

"对了，"彭家辉想起来什么，"星星啊，你爷爷奶奶这个月给我打了好几个电话，说想你了，问你什么时候回去玩。

"暑假也快结束了，你还想回去吗，我开车送你？"

姜忘忽然愣了下，对了，还有爷爷奶奶。

小时候最宠着他的爷爷奶奶。

彭家老人都住在乡下，那边今年才通了公路，以前开车过去要溅得满车泥点儿。

"我可以过去玩吗？"他下意识说出口，又怕冒犯，补充道，"我生意刚好闲了，也没事，可以陪星星一起过去。"

"可以可以，当然可以！"彭家辉正发愁没什么好报答他的，马上热情起来，"姜老板还可以带两个朋友过去，我爸妈在那儿开了个小鱼塘，还种了几片地，经常有城里人过去体验农家乐——那儿有电动麻将桌和KTV，风景也蛮好！"

姜忘心里也雀跃起来，很快应了。

吃完、聊完再告了别，他出巷子就给季临秋发消息。

"我要陪星星去乡下玩，季老师也来呗。"

"那儿空气好、风景好，晚上还有萤火虫。"

季临秋想了想，还是禁不住萤火虫的诱惑。

"好。"

小孩生怕人家不去，还仰着头等着一起劝季老师。

"老师答应了？"

"答应了。"姜忘若有所思道，"咱们是不是该买个帐篷？"

"买风筝！放大的！"小孩生怕风筝不够大，又马上改口，"要不我自己拿竹条糊一个，我要糊个跟我一样大的！"

姜忘心思不在风筝上，他点头答应，听着广播电台想爷爷奶奶的事儿。

这个时候的他们应该还很年轻吧。

姜忘以前错过很多事，甚至没赶上见爷爷的最后一面，现在阴差阳错，他突然又有机会了。他又可以陪着他们慢慢变老。

他们起了个大早开车去乡下。

乡下在茅湖的东南方，因此也得名东茅村，夏有荷花冬有藕，鱼虾鲜蟹也卖得相当紧俏。

那时候农家乐还不算特别赚钱的生意，但也算村民们意料之外的一笔收入。

城里人吃腻了燃气灶和鸡精腌料烹饪出来的酒店菜，偶尔尝尝柴火灶也相当不错。

彭星望先前给爷爷打了个长长的电话，特意问那边有没有鱼钓。今早反而赖床起不来，一进车里又昏睡过去。

小车沿着林间小道弯弯绕绕，由于路牌建得乱七八糟，以至于中途迷路好几趟。最后抵达村口大樟树时已是中午十二点。

老夫妻特意出来迎接，殷勤地帮忙拉行李箱、搬东西。

"您太客气了，"季临秋笑道，"我们自己来就好。"

"家辉都说了！你们照顾星星不容易，千万别客气！"

"爷爷奶奶我想你们了!"

"欸,好好好,奶奶也想你!"

姜忘跟在他们身后走,试探着也喊了一声奶奶。

老人家笑容慈爱,生怕他们饿了:"饭早就做好了,今天特意杀了一只大公鸡给你们吃,炖得可香了!"

H省算美食大省,单是做鸡肉的法子就千奇百怪,如松滋鸡、郭场鸡之类的独特美味出了省根本尝不到,当地鸡也长得奇奇怪怪,俗语叫"黑一千,麻一万,粉白鸡子不下蛋"。

中午饭快把全套特色都搬桌面上,一臂长的大蒸锅堆满红薯、嫩藕、白萝卜、五花肉,混匀大米粉蒸得热气腾腾,蔬果清香熨进肉里,肉脂香味淌进菜里,能让人下好几碗饭。

大块鸡肉用锅子热腾腾地煮,青椒、红椒、米酒的香味全炖了进去,咬一口汁水充沛还夹杂着焦香。

姜忘开车时本来想了好多事,包括以后要怎么好好照顾两个老人,以至于他看起来都有点儿心事重重。

到了家里三碗饭和着多汁鸡肉下肚,大脑容量暂时归零。

小孩自然也跟着猛吃,彭家爷爷奶奶热情好客,不光把姜忘当亲儿子疼,连带着心疼季老师。

"怎么这么瘦啊!多吃点儿,多吃点儿,我再给你盛碗汤!

"你们年轻人吃城里饭菜不习惯,以后周末都上咱们这儿来,多玩一玩放松下!"

季临秋很久没感受过无前提条件的爱,以至于反应都变得有些迟钝,一边专注地听老人聊乡里哪里好玩,一边不知不觉吃下接近一整碗饭。

姜忘看在眼里,悄悄给他夹了不少菜。

柴火饭烧出来的锅巴边有种特别的小麦香气,再来几大碗米茶,油腻转瞬不见,口里依旧清爽。

姜忘来时带了几盒保健品和按摩仪,老人连连推却不好意思收。

"收下吧,是您孩子带来的心意。"

姜忘这么一说,彭爷爷以为是彭家辉捎来的礼物,这才接了。

其实差别也不大。

星星吃饭很快，饱了就冲出去要骑牛，被家里长辈小心翼翼扶到牛背上，一边大叫一边往前走。

季临秋来这想写生采风，小孩下午免不了跟附近亲戚们都串一遍。

姜忘伸了个懒腰，听着楼外水车声睡了一个长觉。他很少这样放松，以至于梦都没有做。

到了晚上，彭星望跟爷爷奶奶一块儿看电视去了，两个大人坐在院子凉席上看星星。

这里空气很好，还真有萤火虫。像游移飘浮的光点，一闪一灭，会呼吸般泛着萤绿的光。

哪怕只有五六只在院子里转悠，夏夜也变得更加温柔，还散着淡淡草本香气。

几把艾草放在院子四处，哪怕点灯也不会有蚊子。

"好多星星。"季临秋笑起来，"这里真是好地方。"

姜忘在躺椅上摇来晃去，欸了一声："有点儿想吃糖。"

"巧了。"季临秋摸了摸兜，翻出两块牛奶糖，刚好一人一块。

姜忘伸手接，被对方又看了两眼指节。

"最近抽得勤？"

男人哑然一笑，像是又被老师抓到，他突然想把这臭习惯戒了。

夏夜又变作了牛奶糖味。

梦中2006年的乡下天空还是澄透深蓝色，深邃到一眼可以看见宇宙尽头，以及光轨般的无数群星。

人忽然又变得格外渺小，渺小到好像所有的爱恨、不甘执念、欲望追寻，都只是一瞬的萤火虫。

姜忘先前奔波太久，看着看着又不知不觉地睡去。季临秋侧眸看他，半晌又笑起来，把手边外套披到姜忘身上。男人沉沉睡去，竟没有被惊醒。

第二天的行程是钓鱼。

养殖用的小湖钓着没意思，里头的鲫鱼、青鱼一条两条全是二愣子，挂点蚯蚓都冲过来猛咬，平均二十分钟一条。

三人挑战了一会儿新手难度感觉意犹未尽，彭爷爷雄赳赳、气昂昂开着小三轮把他们载去了茅湖边。

　　那边有好多他的老哥们儿，小快艇、小渔船也全都管够，开啥都行。

　　彭星望认认真真把季临秋帽子扶正："老师您小心晒着！"

　　季临秋笑着点头。

　　他们先是开快艇猛冲一大圈，兜回来一块儿找了个阴凉地儿钓鱼。

　　"星星，看爷爷给你带了什么！"

　　姜忘和彭星望一块儿立刻回头。

　　老爷子晃了晃小碗，里头有四五个鲜鸡翅尖。

　　"是鸡翅尖！！"小孩精神起来，"我可以拿去钓螃蟹了！"

　　姜忘欲言又止，季临秋起身走了过去："爷爷，可以给我两个玩吗？"

　　"当然当然，季老师我跟你说啊，这螃蟹最贪腥味儿，夹着这鸡翅尖就不撒手，会玩的可以捞一长串上来！"

　　老人家也没想到英语老师还喜欢玩钓螃蟹，特地手把手教他怎么缠线，什么时候把螃蟹拽上来。

　　季临秋连道谢谢，拿着鸡翅尖坐回原位，刻意把多余的那个放到显眼位置。

　　姜忘权当没看见。

　　过了十分钟，季临秋都在笑吟吟地钓螃蟹，鱼篓里已经有两个象棋子大小的青蟹。

　　姜忘佯装无意地先扒拉着他的鱼篓看看，然后又看一眼多余的那个鸡翅尖，暗示意味很明显。

　　然后又过了十五分钟，姜忘重咳一声。

　　季临秋当没听懂，转头道："姜哥昨天着凉了？"

　　"你挺坏啊。"姜忘拉不下脸讨这小孩儿才玩的东西，磨牙道，"季老师——分我一个呗。"

　　"真的吗？"季临秋拎起拴着鱼线的另一个，笑眯眯道，"姜老板还玩这个呢？"

　　"玩，"男人举双手投降，"季老师——"

　　正逗着玩，季临秋那边浮漂忽然猛地沉了下去。

"季老师！"彭星望压低声音叫他，生怕把战利品惊走，"快快快，鱼，鱼！"

季临秋把鸡翅尖丢在姜忘掌心，听小孩的指挥慢慢收线起竿。

彭爷爷本来以为他钓起来条小鲫鱼，没想到这竿沉得出乎意料，看了几秒过来一块儿帮忙，起另一端时特别吃力。

"是大东西！"老人又惊又喜，"咱们都没打窝丢饵，没想到啊！

"慢点慢点，小心它拽断绳子！"

彭爷爷说这话时他们还没感觉到真假，鱼线在水花里一寸寸被收上来，一团半臂多长的黑影在水面下旋转腾挪，眼看着要被拉上来。

旁边几个听收音机的渔民都凑过来，还有人拿着大网抄全神贯注守着。

季临秋汗都密密布在头上，不出声专心使力，大鱼在水里尾巴一拍，露出半身鳞片。

眼尖的人长嚯一声。

"是大青鱼，好家伙，得几十斤了吧！"

"小心小心！不行把竿子给彭老头！！别搞毁了！！"

姜忘在旁边帮不上忙，先看一眼啦啦队一样的一群人，又看眼自己屁都不放一个的鱼竿，莫名有点儿躁。

鱼呢？都被季老师那大鱼给吓跑了？

线越收越绷，最后被拉到极细的一长条，透明到几乎看不见。

旁边老渔民弯腰猛抄下网，刚好把大鱼拦头兜住。

"搞到了！！搞到了！！"

"好家伙——"

"这么大啊？"

这竿青鱼有三四十斤，被网抄兜住还不能靠单臂拽上来，一翻卷像是要把人、船都给击沉。

彭老头接过季临秋的鱼竿极有技巧地一放一收再一扬，大鱼紧跟着破水而出！

季临秋冷不丁把这鱼抱了个满怀，手还没抓稳就被鱼尾巴当头拍脸。

"哟——"彭星望生气了，"今天晚上就炖了你！"

旁边伙计们七手八脚地接过鱼帮忙下钩称重,姜忘瞅着空掏出纸巾过来,蹲在季临秋旁边帮他擦脸上的泥水。

"运气不错,"他看着半身湿透的季临秋忍不住笑,"还穿新鞋来的啊,鞋带都全是泥了。"

季临秋明明中了大奖一桩,看起来却像是全场最狼狈的人,头发都湿漉漉地在滴水。

"它力气也太大了。"他伸手拿了张纸巾想擦脸,但根本不知道哪儿才是泥点子,显得有些懊恼。

"你啊,也该让人照顾照顾,"姜忘眼神有种不自知的温柔,"听见星星的威胁了吧,今晚就炖了它,多放豆腐。"

季临秋呸了两口河泥,任他给自己擦耳侧。

"行了,老师形象碎了个干净。"

姜忘笑得吊儿郎当。

"那算意外收获,值。"

青鱼称出来有四十多斤,大到让这附近的渔民都咂舌惊叹。

"能卖上千块钱呢!"

姜忘听得好奇:"鱼现在这么贵了?"

"那不光是肉,"彭爷爷也为他们高兴,喜笑颜开地摆手,"你不知道吧,这青鱼啊,喉咙口里头能剖出小石头来,光亮得跟小翡翠一样,狗有狗宝,鱼有鱼石,是给小孩压惊的好东西。"

季临秋心知他说的估计是什么骨质增生,笑着没当回事。

远处彭星望突然号了一声:"痛!!"

小孩钓上螃蟹来忘了拿网抄兜着,眼看螃蟹要跑了伸手一抓,刚好两个指头被牢牢钳住。

姜忘一瞬间想起来小时候被夹时一模一样的痛感,快步过去把他的手放水里再轻敲螃蟹背。

彭星望被夹得眼眶红红还顾着螃蟹:"跑了,要跑了!"

"夏天钓螃蟹也吃不了几块肉,"姜忘哭笑不得,"你爪子都快被夹掉了,长点儿心吧。"

"我好不容易才钓起来这么大的……"

下午他们换好衣服再出来,发觉小院里有村里孩子帮着劈柴。

姜忘忽然来了兴致,跟奶奶说想跟着一块儿烧柴火饭,特意挽起袖子过去跟着劈。

季临秋擦着头发过来看得一愣。

"来啊,一起玩。"

季临秋欸了一声,跟好学生被痞子叫走似的,也跟着在旁边放木块。

砰!

啪!

"歪了歪了,再放一下!"

砰!!

姜忘这人一放松下来容易忘形,干着农活突然有了节奏感,张口唱道:"丁丁——"

季临秋很自然地接了后半句:"迪西。"

"拉……拉……"

"波。"

两人很默契地一块儿合唱:"天线宝宝……天线宝宝……"

"说!你好!"

下来拿东西的彭星望一脸复杂地站在楼梯口。

姜忘回过神来,板着脸咳了一声。

小孩毫不留情地拆台:"我早就不看这个了,你们幼稚。"

等彭星望走了,季临秋敲了姜忘一把:"你乱带什么?"

"你不也唱得很带劲嘛。"

大青鱼果不其然被大刀剁块做两吃,肚皮脊背混米粉滴香醋上锅蒸,鱼头同豆腐一起小火慢炖,味道直接把马路对面农家乐养的两条黄狗招来。

豆腐嫩到一碰就破,吹凉了入口滑嫩香软,像是什么神仙珍馐。

姜忘白天钓鱼没出力,最后把篓子里的小鱼苗全放生了,这会儿喝得一脸满足都忘了吃饭。

"尝尝这个!蒸排骨,特别香!"

彭爷爷特意让彭星望举着相机跟季老师合了张照，完事爷孙一起边喝汤边夸他。

"今天村东头的人都知道了，别看老师文文气气的，钓鱼厉害！"

两人不知不觉吃到撑，吃的时候完全没察觉，什么香就朝哪儿猛下筷子，回头一撂碗才发觉撑到站不起来。

彭星望自告奋勇带他们去河堤散步。那里风景很好，虽然是夜晚，但能看到星星点点的萤火虫在林间飞舞，还能吹一吹清凉的河风。

他们在昏暗的河堤上慢慢走着，身边不时掠过小三轮或者摩托车的长道光影，像两翼生光的蝙蝠一晃而过。

姜忘对这条儿时走过许多次的路很熟悉，甚至现在都记得踩哪儿的石头可以摸下去玩水，自己在附近哪里跟二伯划过船。

他看着彭星望举着手电筒在前面蹦蹦跳跳地引路，感觉自己在某一刻灵魂附在他身上，又似乎始终都抽离着。

人长大以后便很难分清楚这种感觉。

"对了，"他看向身旁的季临秋，"搬过来一块儿住的事，想得怎么样了？"

季临秋正放松地听着虫鸣，没想到姜忘突然又提这事，忍不住笑道："你图什么啊，把这么好的便宜往我这儿推。"

"没办法，我太招人喜欢了。"男人坏兮兮道，"我觉得你每天看见我，心情能好不少。"

而我也一样。

季临秋又一瞬错愕，彭星望耳朵尖听见全部，跟着举手："我！我也招人喜欢！"

"行行行。"季临秋叹了口气，"话先说好，房租不能少算，该交多少是多少。"

"成，你顺便给小孩补补英语，"姜忘坦荡荡道，"我这么会做生意的人，肯定要雁过拔毛，季老师多担待。"

季临秋没当回事："顺手的事。

"以后他回家写完英语作业直接给我批，上学了还能少改份作业。"

彭星望刚才还兴高采烈的，这时候才反应过来跟老师一块儿住的后果是什么。

"真……真的吗?"

季临秋和姜忘一起笑眯眯点头。

小孩呜呜两声,完了,以后写作业还要被老师盯着,都不能偷偷看漫画了。

他们在彭家老院里待了几天,临走前悄悄结清饭钱、食宿费,压在客房的遥控器下,嘱咐前台小妹帮忙收好。

再回到城里时已经快要开学,得赶着时间一块儿搬家。

鹤华高苑的房子硬装一直很不错,换软装以后开半个月通风也没了味道。

姜忘这边的房东太太特别不舍,听说他买房子了也只能遗憾点头,还特意送了一挂腊肉香肠表示祝福。

彭星望一听说要搬家了,蠢蠢欲动地打探以后能不能养鸟养狗。

"养鸟没问题,"姜忘很仔细地想了想,"我以后可能也会去外省出差,跟你爸爸轮流照顾你。

"狗狗独自在家会很难过,等我们生活再稳定一点儿就养。"

彭星望想想也有道理,心平气和地答应了。

虽然没有狗,但地下室真有了游戏厅,客厅还有从二楼下来的滑滑梯,其中一个阳台还被改成了给小孩种植物、养蜗牛的观察性花房,相当不错。

姜忘这边家里房子干净简单,像小孩的东西、衣服杂物什么的全都分类打包进收纳盒里,一天就可以全部收拾干净。

他要忙公司的事,没太多时间给季临秋搭把手,直到搬家当日才又去找他。

季临秋同样整理出七八个大盒子,正嘱咐帮忙搬家的工人一定要轻拿轻放。

"好多东西。"姜忘顺手拿起门口扫帚帮忙清灰,扫了几步瞥见墙角吉他,"这个不带走?"

季临秋想了想:"这是把练习吉他,螺丝都生锈了,有点儿走音,我回头再买一把。"

姜忘扫完灰瞧见没别的事,趁着搬家工人进进出出的时间玩他的吉他,跟弹棉花一样声音闷乱,反正听着不对。

季临秋看得想笑:"哪儿是这么弹的。"

他当着他的面抱好吉他,信手一拨又按弦扫弦,走音的情况下都弹出一首 Don't cry。

姜忘略有几分不服,依着季临秋的指导学左右手该如何把,以及按哪儿才能出不同弦的声儿。

没想到弹吉他是很痛的事儿,倒不是青春伤痛或似水年华的那种痛,是坚硬钢弦一根根勒进肉里还得忍着继续边压边拨的那种痛。

偏偏弹吉他把和弦位需要四个指头都摁着弦,弹个《小星星》都两手一块儿疼。

他突然对弹吉他这么文青的事有了全新的认知。

连带着感觉季临秋的形象都有几分坚毅可敬。

"好家伙,"姜忘把吉他还了回去,"这玩意儿原来得用劲儿按?我一直以为就是拿个三角小拨片扫扫扫。"

季临秋噙着笑把四指张开,给姜忘摸指尖薄薄的茧。

"玩吉他的都有这个,躲都躲不掉。"

姜忘摸那薄茧摸得满脸讶异,但又不小心触到茧外羽毛般柔软的指腹,心里莫名一跳。

他故作好奇道:"那女孩儿玩吉他也是一手茧?"

"没区别,"季临秋收回手,从手边布篮里翻出来一个木埙,"你怕痛,那试试这个?"

"不用,"男人和盘托出,"其实读小学时这个和学校发的竖笛我都试过。

"曲子吹得不怎么样,口水乱糊。"

"怎么跟星望一样,"季临秋笑得无奈,"算了,我以后有空多教教他。"

大小杂物全部装上货车驶向新屋,两个破旧黑暗的小屋也就此关上门,像是终于可以被遗忘一样。

姜忘开着车跟在货车后面,等开到地方了没有第一时间下车,而是从兜里摸出一把钥匙。

"院门锁和正门锁,"他分出四把,首先交给坐在副驾驶位的季临秋,"我一套,季老师一套。"

然后他转过身,郑重而平等地递给彭星望。

"你也一套。

"以后,这儿就是我们永久的家了。

"哪怕你长成大人,以后去了很远很远的地方,也随时可以回来住,在家里痛快地哭,没心没肺地笑。

"哪怕工作累了,再也不想应付老板和加班了,也可以随时回来。

"星星,你永远可以在这个家里做小孩儿。"

季临秋听着他的嘱咐,像是内心有什么被触动,低着头也很慢地点点头。

彭星望似懂非懂地接过钥匙,当着大人的面把他串到自己的奥特曼挂坠上。

"我会保护好它的!绝对不会弄丢!"

"嗯,哥哥相信你,"姜忘看向季临秋,此刻已经把他接纳为一家人:"季老师也一样。"

季临秋望向他们俩,没再说话,张开手臂用力抱过去。

第六章

星夜

寻常二十多岁的青年开店做生意，难免要吃几回苦，要么失手要么翻车，极少数被运气之神眷顾，顺风顺水就地发财暴富。

姜忘在许多人眼里就是祖坟埋二踢脚的类型。

他们感觉这人不光足球算得准，书店选址也净挑风水宝地，把城里几个聚宝盆、黄金地点全闷声不吭地抢了。

其实还真不是。姜忘梦里开书店能赚钱全靠在现实世界生活过的敏锐嗅觉，以及资深房产销售的职业眼光。

他能一眼分辨出好几条商业街的流量大小，开在东三铺和西三铺的细微区别，选址捡漏堪称一绝。

眼瞅着姜大老板赚了钱，许多人也跟着躁动，刚过了两个月就有好几个书店试图效仿同样的经营模式，也像模像样地卖起奶茶，招呼学生们进来看书、做作业。然而也就热闹几天，过几日又变成不景气状态。

姜忘思来想去，决定拿现有的资金往省城投。

投资这件事很让人上瘾，有种赌博的快感。

此刻各大电商终于有初步营销的迹象，五六线小城市也陆续出现网购订单。

而实体经济正是兴盛的时候，他有大把时间在省城立足，再以此为辐射点，用更多年把生意逐步扩散至全国。

更妙的是，他清晰记得省城地铁和后续商业中心的黄金地点。

姜忘做决定很快，前一天晚上想到这个地点，第二天早上就开车去了省城 Y 市，到了地方重新加满半桶油，带着相机、地图写写画画。

他还顺手捎了小孩儿的尺子，虽然上面糊了好几个奥特曼贴纸，但用起来很顺手。

几条线路交叉一画，合适地点当即出现。

他不多犹豫，再次开车过去踩了踩点，又观察了下附近还在施工，以及已经有很多人家陆续入住的楼盘，快速定下了包含三层的大商铺。

楼盘是城市的血脉枢纽，哪里涌动丰富，哪里便生生不息。

财务没想到事情这么突然。

"老板，真的吗？"

"您不多想想？"

"不用。"姜忘纯粹是通知他一声，转头签好名字，找设计师重新确定门面风格。

一忙就是十几天，到最后姜忘索性在附近酒店里办了个白金会员，把施工方案完全定好以后才回小城。

回来的那天已经是 9 月 9 日，小孩读二年级都好几天了。

彭星望知道大哥去出差了，亲爹也去出差了，乖乖地一个人去学校登记报到，一个人去刷卡交学费，一个人去午睡的小宿舍里铺被子床单。

他照顾自己很久了，已经足够娴熟。

季临秋刚开始还不放心，事事都陪着。

奈何班主任老太太动辄拧眉毛瞪眼，看学生烦，看年轻同事更烦，对着谁都要扯好几句。

"八岁怎么了？老一代八岁那会儿都跟着家里人下地插秧了，他好歹还有学上！"

季临秋面露不赞同，但还是消失在她面前，不多生事端。

倒是彭星望麻利地料理完开学的一切，后续几天里包书皮、跑手续也应付得很好，回家路上牵着季老师还特意哄他。

"不要担心啦，我一个人也很棒！"

"而且我会跟大哥一样棒哦！"

季临秋忍俊不禁，低头亲了下小孩儿头顶，牵着他一起过马路。

然后直到走完斑马线，抵达宽阔道路的另一头，他才看到倚着路灯的姜忘。

男人明显看到了他亲彭星望的那一幕，笑得促狭。

季临秋眼睛一眨，走到姜忘面前时故意抿着唇。

"你笑什么？"

"笑了吗？"姜忘扬起眉毛，"没觉得啊。"

人十几天没见着，自恋劲儿倒是没变。

季临秋横他一眼，三人默契地一同往回走。

姜忘离家许久，再回来时莫名有种新鲜感。他其实跟彭星望一样，亲身体验家庭感觉也就这两个月的事儿，先前习惯了独狼做派。

现在不光有关系紧密的好友，还有个需要天天操心的小尾巴，感觉也不错。

等回到家里，季临秋先进屋批改作业，姜忘陪彭星望在夕阳下的小院子里给栀子花浇水，小孩压低声音悄悄说话。

"哥哥，明天就是教师节了。"

姜忘哦了一声，想了想："钱不够了？我等会儿陪你去给老师买花？"

"不是！钱我还存了好多！"彭星望一脸"你这个榆木脑袋"的表情，"明天我们也要给季老师送花！"

姜忘心想这小孩的黏糊劲儿怎么还没过，又思索几秒。

"其实好几个班的学生都会给他送花，你送了也会被淹没，估计连香味都会串。"

彭星望耷拉着头，闷闷不乐。

"送礼物太俗，送花也不好，怎么办呢？"

姜忘没想到自己毕业这么多年还得操心这种事，半晌道："还是写张心意卡吧，你的字……很特别，季老师一定会记住。"

他把那个五马分尸的比喻咽了回去，没舍得打压小孩的自信心。

彭星望唰地抬头，拉着他就去自己房间里拿贺卡。

书店里卖这个卖得多，店里小姐姐也喜欢送小孩明信片和贺卡，不知不觉就攒了好多。

彭星望自己挑了个水蓝色卡片，还特意给姜忘挑了个明黄的蝴蝶结贺卡。

姜忘莫名其妙："我又不读小学二年级。"

小孩把笔递到他鼻子底下："你也写！"

姜老板一脸费解，见他已经开始咬着笔头沉思，自己坐在旁边有点儿想走，半晌还是拔掉笔帽跟着写。

他确实该给季老师写一封感谢信。

姜忘小时候很穷，家里根本买不起贺卡。

那时候小孩儿们都攀比，有的人送了一枝花都不好意思拿出手，因为家里有钱的小孩会直接送编织精美的花篮到学校，一个比一个用心。

很多同学不光在教师节会写贺卡，圣诞节和新年也会特意给喜欢的老师送贺卡，有的一打开甚至会播放音乐。

姜忘那时候也读小学二年级，终于能通顺地写几行话，内心有着隐秘的胆怯。

他最后还是撕下一张作业纸，仓促潦草地写了两行感谢语，趁着没人的时候做贼一样放到季老师和班主任的桌上，还不敢署名。

桌面上有好多小孩子的心意。巧克力、花篮、单枝康乃馨、会唱歌的贺卡。

他的话藏在抽屉里，被折得很小，像垃圾一样，不仔细看都不会被发现。

但自那天下午起，臭脾气的毒舌老太太对他说话收敛很多。

而季老师放学时特意叫住了他。

"星望，"那时候他也如今天一样叫他的名字，笑容亲切，"我收到你的贺卡啦。"

"但是你折得实在太小了，我差点儿没看见。"

季临秋蹲在年幼的姜忘面前，伸手摸他的头。

"星星，你以后想对老师说新年快乐、秋天快乐、下雪快乐，都可以写在英语作业本里。

"老师会在改作业的时候悄悄给你画个小笑脸，表示已经收到啦，好不好？"

姜忘当时大概是穿得太少了，在突然降温的秋天冻得鼻涕泡都出来了，略狼狈地用手背一抹，点点头，转身就跑。

然后在英语本里给他写"新年快乐"一直到毕业。

每一年老师都会给他画一个小笑脸,哪怕没有任何贺卡。

姜忘把这些记忆刻意压在接近遗忘的隐秘边缘,以至于此刻再次想起时,表情都不太自然。

记忆会让人同时处在无助和强大的相悖状态里,他只要想起童年的事,就好像会回到处处被动、痛苦的旧时间。

记忆里的季临秋,和此时此刻在他家客厅里改作业的季临秋是同一个人。

他独自长大,在无法选择的青少年里强行寻找一个又一个选择。然后成年独立,以全然能选择一切的姿态在梦中再面对当年的季临秋——是在麦田里守望着无数小朋友的季老师,也是被困在血缘和社会眼光里的季临秋。

姜忘想了很久,直到彭星望开始往贺卡上粘奥特曼贴纸了,才终于动笔。

他的字和幼年时相比像话太多,笔画深刻,弯折遒劲,藏了很多故事。

男人写完后仔细折好,装回透明卡套里。

彭星望仰头看他:"一起给吗?"

"嗯。"

季临秋在出神地改着作业,听到脚步声时一抬头,发现彭星望拉着有些缄默的姜忘过来了。

"季老师!"彭星望蹭到季老师身边,"我想提前送你教师节贺卡,行不行呀?!"

"当然可以,"季临秋笑道,"有心啦,让我看看?"

小孩的字写得很张扬。

比起先前部首乱飞的五马分尸式写法,终于进化到"三狗分尸",勉勉强强能认出来。

　　禾子老师,你永远是 zui 好的禾子老师!(季老师,你永远是最好的季老师!)

找一定会好好兴子英语，做你的马乔亻敫！（我一定会好好学英语，做你的骄傲！）

　　　　　　　　　　　　Love你的星星（爱你的星星）

季临秋忍着笑读完，当着姜忘的面又亲了一下他。
小孩乐得直冒泡，又转身看姜忘。
"哥哥也给你写了一封！"
季临秋愣了下，满是惊讶。
"真的？"
姜忘平静地递给他。
"自己看。"
贺卡一展开，只有短短两行。

　　教师节快乐，季临秋。
　　愿你一切光明，永无束缚（笑脸）。

季临秋等到彭星望去房间里写作业了，才把姜忘叫到一边。
"你怎么也给我送贺卡？"
姜忘想点根烟再回答他，又想起来他似乎不喜欢自己抽烟，把摸索的手放下。
于是不得不立刻直面这个问题。
"因为……尊敬。"他前一句说得很慢，后一句又很快，"你改变了我很多。"
季临秋狐疑地看他，似乎接受了这个解释。
"不会是星星强拽着你写的吧？"季临秋又问他，"如果是这样……我会觉得很可惜。"
"为什么会可惜？"姜忘终于看向对方。
"因为，"季临秋也被问住了，想了几秒才回答，"还是希望你是真心想给我写贺卡。"
而不是出于应付。

"我当然是真心。"

姜忘回答完，像是怕又有其他问题，很快离开了。他回到自己的房间里，坐在床尾缓了一会儿，也不知道在缓什么。

别的没想明白，但发觉自己根本不想抽烟。可能在很长时间里，他抽烟只是为了暂时逃避一些问题。他可能根本不需要抽烟。

日子还是平平淡淡地过，有天晚上彭家辉突然发短信过来，发消息时似乎情绪不太好。

"姜老板，有空陪哥们儿喝个酒吗？"

姜忘那会儿在喝啤酒、看球，他既不喜欢晚上喝啤酒，也不喜欢看球，只是偶尔怀念下现实里的生活罢了。

一看表，晚上十一点半，实在不是个好时间，但想来想去，还是没拒绝。

地方约在一家大排档里，姜忘来过这儿，老板娘烤肉串喜欢放蒜，吃多了伤胃。但其实手艺很好，能掌握着火候烤出刚好那么一点儿焦香。

彭明辉面前的酒杯已经倒满了，还给空位的杯子也倒了满满一杯。姜忘坐在他面前时，中年男人已经喝得有点儿上脸，还没说话就打了个酒嗝儿。

姜忘今天过来完全没有再给这人当保姆的念头，纯粹是想看看这家伙又想折腾啥。也可能是因为半夜被亲爹喊了声兄弟，他只能硬着头皮来。

"又被甩了？"他心平气和道，"你也说了，爱情不是什么好东西。"

彭家辉摆摆手，自顾自地灌酒。

烧烤店里的啤酒桶其实都掺了水，度数没冰柜里的那种啤酒高，耐喝。

等大半杯下肚，彭家辉才苦着脸边撸串边讲话，内容无非是在公司里受了多少气。

这两个月里，彭家辉为了升职加薪，主动揽下难缠麻烦的活儿替公司排忧解难，还真是靠一股闯劲儿把事情办成了。

转头上面主管把这桩业绩拿去给自己论功行赏，连彭家辉半个字都没提。

"都是帮孙子。"

姜忘心想这种上司以后搞不好还要给你穿小鞋，但什么话都没说，只偶尔也喝两口麦芽啤酒，静静地听。

他看见亲爹混得不好时心里会暗爽，为此良心也不会怎么痛。

毕竟小时候莫名其妙被暴打好多次，搞不好这都算报应轮回。

但表面也不用落井下石再损几句，权当陪朋友喝喝酒。

彭家辉骂得狠了连自己都一块骂，喝酒还心疼钱，把杯子边缘溅出来的也仔仔细细抿掉，毕竟奖金一分钱都没拿到手。

等骂累了，也终于休息一会儿，像是等待姜忘发言一样看过来。

姜忘撑头看他，偏不说话。

自己又不是哆啦A梦，无所不能，什么都可以帮着解决，也就在这听听牢骚，不多插手。

彭家辉没法跟姜忘这种气质的人对视太久，戾戾地低下头，窝囊烦躁地又说了一句，只是声音低到像自言自语。

"我还能怎么办呢？"

变成大人最不好的就在这里。

做小学生、做初高中生，遇到棘手题目可以问老师，麻烦事情可以问家长。

可是做大人以后，生意经营失败也好，职场不顺也罢，总是谁都没法问，谁也不能依赖。

彭家辉的表情变得很苦，像是清醒以后终于开始正眼认识这个世界，被动地接受打磨。

"我该现在辞职吗？"他喃喃道，"还是跟上头反映问题，或者找到跳槽的单位了再跑？"

姜忘招招手："老板娘，再烤五个扇贝，你少放蒜末儿！！"

老板娘应了一声，手一扬又放了大把蒜。

姜忘："……"

彭家辉纠结得累，最后选了个看起来最好的，忐忑地又问姜忘。

"你说，我跳槽去更好的地方，怎么样？"

姜忘不置可否，表示自己还在听。

"对，跳槽，"彭家辉自己给自己打气，"我业务能力够，我能跳槽，我加油！"

他陪亲爹从晚上十一点半喝到凌晨一点，再回家时客厅灯居然还亮着，而且季临秋居然还在写教案。

姜忘进门前先闻闻自己身上的啤酒味儿和蒜味儿，然后才人模狗样地迈进去。

季临秋头都不抬："别问，才改完作业。"

"不问，保证不问。"姜忘抬起双手，琢磨着自己是不是吐槽老师这职业太多回，搞得季临秋这么紧张。

不过大部分职业都是变着法子当孙子，他自己在出版商那进货时也没少说些鬼话。

季临秋写得累极，靠着椅背揉眉头，随意嗅了下。

"特意出去跟朋友撸串儿，也不给我带点儿吃的？"

"不带，"姜忘面不改色，"夜宵伤肠胃，我这人很有良心。"

季临秋累到没状态跟他拌嘴，先是从椅背趴到桌上瘫了会儿，又强行支起来写教案。

姜忘在旁边凑着看了会儿，帮着调了下台灯角度。

"明天我也支个台灯在这批文件好了，客厅整得挺温馨。"

第二天姜忘真这么干了，彭星望一瞅见也闹腾着要一起写。

还真就把一摞作业和课外书搬到季老师身边，像模像样地支起了第三个台灯。

用于高格调华丽晚宴的原木长桌正式沦为办公台，两大一小凑一起写写画画，像是都在加班。

季临秋中途抬头看了他们俩好几回，忍不住笑。

"笑什么笑。"姜忘头都不抬，"忙着干活儿呢，别打扰我。"

彭星望跟着点头，作业写完了还赖着不走，练会儿字又继续看书。

刚开始这么搞还挺好，时间长了两个大人受不了了。

彭星望哪里都好，有些臭毛病多念叨几句自己也知道改了，就是喜欢把书当菜单看。

他喜欢看书，又仗着家里开了书店，把小学二年级到六年级的语文课文全看完了。然后就冲去看初中的长篇课文以及推荐读物，看得津津有味。

看着看着举着书给哥哥和老师读。

"她们的吃法很文雅,用一方小巧的手帕托着牡蛎,头稍向前伸,免得弄脏长袍;然后嘴很快地微微一动,就把汁水吸进去,蛎壳扔到海里。"

读完眨巴眼睛。

"哥哥你吸过牡蛎吗?"

季临秋还在改英语作业:"牡蛎就是生蚝,你吃过。"

"不完全是,要没烤熟的那种,挤一点儿柠檬汁再一吸。"姜忘摸下巴道,"新鲜的话确实好吃。"

彭星望听得羡慕,又开始充满暗示地乱扭。

姜忘完全看懂他的意思,毫不留情地拒绝:"已经晚上十点了,要吃生蚝也是周末。"

彭星望试图挣扎:"哥哥你不想请季老师吃生蚝吗?"

季临秋没给机会:"不想,季老师晚上养胃,不吃东西。"

小孩呜了声瘪下去,没过两天,彭星望又捧了本书看完,然后突然说想吃咸鸭蛋。姜忘知道这小孩听风就是雨,敲着键盘果断拒绝。

"已经夜里十一点四十分了,你现在该去洗澡睡觉。"

季老师在埋头写报告,点个头表示赞同。

彭星望贼心不死,扬长声调读给他们听。

"G市咸蛋的特点是质细而油多。蛋白柔嫩,不似别处的发干、发粉,入口如嚼石灰。油多尤为别处所不及。"

季临秋的红笔顿了顿,当没听见一样继续往后写。

"平常食用,一般都是敲破'空头'用筷子挖着吃。筷子头一扎下去,吱——红油就冒出来了。G市咸蛋的黄是通红的。"

姜忘在专注回邮件,中间连敲空格键带转行,基本没受影响。

彭星望锲而不舍,把全篇一行行往下读,读得声情并茂,读得"色香味俱全"。

然后在结尾处戛然而止,在寂静中左右张望,看他们俩的反应。

姜忘黑着脸站起来:"我去超市买咸鸭蛋,这个点应该还有超市开着。"

季临秋叹口气盖好红笔："我去煮粥。"

还真就大晚上的熬小米粥，金黄小米被充分搅拌，煮得咕嘟咕嘟冒泡泡。

粥香味飘到小院子里时，姜忘拎着一袋咸鸭蛋推门而入，站在季临秋肩侧洗蛋切蛋，把金红的蛋黄全剖出来，花瓣般摆好。

彭星望扒着厨房门往里瞅。

"哥，你买的是G市的红鸭蛋吗？"

"汪爷爷说其他地方的不正宗，其他地方的蛋是浅黄色！"

姜忘忍无可忍："是是是！快点过来拿筷子、拿碗！！"

季临秋忍着笑关小火，把粥往碗里舀。

彭星望在旁边候着，小心翼翼地看季老师："老师，我们吃的真是G市的蛋吗？"

季临秋看了眼姜忘，后者做了个抹脖子动作。

"是，"季临秋很温顺地帮忙骗小孩，"肯定是。"

《早安A城》正在播报中！今天巨蟹座的你情绪敏锐，缺乏安全感，本周财运平平略有亏损，意外人缘爆棚，容易收获超多邀约，记得注意身边的桃……

姜忘面无表情摁掉电台，换成循环播放的音乐磁带。

彭星望本来听得聚精会神，有点儿失望："还没听完呢，桃什么啊？"

"星座都是骗人的，"姜忘踩下刹车，示意他开门时注意外面那些家长的电动车，"书包背好，晚上我不来接你，就和季老师一起回家。"

"好！大哥再见！"

姜忘掉转车头往城北书店开去，电话紧跟着打了过来。

"姜先生，您好，我这边是速风快运S市总部的负责人，想邀请您年终来参加公司大会，请问有时间吗？"

3G手机还没有蓝牙功能，打电话还得靠手拿着，开到书店时负责人还没聊完。

姜忘索性边打边示意伙计们拿账本、进货本来，自己边打边例行查账。

第一家分店检视完，他开车去向第二家店，刚发动车又一个电话打过来。

"打扰了，"杜文娟生怕电话打得不是时候，"我是文娟姐姐，方便接电话吗？"

"方便的。"

姜忘瞅了眼马路对面背对着他的交警，快速驶过。

杜文娟寒暄了好几句，才吞吞吐吐问他国庆节方不方便带小孩来C城玩。

姜忘忘了还有七天长假这一回事，想想说回家问问小孩，他乐意去就订票。

"好的好的，谢谢，真是辛苦您了。"

"您也客气。"姜忘哪里肯喊亲妈姐姐，说话还是很收敛，"我这边生意也快忙完一段，带他出来见见世面也好。"

第二家店还在清理货，他在旁边盯了一会儿，彭家辉电话打过来。

"兄弟，我跳槽成功了！"

"月薪还涨了两千块钱，怎么样！找个日子请你吃饭啊！你不许推！"

第三家店还没来得及开会，又有一个电话打过来，这回居然是季临秋。

"季老师？"姜忘略有些诧异，"没课啊？"

季临秋很难得地用起无奈语气："姜哥，帮我个忙。

"詹老师，就是彭星望的语文老师，这周末她要结婚，请我们都过去吃酒。

"你方便……陪我过去吗？"

姜忘示意伙计先回去看店，自己走到书店门外笑道："怎么，把我算成女伴？"

季临秋深吸一口气："这帮老师有多喜欢撮合人，我不用多解释吧。

"我一个人参加这种场合，吃顿饭的工夫能赔笑赔到脸僵掉。"

姜忘嗬了一声，没马上接这桩差事："他们去哪儿摆酒？那儿饭好吃吗？"

季临秋也是习惯了姜大爷的嘚瑟脾气，跟哄二年级小孩儿一样慢慢讲:"去的是隆德酒楼,他们家香醋蒸鱼是咱这儿的一绝,金沙排骨也做得好吃。"

"你去了也不用帮我挡酒,女老师多,大家饭局里除了话太多没别的不好。"

"所以得帮你挡话?"姜忘笑得没心没肺,"原来季老师也有搞不定老师的时候。"

"见好就收得了,姜老板到底去不去?"

"当然,我得给人家包个大份红包。"

最后包了五百块钱,不算多也不算少,在一溜儿礼单里不怎么打眼。

姜忘平日周末得一觉睡到下午两点,今天穿得人模狗样跟季临秋出来一块儿吃饭。

原本被一众婆婆、阿姨热衷关心的季老师立刻过气,事业有为的大龄青年姜老板当即成为催婚新热点。

"姜老板现在工作这么忙,正是需要人疼的时候,我有个舅侄女长得可好看了,回头给你们俩介绍介绍!"

"欸欸,姜老板,我家外甥女那可是读了文学系硕士,名校毕业!你们有空喝个咖啡啊!"

"啥?小姜现在还是单身啊?临秋你也是,怎么不给他介绍个女朋友!好看姑娘这么多,该不会是你俩眼光太高看不上吧?"

姜忘处理得那叫一个长袖善舞,刚碰了个面的工夫就能把各位老师、婶婶、婆婆的名字都记清楚,各个还回答得滴水不漏,像模像样。

季临秋一时间看他像在看新世纪超人。

等电话号码交换了至少二十个,学校领导也过来打招呼。

"欸,这不是彭星望的哥哥吗?幸会幸会,姜老板现在名声可大了!"

"今天吃好喝好,千万不用客气!"

大伙儿说的也都是场面话,甭管真心假意,都是趁着今天这个好日子一块儿热闹热闹。

等终于坐下了,季临秋才长嘘一口气,倒杯热茶递给姜忘。

婚宴现场装点得大红一片,中间走台摆满塑料红玫瑰,花环和门廊瞧着至少被用过四十回。

走台最远处是巨幅海报一般的结婚照幕布舞台,两边电视在循环播放烂俗的喜庆歌曲,也不知道这到底是结婚还是过年。

姜忘瞧眼詹老师被放大到发糊的巨幅结婚照,喝口热茶又往两侧看。

一帮老师脸上喜气洋洋,像是终于能从繁忙事务里解脱出来,借着家长里短图会儿开心。

"你就差躲在我后面了,"他忍笑道,"这么怕她们啊?"

"也不是怕。"季临秋小声道,"有时候……实在太热情了。"

话音未落,又一个胖婶过来大声攀谈,问他们俩父母是谁,现在在哪儿工作,有没有结婚,当老师养不养得活自己。

姜忘一边帮季临秋挡着话头,一边用眼神询问这人是谁,季临秋摇头表示不知道。小城里人人都没有自我空间,他早习惯了。

气氛变得喧闹又浮躁,像是窗外的燥热日光都变作陪衬,人声嘈杂到能压到两侧音响如同静声。

没等司仪上台,服务员就已经穿梭在桌前桌后,布置凉菜、肉汤和蒸鱼,过长的灰黑指甲戳进汤里也浑然不觉。

姜忘渐渐胃口丧失,像是感觉自己的元气都在这里被无声吸走。

他歪倒在季临秋旁边,喃喃开口:"我刚睡了十个小时,怎么又困了呢。"

季临秋看他一眼,居然没躲开。

"很正常。

"人在想逃离一个环境的时候,会不自觉犯困。"

打哈欠是减缓压力的常见方式,姜忘歪着头休息了好一会儿,又应付掉好几个过来攀谈的陌生人。

季临秋笑得很客气:"他胃痛,先不聊了。"

姜忘懒哼一声,姑且同意这个说辞。

新郎和司仪出现在舞台上,松鼠鳜鱼和金沙排骨也终于端上桌。

音响被强行放大到百分之三百的效果,吵嚷着示意人们集中精神恭贺新人。

老太太在忙给小孩捞鱼头汤,大叔大爷靠着椅子看得乏味,还有几个纯粹来蹭饭的已经在四处张望果盘。

"下面——请新娘出场！！"

人们突然开始一块儿欢呼鼓掌，像是今日原本就是特意为她而来，有人鼓掌时嘴里还叼着半个卤鸡爪。

姜忘胃口败了还困得慌，跟着鼓了会儿掌，坐直了想舀碗汤喝。

季临秋不着痕迹地用筷子挡开他的勺，然后挑了个节骨眼儿悄声解释。

"刚才有人朝着这盆打喷嚏了。"

姜忘第一次被他贴耳说悄悄话，眼睛圆圆地听了两遍，神态很像长大后的彭星望。

季临秋其实贴得不算近，所以气息会散在姜忘耳郭，像蒲公英吹散一样，有点儿痒。

他其实不喜欢那盆汤，只是纯粹找些事情做。但还是摆出恋恋不舍的表情，好像这样才对得起季临秋的劝阻。

新娘新郎都开始眼含热泪地感谢父母、感恩社会，大概是话筒拿得太近，爆破音很多，也听不太清楚。

刚才还跟长颈鹿一样张望新娘子真实样貌的人们已经坐了回去，背对着舞台哄抢扇贝和香煎小鱼，新一盘锡纸小排也转眼清空。

姜忘瞧见有几个老太太在悄悄拿塑料袋装菜，又把目光别开，当作没看到。

他吃了一会儿，埋头玩老款手机自带的贪吃蛇，摁着上下左右指挥小蛇去追苹果。

"姜老板先前在哪个大学毕业呢？"席间老师好奇道。

姜忘还在埋头玩手机，被季临秋用筷头轻轻点了下手背。他终于抬头，客气笑笑。

"在北方，很远的学校。"

终于等新郎新娘发表完结婚感言，在起哄声中连羞带怯地亲了个嘴，气氛才终于热烈起来。

"再亲一个！"

"亲一个嘛！！"

似乎亲吻是什么很值得羞臊的事，被人们看到都像瞧见了裙底走光一样，很有看点。

季临秋也忍不住打了个哈欠，又一盘基围虾端了过来。

"吃虾吗？"

"吃。"

姜忘回了两个消息，跟小孩一样鼓起包子脸。

"算了，"他对这顿饭兴致索然，"还要剥壳，麻烦。"

"难为你过来陪着我。"季临秋拆了消毒纸巾擦净指尖，夹了几只饱满鲜虾帮他剥。

姜忘恹恹地撑着头在旁边看，像是被吵得累极，想了想又开口。

"我'十一'可能带星星去趟 C 城，你去吗？"

季临秋摇摇头。

"要培训。"

"欸，"姜忘张口接住虾，叼住虾肉，用筷子扯下虾尾上的薄壳，"你有没有想过，以后去省城里教书？"

姜忘也没有去省城里读过书，只是凭着记忆有点儿印象。

省城有校风蔚然的外国语学校，还有很多富家子弟在里面读国际生，不用费心高考，学好英语、数学，考考 SAT 就好。

他心里有什么在隐约放下，突然愿意去更明亮的地方看看。

"以前没想过，现在好像也可以。"季临秋又摸了一只虾，思索道，"以前好像只想和家里对着来，但现在天天看你往 Y 市跑，又觉得羡慕。"

"啊，"他突然想起来什么，"刚才那只虾我是不是没蘸酱油？"

姜忘咂巴了下嘴，表示并不在意。很新鲜，好吃。

自打开学以后，姜忘再见季临秋都会心里被勾一下，这人在学校和在家状态不一样。有时候会把工作状态带进家里，深夜也在改作业、写文件，偶尔还会戴个银边眼镜，更显得眸光清冷，皮肤冷白。

姜忘生意忙归忙，会隔三岔五去学校里接彭星望放学。

红山小学虽然日常搁四个保安守门口，其实家长递根烟就能进去探望小孩，混眼熟了连烟都不用。

最后一节课下课边缘往往是小孩们最躁动的时候，彭星望有时候特意张望大哥有没有来接他，有的话恨不得摇尾巴，踩着下课铃声冲出门扑到他怀里，撒娇好一会儿再回去收拾书包、作业本。

而也在这种时候，姜忘会看到教师身份的季临秋。

季老师手里总是拿着课本或卷子，有时凝神回答家长问题时神情微冷，一转头碰到小孩子亲切告别又笑得很暖。

姜忘平时不喜欢有两张面孔的人，但碰到季临秋总会不自觉多看几眼。

就好像这人的疏离感和温柔感同样迷人。

他甚至更乐意看看季老师冷冰冰的凶样，好像那样会更真实。

季临秋下课前都会交代课后作业，有时候往窗外一望，会看见外头似笑非笑的姜忘，心里也会跟着一跳，莫名像碰到共享秘密的人。

姜忘清楚他的那些小嚣张和玩乐状态，也清楚他实际并不是每时每刻都是个完美无缺的老师。

他感觉自己有什么软肋被那个男人握着，哪怕没有恶意，也总是会被触动。

季临秋回家以后抱怨过。

"你站窗户那一看我，我不好演正经样子，很容易笑。"

"笑呗。"姜忘莫名其妙。

"老师不能总是笑，容易压不住学生。"季临秋很想认真讨论这个问题，又感觉这个粗放派没法理解，"以后你盯彭星望去，别看我。"

姜家长很听话，再接小孩时只盯彭星望有没有好好上课。

然后季临秋又忍不住看他。

偏偏季老师是老师，老师一看窗外，学生们也都会哗地齐刷刷扭头，跟一帮小向日葵追太阳一样。

季临秋："……"

姜忘乐得看他这样，特意频繁地去接小孩，以至于彭星望感动得不行。

大哥真是爱我，他怎么这么好。

殊不知大哥只是一时恶趣味想为难他们亲爱的季老师罢了。

周五姜忘来得偏早，还有十五分钟才下课，他怕影响班里小孩们上课，特意站在偏远的死角。

正玩着贪吃蛇，突然有个熟悉的身影快步走过去，又很快折回来。

伴随着惊讶表情："姜先生，是你吗？"

姜忘对女的一向记不住脸，一开始以为是酒局里碰过杯的合作伙伴，看她长得与季临秋有几分神似才想起来。

"你是……季老师的妹妹？"

"是是是，我叫季长夏，"年轻女人和他握手，神情感激，"我爸爸已经回老家休养了，托您的福，先前能有您帮忙实在太好了。"

原来妹妹叫长夏啊。

季长夏其实五官很标致，和她哥哥一样个子高挑、样貌斯文，但神态总是被笼了一层保守胆怯，以至于容貌也消减了几分光彩。

姜忘看过她再回忆下季临秋，才惊觉性格对五官的影响有多大。

"你是特意从Y市过来的？"

"是啊，刚好朋友开车回来拿东西，我请了调休假过来看看哥哥。"季长夏不擅长和人聊天，说话时双手交握揉搓，一直垂着眼，不敢看姜忘和附近环境，"爸妈叫我跟他说事，劝他今年回来过年，说实话，姜哥，我感觉我劝不动他。"

"我哥哥你可能不熟悉，"她终于鼓起勇气抬起头来，"看起来很好说话，其实有时候特别拧，一旦认定了根本没法撬动他的想法。"

姜忘心想我们俩可熟了，你哥岂止是拧，你哥是青春期都没来，还在找叛逆的机会。

放学铃声一响，小孩儿们背着书包鱼贯而出，穿着黑黄条纹校服像一帮蹦蹦跳跳的泥狗子。

季长夏怕哥哥怕得不行，都不敢凑过去找季临秋。

"你怕什么？"姜忘看得好奇，"他又不会凶你。"

季长夏现在都当妈妈了还是怕哥哥，抿着唇紧张摇头。

没等她解释缘由，季临秋抱着教案快步出来，见到他们时脚步一顿，眼神登时锋利起来。

"你过来怎么不给我提前打电话？"

"我……我怕你又躲着我,"季长夏声音弱下来,垂着头道,"哥,爸妈让我来看看你,还让我跟你说……今年一定要回去过年。

"你都五年没回老家了。"

季临秋皱眉道:"不要一副我在苛责你的样子。

"长夏,你如果是你自己想我了,特意来看我,我会特别开心。

"算我第二十次和你说,你做事的时候能不能多想想自己,不要做爸妈的传话筒?"

季长夏神情窘迫地连连点头,却好像根本不懂他在说什么。

姜忘即刻了然,示意出现在后门的彭星望过来跟他们一起走。

小朋友很雀跃地跟季长夏打了个招呼,开开心心牵着姜忘往前走。

季临秋防御机制本来已经架起来了,有那么一刻气场都凌厉起来。

但姜忘似是无意地用肩膀碰了他下,他突然又清醒过来,把针刺般的内心攻击性收了回来。

季长夏生怕给他们添麻烦,一直推说要去招待所住,对季临秋完全不像亲妹妹那样有亲昵感,反而过分敬畏小心。

姜忘感觉得到她身上这股恐惧并不是来自季临秋,更像是他们背后父母的长期施压,化成看不见的阶梯,强行把一个孩子抬高到神坛,另一个孩子贬低至尘埃。

因为什么?性别?

他多观察了几秒,然后像什么都不知道一样,大大咧咧笑着拉兄妹俩吃火锅。

"新塘街开了家正宗牛油火锅店,走走走,人多吃着才热闹!"

中部地区碰到夏天便像是进了蒸笼,水汽全散进空气里,到了傍晚也能热得人头昏脑涨。

这时候坐进清爽凉快的火锅店里,身上暑气会一瞬被冰镇,甚至还会觉得有些冷。

季长夏不敢聊天,怕一说错就惹哥哥不高兴。

季临秋俯身给她倒凉茶,情绪平和了很多。

"你在 Y 市过得还好吗?"

"还好,还好,"季长夏苦笑道,"孩子调皮了点儿,养着好累,别的也没什么。"

季临秋看见她眼尾的细纹，欲言又止。

"你妹妹说你五年没回家过年了？"姜忘等着牛油锅煮到沸腾，这会儿哪壶不开提哪壶，"怎么没听你说过？"

"不是，他很有孝心的，他只是一直在外面支教，很少回来，"季长夏生怕姜忘误会他，匆匆解释道，"爸妈只是怕被亲戚议论，还是希望他回去过个年。"

牛油锅终于开始迟钝地冒起泡泡，像是故意拖着不肯煮开。

彭星望饿得在旁边啃红糖糍粑，随口道："老师一定很想家吧，今年回去呗。"

姜忘用筷子敲了下他的脑袋："小孩子别乱插嘴。"

季临秋很少在小孩面前聊这种话题，半晌却低低开口。

"那种地方……和旋涡一样。"

"不回去也罢。"

姜忘特意看了季长夏一眼。后者怯懦茫然，像是读不懂季临秋的抗拒。

"你要是陪我回去过个年，估计血压能升到戳破水银计。"季临秋轻轻笑了一声，"那帮人，喜欢给小孩喂酒、哄劝年轻人结婚、给小姑娘灌酒，怎么下三烂怎么来。"

姜忘表情变了一下。

"你遇到过什么？"

季临秋没瞒，笑得很冷。

"我二十岁时回去过年，有个舅叔敢趁着酒意摸我大腿。"

季长夏慌乱起来，没想到他敢公开聊这件事，羞耻得头都抬不起来。

"他们，他们真的道歉了，还特意提了几篮鸡蛋跟爸妈赔罪，说是喝多了看错人。"

"哥，你别因为不相干的人冷落爸妈啊。"

火锅突然沸腾起来，冒出来的泡泡差点儿溅到人手上，姜忘把火关小，帮彭星望往里头下他喜欢吃的黄喉、毛肚和腐竹。小隔间陷进短暂沉默里，小孩好像听懂了，又好像没听懂，只是很担心他们不开心。

"巧了。"姜忘慢慢道,"我昨天跟星星的爸爸吃饭的时候,他说想带着孩子回乡下过年。

"他也跟我保证了,绝对不会犯老毛病乱来,一定好好跟孩子一起过个年假。

"临秋,我今年春节可是孤孤单单,你不带我回去玩玩儿?"

季临秋没想到姜忘会主动提这种事,表情空白一瞬,一时间没有答应。

季长夏像是终于找到救命稻草,声音都变大很多。

"姜哥,我爸妈都特别好客,老家房子也大,经常有朋友来玩,我们那儿山好水好,一定欢迎您!"

姜忘很自然地应了,又笑眯眯地看季临秋。

"带我过个年呗,我想吃你们那儿的剁辣子和老腊肉。"

季临秋本来情绪都绷起来了,没想到姜忘突然撒娇。他不确定把这个混世魔王带回乡下会有什么后果,四舍五入是带个炮仗回家。

上学期那四辆加长款豪车的传说还流传在新一届家长学生口中,还真有新来的学生悄悄问班里是不是有个混血小王子。

姜忘这个人,不是一般喜欢搞事情。他还在犹豫着,姜忘伸筷子给他碗里夹了一大块虾滑,然后眼睛一眨,很可爱。

"季老师,咱们一起过年嘛。

"快答应我。"

季临秋似乎是被牛油火锅熏着了,姜忘一撒娇,他阴差阳错答应下来。

他原本早就打算好,一直避开那里便是,不要再浪费哪怕一丁点儿时间。

有时候过去和家庭都像是晦暗旋涡,略靠近些连光亮都能一并吸走。

人只要回到那里,就会变得暴躁、不耐烦、难以沟通,然后自暴自弃般沦为同类。

姜忘对过年这种民俗活动兴致索然,他纯粹看不得其他人折腾季临秋,自己没事欺负下那不算。

姜忘这人的人生哲学只有两条:"遇事甭纠结"以及"有问题就

是干"。

遇到事不把问题干尿、干服、干到爆，甭管以后避多远，麻烦还是会阴魂不散，指不定哪天就突然冒出来阴一下人。

季长夏几乎不相信这事就这么简单地解决了，她低着头吃了小半碗辣到发黑的鲜牛肚，额头几乎没有流汗。

直到这顿饭快要结束时，像是终于加载完读条一样，她突然站起来举起酒杯。

"姜大哥，我敬您一杯！真的，特别谢谢您！"

姜忘哭笑不得，把杯口放得很低。

"那过年的时候，我可要过来叨扰了，先提前谢谢你们。"

季长夏在A城没有多留，像是生怕给他们添麻烦一样。

季临秋本来打算第二天带她去各处逛逛，去姜忘书店里喝杯咖啡、买买书，没想到妹妹早上就已经搭顺风车回了省城，还特意发短信嘱咐他按时吃饭，照顾好自己。

季临秋发觉妹妹走得仓促匆忙，表情不算解脱。

他站在空荡荡的客房门口许久，像是原本想努力挽回些什么，又再一次失之交臂。奇怪的是，姜忘也不见了。

今天周末，按理说姜忘会工作一推睡到天昏地暗，美其名曰"给大脑充分充电"。

季临秋原本以为他是送季长夏去了，结果直到中午十二点半，男人才哼着小曲儿晃回来。

"我和星望吃过了，厨房还有给你留的汤。"

季临秋第一眼没看出来他哪里不对，随着一抹金光晃过眼睛，他才看清男人的耳朵。

"你……去打耳洞了？"

姜忘几步走向他，颇为炫耀地双手往前一撑，俊朗侧脸即刻拉近。

"帅吧。"

他在左耳耳郭打了个骨环，纯金明环穿过软骨绕了半圈，有动作时会微微摇晃。

男人皮肤偏小麦色，气质如野马般张扬肆意。寻常人如果戴纯金饰品，会把肤色衬得黑黄不说，好像总是沾几分俗。可姜忘左耳缀着金环，反而更显出衿贵之气，从容自得，笑起来眼睛里的光也很亮。

彭星望本来还在厨房擦橱柜，闻声冲出来看。

"哇——哥哥你不疼吗？"

"天热容易感染，"季临秋确认他买好药膏没有，"你小心发炎长东西。"

"在正规医院打的……那不是重点。"姜忘没等到他夸自己，又往前一凑，"夸我帅，快点。"

季临秋这才放心了点，失笑道："没想你一大清早玩这么大。"

"确实很帅。"他感觉心里有什么又被撬动，说话时不动声色地把异样感压下去，"金色很配你。"

彭星望踮着脚想看，姜忘相当配合地弯腰。

"真好看啊，"小孩想起来什么，又有点儿难过，"但是这样你就不能来接我了。"

姜忘没理解这两件事的逻辑。

"许老师，就是我们的班主任，她最讨厌大人戴首饰、打耳洞了，特别是男的这样做。"彭星望闷闷道，"你要是戴着这个去，她会说你是二流子、社会混混……"

季临秋呼吸微停，没等他给出更多反应，姜忘又笑起来："许老师说的，就一定是对的吗？"

彭星望从没被这样问过，呆了会儿道："可是之前城里有个收破烂的老爷爷喜欢打扮自己，好多打牌的爹爹、婆婆都这么说他。"

姜忘蹲下来与他平视，耐心询问："老爷爷没打扮的时候，那些说话的人会格外照顾他吗？"

"唔，不会，还是很不客气。"

"那他打扮自己这件事，会伤害到其他人，以至于被关起来吗？"

"好像也不会。"

"所以，他把自己打扮得好看一点儿，为什么不可以呢？"

姜忘当着彭星望的面摸了摸自己的耳骨环，笑容依旧明亮。

"哥哥就是很自恋的人。

"哥哥巴不得每天都闪闪亮亮地出门，所有人看见我都猛夸一句姜总真帅。"

说罢他抬头看季临秋，后者只能被摁着再来一遍。

"姜总真帅。"

"你看，季老师都被我的容貌折服了。"姜忘被夸得很满意，拍拍彭星望的肩又说，"等你成年以后，爱往耳朵上打几个洞都随便，还可以把头发染得跟大葱一样。"

彭星望好像听明白了，又抬头看季老师，然后眼中多了几分憧憬。

"季老师如果戴耳钉的话，一定特别好看。"

他生怕季临秋误会自己，快速补充道："电视明星都是这样！耳垂这里会有个很好看的小宝石！"

季临秋很久以前就做过这种打算，闻声笑得无奈："男老师不允许戴耳钉，如果我现在打耳洞，必须得戴个什么东西保持耳洞不愈合，所以不太可能。"

"那也可以戴耳夹。"姜忘没当回事，"走，回头陪你去挑。"

彭星望在客厅玩了会儿又去楼上铺被子，两个大人默许他靠劳动抵房租的朴实想法，留在客厅上药。

医院给了对应的消毒喷剂和两管软膏，需要每天涂三次。

季临秋先前给学生们涂过几次药，本觉得这种小事只是顺手帮忙。

真等到姜忘摘下骨环坐在他面前时，他才发现自己没法下手。

姜忘身上的香气让他怔了一下。

这种香像是自夏入秋时的爽朗日光，金灿灿地洒落满地，把草野、落叶都烫得微焦。

他闻得见他须后水的浅薄荷香气，闻得到他身上如同被太阳拥抱过的暖味儿。

"嗯？找不到地方吗？"姜忘背对着季临秋，用指尖在耳边碰了一下，"这里。"

季临秋低头取了棉签，有点儿后悔自己搬到这里来，他该继续独居才对。

先喷一遍，再前后细细涂抹一遍。

季临秋刻意拉开距离，弯着腰给他涂，不想再和姜忘有身体接触。

"你可以撑着我的肩啊。"姜忘回头一瞧,发觉季临秋在犹豫,又鼓起包子脸拖长声音,"季老师——咱都多熟了你还顾忌这个。"

他每次撒娇都跟彭星望一样,很孩子气。

季临秋心里叹口气,为这人的粗神经感到头疼。

"你别乱动,小心我棉签戳穿你耳朵。"

姜忘乖乖地一动不动,指尖玩着金骨环,看它的光泽摇来晃去。

"我挑这个花了一个多小时。"他小声道,"怕挑得太丑你笑话我。"

"为什么要笑话你?"季临秋注意力转移到他耳侧伤口,仔细用棉签边缘擦过发红的地方。

姜忘过了会儿才开口,声音有点儿青涩。

"因为……我一直很羡慕你。

"季老师长得很好看,会唱歌、弹吉他,英语也好。

"看过很多书,什么道理都很懂。

"我想来想去,怎么我也得把自己收拾得模样好点儿,才能加加分吧。"

他说出这些想法时,像个高中生一样,带着一些对季老师的敬畏。

也像个想要努力站在季临秋身边的成年人,不着调又很认真。

季临秋放下棉签,把几样药都收拾到药箱里。

"你品位很好。"他示意他戴回骨环,再照一下镜子。

"以前我说过,你颈侧靠近耳垂的地方有颗小痣,不仔细看就像特意点缀在那儿一样。

"如果在耳垂那儿打洞,反而显得不好看了。现在这样刚刚好。"

姜忘吹了声哨,又嘚瑟回来。

"明天带你去弄一个。"

"别,要来也得等明年暑假。"

姜忘应一声,看了看他的右耳。

"你耳垂很圆,很合适。"

季临秋血液似一瞬过电,被钉在原地般抬眸看他。男人还在考虑是耳钉、耳坠还是耳环更合适。

季临秋再一次强迫自己把多余的情绪都过滤掉,某些东西像是终于被唤醒,在告诉他自己,对面这个男人或许和别人不一样,他的触碰并不会让自己排斥，反而会让自己产生想要靠近的念头。

"我先上楼了，星望那边还等着我一起搬东西。"

姜忘起身把药箱拎回收纳柜里，挥手道："晚饭一起去吃烤蛏子？我开车，你请客。"

季临秋收回目光，低声道："算了。

"还有工作要忙，你们去吧。"

他不敢看他的眼睛。

书店最近的生意遇到点儿麻烦，咖啡不太卖得动。

姜老板并不是个绝对化追求利益的人，所以把这个问题搁置了很长时间。

直到有天对比了下账单，发现三个月前进货的咖啡豆现在还剩一半。

"也就高中生喜欢来两杯，现在初中生、小学生喜欢喝奶茶，甜点也买得多。"值班员工解释道，"城里其他人都觉得咖啡苦，喝得少。"

可能还没到这种文化被营销起来的时候，就像牛油果是靠广告砸出来的，"双十一"原本不是什么购物节，梦中的 2006 年，咖啡还是少数人的消遣。

喝茶它不香吗？

姜老板反思了下自己的惯性思维，吩咐内部员工把菜单拿回来重新改。

"来个巧克力千层和杧果千层，再卖点儿舒芙蕾好了。"

这种甜品很受小姑娘喜欢，而且原料便宜又好做，亏不到哪儿去，负责记录的员工一脸茫然。

"千层饼？早点铺那个搁葱油的千层饼？"

"啥服雷？"

姜忘有点儿嫌弃："你网上查，别什么都问我。"

过了一会儿员工又跑回来。

"老板，查完了，真没有。"

姜忘心想你是不是逗我，当着他的面查了下。截至目前，只有三条相关的搜索记录,而且是不太相干的性格测试,还真没有这东西的做法。

姜老板头一回被梦与现实的时空差打击到。

不是吧,2006年信息有这么闭塞吗?

所以这些甜品都是很后面才慢慢流行起来的?

"我回头找找。"他咳了一声,"你们先去忙别的。"

某些网站肯定有,回头拜托季老师帮忙翻译下,自己先做会了再教员工好了。

姜老板对自己的厨艺学习能力莫名自信,转头又提前下班接小孩儿放学。

校门口有小贩举着竹竿卖蝈蝈笼子。

灯芯草晒干以后会变得褐黄,又韧又硬,几番弯折便能摆弄成八角草笼。

一大串蝈蝈笼像铃铛一般被拴在竿头,声音便如同潮水般扑面而来。

姜忘都快忘了以前还有这种小玩意儿,特意问了问价格。

"三块钱一个!五块钱俩!"

第一批小孩恰好提前放学涌出来,听见声儿就争先恐后过来买。

姜忘掏钱买了一个,拎着灯芯草结往里走。

彭星望刚好走出班里,看见他时怔了下,很快笑起来。

"哥哥。"

"季老师今天没在你们班上课?我们等他一下。"

两人便站在一楼走廊边安静地等。

姜忘玩这八角笼子玩得新鲜,过了好一会儿才想起来这是给星星的小礼物,把笼子放到他手心里。

"喜欢不?"

他担心这玩意儿半夜乱叫扰民,特意叮嘱道:"你回头把小笼子搁三楼西阳台,每天给点儿叶子就能活很久。"

小孩接了草笼,好奇地翻翻看看,说了声谢谢。

姜忘又嗅出来哪儿不对,小朋友今天没蹦。精神看起来还行,但估计还是有事儿。他现在养小孩儿就跟每天抽奖一样,手气一来准得有事。

季临秋正好拎包下来,看见一大一小等在楼梯口旁边怔了下。

"姜哥……你们在等我?"

"嗯,一起回家。"姜忘牵起彭星望,笑眯眯道,"你不回来,家里少个人啊。"

季临秋拿他没办法,在另一侧也牵起彭星望,小声道:"没必要等我,有时候我得加班到很晚。"

姜忘忽然侧过身看他的眼睛。

"季老师害羞啦?"

季临秋瞪他一眼。

直到上车以后,彭星望都没怎么说话。

姜忘自刚才便有意活络气氛,车子缓缓发动时才问他出了什么事。

小孩很矛盾。

"我好像不该说,"他纠结起来,"是我自己招惹的事情。"

虽然学校老师严防死守,但有些小孩儿总是喜欢抱团欺负人。

先前欺负的是彭星望,后来就开始嘲笑另一个有点儿口吃的小女孩儿。

几个男孩女孩会在课间时围过去,表情动作夸张地模仿她如何说话,再围着她大声叫她的外号。

"我……我过去想阻止他们。"彭星望低声说,"也许我不该招惹他们的。"

季临秋今天的课都在隔壁班,闻声时眼神变冷。

他先是观察星望身上有没有伤痕,然后才问后来发生了什么。

"他们不敢打我,因为都很怕大哥。"小孩叹了口气,莫名有点儿老成。

"然后就开始围着我唱《世上只有妈妈好》。"

世上只有妈妈好,没妈的孩子像根草。离开妈妈的怀抱,幸福哪里找。

世上只有妈妈好,有妈的孩子不知道,要是他知道,梦里也会笑。

小孩看着纯粹，好也是纯粹的好，恶也会赤裸裸的恶。姜忘眸色沉下来，心里某处痛点也被踩了一脚——这种儿歌到底是谁写的。

"我本来想解释，我妈妈其实一直都在，而且我'十一'还要去C城看她。"彭星望轻轻道，"我怕我说更多，他们有更多话挑事。"

姜忘这一秒很想教彭星望骂回去，越狠越戳人软肋才好，可他又不想把星望养得也刻薄起来。

季临秋突然开口："掉头。"

"掉头？"

"许老师还没走，她每天留到很晚。"

此刻车都已经开到小区门口，季临秋把安全带重新系回来。

"我们去找她。"

姜忘不确定这么做的后果，但仍然选择信任他。

彭星望忽然有点儿慌。

"你们要去找老师吗？"他不安道，"会不会把事情闹大了，我其实不会把这些放在心里的，要不就当它过去了吧。"

季临秋伸手摸摸小孩的头。

"星星，有些事需要让大人来解决。"

"你不能什么都揽给自己负责。"

彭星望的头发蓬松柔软，摸起来像一只毛茸茸的雏鸟。

许老太太果真还留在办公室里改作业，旁边保温饭盒的菜都已经凉了。

她听见敲门声时一抬头，目光首先在姜忘耳侧停留几秒，露出不太赞成的表情。

"什么事？"

季临秋牵着彭星望走进来，把前后事情解释一遍。

老太太也是被小孩儿们烦到神经变粗了，揉揉额头道："是做得太过了，我明天叫他们几个过来道歉。"

彭星望下意识想点头，却被季临秋挡在身后。

"我知道您工作辛苦，但是许老师，有些事不放到明面上说，就是姑息。"

他很少用这样严肃的口吻讲话，整个人的气场都在不自觉张开。

"这种事发生不止一次了。

"每个班都会有弱势的小孩,生病、离异、太胖或者太瘦,过于聪明或不聪明,他们欺负完一个总还有下一个。

"许老师,后面的不用我多说吧。"

姜忘没太见过这样的季老师。

季老师似乎总是不争不抢,也不生气,这是他身上的锋芒第一次出现在工作状态中。

许老太太扶了下老花镜,重新上下看了一遍季临秋,她缓缓开口。

"你觉得,我应该掺和进这种鸡毛蒜皮的小事里?"

季临秋并不退却,反而直视前辈的眼睛。

"您应该。

"现在只是还没有出大事,许老师。"

老太太终于听出警告的意味,半晌说了声知道了,示意他们可以离开。

第二天班里还真就开了场班会,把几个刺儿头请到讲台上,旧账全部清算一遍同时杀鸡儆猴。

老太太发不动脾气,但冷冷嘲讽的时候同样能撑得人抬不起头来。

"别跟彭星望道歉。

"你们该跟全班同学道歉,该对所有被你们嘲笑过的同学道歉。"

几个男孩儿女孩儿被训得灰头土脸,最后还是一块儿鞠躬认错。

彭星望经历完这件事,受到冲击的倒不是扬眉吐气本身。

小孩儿像是突然被打通什么关窍,重新对大人们信任更多。

如同从孤立无援的荒野里终于走出来,试探着去牵更多人的手。

事儿传回姜忘耳朵里时,他正在季临秋旁边等甜点菜谱的翻译。

季临秋把资料打印下来,拿改作业的钢笔逐行翻译,字迹清隽有力,有种不自知的漂亮。

姜忘原本在看他的字,看着看着目光落在季老师的睫毛上。

季临秋温顺的时候,看起来特别好欺负,像只毛茸茸的白兔子,似乎一口咬下去都不会出声。其实能一爪把人蹬出满脸血,完事还一副没事人的样子,无辜得很。

姜忘喉结一动,被勾得心里痒痒。他突然很想摸摸季临秋的漂亮耳朵,就像揉喜欢的兔子那样。

"盯着我看干什么?"

"有点儿惊讶。"姜忘趴到旁边看他写做可丽饼的步骤,慢慢道,"我一直以为你很怕许老太太。"

别说季临秋怕不怕,姜忘自己从小怕到大,日常去办公室都离这个凉飕飕的老太太五步远,绝不靠太近。

"嗯,很怕。她对同事也很严厉。"

"那你……为什么还要带星望见她?"

季临秋笔尖停顿,过了会儿又继续写。

牛奶三百五十毫升,鸡蛋两个。

白糖三十克,低筋面粉一百三十克。

"我还是希望,星望能相信这个世界有秩序。"

季临秋再开口时,声音清冷低沉,每个字都很好听。

"希望他不要遇到什么都自己扛着,过得再像小孩子一点。

"这是我爱他的方式。"

姜忘唔了一声,头一歪靠着臂弯不出声了。

其实把脸藏在胳膊下,悄悄在笑。

鹤华高苑算Ａ城目前地段设施物业顶一流的好小区,好到有的大妈大爷买菜路过都会停下来感叹一句。

然而再高档的好小区也一样有老婆婆把花园当菜地,这得算俭朴勤劳的优良传统。

隔着姜忘他们家七八栋远的有一户,大概是儿女都去省外做生意了,偌大的房子只有一个冯婆婆守着。

屋前花园很大,大到可以修个小水池养锦鲤,又或者放架秋千,种许多花。

冯婆婆选择翻土培土,先支个能绕南瓜、丝瓜、黄瓜的菜架子,旁边两片地再种些大白菜、圆头萝卜。然后日日夜夜去浇水施肥，辛勤照顾。

她大概猜到这里不让养鸡鸭，毕竟叫起来太吵，还容易钻出围栏到处拉屎。

想来想去，居然从乡下抱了只小羊羔来，起名叫团团。

小羊羔才断奶不久，天晴太阳好时便在小院子里溜达，偶尔去菜地里吃吃杂草。如果下雨刮风，也会迈着小蹄子进竹板搭的小羊舍里避一避，窝在茅草堆里安宁睡一长觉。

物业本来就在隐隐担心这老太太养鸡鸭鹅，没想到她牵了一只小羊来，只能硬着头皮过去商量。

"这羊长大以后，还是得牵走，不然哪天不小心跑出来出了什么事，您心里也难过是不是？"

冯婆婆连连答应，回家以后把小羊羔当孙子一样搂怀里好久。

彭星望特别喜欢小羊，搬家来第一天就发现了它，后来上学放学都要过去跟它打招呼，还把自家花园里的狗尾巴草、苜蓿草全拔了喂它。

周末更是没事就过去看，先是扒着围栏，后来老婆婆都跟他熟了，直接给了他一把院门钥匙帮忙照顾。

姜忘怕小孩儿给独居老人添麻烦，特意拎了篮水果过去看望道歉，老婆婆笑呵呵地让他们不用拘谨。

"我一个人也孤单，看到你们很开心，常来，常来。"

姜忘长大以后便没那么情感外露了，但偶尔也会陪彭星望一起过来帮老太太浇水、打扫院子，坐在夕阳下喂很久的羊。

后来星望听说了物业那边的消息，再去看团团时会有点儿紧张，临走前也要扒着栏杆跟它说话。

"你要慢点吃，慢一点长大。"

"千万不要长太快哦。"

他大概是想到自己当初以为要被割肾的经历，对这样的遭遇特别有共鸣。

姜忘当时没说什么，直到和星望一起散步回家的时候，临开门没头没脑地说了一句。

"你也慢点吃饭，慢一点长大。"

小孩歪头："欸？"

季临秋刚好开门出来倒垃圾，好奇瞥一眼："聊什么呢？"

小孩也纳闷儿："不知道呀。"

季老师笑起来，示意他们一起来厨房。

"搅拌机、烤箱、原材料你秘书已经都送过来了，特意买了三份材料怕你做砸，现在时间还早，我们试试？"

姜忘略不满意："两份就够了，我这么冰雪聪……"

季临秋反手递出两张 A4 纸："是有点儿复杂，你看一眼？"

姜忘默默看完十行。

"季老师……咱一块弄吧？"

季临秋倒是早有预料，跟他一块穿好围裙。

10 月将近，冷空气不声不响地自山林里漫来，萧瑟又透骨，一吹就容易感冒。

姜忘图舒适，特意先回房换了套居家睡衣再出来系围裙。

两人一对视，莫名都觉得对方软软的很好捏。

姜忘个子高、骨架舒展，穿着深灰毛绒睡衣像大学还没毕业，做生意时的侵略感被消减很多。

季临秋穿着浅褐羊毛衫，毛衣看起来很软，碎发又披落在耳侧。

姜忘忍不住多看一眼，目光落在他右手腕那块白玉上。

"做甜点容易脏，要不要摘了？"

季临秋闻声抬手，摇摇头："不用，我会小心的。"

姜忘打量这块玉，发现它成色很好。质地盈润剔透，没有丁点儿脏泌裂隙，油润十足，似被掌心轻握的一瓯雪。

小时候光顾着看老师了，没仔细瞧过这坠子。

"是下游籽料？"

"你很懂啊。"季临秋把手腕亮到他面前，提起羊脂玉时很怀念，"是我爸爸去西北支教的时候带回来给我的，我从十几岁一直戴到了现在。"

"原来他也是老师？"

"嗯，大学物理教授，退休以后被返聘到隔壁省老家教中学生，不肯闲着。"季临秋想到之前姜忘看望过他几次，不由得下意识辩解。

"我爸他……犯病以后看起来像个病秧子,其实以前很健朗,还喜欢冬泳。但教书……实在太容易生病。"

姜忘忽然意识到什么。

如果他不曾回来,那晚也没有半夜带季临秋过去,帮他爸爸找好床位,事情会不会就是另一种走向?

男人抽回思绪,像是要保护这个秘密一样,把话题岔开。

"成色很好,我可以碰下吗?"

"当然。"

季临秋顾忌着父亲教导过"君子无事,玉不离身",只往前靠近了些,把手掌悬在他手心前。

姜忘记着以前朋友教过的小技巧,很仔细地摸了摸他腕侧的玉,温润滑腻,光洁剔透。指腹自玉身抚至底端,还用指尖轻轻刮了一下。

姜忘由衷羡慕他有爸爸送玉时时戴着,抽回手去系围裙。

"哎……哪天我给彭星望也搞一块儿去。"

自己给自己买怪害臊的。

巧克力千层这个东西,说简单也简单。

可丽饼做好面糊以后一层一层一层地煎,跟批发煎饼果子似的放成一摞。

然后把对应口味的奶油也做好,一层饼一层奶油慢慢往上叠,大概二十几层时盖好顶层,撒些可可粉,就可以算大功告成。

季临秋翻译得很细,从细砂糖和淡奶油要搅拌到什么程度,到该分几批筛入、面糊在小火上该烤几秒,都写得非常详尽。

姜忘把前后几张纸对比着看,发觉出什么。

"原来八页纸英文翻译过来,能缩水成两页吗?"

"倒也不是,"季临秋往前指了两段,"从这儿到后面,都在讲这个蛋糕的来历。

"这种形状最初来自匈牙利的 Szeged 城,后来被巴黎歌剧院旁的 CAFE DE LA PAIX 重新设计并重新包装,取名为 CINQ CENTS FEUILLE,意思是五百层蛋糕。"

季临秋法语说得很好,哪怕只是单独念一串单词,也显得游刃有余,轻快地道。

姜忘被这一点吸引到,看向他道:"你还会法语?"

季临秋忍着笑把其中一页的长段法语念给他听,优雅随意、信手拈来。

"你自己把资料递给我的时候,就没有仔细看看它的语言是什么?"

姜忘哑然:"我还奇怪这英文怎么掺了好多拼音。"

彭星望坐在不远处写作业,闻声掺和进来:"季老师好帅哦!我也要学!"

季临秋被夸得眼睛弯弯,继续给他们俩往后讲。

"这个法国咖啡店特意创造出一个卖点。这种蛋糕不仅有六种口味,每个月都变化一次,这样可以为顾客带来新鲜感。"

姜忘已经听见摇钱树在响了。

"他们出六款,那我们可以出十二款。"

季临秋以为他在开玩笑:"哪儿凑得了这么多?"

"巧克力、草莓、抹茶、杧果、猕猴桃、肉松。"姜忘思维极快,数着手指头给他算,"榴梿、海盐奶盖、奥利奥、豆乳、火龙果,再来一个红丝绒车厘子,够不够?"

季临秋完全没想到这些,讶异道:"榴梿还可以做到蛋糕里?"

姜忘下意识想说二十年后满大街都是榴梿甜品,又生生止住话题,快速点头。

他突然觉得很遗憾,真想让你看看现实世界里二十年后的模样。那里甜点好吃,到处都是高铁,学校也先进又开放。那儿的世界,对你也一定很好。

两人各分了张菜单,一人负责拌面糊,一人去搅可可奶油,早点弄完总结下经验,回头再录一次像,方便员工们边看边学。

季临秋把以前烙葱油饼的经验搁进这里,不出意料地翻了车。

第一张煳锅,第二张破了大半,第三张边缘熟透中间还是生的。烙到第四张翻车,终于低低笑骂了一声。

姜忘加糖一半扭头看他,跟着忘了自己到底加了几勺。

季临秋被他看照样坦坦荡荡:"怎么着?"

"很有魅力,"姜忘会意点赞,"骂得好听,以后多骂。"

季临秋心想咱俩果然都是怪人,缓口气继续陪他烙饼。

好在后面终于记起来看说明,说要开小火,才用平底锅像模像样地摊出许多个,和姜忘一层一层往上摞。

盖到第二十五层的时候,这蛋糕就摇摇晃晃起来,像个被奶油和软饼筑起的土堡。

季临秋用刮刀仔细处理好边缘奶油,又撒了一层淡淡糖霜,卖相登时上档次起来。

"再插个金丝绒小店标,说是外国进口的也有人信。"他笑起来。

姜忘在瞧他指背上沾的薄薄一层可可奶油,季临秋白到泛光,沾着巧克力色就更显得皮肤明润。

奶油随着指节动作忽上忽下,格外晃眼,男人啧了一声。

千层蛋糕最后被设计出十二种口味,并且所有参与者都要签有关配方的保密协议。

姜忘半开玩笑道:"看清楚了,一旦被查出来泄露配方,可能要赔五十万元至两百万元,还不算品牌受损的后续费用。"

第一款柁果千层在周六正式开售,限量六十六份,每份附赠一小杯现磨咖啡,卖完即止。

消息早早被员工放了出去,当天早上八点半开门的时候,长队直接排到店外五十米去了。

还真别说,小城里的人喝不惯咖啡,主要就是因为苦,苦得像中药一样。

要是放了植脂末,再多多补足牛奶和糖,又变得不甜不苦,咂摸不出咖啡的醇香味儿来。

现在有清新甜口的柁果千层一配,奶油丝滑、水果鲜润,再跟正宗咖啡一中和,效果刚刚好。

好些人没抢到这么稀罕的好东西,又吃腻了普通面包房里的模板式油腻西点,只能悻悻买杯奶茶带走,还不忘问店员明天卖几份。

"明天不卖了。"店员脆生生道,"每周末只卖一次。"

旁人听得稀奇:"生意这么好你不多做点儿?"

店员摇头。

又有知道门道的人悄悄耳语:"我听打牌的王婶他们说啊,这家店的蛋糕用的是外国秘方,好吃但特别难做,厨子们都要签保密合同才能跟着学!"

"什么厨子!人家是西点师!"

人们笑成一片。后来千层一卖就是许多年,一月一变口味,雷打不动只在周六上午八点半开售,绝不改变。

住在"不忘书店"附近的人们也习惯了每周末一起排队聊天,甚至眼熟了每个店员。

好多家西餐厅和面包店都眼红这家书店生意好,不知从哪儿搞来了类似配方,有模有样地卖同样口味的千层蛋糕。

但大伙儿吃了,都摇摇头觉得差点儿。

"人家有秘密配方,你们这不行。"

不过那都是后话了。

姜忘小长假一到就带彭星望去了C城,他们买了两张软卧票,没挤着睡。

小孩没体验过硬卧上层的拥挤逼狭,还以为所有车厢都有电视看,新鲜到下车时都恋恋不舍。

姜忘困极,上车以后倒头就睡,四个小时下来头发都乱糟糟的。

C城位于东南省份,这里空气潮湿又温暖,一出火车像是浸在暖雾里,大片樟树枝叶繁茂,碧色遮天。

彭星望第一次出远门,左手牵姜忘很紧,右手则极为珍视地抱着一个小蛋糕盒子——是他离开家前特意和哥哥一起给妈妈做的草莓千层。

常华和杜文娟等候在出口,笑眯眯地向他们招手。

"妈妈!"

彭星望原本想扑过去抱妈妈,下一秒发觉妈妈小腹明显隆起,有些茫然地停顿了下,抓着姜忘衣角看哥哥的表情,脚步也迟疑起来。

姜忘已是成年人,对母亲要二胎这种事没太多感情,此刻才发觉彭星望的退却。

"你在害怕？"他以为小孩是以为妈妈生病了，"你妈妈只是怀孕了，她没事。"

彭星望在短短几步里没法消化掉这么庞大的变化，先是刻意拖慢脚步，后面干脆不说话，整个人躲在姜忘身后。

常华显然是看到他的反应，侧耳和杜文娟说了句什么，但拦着她，不让她走向纷乱的人潮。

姜忘察觉到彭星望不想往前走了，他把行李箱放到墙边，蹲下来把小孩抱在怀里，一时间竟然不知道年幼的自己在想什么。

"怎么怕成这样？"他喃喃道，"你很少害怕啊。"

"妈妈要有新的小孩了，对吗？"彭星望眼眶红到随时都能哭出来，却只是维持着这个状态看姜忘，有种冷静的绝望，"我再也不是她唯一的小孩子了。"

八岁实在太小，还不能接受自己被另一个人的存在完全替代。

姜忘愣住，内心被遗忘如常态的丝缕情绪涌上来。

他没有马上回答，只是伸手摸小孩的柔软头发。彭星望的世界需要妈妈全部的爱，姜忘的世界是空的，没有"需要"两个字。

他们两人都不该来这里，也不该再触碰这事实。

彭星望知道妈妈还在看他们，又愧疚又自责，但矛盾地不想再过去微笑着抱她，此刻只能躲在姜忘臂弯里像要把身体全藏起来。

躲起来，时间就像暂停了十分钟，能多缓一缓。

姜忘最清楚自己的性子，知道这时候哄也没有用，小孩儿对大人的那些说辞早就免疫了。他什么都没说，只转头示意他们再等等。

小孩最后也没哭，奇迹般地把就要夺眶而出的眼泪压了回去，脸压在哥哥胸膛深呼吸很久。然后他重新站好，用袖子擦了擦脸。

"走吧，我们去见妈妈。"

姜忘没有马上站起来，只低头仔细看他。

"要不要再缓一会儿？"

彭星望摇摇头，牵着他往前走。

杜文娟看得担心，又怕自己贸然过去让小孩更难受，等了很久才张开双臂，用力拥抱再一次走向她的星星。

彭星望本来都很坚强得不想哭了，抱妈妈时很克制地避开了她的肚子，认真道："妈妈，刚才我脚崴了，让你等好久，对不起。"

杜文娟也察觉到他的细微变化，用力揉小孩的后脑勺儿，没再说话。

"我很想您。"小孩又看向她，还笑了起来，"我是不是要有弟弟了，真好。"

杜文娟终于笑起来，轻抚小腹道："是啊，你以后就不孤单了。"

常华放松了些，招呼他们一起上车吃饭。

这次是常家做东，吃住的酒店也相当不错。大概是妻子显怀的缘故，常华比第一次见他们殷勤许多，还刻意跟小孩讲以后他们会对两个孩子一样好，让他什么都不用怕。

彭星望也不知道在那短短的十分钟里想通了什么，在吃饭喝饮料时又恢复成天真情态，大人说什么都惊喜答应，像是什么都肯信。

姜忘本来路上睡够了，又在席间打起哈欠。

常华这两个月里对姜老板了解更多，忙不迭殷勤道："姜老板，我们订了很好的酒店房间，今天您早点休息，明儿我们陪您们好好逛一逛C城！"

姜忘正想答应，杜文娟忽然开了口。

"姜弟弟要是不嫌弃的话，我家里还有个客房，就是隔音稍微有点儿差，可以吗？"

她亲了一下彭星望，像是心里已经做好决定。

"星星晚上和我睡，我爱人可以睡客厅或者侧卧。

"这次你们特意过来探亲，我总觉得睡酒店……太疏远。"

常华表情诧异，像是完全没料到妻子的决定，木讷道："客房设施不太好吧？我没意见，就是怕姜老板睡得不舒服。"

姜忘也没想过会有这种邀请，彭星望却很开心："一起住！好耶！"

最后还真就在小区旁边买了些毛巾、牙刷，回杜文娟家里住下了。

小孩一想到能和妈妈一起睡，整个人都像从冬天里解冻到夏天一样，进家时哇哦一声热情夸赞家里好看，走进去把客厅走廊全夸一遍，特别开心。

听得常华都有点儿不好意思："以后这儿也是你的家，喜欢就好。"

姜忘无意参与他们的家庭活动，早早洗过澡换好睡衣，佯装困倦回客房躺下了。

常华更喜欢松软的大沙发床，没去侧卧。

晚上十点一到，门廊、客房各自熄灯，只剩主卧里亮着一盏小橘灯。

姜忘原本合眼想睡，忽然听见墙另一面的清晰说话声。

环境一寂静下来，隔音效果更显得不存在。

"妈妈，我带了这本书，你可以读给我听吗？……这是我最喜欢的一本。"

杜文娟本来特意给小孩准备了睡前读物，见彭星望带了欣然接受。

"妈妈最喜欢给星星读书了。

"以前你还是一两岁小孩的时候，总是让我反复读同一本小羊种白菜，后来妈妈都快睡着了你还想听。"

"啊，我都不记得了。"

男人抬眸看着漆黑房间，半晌翻了个身。另一侧母子二人盖好了被子，小孩也在妈妈的温暖怀抱里窝了个最舒服的姿势。

"小栗色兔子该上床睡觉了，可是他紧紧地抓住大栗色兔子的长耳朵不放。"

杜文娟的声音变得温柔低沉，一字一句都悦耳清晰。

"小兔子要大兔子好好听他说。

"'猜猜我有多爱你。'他说。

"大兔子说：'噢，这我可猜不出来。'"

姜忘忽然回忆起来，这个绘本彭星望也缠着自己读过。但是他没法读完，念了一半强行换了一本。

"爱"这个字实在说不出口，像是会如海绵般胀在喉咙眼儿，哽得人呼吸困难。

彭星望把手臂张开，把自己悄悄读过一百遍的故事读给妈妈听。

"这么多。

"妈妈，我爱你有这么多。"

杜文娟很自然地亲了亲他，笑着为他读后面的故事。

"大兔子的手臂要长得多，'我爱你有这么多。'他说。

"'嗯,这真是很多。'小兔子想。"

"'我的手举得有多高,我就有多爱你。'小兔子说。"

"'我的手举得有多高,我就有多爱你。'大兔子说。"

"'这可真高,'小兔子想,'我要是有那么长的手臂就好了。'"

姜忘迷迷糊糊睡了过去,他甚至没听完那个故事,只是听见母亲的声音就很放松。后来小兔子又跟大兔子说了什么,他一句都不记得。

睡到凌晨三点忽然醒了。他不方便在别人家开灯活动,只翻出还在充电的手机,先滑一遍没有读的短信,然后玩几把贪吃蛇。

家里席梦思睡习惯了,再睡客房木板床背脊不适应,姜忘在洗手间里开着窗点了根烟,又给季临秋发短信。

"这边空气很好,该带你过来玩儿。"

没想到对面过了会儿居然回了消息。

"怎么没睡着?"

"择床。你刚忙完?"

"嗯,学校在评优,要准备材料。"

姜忘打开门确认了下这房子的格局,洗手间离房间客厅都远,小声说话不会吵到他们。

他莫名像第一次来母亲新家庭住的小孩子,做事谨慎,处处小心。

然后给季临秋打了个电话,对方很快就接了,声音透着蒙眬睡意。

"这可是长途,你小心话费爆掉。"

"那没办法,大晚上的就想和季老师说说话。"

季临秋失笑道:"怎么,玩得不开心啊?"

姜忘想了想,还是摇头否认。

"还好吧,明天去看看景儿、吹吹风,陪小孩几天就回来。"

他其实没有很重要的事要特意打长途和季临秋说。

他只是想听听他的声音。

人在陌生环境里总是想亲近安全感来源。

季临秋那边还没有完全结束,能听见沙沙写字声。

他也是纵容惯了姜忘,哪怕接长途也贵,仍然把手机搁到耳边,在深夜里听对方浅浅的呼吸声。

一人听写字声,一人听呼吸声,许久都沉默着。

姜忘没有抽烟,只是把烟搁在风口,看它如何烧完。

快要灭掉的时候,突然笑着说了句话。

"这才一天不见你,我怎么想得慌。"

他刚说完又回过神,心想自己真是喝多了,都说些什么昏话,臊得慌。

不对啊,今天才一瓶啤的,平时两瓶半都不一定上脸。

季临秋以为自己听错了,又不敢问更多,虚虚嗯了声。

姜忘把脸贴近手机,像是怕他听不见,呢喃道:"季老师,我又想摸摸你的玉坠子。"

季临秋沉默两秒:"睡觉。"

啪地把电话挂了。

姜忘看着通话记录乐了会儿,也不知道在乐什么。

第二天杜文娟起得很早,原打算先和丈夫去做个产检,让家里两个多睡一会儿。没想到彭星望跟着醒了,坚持要陪她一起去医院里。

"妈妈很快就回来了,只要一个小时。"杜文娟怕他到医院里碰着病菌,感动又犹豫,"乖啊,就一会儿。"

"我想保护妈妈。"小朋友认真道,"还要保护弟弟妹妹。"

"好,我们一起去。"

姜忘起得更早,遛弯儿回来还把早餐给带了,做事风格跟彭星望一模一样。

常华都没想到姜老板会这么客气,都不好意思接,连连道谢。

"本来是我们该做的,您太仔细了,多谢多谢。"

姜忘做完这些事才意识到自己潜意识里有几分杜文娟大儿子的心态,笑了下没解释。

他们逛景点的兴趣本来就很浅,陪妈妈去医院也乐在其中。

胎儿22周要做大排畸,需要憋尿排队很久,然后查三维彩超,以及验血验尿,确认胎儿五官四肢及内脏是否发育正常。

妇产科基本都是夫妇一起来,也有少数孕妇一个人挺着大肚子在排队。

杜文娟进B超室以后大概要检查半个小时，姜忘和彭星望在外头闲着也是闲着，大的把小的抱在怀里，两人一块儿看孕期检查全流程，以及有关生孩子的一系列科普。

姜忘单身二十八年，真没了解过这些事情，看得有点儿臊还得跟小孩解释他不认识的字。

彭星望本来表情挺轻松，看完了解剖示意图以后都蒙了。

转头看姜忘："生小孩这么疼吗？"

他握了个虎口大小，再扩成婴儿头大小。

"要这样挤出来？"

姜忘自己也没见过，强行点头："大概吧。"

"啊。"小孩感叹道，"那妈妈真的很爱我。"

彭星望莫名又找到了自己可以存在的自信，妈妈遭那么多罪才把我生下来，我对她还是很重要的！

姜忘对分娩大概了解过，但真不知道怀个孕要反反复复检查这么多次，看着宣传单里那些项目都像在认识新世界。

等杜文娟再出来时，一大一小表情敬畏许多，像在看一个奇迹。

杜文娟哭笑不得："也不用这么紧张，没事，结果很好。"

彭星望郑重点头，又伸手抱了抱她。

"这两年我就跟姜哥哥好好过，不给你添麻烦了。"

姜忘："……"

上午确实没花多少时间，下午他们一起开车去附近的景观塔拍照，再慢慢逛塔下的民俗风情街。

C城凭轻工业和旅游业一路走向致富，人文景点规划得好，小商品街还特意请了专业演员来划旱船、走高跷，小喇叭吹得嘀嘀嗒嗒，特别热闹。

彭星望在铺子之间跑得飞快，一会儿看银匠敲锤子，一会儿给妈妈挑簪子，捧着小钱包恨不得什么都买。

转头他给姜忘买了个银粉色墨镜，炫彩镭射活力四溢。

"大哥！酷不酷！"

姜忘捧着五十块钱的墨镜陷入怀疑。

"你真心觉得我适合这个？"

常华在旁边哈哈直笑："没事，戴不习惯可以送女朋友嘛！"

姜忘想说自己哪儿来的女朋友，关系还算亲密的也就季临秋。

他没多想，把墨镜往领口一挂继续去逛。

杜文娟多看了两眼："小孩很会挑啊，你今天刚好穿着水蓝色衬衫，颜色很搭。"

姜忘脊梁突然直起来，干咳一声摆弄下领子："是吗？巧了。"

逛到一半，常华渐渐开了话匣，介绍这儿最有名的特产——钢笔。

C城这边的钢笔看着没国外的牌子有名，其实暗中承包了国内大部分的钢笔生产，工艺好、价格低，而且外观推陈出新，瓷笔、金笔样样好看。

民俗街里也开了很有古意的笔斋，杜文娟刚好带小孩儿去对面吃葱包烩和青团，姜忘跟常华打了声招呼，走进去逛。

这间店主打掐丝珐琅的工艺，很有康乾时期的宫廷华丽感。

姜忘看了一长溜，目光停在另一处单独摆放的展示盒里。

树脂材质，玫瑰金边缘，颜色明蓝深绿相融，犹如繁星夏夜悄然入梦，深邃又温柔。

"这个多少钱？"

笔斋老板一直在观察他的选择，此刻心情大好："好眼光！这是我托朋友从国外买来的原装笔，是非卖品！"

姜忘："可是我只想买这一支。"

老板有点儿舍不得，又极想把对这个系列的热爱分享给他，特意拿着小灯给姜忘照着讲这笔哪儿特别。

"VISCONTI，老牌子，你看看这个铂金色笔尖，还有这个笔杆的流线型设计！"

他讲得滔滔不绝，像是终于抓到个肯听的知音。

"没想到你第一眼相中的是它，这个系列我朋友当时排队排到腿都快断了！"

姜忘像是走神了，又像是一直在听，过了会儿道："你刚才说，这根笔叫什么？"

"'星夜'，"老板得意道，"好听吧，一般笔哪有这种名字！"

姜忘点点头："我要了，开价吧。"

老板一时语塞，自己也没想好该不该卖，又搓了搓手道："这个……有点儿贵。"

"没事，多少钱？"

老板报了两千多元，还特意解释，这里头折了排队和飞机往返的人工费。

姜忘又点点头，掏出卡："银联可以吧？"

笔斋老板做生意这么久，很少碰到这种完全不讲价的客人，表情诧异："要不……我再给你便宜点儿？"

"不用了。"姜忘摇摇头。

他想把这支笔送给季临秋，如果讲价反而折损了他的心意。

当天晚上，姜忘在楼下一个人散步，心里估算了会儿季临秋现在在做什么，又给他打了个电话。

这次季临秋拖了一会儿才接。

没等季临秋说话，姜忘率先开口："季老师，我给你买了一支钢笔。

"我很喜欢很喜欢这支笔，所以想把它送给你。

"你不能把这支笔收进柜子里，最好天天用它。"

他说得不假思索，都没意识到话里饱含理直气壮的撒娇和霸道。

季临秋也没想到一接电话就是一连串的话，无奈笑道："你这样就单方面决定了？"

姜忘也反应过来，一时间觉得自己是假酒上头，跟大尾巴狼似的呜了一声。

"你不收也可以。"他低低道，"但是你不收，我就会难过，悄没声儿难过好久。

"季老师，你舍得吗？"

季临秋听得伸手捂眼睛，听完最后一句话，觉得有点儿生气，又笑得很开心。

"姜忘。"季临秋轻轻喊他名字。
姜忘靠着满墙爬山虎等着听后面的话。
"你还是太嚣张了。"季临秋在寂静漆黑里悄声开口。
"万一我不惯着你呢?"
男人:"不,你会。"

第七章
微芒

  杜文娟执意想让他们感受到来自家人的温暖，坚持要在家里为他们做一顿饭。

  姜忘活到二十八岁，像是刚知道亲爹亲妈手艺都相当不错这件事。

  彭家辉是地道A城人，蒸菜藕汤都烧得和老爷爷老太太一模一样，调味丰富，煎鱼喷香。

  杜文娟则擅长做东南菜，浓油赤酱配小火慢炖，糖醋鱼、狮子头都做得一绝。

  姜忘吃的时候都有些恍然，他童年记忆被刻意遗忘到几乎没有，原来还有这么多值得记住的地方。

  "哥哥都喝两碗汤了！妈妈你手艺真的特别好，我恨不得天天吃你做的饭！"彭星望对新风味的饭菜也接受度奇高，转眼两碗饭下肚。

  "怎么还叫哥哥呢，"杜文娟哭笑不得，"不是教过你了吗，该叫舅舅。"

  姜忘轻咳一声，对当自己本人舅舅这件事不太认可。

  "随小孩开心就行，叫舅舅显老。"

  不过刚开始做饭还行，做到第三顿时杜文娟怀孕反应又上来了，掩着门悄悄吐，不敢让他们知道。

  姜忘察觉到什么，敲敲门道："咱们出去吃吧，老这样您也辛苦。"

  杜文娟快速清理了下，开门时一脸歉意："真是不好意思，其实问题不大。"

  她看向案板上的鱼，不舍得放手："其实我已经收拾得差不多了，做熟很快。"

"孕妇就不要闻油烟了。"姜忘清楚她心疼这些鱼和菜,径自洗洗手道,"这样,我来做,你在门口教我就行。"

他侧头一笑,像是发现了什么事。

"也巧了,我长这么大,从来没有人教我做过饭。"

彭星望正试着过来帮忙,闻声把小脑袋探进来:"我也要学!"

杜文娟想想好像也行,温声教他如何给鱼改刀,又如何给姜去皮,如何拍蒜。

姜忘真是第一次学,他甚至不知道煎鱼该放多少油,以至于杜文娟忍不住边笑边教他。

她如今与他年龄相仿,也就大个五六岁,但已经对操持家务颇为熟悉。

"万万记得,油热起来要用手捏一撮盐,沿着锅均匀撒一圈,这样鱼皮就不会粘锅。"

姜忘仔细学她教的每一处,还真煎出一条像模像样的鱼。他按照她的嘱咐做好肉菜、素菜,还调了个蛋花汤,到最后自己都讶然。

"还是亲手做饭方便。"他喃喃道,"原来这么快啊。"

"是啊,少去外面吃,外面很多饭馆用的油和肉都不干净。"杜文娟也很眷恋这样的家庭时刻,笑道,"你以后如果有别的菜想学,随时可以给我打电话,我南北菜都学了些,能帮到你。"

"嗯,一定。"

假期总是过得飞快,坐船看景都是一晃而过,转眼就到了分别的时刻。

彭星望再次在妈妈这里确认了自己的存在,比来时要放松很多,还特意隔着外套亲了亲杜文娟的肚子。

"你要听话哦,不要让妈妈受太多苦。"

他扬起头,又踮着脚亲了亲妈妈的脸。

"等我下次来看你!"

"好,妈妈会每天想你。"杜文娟笑容温柔,双手大大张开,"就像故事书里一样,妈妈有这——么爱你。"

"一路平安,我的宝贝。"

回去路上,姜忘一直看窗外连绵不绝的稻田。

他总觉得自己放下了什么。

人一路长大,不知不觉就会背负些枷锁桎梏,四顾张望却什么也看不见。

也许,他从前也会恐惧。不适应亲近和接触,更不敢信任家人。

在杜文娟送别的时候,这些情绪都如湖水般散开,踪迹渐淡。

季临秋问清了车次,特意开车过来接他们。彭星望昨天还特意给他打过电话,今天一瞧见人小行李箱都顾不上,一撒手冲过去。

"季!老!师!

"我!超!想!你!

"你教我做的千层蛋糕妈妈说特别特别好吃!她第一次吃这么厉害的蛋糕!

"季老师我好爱你啊!"

季临秋也很久没有听到"爱"这个字,又刚好在此刻与姜忘视线对接,耳朵尖有些发烫。

"我也很想你。"他特意蹲下来抱了好一会儿彭星望。

小孩发现什么,噘嘴道:"我要长到两米高,这样以后就是我弯腰抱你了。"

"两米?比我还高啊。"姜忘在后头吊儿郎当道,"小心打雷的时候被劈着。"

"哥!哥!"

等行李和礼品都在后备厢放好,季临秋习惯性坐回驾驶座,系安全带、插钥匙、发动引擎,开车行云流水。

"对了,家里又有人送……"他话说到一半,发觉姜忘在看他,"看我干什么?"

"没什么。"姜忘把头偏到一边,手还佯装扶着头,其实是在遮嘴角的笑,"看你开车很帅。"

季临秋眉毛一挑,熟练地换向又变道,继续道:"送了一条大鱼、一桶草鸡蛋、一桶菜籽油、两只活鹅。"

"鹅我不会照顾，暂时放在冯婆婆那儿跟羊玩儿去了。"

姜忘生意做得广，送礼的人自然多。像红包、银行卡、购物卡这种，他当然是一律不收，能退则退。但总有人会送完礼就跑，甚至名儿都不留一个。

四家书店连带网店里的客服、运营养活了不少人，逢年过节很多伙计也有心送礼。

偏偏这个时代很多人喜欢用活的礼物表达诚意。

这么鲜！这么活！姜老板你看出来我们有多喜欢你了吧！节日快乐！

往常真收到一笼公鸡、几只草鸭这种，姜忘一般拜托助理拎去附近菜市场帮忙杀好剁好，然后就近找个饭馆给点儿加工费吃个爽。

他跟杜文娟学了两天做菜也是有点儿飘了，冷不丁道："咱们俩做饭吧。"

季临秋在留神看路况，方向盘一转，侧眸看他。

"在家？"

"我会烧鱼，在 C 城学的。"姜忘吩咐彭星望替他再发个短信问鲇鱼怎么烧，指节在方向盘上敲了两下，"走，我们去菜市场。"

季临秋似笑非笑："确定？"

"确定。"姜忘坦坦荡荡，"四点就开始烧，烧毁了咱们锅一扔出去吃。"

杜文娟回短信很快，不仅把流程全部发了一遍，还写清楚需要买哪些配菜，鱼要先煎后炖，要么放开水，要么放啤酒。

他们仨搬家到鹤华高苑以后都没有开火做过一回饭，电器厨具买全，但其实家里一袋米都没有，全部得现买。

姜忘还觉得做炖鱼不够，又买了点儿韭黄想炒个蛋，再做个菠菜汤。

回家以后把行李衣服简单收拾下，季临秋领着他去看鱼。长胡子鲇鱼半米多长，在滴着水的浴缸里游得贼欢快。姜忘笑容凝固了。

"这么……长一条吗？"

"是的。"季临秋笑眯眯道，"做饭的前提是杀鱼。"

姜忘把袖子撸高，双手往水里猛地一探，把鱼抄起来。

鲇鱼哪受得了这种委屈，长尾巴反弓再猛地一拍，甩他一脸水。

"哒！"

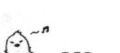

季临秋在旁边直乐："好，咱俩现在扯平了。"

"上回又不是我钓的鱼抽你！"姜忘拿手背一抹脸，气急败坏，"走了，去菜市场找人杀！把它鳞都刮干净，今天就吃它！"

闻言间鲇鱼已经蹦回浴缸里，大有与浴缸缠绵百年的架势。

季临秋也不帮他擦发梢，坐在浴缸边缘一副笑模样："你赞美我一句，我就替你杀。"

姜忘眨眼："你会这个？"

"嗯，跟你们去乡下的时候陪彭爷爷料理过几回，挺熟。"季临秋不紧不慢道，"夸什么都行，夸够五十字，不许重复。"

姜忘感觉男人的尊严受到挑战，一撸袖子又去抄鱼，高高举起，又被甩一脸水。

季临秋抬眸道："摔，用力。"

男人闻声猛地一掼，鲇鱼被摔晕过去，暂时失去反抗能力。

"走，去厨房，我玉树临风、能歌善舞、'贤惠大方'、'风情万种'的季老师。"

季临秋俯身两指一探便卡住鱼鳃，随他去了厨房。

"喊，都夸的什么。"

砰！

先斩鱼头。

哗——

刀尖刺透鱼皮自脊背穿入，沿骨线横切。偌大鲇鱼被去鳃、除脏、分骨、斩肉，比先前开车还要行云流水。

季临秋用刀很熟，以至于只有指尖沾了些血，看着斯文又有一丝邪气。

刀尖又转半圈钉在案板，他笑起来。

"还差三十四个字，继续夸。"

姜忘目光自他墨玉般的眼眸往下落，掠过挺直鼻梁至下颌弧线，最后落在喉结上。

他忽然意识到，季临秋是个很迷人的男人。成熟从容，调笑时还有些坏。

他每一次看见季临秋展现血性时，心头总会涌上一股异样的感觉。

"不夸了。"男人深呼吸一秒，目光收回来，半笑不笑道，"怎么屋子里有点儿热，开个风扇吧。"

"等一下，"季临秋笑起来，"姜哥，你刚才在看我哪儿呢？"

姜忘眼睛一眨。

"看你喉咙沾了点儿血。"

他往前走一步，伸手横着一抹。声音内敛，像藏着秘密。

"好了，不用谢。"

没有等他开口，彭星望举着两根大葱冲了过来："哥哥、老师！！你们把大葱落在门口了！！"

小孩进来后的注意力都在被大卸八块的鲇鱼上。

"哇，你们好快，我刚想拿盆过来帮忙捞。"

姜忘笑了下，转身去阳台接电话。

等电话接完，厨房三个菜的材料都已经收拾妥帖。

"辛苦了，我来炒。"

他再走向季临秋，后者默然点头，转身退了出去。

葱爆浓香渐渐自厨房传来，无时无刻不在提醒着季临秋有关另一个男人的存在。

季临秋在客厅陪彭星望收拾着杂物，一样一样标签写好贴在收纳盒上，连遥控器都有了固定的位置。

彭星望也是从朋友那儿学到了收纳方法，颇引以为新时代优秀产物，恨不得把家里收拾成样板房。

季临秋看着小萝卜头用一百倍精神做着家务，不自觉地又开始走神。

他喜欢姜忘的靠近，像渴水的鱼在触碰潮汐，稍一靠近都会心生欢喜。

他太孤独了，以至于能够遇到这样的人，让他在工作的背面人生里也拥有喧闹又温暖的生活，实在幸运。

另一边厨房里，姜忘心不在焉地烧着鱼。不过料酒、生抽、醋的顺序一样没错，短信看了两遍全记熟了。

他有些事得想清楚。姜老板很少动用感性一面，像是天生给情感设了个闸，只享受快快乐乐的纯理性人格。

这一次，他做鱼的时候在思考，吃鱼的时候在思考，跟彭星望一起洗碗的时候还在想。

我想和季临秋一起生活吗？不在意别人的眼光，一辈子不结婚。

这些感觉都陌生而若即若离，以至于最后洗完碗他们仨窝一块儿看《走近科学》的时候，姜忘都还在走神。

他并非无情，只是一直未遇到能够如此交心的人。

这种念头在某一秒怦然绽开，微小如幻觉。想着想着，目光落回季临秋脸上。

姜忘忍不住骂了一声，两人同时转头看他："嗯？"

彭星望看看电视里的外星人示意图，看看大哥。

"你怕这个吗？"

小孩很理解地拍拍哥哥的肩膀。

"没事，我保证不说出去。"

姜忘："……"

姜老板决定换个地方思考问题。

他从前遇到事习惯跟杨凯打电话。杨凯这人活得乐观又直爽，聊几句有的没的好像多大的事儿都能找到法子。

目前这位好哥们儿不满九岁，成天赖在他书店里蹭《火影忍者》系列漫画，光看不买。

姜老板再去看店的时候，看着发小有点儿惆怅。

杨凯小朋友本能感觉到老板的复杂目光，一开始顶着目光加快看漫画的速度，后来自暴自弃地又拿了一本接着看，大概在十五分钟以后败下阵来。

"姜大哥。"他凑到柜台前，"你……找我有事？"

姜忘撑着下巴看他："想喝奶茶不？我请你。"

杨凯十分警惕："彭星望攒私房钱这件事我是绝对不会跟你说的！"

"还有呢？"

"他绝对没有偷偷给隔壁班方潇潇送漫画书！"

姜忘眉毛一挑，示意伙计给他俩各做一杯奶茶。

杨凯目光终于飘忽到奶茶彩蛋上："我要茉香奶绿，五分糖放椰果。"

两人一块儿坐回阅读桌旁，一个人佯装要看漫画，另一个人漫不经心地陪着他。

真想剧透啊，最好把《博人传》也剧透一遍。

杨凯其实对这个名震红山小学的大哥饱含敬佩，试探道："大哥，你是不是不开心啊？"

姜忘暂时没发现自己称霸红山区的事实，走神道："嗯，有想不清楚的事情。"

杨凯感觉到压力，他在班里堪称"智多星"一般的存在，数学考试连算带猜从来没有下过九十分。但大人的事情好像都很复杂，他不一定能帮上忙。

"是……什么事啊？"

姜忘想了想，觉得不能直接把这么复杂的事儿跟小学生讲。

"假如，我是说假如……"他拖慢语速，尽力在最短的时间里把问题换个法子说出来，"我从来不吃兔子，因为大家都不吃兔子，把它们当宠物。"

噢，兔子的问题。杨凯点点头，觉得自己还有帮大哥解惑的希望。

"可是有一天，我忽然有点儿馋，感觉兔子好像……也挺好吃的。"姜忘感觉自己措辞不够严谨，补充道，"我看别的任何一只兔子，都完全没有食欲。

"偏偏就是想吃特定的某一只。

"这样好像，不太对。"

小孩听得很认真："为什么不对？"

"因为好像大家都不吃。"

"你怎么知道大家都不吃？"他看向姜忘，"别人偷偷吃的时候也没告诉你啊。"

姜忘心想好像是这么个意思，还有些地方没想通。

"可是兔子，它本来该是个宠物。"

"你自己都说了，你只是单独想吃某一只而已，可能那只对你而言特别肥美、特别香。"小哲学家在高脚椅上晃悠着腿，嘬了口奶茶道，

"悄悄吃呗，吃完甭告诉别人。"

"会被发现的。"他下意识道，"人们迟早会知道的。"

杨凯一脸"你都在说什么"的表情。

大人吃个兔子有这么难吗，难道爷爷奶奶还会抢拐杖揍他们不成？

"那你要么藏好，要么去个大家都喜欢吃兔子的地方。"他琢磨道，"我听说 D 省人也很喜欢吃，你想去 D 省吃麻辣兔腿吗？"

姜忘沉默几秒。

嗯，有道理。大不了换个地方。

他心一落定，即刻起身转头，跟伙计挥了下手。

"阿桂，给这小朋友送套最新的《火影忍者》，账记我这儿。"

"你说得很有道理，"他伸手揉杨凯的头，"小哲学家，有你的。"

杨凯跟着吓一跳："不用送了！大哥，我都看完了！"

"那就送套《海贼王》。"

姜忘出了门刚开车往家走，想回去找季临秋聊聊，来自 Y 市的电话打了过来。

"忘哥，我段兆啊，你明天中午书城开业是不？"

段兆是 Y 市重点中学的金牌讲师，先前因为批量买竞赛书跟姜忘认识，后来渐渐成了他的老顾客和朋友。

"来吃个饭啊，请你吃蒸虾！"

姜忘把车停到路边，专心和他聊。

"又有一批书想团购？我这边找别的地方的老师要了批他们那边重点高中的内部资料，回头整理下送你。"

"那敢情好！谢了哥们儿！"段兆大笑，又正色道，"我是想跟你借着饭局聊聊入股的事儿。

"姜哥，你在 Y 市肯定不止开这一家吧？哪怕就这一家，后续推广营销进货也都要钱，带兄弟一个呗。

"你回头不是要在 Y 市开个正经公司，完善完善发展线路什么的，哥们儿也可以帮你参考一下！"

姜忘快速应了，笑着跟他聊了半天，约好明晚见面的餐厅。

再回家时，季临秋正打电话要找他。

"星望的爸爸刚才过来一趟，明后天想接星望回乡下看爷爷奶奶，长假没两天了。"

"那巧了。"姜忘快速道，"季老师，你明天跟我去趟省城吧。

"我有个很重要的朋友想介绍给你。"

季临秋一怔："明天就见？"

"嗯，我有个文件需要现在打草稿，具体的明天车上聊，好吗？"他想伸手揉揉季临秋头发，像是早就想揉兔子耳朵一样，"先进去了，明儿早上八点走，我开车。"

看着蓬松柔软，指尖都能陷进去。

季临秋踹他屁股一脚："别想乱摸！"

姜忘回头做了个鬼脸。

周六一到，彭星望跑去跟爸爸一块儿嗍粉，他俩也简单收拾好出发。等汽车上了新修好的高速公路，姜忘才慢慢介绍段兆这人。

"他是匡野的大学同学，就是上次帮你找住院床位那人的哥们儿。

"现在不光在省一中教数学，还想跟我一块儿编那个《黄金十二卷》，很聪明一人。"

"更重要的是，"姜忘顿了两秒，声音放低了些，"他还是省一中老校长的亲侄子，对教师招聘这事儿再熟不过。"

季临秋听懂了他的话外之意。

先前姜忘问他想不想去省会教书，季临秋以为姜忘只是随口一提，没想到这个人执行力如此之强。

"其他的都好说，"姜忘思忖道，"高中教师资格证得重考，但可以先上岗再补，学校睁一只眼闭一只眼就过了。"

"但省一中对老师学历抓得很严，也是为教师能力作参考，最低也要求大学本科，我……不太清楚你这边情况。"

"噢，"季临秋轻轻道，"我是B城师范大学毕业的。"

姜忘愣了下，像是以为自己听错了。

"B城师范大学是全国数一数二的名校，你在那儿念过书？"

季临秋笑了笑，如同这段经历很普通。

"高中教师资格证也拿了,放二楼书房侧面柜子里。"

世纪初时上过名牌大学,含金量非同小可。

"你……没有留在那里教书?"他斟酌着字句,"如果毕业时你选择留在那儿,现在搞不好已经在 B 城分到房子了。"

"我当时填了服从调剂。"季临秋很平静,"在大山里支教久了,感觉去哪里都一样。"

"也可能是年轻时性子直,觉得大城市小孩都条件很好,小地方才缺老师。"他想起当时的选择,垂眸又笑起来,"我爸当时气得不行,连打八个电话催我改,还差点儿买火车票来见我。"

姜忘注视着公路尽头,半晌道:"那个时候,你也注意不到自己的存在吧。"

因为看不见自己,所以只能看世界里的其他小孩。好像拥抱他们,自己也会暖和起来。

"现在也经常注意不到。"季临秋半开玩笑道,"好在你没事儿老来招我,跟以前比已经好很多了。

"姜忘,谢谢。"

男人看他一眼:"再客气你自个儿走去 Y 市,太肉麻了。"

季临秋:"……"

位于碧波大道的"不忘书城"今日中午十二点整开业,鞭炮噼里啪啦响了两大串,店门外摆满成捆大麦,看起来金灿灿的很招摇。

其他商铺开业时都是摆花篮,唯独这一家门口摆大麦,路过的人们乍一眼满头问号,很快又都会心一笑。

姜老板简短致辞,然后剪了个彩,接着三层楼高的书城正式营业,转眼就人满为患。

不仅是附近小区的小孩大人过来凑热闹,北面、西面两个初、高中学校离这儿的步行时间不过十五分钟,也早就收到精准针对喜好的各色传单,上午十点就过来问开不开门了。

姜忘其实在开业前还有少许忐忑,看清客流组成和一下午的成交量后由衷松了口气。

晚上自然是几个朋友一块儿聚餐，宾主尽欢。

段兆梳了个小马尾，看起来精神又雅痞，说话很好玩。

他完全没想到在小城里教书的竟是名校高才生，本来还对姜忘的提议有点儿犹豫，这回说什么也要留下季临秋的电话号码。

"我二叔要是知道我错过这么好的老师，回头得拧我耳朵！"

"季老师，你别看我们省一中今年高考没搞赢外校，我们这边国际部高才生可多了，还有好几个在国外拿过奖。

"你来咱们这儿教书，福利又好，提升机会也多，单位还给出钱租房子，真不亏！"

"行了行了，你也给人家一个考虑机会。"姜忘伸手给季临秋挡酒，"悠着点儿，这是我挚友，别乱灌。"

匡野本来嚼酱骨头，闻声又捶姜忘一拳。

"你也不怕我俩醋啊，天天胡扯！"

他捶完人，用力拍拍季临秋肩膀："兄弟，来Y市玩个爽再走，哥跟你讲哪儿好玩——欸，那个什么楼，一定要去看看！"

姜忘乐得在长假最后两天再到处逛逛，第二天任由兄弟当司机兼导游，一伙人从省一中逛到观景渡轮，吹吹江风晚上继续去当地有名的步行街吃糊汤粉和四季春汤包。

正值佳节，行人如织，好些夜市小摊也闻风而动，支着LED小灯泡纷纷叫卖。

"丝袜丝袜！五块钱三双！十块钱五双！"

"欸！内存卡、耳机、数据线都来看看，保证好用——"

"轰炸大鱿鱼十块钱两串！都来尝尝现烤现卖欸！"

匡野啃着甘蔗走在前头，段兆看啥都好玩，走走停停还价挺狠，愣是三块钱买了五双羊毛袜。

姜忘今天全程都只是陪玩心态，偶尔会注意季临秋的反应。

季临秋在大城市里玩时，竟然有几分青涩的少年情态。像是对陌生的一切都好奇又憧憬，还带着些许雀跃，他实在是把自己关小城市里太久了。

姜忘甚至觉得，按季临秋那内向性子，读大学那会儿估计也是独来独往、猛刷学分完事，从来不乱花父母的钱出去逛逛。

此刻的季临秋，像是在一个小山洞里躲了很久的漂亮白兔，玩得开心了，毛茸茸的小尾巴也会轻轻抖一下。

他们逛到十字路口时，正巧碰到几个女大学生在买耳钉、耳夹，声音略大地和小贩讨价还价，还对着镜子对比来对比去，仔细瞧款式是否老气。

姜忘很自然地凑了过去，拨弄几行挑中自己喜欢的款。

"老板，我试一下。"

匡野吹了声哨。

"浪啊兄弟。"

几个女生看见姜忘侧脸时倏然有被帅到，露出小紧张又羞涩的表情。

小贩自己也没碰到几回给自己买耳饰的男客人，干干巴巴地跟他推荐款式。

姜忘五官深邃俊朗，身上又散着粗犷强势的气质，戴耳钉更显得又痞又帅。

他随意选了个小十字架耳坠，想了想又挑一对斜三角形黑白条纹耳夹，当场换好给旁人看。

"怎么样？"

段兆摸着耳朵道："觉得贼疼。"

姜忘又看其他人："你们觉得呢？"

女生们挤一团猛竖大拇指："特别潮！"

匡野纳闷儿道："好像……是挺好看？我一直以为这是送妹子的小东西。"

"这上头又没标性别。"姜忘单手把季临秋抄过来，搂着肩道，"你不信让他挑一个戴。"

季临秋扫他一眼，拎起斜三角形耳夹戴在自己右耳，咔嗒一下卡好。

气质当即显得冷冽利落，增色不少。

女生们刚才没看见被匡野挡住的季临秋，这会儿像是突然被戳到什么点，猛看他和姜忘两个人，捂嘴一直笑。

姜忘心情很好地又挑了好几款，跟小贩讨价还价两轮然后掏钱包付钱,见女生们还在瞧他们,目光有些好奇。

小贩听清她们在聊什么,数着钱开玩笑道:"她们啊,说你俩都很帅。"

姜忘笑起来:"那当然。"

季临秋原本还在侧着头取耳夹,闻声动作微顿。

姜忘看起来……心情是真的很好。

"你要取下来啊?"姜忘收回钱包,刚好看到季临秋的动作,"我不许,你得陪我戴。"

季临秋心平气和:"我这不是方便你打包装好,别弄丢了。"

男人抬指把他的耳夹扶正,将相机递给那两个女生。

"来,给我和我老师照一张。"他笑得很张狂,"拍得好看点。"

长马尾女生快速拍好,把相机交还姜忘。照片上一人挑眉痞笑,一人抬眸勾唇。

皆是才俊昭然,风华正茂。

再开车回去的时候,冯婆婆特意打电话过来感谢他们。

老人家乡音重,说急了居然还会蹦大舌音,姜忘听得云里雾里。

转手他把手机递给季临秋,一脸茫然地等他翻译。

后者听得直乐,乐完也用本地话回了两句,挂断以后把手机放好。

"在说什么?"

"还记得那两只鹅吗?"

姜忘回过神来:"老宋送我们的鹅?"

"对,"季临秋乐道,"昨晚逮着小偷了。"

天一冷,动歪心思的人就多起来。

小区里院子的门锁设计简单,远比自家的门锁好撬。

真就有住在这儿还贪小便宜的老头儿想把羊顺走,估计是想牵回家偷偷炖了吃羊羔肉,然后猝不及防被寄养在这儿的两只大鹅叼着猛啄。

一只鹅跟恶犬似的哪儿疼叼哪儿,另一只拿翅膀猛扇人不说还引颈大叫,叫得前街后坊全都听得见,自然很快也把保安巡逻队给招来了。

老太太睡得正香呢,听见超夸张的警报声,一路小跑到厨房拿擀面棍自卫，然后看见保安试图解救一胳膊血的老头儿。

"欸？这不是住东边的邢老头吗？"

老头儿痛得直骂街，从鹅嘴里被救出来还吓得直哆嗦，扬言要上法院告她。

但冯婆婆是独居老人，他哪儿讨得着面儿呢？

这事当晚就被过来围观的业主们知道了，保安还态度很好地检讨工作，给老太太又是上门道歉又是送鸡蛋、粮油的。

冯老太太非常满意："你们这鹅，好，忒好！"

"然后她老人家邀请咱们回去以后带星星过去吃饭，"季临秋尽责翻译道，"还希望把这两只鹅买下来，当个伴儿多陪陪她。"

"这有什么好买的，送她了。"姜忘不假思索道，"要吃鹅肉我们去粮仓街那家，老板喜欢用啤酒炖，味儿很好。"

他想到什么，把视线又移回前方，声音放慢了些。

"季老师，我回城交代好生意的事以后，要在Y市待两个月，中间估计不回来了。"

公司和书城都需要仔细安排，不能怠慢。

季临秋应了声，习惯性回答道："星星这边我会照顾好，你放心。"

姜忘似乎并没有在等这句话，只是在专心开车，过了半分钟才道："等我回来以后，有件事想跟你说。"

季临秋怔了下，很快道："我万一不想听呢？"

姜忘："……"

"听嘛。"他有点儿委屈，"你为什么不听？"

"你万一说什么乱七八糟的，"季临秋失笑道，"我就不能捂耳朵不听啊。"

姜忘听出话外的回避，索性把车开到一边停好。

高速公路只够一部分的路，剩下的还是要开国道回城。

此刻秋光朗照，两侧黄杨林落影婆娑，风声悄然。

季临秋没想到他居然停车了，面上有一丝慌乱，悄悄往后缩。

"不许缩！"姜忘伸手将他拉回来，"你以为我要跟你说什么？"

季临秋蹙眉，恼起来也一样清朗好看："你……你小心我跟彭星望告状。"

"你给他发三倍作业都成。"姜忘对于幼年版自己被连坐这件事没太多负罪感,"还没开始讲呢,怎么还怕起来了。"

季临秋一时理亏。

两人抵达城里时刚好是下午五点,回屋放好行李就牵着彭星望去了冯奶奶家吃晚饭。

彭星望嗅觉很敏锐。

"你们俩是不是背着我偷偷去玩儿了?"

季临秋条件反射地摸自己耳垂,确认耳夹已经摘了以后才反问道:"怎么啦?"

"你们俩看起来心情太好了!"小孩抗议道,"下次带我一起!!"

姜忘拧他耳朵:"数学都考六十八分了还想着玩!"

"我知道了啦!会好好学的!"

季临秋表情有点儿复杂:"我总是觉得彭星望是你儿子。"

姜忘举手投降:"犯不着,我芳龄二十岁的时候可纯情了,谁都没敢招惹——当然现在也纯情。"

冯奶奶特意做了一大桌子的菜,客厅角落里还放着保安队送来的大桶草鸡蛋。

老人家手艺很好,口味跟饭馆里截然不同,吃起来很有家常的感觉。

彭星望还是跟以前一样,吃饭贼快,吃完就想着去院子里玩。

姜忘看他在餐桌这儿坐不住乱扭就清楚小孩在想什么,摆摆手道:"跟团团玩去吧。"

"好嘞!"

餐厅里三人正聊着天,突然院子里传来小孩一声猛号。

"啊啊啊啊——"

老太太生怕鹅把小孩也给叼了,连忙起身想过去看看。结果彭星望连号带跑地蹿回来,跟炮仗一样冲进姜忘怀里,眼泪也没流就是干号。

姜忘莫名其妙:"你别告诉我你被鹅欺负了。"

"不是,鹅,鹅,"小孩把他衣服都拧皱了,哭丧着脸道,"鹅好恐怖!我不要跟鹅玩了!!"

三个大人一脸疑惑。

彭星望今天也听见小区里猛鹅看门的事迹了,特意抓了把玉米粒想跟两只大鹅处好关系。

大鹅对小屁孩没敌意,开开心心过去吃,然后就张开了满是獠牙的大嘴。

彭星望已经有心理阴影了:"它连舌头上都全是牙齿!它舌头都长牙!!"

老太太哭笑不得:"鹅就是这样啊。"

姜忘把小孩拎回座位上:"喝碗藕汤,喝完就不怕了。"

"呜呜呜呜哇——"

一家人吃饱喝足告别老太太,正式把两只鹅留在人家那儿担当哼哈二将,散步似的慢慢往回走。然后看见个熟悉的人影。

彭家辉抱着两大袋什么东西,正在他家院子前等他们。

姜忘没收到短信,也不知道他带了什么过来,有些诧异。

"姜老板!"彭家辉主动招呼道,"刚好你们回来了,我有点儿东西给星望!"

他当着他们的面打开包装袋,把崭新的明红色羽绒服抖落开,喜上眉梢道:"星星,你试试合不合身!"

小朋友欢呼一声,麻溜脱下外套过去套新衣服。

穿起来果然合身又妥帖,很精神。

"我之前去外省出差,那边羽绒服又便宜又暖和,刚好也要入冬了,特意带过来。"彭家辉挠头道,"只赚了点儿小钱,贵的没法买,衣服还是行的。"

彭家辉其实也没体贴过家人几回,真这么做时蛮臊的,一开始都不知道怎么张口。

姜忘点点头,突然觉得有点儿酸涩。

他面上还是笑着:"好事儿,你也记得存点儿钱,别乱花。"

"还有就是,"彭家辉笑了声,很不好意思道,"我也想送你一件。"

姜忘怔住。

"兄弟,你帮我照顾小孩这么久,又是我前妻的亲戚,我其实心里一直过意不去,但以前太没能耐了,你也知道。"

彭家辉说起这些事自己也没脸,很快转了话头,把怀里另一件大的羽绒服展开。

衣服看着用料讲究,估计还是花了千把块钱。

彭家辉小心翼翼地把衣服打开,像是生怕姜老板瞧不上,仔细展示剪裁做工。

"我想着,咱们其实也谈得上是亲戚,你平时穿衣服太朴素,也该送件像样的过冬。

"你看看,合不合适?"

姜忘呼吸还停着,内心有什么坚硬如冰的东西破出裂隙来,缓缓融开。

他确实穿衣服很简单,哪怕是往年过冬,也是凑合着过,不冻着就行。

一个糙老爷们过日子只图个方便,哪里会去仔细挑着买。

"我试试。"他再开口时,声音有些干涩,"其实不用买。"

"来来来,试试,"彭家辉热情道,"我记得你有多高,北方那边普遍尺码大,应该可以!"

姜忘把外套脱下,当着他的面缓缓把羽绒服穿上。

藏蓝色,设计得简洁大方,果真修身又暖和。

彭家辉往后退几步,直竖大拇指:"很俊!一看就能迷倒不少小姑娘!"

姜忘和季临秋同时笑了笑。

"确实很合适,谢谢你。"姜忘把羽绒服脱下来,仔细折好放回袋子里,"进来坐坐喝杯茶?"

"不了不了,你们穿着合适就好,我也得赶回去加班了,"彭家辉很热情地和季临秋也打了声招呼,推道,"以后有机会一定来坐!"

小孩乐得围着姜忘和亲爹乱蹦,哪管那些客套话。

"我爸给我买衣服了!我也有我爸给我买的衣服了!!"

彭家辉原本打算送完衣服就走,匆匆告别匆匆地走,像是生怕耽误他们的时间。

姜忘目送他走远,不自觉地又抱了下怀里的衣服,他也有他爸给买的新衣服了。

姜忘从前很少想以后。

带彭星望之前,他的生活犹如一株雪杉树,孤直独冷,连枝叶都吝啬地延展出最简单的线条,不肯拥有更多形状。

如今在梦中,他突然有很多需要在乎的事情,又很愿意去存钱,以应对浪潮般多变的以后。

这一忙,果真忙了近三个月,硬生生从10月奔波到来年的1月中旬。

主要重点在于Y市这边诸多人脉的牵线搭桥,以及《黄金十二卷》的正式筹备。

姜忘优先组建编委会,搞出整套高一年级至高三年级的卷子,免费发给五个高中的学生们做着玩。

他本来以为这批卷子至少要等一个学期才能得到反馈,然而省城学生们刷完一套卷子的时间为三天到七天。

一套十二张,平均下来每天两张到四张。

段兆跟其他几个老师和他吃着火锅,边涮着牛肚边掏心窝子。

"你这个题啊——真的不够难,这么搞没卖头。"

姜老板笑容凝固:"你们说的这个难,它有参考物吗?"

"难不成要照着竞赛题来?"

"哎,小姜啊,你这么说就外行了,竞赛题更重于拔高知识点范围,有的高考题还就真比竞赛题还难。"

头发花白的老教师吞了口猪脑,一扶蒙着烟雾的眼镜道:"高考题目,那就是要在有限范围内给出无限的出题花样,欸,你现在出题编题的班子还不够精。"

"还是陈老会点评,"段兆吃得鼻子发红,抽纸巾猛擤一下,正色道,"我们怎么也是教育强省,难度得跟Q省那边看齐!"

"就是就是,上届他们化学题出的还没我们这边难!"

"是我对工作还不够严谨。"姜老板诚恳道歉,"下次一定难出风格,难出水平。"

老头用力拍肩:"赶紧出啊,我的学生们等着做。他们现在高二就能把你这些题一周刷完,你多反省。"

姜忘陪老师们吃饭聊得还挺投缘，临结尾时想起什么。

"话说，九八年前后考B城师范大学是个什么水平？"

段兆很快反应过来："你问季老师是吧？"

姜忘给他夹了块牛舌，把酒倒上。

"九八年前后，高考比现在还严，"老教师回忆道，"你那朋友哪个省的？"

姜忘一说，老头长长噢了一声："那个省奥数狠啊。我做一次新鲜一次。"

"往前倒七八年，高考一本线差不多五百多分？"旁边女老师插嘴道，"但B城师范大学分数线是真的高，今年录的最低也要六百二十分，再添点也能上最高学府了。"

段兆笑起来："说不定人家能上最高学府，只是想当老师呢。"

姜忘毕业后去了北方，还以为季临秋只是读了个普通师范，没想到牌子这么响。六百二十分。他回忆了下自己以前每科分数，很有自知之明地喝了大半杯啤酒。

"哥们儿也别觉得有压力，季哥那样的也还是佼佼者，咱们这种能读个普通师范都能摆宴设酒了。"段兆大笑道，"我一听也羡慕，跟他吃完饭回家做梦梦见高考好几回，当年要是——"

"别提当年，"女老师摆手道，"我就差一道选择题，想想都心碎。"

火锅吃完大伙儿说说笑笑着各自散了，姜忘送别最后一个朋友，一个人靠着车吹了很久的风。

他本来想抽烟，又因为季临秋想着把烟戒了，索性干站着。

冬天的风像乱窜的野猫，专钻领子、袖口，冷不丁刮一长道，冻得人打激灵。

姜忘开始后悔没带亲爹送的那件羽绒服来，他钻回车里，把广播电台打开，听着老掉牙的情歌继续出神。

现实世界里的季临秋，原本拥有多光明灿烂的未来。凭他这样出色的学识能力，想去国外生活恐怕都轻而易举吧。最后却困在一个老城里，像溺水时放弃挣扎一样，四肢松开，昏昏下坠，晦暗平静地了此一生。

姜忘越想，越觉得喉咙哽着。像是苦味和辣意同时翻涌上来，逼着他红了眼眶。

为什么？你明明拥有这么多的选择，这样璀璨的前程。

姜忘平静了一会儿呼吸，打电话给秘书，把工作简单交代了下。

"我先回 A 城了。"

"提前回去吗？"秘书略有些吃惊，"好的，这边新一轮编题我会好好安排，您路上注意安全。"

姜忘挂断电话，开车往回走。

秋冬衔接得很快，工作又能让人忘记时间。

他再往回开的时候，周边行道树像是叶子全都被长风卷走，只剩潦草涂鸦一般的树杈。

行进的车变作微小的一个圆点，在无数纵横交错的线条里往前。

车窗外冬风呼啸，大灯照亮飞雪一般的灰尘。

姜忘在想，人到底会被什么困住呢？是家庭吗？不像。

他躲开了父亲的毒打，季临秋逃离了那个山村。

是感情吗？不，现实世界里的季临秋并没有爱人，孑然一身，又怎么可能因为感情而直接选择放弃生活。

人到底会被什么困住？

姜忘转过方向盘，车窗两侧都是干枯沙漠一般的寂静田野，此刻只有浓郁无边的黑色。

整个世界都只剩下呼啸风声与两道车灯。

他一路远行，在又一个转弯时呼吸停顿。

答案是无意义感。

在没有连接、不被温暖，也寻找不到牵引的时候，人会陷入沼泽般的无意义感里，一步一步失去呼吸。

世界变作空泛又单一的概念，一切喧闹人群都与自己无关。

那时季临秋的独行，便如他此刻的独行。两侧是连绵不绝的黑暗，遥遥无尽头。

姜忘第一次如此想紧握住一个人的手，无论是出于哪种感情。

他想紧紧抓住他，把他从无尽的冬天里救出来。

季老师，这一次，我也有机会带给你温暖了。

路遥风大，姜忘开车到家都已经凌晨两点，家里人都睡了。

他匆匆洗漱，昏然睡去。再一醒来，满窗灿烂晴光，庭外落叶缤纷，还开着大朵月季，明红亮黄很有生机。

世界又变得鲜活繁盛，仿佛寂静从未来过。

姜忘睡醒以后对着窗子坐了很久，转头活动下胳膊、腿，继续出门打理城里的业务。

然后准时准点接季临秋和星望放学，和他们一起做饭吃饭，看看电视睡觉。

没有人知道他在昨晚下定了决心，第一次想要陪一个人走很久很远。

奇怪的是，彭星望临睡前有点儿反常，吞吞吐吐地拉着姜忘不走，还问他能不能陪自己睡觉。

姜忘觉得奇怪，抱了床被子过去陪他。灯一关，小孩翻过来覆过去，烙饼似的就是不睡。姜忘原本还有点儿困，听见他翻腾也醒了。

"怎么了，想听故事？"

小孩半晌嗯了声。姜忘打了个哈欠，打开夜灯给他读了三四本，见彭星望渐渐安静下来，又关灯准备睡。

然后听见小孩呼吸声古怪，有时候会突然抽气。

"你怎么了？"

"没什么。"

姜忘又拧开灯，瞧彭星望神情。

"到底怎么了？"

奇了怪了，明明我也是他，他也是我，怎么有时候就是不知道他在想什么？

彭星望憋了会儿，小声道："我怕，怕得睡不着。"

姜忘有种不好的预感，出于成年人的责任感还是问出了口。

"你怕什么？"

小孩的回答像是踩着他的神经。

"怕死。"

彭星望说这话的时候很难为情，像是说了什么很幼稚的话，把脸都埋进被子里，声音也变得很小。

"就是好怕。"

姜忘伸手捂头，他怎么就把这事给忘了。

这一点他们俩确实一模一样，像是有天这个念头突然就撞进了脑子里，从此深深扎根，哪怕二十多岁了偶然想到，也会被空洞的恐怖感搞得像浑身过电。

"总有一天我会消失。"

"总有一天，我的所有意识和记忆都会不见。"

越想越恐怖，而且还没法解决，简直要命。

姜忘闯荡时出过意外，当时真的与死亡擦肩而过，后来回想起来还是会怕。

他这会儿强咳一声，伸手把彭星望的脑袋从被窝里扒出来。

"怕这个多久了？"

"一个多月，"小孩怯怯道，"哥哥，你别觉得我很没用，我其实只怕这个，现在蟑螂都不怕了。"

"不会。"姜忘伸手拍着他哄睡，耐心地扯了好几个借口，跟大忽悠似的安抚着他的情绪。

什么长大以后就会逐渐明白活着的意义啦，什么人死了以后灵魂还可能会跟着信仰一起保留啦，从哲学到科学说得他自己都快信了。

小孩也不知道是被唠叨到困还是真被糊弄过去了，过了会儿呼吸平稳，然后开始响亮打鼾。

姜忘松了口气，轻手轻脚地下床，转头就抱着被子去敲季临秋的门。

敲了两下，季临秋过来开门，卧室里台灯还亮着，似乎还在改作业。

"季老师，"姜忘脸不红心不跳道，"彭星望跟我讲鬼故事，我挺怕的。"

"咱俩凑合下，就挤一晚。"

季临秋微笑看他。

"你再说一遍？"

"我说，我想跟你睡一晚，"姜忘把臂弯往上提，展示怀里接近一米八长的大被子,"行不行啊?"

季临秋拿肩膀卡住门口,斜倚着门道:"真怕?小孩儿跟你说什么了?"

姜忘往后退了一步:"你居然防着我。"

"我好伤心。"男人搂紧被子,喃喃道,"罢了,我回去一个人慢……"

季临秋侧身让了下:"进来,少演。"

姜忘心满意足地抱着被子走了进去:"我睡里面还是外面?"

"随便。"

作业批改已经在收尾环节了,季临秋草草洗了个澡回来,发现姜忘睡在床外侧,在开着小夜灯玩手机。

"你还挺自觉。"他拿这家伙简直没办法,"今天是怎么了?突然就要过来挤着睡。"

"真没撒谎。"姜忘抬眸瞟他,"我像是那种说瞎话的人吗?"

你太是了。

姜忘确实有一半是吓的,我自己真是知道我最怕什么;另一半是有话想和他讲。然而季临秋一副公事公办的表情,两三下收拾好办公桌关了大灯,回自己那一边被子里躺好,语气都没什么波澜:"关夜灯。"

姜忘伸手关灯,滑回自己被子里。气氛有种不太舒服的客气。两个人明明被子挨着被子,距离感却一下子被拉开了。

姜忘现在才慢慢感觉到季临秋这人喜欢回避问题,也可能是一紧张就会竖起防备机制。而且表面还要掩饰得风平浪静,像是什么都不关注,很漠然。

他莫名觉得这一点有点儿㞞又很有趣,不觉笑了起来。

季临秋听见笑声,翻个身背对着他睡觉。

冷淡又疏离,完全不像照顾小朋友们时一脸和蔼可亲。

姜忘看着对方细瘦的脖颈,慢慢道:"季老师,你还记不记得我跟你说,有件事要讲?"

他能闻见他被子边缘的淡淡香气。

双人床明明很大,但大概是有两床被子挤着,他们也不太敢挨着对方的缘故,忽然就显得胳膊、腿全都伸展不开,把人禁锢得哪儿都难受。

季临秋把脸埋进被子里,像是已经睡着了。男人略有不满,开口喊他名字。

"季临秋!"

姜忘心想自己也真是胆子大了,居然敢直接叫老师的名儿。

他又拧开夜灯,像是存心要把他弄醒。

橘色暖光倏地散开,流溢到季临秋冷白脖颈上,像是漫上一层蜜。

季临秋缓缓睁开眼看他,同姜忘一起坐靠在床头,像是终于妥协般,低低叹了口气。

在这一秒前,姜忘都觉得季临秋有些强硬冷淡。

可是后者一叹气,又好像所有防御抵抗一直都只是空壳罢了。

季临秋低着头看被子上的线头,声音有点儿哑。

"你有什么话,说吧。"

姜忘再次觉得季临秋像是把这世上的许多矛盾都占全了,又冷硬疏离,又脆弱柔软。

姜忘缓冲了三个多月,其间有一搭没一搭地考虑了很久。

此刻终于要说出口时,虚幻又忐忑的念头才终于落入心隙,就此根脉延展。

"季临秋,以后和我、星望一起生活吧。"

季临秋像是猜到了,也没抬头看他,还在盯着那一截线头。

半晌过后,季临秋终于动了一下,垂着眼睛闷哼一声。

像是闷闷不乐的白兔子垂着耳朵一样,显得很困扰。

他困扰了一会儿,侧睚道:"你先关灯。"

姜忘说出口以后像是宏愿达成,呼吸都变得舒畅很多,关灯躺好后没声了。

季临秋没想到他睡得这么流畅,在黑暗里还保持着靠坐姿势,忽然开口:"我还没答应。"

像是生怕姜忘误会。

"无所谓啊。"男人懒懒道,"我就是跟你通知一声。"

季临秋恼起来:"信不信我现在把你蹬下去。"

姜忘换了个更舒服的趴姿,赖在枕头旁扬起下巴看他,从容平缓地解释起来。

"季老师,我怕你觉得我一直在乱开玩笑。

"我说的话,不是在胡来。"

姜忘面容很英气,俊朗到让人忽视他的眼睛,是偏琥珀色的,泛着亮光的好看眼睛。

季临秋看着他,心里还是在一寸寸收紧。

"真想好了?"

没有等姜忘回答,季临秋很快地把他被子拉起来,就像是在两人之间隔起一道帷幕一样。

"姜忘,有很多感觉……可能都是偏差。"

被子帷幕另一端的人开口了。

"有一个星期五,我记得是星期五,那时候我们还住在筒子楼里。

"我去学校里接星望放学。

"以前每周五我接他,都要先带他去书店里喝奶茶、吃巧克力鸡蛋仔,然后一起去看场电影再回家。

"你刚好站在教室门口,在低声和家长解释什么。

"梧桐树叶摇摇晃晃,斑驳影子落在你身上,映得纽扣发亮。

"我好像看了很久。

"再回去的时候,下意识就把小孩带回家了,他还以为我又要临时出差。"

姜忘说起这件事时语速很慢,讲得平淡又简单。

"我本来觉得,我能每天都记得要做的每一件事。

"后来好像不知不觉错过了很多次。"

总是因为在关注你。

忍不住关注你。

季临秋把被子按下来,半晌道:"先睡觉。"

两人很舒坦地睡了一整夜,都没做梦。

姜忘早上七点凭着生物钟爬起来,绕回彭星望房间叫小孩起床,陪他收拾完目送他出门。

彭星望昨晚虽然被困扰到怕得不敢闭眼睛,真睡着了也是一路打鼾到天亮,浑然不觉大哥一开始就溜了。

起床时还颇有点儿依依不舍。

"再睡一会儿,就十分钟……"

姜忘就差把他连人带被子拎去刷牙洗脸。

"你不是还有个作业忘在学校里了吗!快去补,小心又被老师训!"

小朋友换好校服就往外冲,又被他眼疾手快拦住:"安全帽!红领巾!!"

"噢噢噢!戴好了!"

姜忘看着小孩上学去了隐约觉得少点儿什么。等等,老师好像还在赖床。真是当爹当忘记了,老师都在睡,上什么学。

于是又快步绕回房间上床戳季临秋的被子。

"七点二十了!"

季临秋蹬他一下,没用多大力:"我今天轮休,别闹。"

姜忘松了口气,也钻回自己被子里睡回笼觉,眼一闭就睡着。

两人这些天也是累久了,都缺觉,又一觉睡到中午十二点,等太阳把被子晒得发烫了才相继醒过来。

姜忘一醒就抱着被子溜走,季临秋醒了还又半睡半醒地眯了一会儿,再慢悠悠地晃出来洗漱。

他们拌了几句嘴,换好衣服一块儿出门吃饭。

姜忘开车喜欢听摇滚,季临秋有时候会嫌吵,听半截拧到别的电台。午餐照例去小学旁找个餐馆,一份干锅鸡,一份拍黄瓜。

姜忘记得季临秋喜欢吃辣,还会特意把盛着辣椒面的小碟子推给他。

季临秋照例用开水把他俩的餐具烫一遍,虽然也烫不死多少细菌,但也算开饭前的固定仪式。

吃到一半,男人慢吞吞开口。

"季老师。"

"嗯?"

"下周末你有事儿吗?"

"没,怎么了?"

姜忘露出笑容:"走啊,出去玩。"

季临秋眨了下眼,终于反应过来。

季临秋反应慢一拍,听完过好一会儿把大半杯酸奶都喝了个干净,又慢又仔细,像是需要消化这句话好一会儿。

"嗯……去哪儿?"他轻声道。

"省城的游乐场?"男人小心翼翼看他,"或者开车去爬山?"

"游乐场吧。"季临秋又低头扒饭,不看他了,"天气好就去,下雨我要睡觉。"

姜忘再去书店里点账的时候,看见有个小孩缩在角落里肩膀一耸一耸地哭鼻子,彭星望还在给他脑袋擦药。

姜忘无心掺和小孩之间的事,又怕书店里出什么事,凑过去一看发现挂彩的是杨凯。

杨凯也不敢哭得太明显,看见大人来了满脸羞耻,拿手背抹着脸强行憋住,憋得脸通红。

男人瞄了几眼他胳膊和脸侧的指甲印:"被谁挠成这样?"

彭星望拿棉签蘸着紫药水给他涂:"你别捂,我还没弄完呢。"

杨凯隐约感觉到姜大哥是来看笑话的,脸一扭不说话,偏偏紧接着打了个长嗝。

姜忘直乐:"出息啊。"

"我绝对不会跟女孩子说话了!"杨凯恼火道,"再说话我是那个!!"

"哪个啊?"姜忘看热闹不嫌事大,"张小鹿给你打的吧?"

杨凯眼睛睁得圆圆的:"你怎么又知道了?"

废话,她是你现实世界里二十年后的老婆,还给你生了个闺女。

姜忘忍俊不禁,转头一瞥彭星望。小朋友胆子小,吓得什么都讲了。

张小鹿今天穿了条亮紫色新裙子,杨凯顺口夸她长得跟喇叭花一样。

小姑娘当即炸了,伸手拧他耳朵:"你再说一遍,谁是喇叭花!"

话越掰扯越乱,跟着就互相乱挠,跟两只猫崽子似的打架。

"我妈昨天给我剪指甲了!"杨凯一脸不服气,"没剪我也薅得赢她!"

姜忘想起什么,去仓库里拿了套还没开始卖的星光塔罗牌,回来把小盒子递给他。

"你跟她玩会儿这个,保证就不吵架了。"

杨凯将信将疑:"大哥,你不能趁火打劫。"

"收什么钱,"姜忘拍他脑袋,"我都能当你爸爸了,你知道吗?"

小孩没觉得被占便宜,迷迷糊糊接了。

姜忘目送他背起书包迈着小短腿走远,忽然发现自己能骗发小管自己叫声干爹。

嚄,占便宜也太有优势了。

刚好到回家吃饭的时候,快递公司的伙计骑着小电驴拿包裹过来。

"老板!你的!"

姜忘麻溜接好道了声谢,发现是C城那边寄来的。

摸着很厚实,得有七八斤重。

"星望,回家了!"

小孩还在玩拼图,匆匆摆好最后几块才跳下凳子:"来了!"

半年一过,快递发展得比他们想象的还要好。

其一就是网店店家的增多,以前都是厂家找快递承包发货业务,现在很多人看电视、报纸动了心思,也陆陆续续跟着做起网店,借着速风快递的高效率忙碌不停。

速风先前在内陆只有省会有网店,跟姜忘年底开完会不久宏图大展,把腹地城市辐射了个遍,物流网络日益丰满,C城自然也被囊括其中。

姜总开完年会就把这职位推了,宁可少管点儿事过轻快日子。

他开车时想着年后的安排,小孩抱着包裹晃来晃去。

忽然彭星望嗅嗅胶带边缘:"好香哦。"

"什么?"

彭星望把鼻子贴近包裹:"里面是吃的。"

姜忘:"……"

回家拿剪刀一拆,竟然真是杜文娟寄来的年货以及薄薄一封信。

腊肉香肠、熏肉卤鸡,甚至还有一大份桂花糖藕,全都吸成真空塑封,仔细包好了一路加急送过来。

忘忘，星星：

  我现在身子笨重，行动不方便，可惜没法过来和你们一起过年。

  星星小时候很爱吃土猪肉腊肠，偏又容易上火流鼻血，你记得看着他些，不要多吃。

  年关将近，C城这边都开始下雪了。

  弟弟，我知道你一定把星星照顾得很好，但你也记得保暖，晚上临睡前泡一泡脚。

  提前祝一声新年快乐，祝万事顺利，平安健康。

  另，上次看你喜欢吃糖藕，也寄来一些，记得蒸热再吃。

  路途遥远，但愿没有变味。

文娟留

姜忘把信读完，小孩还在猛闻香肠。

他意识到杜文娟预产期在3月，现在估计已经有些笨重了，不好走动。

即便这样，一样记得亲手给他们做好大份年货，再托人打包好寄过来。

晚饭自然做了顿毛豆炒香肠、韭黄炒鹅蛋，再煮锅小米粥，万事大吉。

季临秋被留在学校开会，直到晚上九点半才回来，饿得唇色浅淡。

姜忘灶里还留着菜和粥，随手热好坐一边陪着他吃。

季临秋也是累得不行，上来直接把半碗小米粥喝完，发觉姜忘还在看他。

跟大尾巴狼似的，眼睛贼亮。

姜忘跟星望总是很像，他们俩心里都藏不住事。

开心了便是春风拂面乱哼哼唱歌，心情不好被子一闷睡觉，谁都不想理。

实在是很好猜。

"怎么了，这么开心？"

季临秋筷尖悬停，一往腊肠那儿伸，姜忘目光也跟了过去。

哦，原来是和晚餐有关。

男人酝酿了一下，语气平淡："今天晚饭怎么样？"

季临秋长了心眼，当着他的面又尝了一块腊肠，见他还在望，咀嚼得也慢。

"嗯……腊肠特别好吃。"他跟宠小孩似的惯着他，"非常好吃，手艺比餐馆里卖的还要好。"

姜忘当即笑得很骄傲。

"星望的妈妈送的，她亲手做好寄过来，厨房里还有好大一箱。"

季临秋心里了然，一时间也觉得很有过年的气氛。

他早就习惯了独居生活，虽然学生家长也会送些年货，但到底和家庭没有太大关系。

姜忘这边和家里关系越来越好，季临秋莫名也像桎梏解除许多，心里舒坦欢畅。

一想到这儿，再尝香肠，似乎调味做工确实比外头讲究，很耐尝。

姜忘心情很好，看一眼彭星望还在楼上写作业，小声跟季临秋讲自己的事。

"其实前天……跟你说那些，也是有些突然。"

季临秋本来还在刚下班的状态里，听他冷不丁提到这里，呼吸微不可察地停了一下。

"怎么又提？"

"我后来反省了一下，"姜忘趴在旁边很满足地看他喝粥，慢悠悠道，"也不知道怎的，想到以前的事。

"我小时候读书，最喜欢往课本扉页上写名字。"

"扉页？"

"嗯。"姜忘都快忘了小时候的事。

"我读小学的时候，因为家里不给交书本费，有很长时间都是去图书室借别人的旧课本用。

"后来读到二年级的时候，我爷爷周末过来看我，发现我没书、没作业本，当时就带着我去全买了新的。

"那是我第一次往本子上写自己的名字。"

就像只有名字落在扉页上，所有权才正式敲定。

而他也真实地拥有了什么。

"后来渐渐有很多书了，以及上班以后公司发免费的本子，我还是会习惯性写名字。"

"就像很怕它们突然拔腿跑掉一样。"

姜忘垂眸一笑，棱角张扬的模样变得温顺而柔软。

"季老师，我早早地告诉你，好像也是怕你消失。"

"你真是……"他拿筷子敲姜忘脑门，"哪有在别人吃饭的时候说这种话的。"

姜忘没躲，琥珀色眸子看着他。

"我幼稚吗？"男人揉揉鼻子，"估计有点儿。"

季临秋发觉这人总是喜欢猝不及防式真情流露，喝口水的空隙都能忽然冒一句话出来。

"不幼稚。"季临秋小声道，"你这样子很好。"

季临秋对小孩儿能亲亲切切、和颜悦色，碰到姜忘反而有些无措。

他有时很羡慕他。

姜忘嘴角一勾，又往楼上瞄彭星望过来没有，随后跟季临秋小声说话。

"这周末去Y市玩，我们还是带着那臭小孩。"

"虽然他肯定吵吵闹闹，但咱俩又帅又出挑，单独逛游乐园太招眼了。"

季临秋忍笑点头，刚好楼上彭星望拿着英语练习册噔噔噔跑下来："老师！我写完了！你检查看看！"

"星望，"季老师面不改色地告状，"你哥要把你当工具使。"

小孩脑袋一歪："啊？"

工具小孩很自觉地跟着踏上周末旅程，外加背好零食、饮料、水果，上车以后还监督两个大人有没有系安全带，然后十五分钟后鼾声如雷地睡倒了。

后来季临秋也在车上睡着了，静悄悄地，像飞鸟收敛翅羽蜷好那样，倚着车窗浅浅睡着。

偶尔汽车驶过石子或减震带，座椅连带着一瞬震颤，男人会略一偏头调整姿势，但呼吸依旧细微绵长，像是赖床一样。

姜忘开后半段时看了他好几次。

季临秋不经意时的状态——有时松散疲倦，有时警戒敏感，都比模板式的满分老师来得有趣。

只是季临秋睡着时样子太放松了。

他原本就五官清秀，皮肤白如暖玉，闭眼浅眠时会多几分不设防。

姜忘偏回目光，继续注视偶尔转弯的高速公路末端，思绪渐渐走远。

如果将来真的准备和季临秋一起搭伙过日子，要不要告诉亲爹亲妈呢？

虽然严格来说，杜文娟和彭家辉如今实际是彭星望的父母，但他已经不知不觉和他们关系密切如家人了。

那星星呢？姜忘自后视镜瞥一眼摇头晃脑听音乐磁带的小屁孩，觉得荒谬又好笑。

做了一个重大的决定，要不要告诉小时候的我一声？

最好还是等他再长大些，顺带等他二十七八岁时想法子圆上"大侄子过分像我自己"这个怪问题。

周六他们起了个大早，七点半抵达Y市游乐场买票口，八点整第一批入园。

这个时间卡得很好，通票在手，玩什么都免费，趁着人少还能把喜欢的项目玩上好几遍。

很多项目硬性要求小孩身高达一米四才能入场，好在彭星望这半年能吃能睡长得快，身高超过一米四，被检票员放进去了。

比起小城市的简陋设施，主题乐园走心太多。浅薄荷色屋顶似沾着奶油，姜饼屋般的礼品店连墙壁都像刷过一层糖霜。

九点以后几拨大人、小孩陆续被放进来，游乐场忽然有了春日集市一般的氛围，喧闹欢腾又轻快。

姜忘留神着小孩不被人潮挤散，买冷饮的空隙让季临秋帮忙代为照看一下，快步走向卖气球的老头。

"麻烦解一个给我。"他随意挑了款，掏钱包时隐约觉得不公平，又特意挑了另一个。

再回来时,先叫彭星望伸出胳膊,把棉绳仔细拴在他的外套袖子上,还打了俩死结。

金红气球悠然腾空,浮漂似的实况标记小孩儿位置。

姜忘很满意地拍拍小孩儿的海盗帽,又走向季临秋。

后者刚好在接电话,侧着身没看到姜忘跟彭星望在干吗。

电话里教导主任啰啰唆唆地讲着寒假安排和注意事项,像是听见热闹的广播声,狐疑道:"你去哪儿了?"

"陪朋友逛街,没什么。"

姜忘任由他胡乱回答着,把另一根棉绳拴在接电话的手腕上。

后者正应付着领导,一抬头才发觉自己被银蓝色气球拴住。

恰好这时电话挂断,气球迎着微风晃来晃去。

季临秋抬眸瞧他,姜忘伸手拽了一下气球,也跟着仰头看:"你想换个颜色啊?老伯伯刚走。"

姜忘又转头大喊:"彭星望你给我回来!跑哪儿去了,小心被拐去挖煤!"

"回来了回来了!!"

季临秋的银蓝气球招摇漂亮,路过的小朋友都满脸羡慕地看。

他小孩儿似的拉一拉棉绳,看着气球起起伏伏,心情也一同飘至高处,直向晴空。

不过带上工具人小朋友的这个决定非常科学。

周末来逛游乐园的不是情侣学生就是带娃家庭,两个青年一块逛很显眼。

路上有女生看见他们时眼睛发亮,瞧见旁边有个小孩时像是突然明白什么,仍旧很兴奋地跟旁边朋友嘀嘀咕咕。

姜忘见怪不怪,跟平时一样张扬随性。

彭星望头一次领了卡片机,热衷于给所有卡通玩偶拍照,以及给两个哥哥拍照。

路过大风车圣诞树时拍一张,在鬼屋门前拍一张。

刚开始连镜头都调不好,后来还模仿着其他拍照的大人,跟被浮漂缀着的小鱼儿一样蹲着拍仰角。

季临秋哭笑不得,把小孩拉过来,三个人一起在摩天轮下、月亮湖边请路人代拍合照。

"三,二,一——茄子!"

小孩笑得眼睛弯弯,八颗牙齿全露出来了,两个青年笑得也很英气。

姜忘接过相机说了声谢谢,把照片调出来,轻啧一声。

"我怎么那么好看呢。"

"明明季老师更好看!"彭星望踮着脚道,"我眼睛拍得好小哦!"

午饭套餐只有三种,要么是香菇滑鸡或梅菜扣肉盒饭,要么是汉堡可乐鸡翅套餐。

姜忘把肉都拨给小孩,瞧见季临秋也吃得挺少,随意道:"还不如你食堂伙食,两荤一素还带个汤。"

季临秋一怔,有些新鲜:"你怎么知道教师食堂的花样?"

不是你以前特意带给我好几……

姜忘忽然想起这是自己幼年的事,止住话头笑笑道:"听别的老师提过。"

几圈兜完,终于回到一直没体验的过山车这里,彭星望跃跃欲试:"听他们叫得好刺激的样子!"

姜忘应了声,拎着包道:"我在下面看包,你们玩儿。"

季临秋先是领着彭星望往前走,又往后退了两步,眸子里扬起笑意。

"忘哥,你不会不敢吧?"

他像是终于捉住了他的尾巴尖,还故意捏了一下。

"怎么会?你们玩儿去。"

"噢。"季临秋应了,但没有走,侧头指了下入口处的柜子,"上车那儿有存包处,很安全。"

语气自然,完全没有质疑的意思。

姜忘憋了几秒,想不出借口就此泄气,跟他们一块儿过去排队。

真上车时,小孩发觉相机在老师手腕上绕了几圈,以及大哥怎么脸色不太好。

他坐在中间,先是悄悄拽了下大哥。

"哥哥,你不是不怕吗?"

车还没开始动,姜忘就已经想闭眼睛了,奇了怪了,小时候都不怕,怎么成年以后反而不适应。

彭星望见他紧张的神色,又往右倾跟季老师说悄悄话:"你怕不怕呀?"

"还行。"

蜂鸣声一响,齿轮咔嗒转动,过山车不断抬升到天空高处,在悬崖般的转折处刻意停顿。

姜忘闭紧眼睛强行屏蔽所有感觉,却清晰听见季临秋的笑声:"一,二,三,茄子。"

高度骤降的下一秒钟,快门声跟着响起。

你!不!是!吧!

姜忘冒死睁开眼睛捂着嘴往旁边看,小孩已经在鬼哭狼嚎一顿狂叫,季临秋跟没事人一样手腕持平给他俩拍照。

季临秋——你到底是什么魔鬼!!

过山车急降急转,生怕不够刺激还倾转着又来个大回旋。

"啊啊啊啊啊——"

彭星望指甲快掐进姜忘手背里,姜忘自己都顾不过来还得憋住叫声,一转头看见季临秋以身体接近平行地面的状态给他们仨拍照,还轻描淡写地给提醒。

"笑一个。"

姜忘这辈子刀山火海没少下,坐过山车时大哥风度直接被打回原形,紧张得像个高中生,就差伸手捂季临秋镜头。

等过山车悠悠停稳,左边的大人、小孩一块儿长嘘气,算是共同逃过一劫。

彭星望上车前还活蹦乱跳,这会儿像是灵魂被甩在半空中,瘫了几秒才缓过神来。

后头的人也是明显见识到了:"右边那个居然还能拍照,太牛了吧。"

"我都快吐了……他是怎么做到的?"

季临秋把相机收回绒布袋里,先扶小孩下车站稳,再伸手给姜忘扶。

此刻他站在逆光里，被琥珀色黄昏晕染出绒毛般的柔软轮廓。

姜忘怔了一秒，伸手用力牵住他，一个借力回到站台上。

从游乐园里开车回去的时候，姜老板都显得情绪镇定，似乎完全没有被反杀一军。

季临秋心情很好，以至于罕见地在路上哼歌。

姜忘心平气和听了一会儿，看了眼车后座八爪鱼睡法的小孩，慢慢道："季老师原来还有这方面的天赋。"

"还算不错。"季临秋笑眯眯道，"我坐跳楼机也没什么感觉。"

男人嗯了声，继续有条不紊地开车。季临秋察觉到有一丝不对劲，这家伙蔫儿坏，平时绝对不是这种风格。

嘴上被占便宜都会立刻想着找补回来，更何况是今天这样。

可是姜忘现在……像没事人一样。

以他对姜忘的了解，要么是心里藏着什么事，要么是早就想好反击的点了。

季临秋一时间没有头绪，明着观察他的细微表情。

"怎么？"姜忘瞥他一眼，逗小孩儿玩一样又道，"饿了抽屉里有糖、有零食。"

"你有事瞒着我。"季临秋敏锐道，"直说，什么事。"

他们俩一向直来直去，也因此关系比其他人要更好，从不憋着藏着。

姜忘笑眯眯地开着车，故意不说。半分钟不到，季临秋败下阵来，从抽屉里剥了根葡萄味棒棒糖给他。

姜老板一口叼住，声音有些含混。

"你记不记得，再过段日子就要过年了。"

"嗯，然后呢？"季临秋反应过来这炮仗要跟他一起过年，思考速度骤然变快。

"过年之前，期末考试之后，还要开个家长会吧？"

季临秋有种非常不好的预感："你不会……"

"我当然要去。"姜忘吃着糖心情很好，"怎么着我也拿过优秀家长的小奖状。"

今年家长会开得很晚，寻常都是期中开，但因为期中那会儿隔壁学校先是有个小孩失踪，然后找到时已经淹死了，各校都忙不迭地加强安全管理和相关教育，搞完，刚好上头过来批评检查，哪儿还顾得上这事。

期末开家长会也没啥，总结下成绩顺便跟家长们叮嘱下注意安全，总有马大哈家长一打起麻将来啥都顾不上，以前没少出事。

但季临秋没想到，姜忘这回真要正儿八经过来开会。

事情就有点儿微妙的麻烦。

季临秋一进入教师状态就犹如偶像营业，笑容一毫不差，碰到再糟心的事也能行云流水地处理好，说是长袖善舞也不为过。

在这个阶段里，他厌世的一面、桀骜的一面，都被收好到内心的小盒子里，隔绝得很完美。

跟姜忘熟悉之前，他只要一出小出租屋就是这个状态，回家了才喘口气。

但现在如果姜忘以家长身份明晃晃地坐在教室里，很有破功的危险。

季老师临时有点儿短路："你别来了。"

"我为什么不能来？"姜忘一脸委屈地看着他，"我照顾星星这么久，好不容易期末了，想关心关心孩子，不是应该的吗？"

"装，你再装！"季临秋伸手拍他，"你绝对是故意的。"

自打季临秋住进他家以后，学校有什么动向，彭星望成绩上升还是下降，哪回姜忘不是第一个知道的。

小孩以前在班里是"吊车尾"，现在都跑到前十名去了，学习自觉又听话，根本没什么好操心的。

"轻点，轻点。"姜忘正色道，"我确实想去班里瞻仰下季老师的教师风采，我个人觉得完全合情合理。"

季临秋感觉自己的职业生涯受到挑战。

"你不要搞事情。"

"绝对不搞。"

"不许乱提问。"

"我一句话都不说。"

"也不能小动作一堆，别的老师讲话你在那儿叠东西玩。"

姜忘瞥他一眼："你很了解我啊，是不是关注我好久了？"

季临秋又要伸手拍他。

事情比他们预想得稍微复杂一点点。

姜忘的预想很简单，时间一到，穿得人模狗样再抹个油头就去学校，听老师们夸夸幼年版自己有多聪明伶俐、学习如何突飞猛进，然后看看温文尔雅的季老师，时间一到原地散会三人去吃顿好的。

然而，他忘了还有一堆家长也在场。

严格来说，这些家长不仅是书店常客，也是快递站常客，以及潜在相亲对象或相亲对象的亲戚。

人模狗样的姜老板还没走进校门里，就被旁边的家长认出来。

"哟！姜哥也来了，来来抽根烟！"

"这不是姜老板嘛！你也来开家长会啊！"

随后他就像个磁铁一样，一路往里走一路吸引大群熟人，雪球般越滚越大。

有过来客套想合作生意的，有听说他有钱所以特意来借钱的。

"咱两个孩子是同学，我能不还你吗，对不对？"

还有单身女家长含羞带怯地打招呼，问他开完家长会要不要一起去吃个饭。

"姜哥……"

姜老板笑容维持得略有些勉强："等会儿回公司有事，不了不了。"

他临时感受了一把当班主任时被几十个人瞬间围住的恐怖状况。

所有人都找他有事，而且需求一个接一个，五花八门什么都有。

难怪临秋不当班主任……不过当英语老师估计也没好到哪里去。

鉴于这位英俊的家长太受欢迎，以及好事爱看热闹的好些家长也围过来，隔壁班、本班的全挤在一块儿乱糟糟地挡着过路，招来班主任老太太黑着脸清路。

"散开散开！回自己位置坐去！"

家长里还真有好些个被她教过的学生，一激灵跑回教室了。

家长坐齐以后，照例是班主任先总结概括，外加叨叨二年级有多重要，如何打好基础为未来铺路。

不过都是些套话，从小学一年级到后头高中三年级，就没有哪年不重要，小学年年给初中夯实基础，初中年年预备给高中铺路。

姜忘拿着通知单草草签了个名，没事翻小学课本看，有几分对童年的恍然怀念。

其他老师有的站在门边排队等着讲期末考试成绩变化，有的在别的班讲完再来。

等进程接近一半的时候，姜忘才在窗外看到季临秋。

季老师很忙，要跑好几个班，最后才来他们这儿。

刚好有些家长出去接电话、抽烟了，见到他也过去打招呼聊天，围了个小圈遮得看不见脸。

姜忘本来还想跟季老师眼神交流几回，发觉没这个机会，悻悻趴回桌子，将就着坐在小桌椅里有点儿憋屈。

许蓉老太太冷咳一声，有些突兀地打断詹老师发言。

"有些家长，来都来了，还是清醒着听听，要睡可以回家睡。"

姜忘后背一凉，坐得板直跟老太太笑了下。

老太太哼了一声，都懒得看他。

另一边，季老师跟几个家长解释着他们家孩子的英语学习状况。

也真是难为脑子，他同时教好几个班的学生，一遇到家长就要现场抽查对每个学生的了解程度，跟数据库考核一样必须得秒答出来，有的家长还会特意看他记不记得他们小孩的成绩。

等三五个家长陆续答疑完，后头一个年轻貌美的单亲妈妈凑了过来。

"季老师，"她有些羞怯地看了眼教室里面，"这个班的姜老板，就是开书店的那个，现在是单身吗？"

季临秋眉头一跳，平缓道："不好意思，我只了解学生的事。"

女家长略有点儿失望，当着他的面往教室里看好几眼，像是想借机跟那人有点儿眼神互动。

季临秋也看了过去，瞧见那人百无聊赖地趴在小桌子上，看着憋屈又有点儿有趣。

"我之前买书的时候，还跟他聊过几句，感觉是很风趣的人，见识谈吐也好。"这家长还感慨上了，"哎，下次再试试要个电话号码好了，您几位老师工作也辛苦，辛苦啊。"

最后一句完全是白饶的。

季临秋笑不露齿地同她告别，转身进了教室。

姜忘正发着呆，忽然瞧见玉树临风、能歌善舞、"贤惠大方"、"风情万种"的季老师进来了。

看着一身书卷气，客气疏离，和家里那位判若两人，姜家长又坐直一些，有意无意地瞄他一眼。

季老师今日不像以前一样平易近人，反而显得有点儿高冷。轮到他讲话时，也只是虚虚和大家点个头，一板一眼地讲起今年英语学习进度，以及期末考试成绩变化。

家长们听得全神贯注，有些还在记笔记。季老师的眼神全程远视，就是不往某人身上落一下。姜忘有点儿小失落，但听得又很满足。

"除此之外，也希望家长们注意小孩的英语听力，以及语感方面的培养，可以多给他们听一些英文儿歌磁带，或者陪孩子们看看英文电影。"

"季老师！"有的家长忽然举手，"我听许老师说您是地道的牛津腔，能读一段给我们见识见识吗？"

旁边的家长小孩儿也跟着起哄，还真把听英文朗诵当稀奇事。

季临秋微微颔首，不紧不慢道："那我给大家朗诵一段雪莱的诗。"

他略一清声，眸子终于看向人群中央的他。

如同在雪后晴夜里，月光朗照繁星。

Yet look at me, take not thine eyes away,
which feed upon the love within mine own.
依旧看着我，别把眼睛移开，
让它们继续宴享我眼中的爱。

Which is indeed but the reflected ray
of thine own beauty from my spirit thrown.
这爱其实也不过是你自己的美，
在我灵魂深处反射的光辉。

…………

And yet I wear out life in watching thee.
而我依旧在燃烧生命注视着你。

姜忘在那一刻只来得及听他的声音。

温柔沉定，深河般从容不迫，裹挟着冰凌般的秘密一晃而过。

季老师朗诵完掌声雷动，家长们似懂不懂地跟着叫好，只觉得他背得真顺，一点儿不卡，果然厉害。

姜忘慢两拍才鼓掌，大脑还在追刚才一晃而过的词句。

姜忘不敢顶着季老师的威压跟同桌说悄悄话，飞快地给彭星望写了张字条："他刚才在说什么？"

小孩头顶冒出一个问号，字条一撇压着声音道："我怎么听得懂啊。"

姜忘拧起眉头："你不是天天跟季老师补习？"

彭星望满头问号："哥哥，我才二年级。"

姜忘头一次后悔自己英语不好。他下意识环顾四周，跟临场考试对答案一样找合适目标，瞄来瞄去跟斜对桌大叔对了个眼，后者还摇了摇手。

当初这哥们儿在快递店为四毛钱讨价还价，占了便宜以后经常过来蹭空调。

哎，都不知道季老师刚才在说什么。

姜老板惆怅起来，百无聊赖地撑着下巴看季老师讲话。

季临秋当众念了首诗歌，虽然"里人格"桀骜不羁，"表人格"还处在循规蹈矩的守序状态里，一时间有点儿脸红。

讲完下学期教学安排以后他轻咳一声，也不知道在掩饰什么。

"不好意思，暖气开得有点儿大。"

旁边家长表示充分理解："多喝水，小心上火。"

其实完全不用解释。季临秋反应过来，快速应了一声，接着往下讲，再也不看姜忘那边。

等散会以后，他在烤鱼店里敲姜忘的头。

"你盯着我看什么？"

姜忘给他满上一杯可乐:"来讲讲,诗里都念了什么?"

季临秋目不斜视:"听不懂算了。"

姜忘早就料到他不会认,半威胁道:"你不说是吧?"

"姜老板挺横啊。"季临秋笑起来,"威胁人民教师一套一套的。"

姜忘拿指节敲敲桌板,隔壁卡座变魔术般冒出秘书的头,以及一本崭新的《雪莱诗集》。

季临秋:"……"

烤鱼凉菜一样一样地上,彭星望被辣得直哈气,姜忘草草吃了几口,沉迷于穷举法。

"噢,"他一页一页地翻过去,"都是一样的风格。"

季临秋别开头喝水,一点儿线索都不给。

姜忘也不多问,翻着诗集就默认是季老师读给自己的。

这首好,那首也好,那就统统默认归自己了,念没念过不重要。

等一顿烤鱼吃完,姜老板书本一合,满足感叹:"诗是个好东西。"

小孩扭头:"嗯?"

季临秋揉眉头道:"你啊……"

第八章

璀璨

寒假一到,新一批促销活动即将来临,而且线上线下双城三线并行,员工们全都要忙疯了。

老板拒绝加班,已经回办公室里收拾东西准备过年了。

助理一脸绝望:"老板!你真的不留下来搞新年活动吗!今年活儿太多了我怕搂不住啊!"

姜忘公文包一揣推门往外走:"拿三倍加班费的那些主管吃干饭的吗?"

"不是,您怎么突然想去外省过年,"助理心虚道,"别的都不怕,万一大年初一到初五客人太多爆单了,调货啥的我怕出问题。"

姜老板脚步停顿:"我不在公司又不代表我不管活儿了。"

助理:"……"

姜老板:"……"

"谁跟你说上班一定要在办公室里蹲着了?"某人对老一套坐班思维表示不满,"咱公司养的那些个程序员随时也可以在家里蹲着码代码啊,这不是公司电脑更好,零食、饮料管够吗?"

助理头一回听见这种概念,自动理解为老板在糊弄他。

他小心道:"那您去Z乡了,记得保持电话畅通,话费我给您充足了,不够随时说。"

姜忘摆摆手:"走了走了,你也记得买年货,提前说声新年快乐,都快乐,都发财啊!"

"老板!!"

姜忘在跟季临秋走之前，先跟小孩儿一块回乡下看了趟老人。

彭家爷爷奶奶跟亲儿子来往少，在村里信息闭塞，都不知道姜忘今年不在这儿过。

"我连床铺、房间都给你收拾好了，还有那个老师呢，老师也不来过年啊？"老奶奶拿着鸡毛掸子到处掸灰，一脸关切，"都来玩嘛，客气什么！"

"小姜啊——我们这边晾的腊鱼你给季老师带两条，好吃得很！"

姜忘叮嘱彭星望在乡下听话别乱跑，遇到事随时给他打电话，跟老人们一块儿待了一下午，晚上开车回了市区。

家里行李都收拾好了，随时可以去火车站。

姜忘把车停好时发现院子里灯亮着，季老师正撸起袖子给窗户上贴福字。

他站在车库门前遥遥看着他的侧影，看着他把红灯笼挂在门前，眉眼不自觉地温柔含笑，像是心前也挂了两盏锦灯，亮堂又欢喜。

季临秋听见声响，侧头看了过去。

"姜忘，"他高声唤他，"走了，一起去过年。"

男人笑容漾开，快步过去。

行李统共两个箱子，其中一个箱子里有一半是各种见面礼。

昨晚收拾东西时，季老师表情很无奈："你这是陪普通朋友一块儿过年，又不是女婿回门。"

姜老板一丝不苟："第二印象也很重要，伸手不打笑脸人。"

季临秋又回忆了一遍他在A城的种种事迹，一只手按住姜忘的肩。

"答应我，不管遇到什么事，不要太过激，OK？"

姜忘转头："我是手段过激的那种人？"

你是，你太是了。

他们是晚上十二点半的火车，一觉睡到早上刚好到站。

姜老板去人家家里蹭吃蹭喝，很自觉地提前买好了两张软卧票。

软卧车厢位置宽敞舒服，统共四张床位，没想到上铺两位没来，整个小包厢里只有他们俩。

姜忘仔细观察完半个小时，门锁一拧挤到季临秋床上去看春晚。

软卧宽度也没多富裕，两人挤一块儿有点儿狭窄，但意外地很有安全感。

火车在冬风中疾驰，车轨碰撞轰鸣不断，一下子能把人和这世界的连接感断开，把每个人都变作流水线里的拼装罐头。

季临秋往里头让了一点，既因为他们都衣衫整齐、行为规矩而感到放心，也不抗拒这样的温暖。

他对外界会表现得融洽亲切，真实一面反而不善言辞，只缄默地同姜忘一起看老旧节目，以安静的接纳来表示亲近。

姜忘看了会儿小品，再一侧头发觉季临秋已经睡着了，像栀子花悄然闭合花瓣一样，碎发微垂，睫毛轻合。

窗外有灿烂烟花接连绽放，随呼啸风声消散飘远。

季临秋的老家在Z乡，是邻省比较偏远的小山城。

下火车湿润空气扑面而来，他们换乘大巴坐了两个小时，再坐小客车绕过几座山。

工业风城市逐步远去，再醒来时满目皆是巍峨高山、奔流长河，高旷远处流云、山雾萦绕峰峦，苍绿色一望无际。

开车师傅是老手，在弯弯绕绕的山路一路猛飙。

姜忘一只手抓紧扶手往外看飞驰而过的大货车，季临秋熟视无睹，还打了个哈欠。

A城附近皆是平原江河，这里处处危峰险立，缎带般的山路曲里拐弯很颠簸。

季临秋半睡半醒，一偏头发觉姜忘不太习惯，伸手拍了拍他的脸。

"还好吗？我这儿有晕车药。"

姜忘目视前方，意有所指："这位师傅……很野。"

"是，"季临秋笑起来，"我们山里的，都挺野。"

抵达Z乡时已是下午五点。

季父季母特意在村口迎着，妹妹在家里和其他妯娌忙着做饭。

"饿了吧，菜都准备好了，来来来！"

姜忘笑着和他们一一打过招呼递上见面礼，来看热闹的亲戚们都又惊又喜："来都来了还送礼。"

"姜老板大方啊，临秋你这朋友交得值，值！"

顺着山坡一路往上走，四面平缓处都已开垦为农田，青牛在一边嚼着草，悠悠甩着尾巴。

邺江在山脚蜿蜒而过，有舟船停在岸边，竿子上拴着鱼鹰合眼假寐。

姜忘也是头一次来山城里过年，下车没多久便感觉肺里被彻底盥洗一遍，全身神清气爽，胃口也打开不少。

季临秋终于想起什么，悄声道："对了，我们这边的菜……有点儿辣。"

"你要是不习惯，涮涮水不丢人。"

姜忘没当回事，笑道："我们 A 城的菜也有辣的，你忘了？"

季老师笑容很和蔼："哦，是吗？"

第一餐是在家里吃，大菜是烧鸡公火锅，配上剁椒花猪肉、冬笋炒腊肉，还有两碟炝炒花菜和糖油粑粑。

季国慎病愈不久，气色比在医院里好很多，热情招呼道："能喝酒吧，来点儿白沙液？"

季父教了一辈子的书，说话时不像其他人那样有浓重口音，字正腔圆还是共振发声，听起来很舒服。

姜忘笑着接了一盅，同他们闲聊吃饭，季临秋默不作声倒了一杯白水放到旁边。

第一筷下去，男人笑容凝固。

"你们这儿的菜，确实有点儿辣。"

季临秋慢悠悠地夹着菜，闻声瞥了他一眼。

旁边婶子一抹围裙，有点儿紧张："我忘了是外客了，是不是不能吃辣？我再给你炒两个小菜去？"

"不用不用，"姜忘拦住她，"小事儿，这菜闻着特别香，肯定下饭。"

季临秋随意跟父亲寒暄两句，继续安静吃饭。

Z 乡菜确实辣。如果说 D 省那边是又麻又香，这儿的菜就是爆辣烈香，刚入口只觉得香鲜好吃，再反应过来眼泪就已经在往下掉了。

剁辣子、鲜辣椒那都不是吹的。

姜忘扒了几口烧鸡公，忍住眼泪换花猪肉吃，用纸巾捂着口鼻在旁边咳。

季临秋在旁边帮忙拍背。

"不行涮一下，没事。"

姜忘用手背抹一下眼睛坚强道："没事，很好吃，我多吃点儿花菜。"

然后几筷子花菜下去，热泪夺眶而出，眼看着用了不少纸。

季父关切道："喝点儿饮料？还行吗？"

"还行，"姜忘深抽一口气，脸颊红红，"男人当然要行。"

鉴于奇异的坚持，某人愣是干完一碗半的饭，没涮过一回水。

姜忘放下筷子时爽得长松口气，疲惫、寒意被辣气驱散一空，吃得还真很爽。

再一转头，季临秋肤色如常，连汗都没出，姜忘陷入思考。

"你这样我很没有面子。"

"哪里的话，"季临秋失笑道，"过两天没面子的就是我了，不然怎么特意把你搬来当救星。"

也对。姜忘回过神来，随他一起上楼安放行李，随口询问情况。

季临秋的妈妈姓陈，父亲姓季，两边在本地都是枝繁叶茂的望族，虽然也有不少子女带着父母去大城市里享福，但老一辈大多还是留在这里。

"今天是因为迎你，四五个人一起简单吃一顿。"季临秋按着额头道，"明天起就要轮流吃席，互相做东……估计又要糟心好几回。"

季临秋的卧室和姜忘的客房距离很近，中间只隔着洗手间和书房。

房子看得出翻新过，虽然是农村自住房，但装修布置都透着风雅，字画摆得恰到好处，与木色装潢相得益彰。

姜忘先去自己房里简单放好东西，又去看季临秋那边的房间。

一样宽敞明亮，采光很好。

只是……没有几样成年时期的摆设，像还停留在大学时期。

杂志都是世纪初的几本旧物，看得出被仔细擦拭过，但与主人也关系淡薄。

姜忘意识到什么，低声道："你真的很久没有回来过。"

季临秋出神片刻，望向窗外缓缓开口："其实，如果第一次来，会觉得这里很好。

"山水双绝，很适合留在这里养心修身。"

他微微摇头，像在自我反驳。

"困住人的，一向是人，与山城无关。"

姜忘还在端详角落里的单人床，以及门把手上有些破损的木铃铛。

"对了，"他开口道，"如果之后咱们碰到那个摸你大腿的人，你眨眨眼告诉我。"

季临秋眼中忽然又有了笑意："你要剁了他的手？"

"然后用剁辣子多腌个几年。"姜忘面不改色道，"问题不大。"

季临秋大笑起来，眼中盛满羡慕。

"像你这样的话，我就说不出口。

"哪怕跑到没有人的地方，我也不敢说。"

姜忘挑眉："不能揍人，放狠话也不行？"

季临秋耸耸肩。

得知季临秋终于回乡，好些亲戚当天晚上就找过来嗑瓜子喝茶，以及围观外乡客人姜忘。

人一多屋子里都暖和不少，瞧着乡音缭绕，氛围还挺热闹欢快。

季家父母终于盼到儿子回家过年了，说话罕见地小心翼翼，别人聊什么也是一直笑，特别客气。

群众采访完几轮姜老板，诸如"结婚没有""开书店一年能赚多少钱""开网店能不能带他们一个"，然后齐齐把目光转向季临秋。

"小秋……得三十岁了吧？"

"没，二十七岁，还早，"季父也是为了保住自己的颜面，笑着打断道，"城里小孩谈结婚都晚，他们那边流行这个。"

"又不是什么大城市，"有人嘟哝道，"听着还没我们这边有钱。"

发问的伯父并不太赞成这个说法，一副亲爹的口吻郑重道："你看看你，模样端正，工作也……差不到哪儿去，怎么也是个老师，怎么没姑娘看得上你？"

旁边人也跟着附和："就是啊，都奔三了……"

姜忘喝着茶突然噗了一声。他这一噗，其他人全都看了过来。

"没什么，你们接着说。"姜忘忍笑道，"当我没听见。"

季国慎其实很久没跟儿子说过话了，正想父子俩聊聊天，没想到亲戚们闻风而动来得这么快，有些为难又抹不开面子，转移话题道："聊聊你们那儿的书店，怎么个网店法？"

还没说完，又有个婆婆打断道："还没说完呢。

"老三你也是，儿子多大了不帮忙张罗着，不知道的还以为你们当爹妈的不管呢！

"过完年刚好张罗张罗，咱们乡里多好的姑娘，个个贤惠大方，哪个不比那些书读多了的城里人强！"

姜忘没忍住又笑了一声。

大伯父原本就觉得这外乡人乱掺和他们家里事，略有不悦，佯装客气道："你笑什么？"

"其实吧，"姜忘慢吞吞道，"他都谈五六任女朋友了。"

众人齐齐噤声，转头看向季临秋，一脸"你小子居然背着我们玩这么大"的表情。

季临秋："……"

姜忘心想编些个不存在的前女友也比祸害无辜小姑娘强，随意接了一人的烟，娓娓道来。

"我跟他也算认识挺久，小孩儿不是在他班里上学嘛，我天天接送。"

"就看见啊，"男人压低声音，"有姑娘特意过来给他送饭，好像在税务局那边上班。"

旁边婶婶惊呼一声："那条件好啊！"

"结果，"姜忘瞧了眼季临秋，明晃晃背叛道，"这短发姑娘前脚刚走，后头又有个长发飘飘的过来，给他送水果，还全是洗好切好的。"

"嚆——"众人猛看季临秋，"没想到啊！"

季临秋伸手扶额，没想到这家伙上来就玩这么大："哪有的事。"

"没，绝对没，都是我瞎编的。"姜忘立刻噤声，伸手一抹嘴跟上拉链似的，"都是我胡说，我出去洗澡了拜拜。"

"欸欸欸，别走！"

"临秋，你怎么招呼客人的，还不让别人说话了！"

"这才几点啊，再聊会儿，再聊会儿！"

也有别的光棍儿在旁边犯嘀咕："真的假的，他还在外头招三惹四了?"

"你那是不知道。"姜大嘴巴再次爆言,"你知道现在小姑娘最喜欢什么款吗?"

"满身腱子肉的?看着像杀猪的?哎,现在姑娘都喜欢他那样的,"姜忘朝着季临秋一眯眼,又艳羡又有点儿嫉妒,"看着书卷气,斯文又温柔,几句话就能迷得人家天天来找。

"我上回带他去省城玩,顺便帮忙跟我公司客户谈合同——我公司你们知道吧,卖书卖到国外去的那个。"

大伙儿齐刷刷点头:"知道,知道。"

姜忘一拍巴掌:"他前头帮我谈完合同,后头人就没了,你们猜怎么着?"

季国慎都听得一愣一愣:"临秋跑哪里去了?"

"他居然,悄悄约了人家外国姑娘,喝、咖、啡。"

话音未落,惊呼声阴阳怪气、此起彼伏,比看春晚热闹得多。

季临秋试图解释:"那明明是——"

"明明就是谈合作。"姜忘见好就收,一脸兄弟我懂你,"我懂,都懂。"

"没看出来啊,"旁边阿姨感慨道,"小秋以前看着文文静静的,这么会撩女孩子?"

"现在就是他这样的才最会撩!"有男的插嘴道,"我看上一姑娘就是跟他这种人跑了!跑了没几天还被甩了哭哭啼啼回来找我,你们说气人不气人!"

季临秋五年没回来,被姜忘几句话说的,形象就从"老实木讷的穷酸老师"变成"花言巧语的一代浪荡子",前女友数量保守六个。

"也不至于这么夸张,"季临秋按住眉头道,"你少说点,我不好解释。"

"那你解释解释上次那两个女的,"姜忘已经接过别人削好的梨,很自然地啃了一口道,"咱吃着饭呢突然从楼上跑下来看你,还问你什么时候回她们消息,她们俩是谁?"

大伯都听怔了:"不是税务局那女的?"

"不是,"姜忘伸手一比画,"染着大波浪,抹红嘴唇,一看就是大城市来的。季临秋,你怎么招她了,还打不打算跟人家好好处啊?"

季临秋："……"

试图当爹的大伯父当了一半有点儿彷徨："小季啊，做男人怎么能没有担当呢？"

"你不能随便欺骗人家感情啊！"

季临秋心一横，顺着姜忘的话往下说，低头一笑挺无辜："真没办法。

"我每次谈两天就腻了，真的不想负责。"

亲戚们听得热血沸腾，跟逮着八点档狗血剧当事人一样七嘴八舌，完全忘了方才的目的。

"你这样怎么能行呢！"

"欸欸，最漂亮的是哪个，有照片不？"

"能耐啊你！不给你表弟介绍一个？"

姜忘拿起手机："有照片，大波浪那个我上次偷偷拍了一张！"

"给我看看！给我看看！"

"姜老板再来根烟啊，千万别客气！"

当晚散会的时候，姜忘迅速升至群众好感中上层人士，以至于有好些大哥大姐聊高兴了叫他明天去他们家吃饭。

等亲戚们三三两两散得差不多了，姜忘跟季临秋一块清扫满地的烟灰、瓜子皮、果壳，两位老人赔笑陪聊一整晚已经累极，简单帮了下忙回去洗漱。

季长夏全程没有参与聊天，她好不容易也回一趟娘家过年，也就哥哥进门时匆匆见了一面，之后一直在后厨陪堂表姑嫂们准备年夜饭要蒸制、炸炒的东西。

季临秋好几年没感受到这边的氛围，扫地时发觉有人往他家地砖上吐了几口黄痰，皱着眉拿湿纸巾擦掉，表情厌恶。

"是挺难受。"姜忘看向他，心思却在其他地方，"从前几年，你爸妈独自守着家过年时，估计比现在还难。"

季临秋可以逃，可以去山高水远的地方支教避世，老人们的根已经落在这里，也只能年年赔笑，努力跟其他人解释他们家独子没有跑，也绝没有出事被抓去坐牢。

姜忘轻描淡写一句，像是突然把失控的一杆秤扳回来不少。

"人言可畏。"季临秋低声道,"我还不如把爸妈接到省城去。"

"也不是不行,"姜忘笑起来,"今年咱们好好合计一下,先把你工作调动的事处理好。"

季临秋沉默一刻,背过身清扫椅子腿旁边的香蕉皮,声音有点儿闷。

"段哥他们对我很好,外校的环境也好。

"但如果,将来真的……我绝不能再做老师。"

姜忘动作停顿,知道他说的是什么。他沉默下来。

季临秋提这件事原本就有几分试探,听背后的人不再言语了,心蓦地往下坠。

"那不是很好的事情吗?"男人相当高兴,"对啊,你可以辞职,我怎么没想到呢?"

季临秋:"……"

姜忘心情一好,扫地都大开大合跟画泼墨山水似的:"公立学校钱少活多还要天天写报告,我也觉得不行。

"干脆你牵头当校长,我们回头弄全国连锁辅导班得了——还方便我卖书卖卷子,一条龙全套服务。"

男人一拍巴掌:"季临秋,你真是个天才!"

季临秋:"等等,我好像不是这个意思。"

短短两三个小时里,季临秋身份从"穷酸自闭教师"跳到"风流浪子多情人"再跳到"全国金牌辅导班荣誉校长",莫名其妙又顺理成章。

季临秋已经放弃拯救自己的声誉了,只停下动作看姜忘,忍笑道:"你认真的?"

姜忘这个人,好像总是跟其他人不一样。他总是能找到新的出路,不给自己任何伤春悲秋的时间,就好像万事都难不住他。

这里面有种轻飘飘的骄傲自恋,但又很有男人味。

"我的真实身份是奸商。"姜忘琥珀色眸子一眨,声音低沉,"奸商从来不会骗人。"

嗯,转头把我卖了我估计还会给你数钱。

季老师并没有意识到自己早就被某人从正道上拐走很久,竟还有几分狼狈为奸的新鲜。

姜忘一面帮他收拾一楼大厅的桌椅板凳，一面脑子转得飞快。

梦中，如今才在2007年，一些知名的英语培训机构都还只是个雏形。

大城市好歹竞争激烈已经有多方势力吞吃市场，但二三线战线，以及A城这样的地方，大多还是私人小规模教学，不成气候。

他网店开得顺风顺水，足够给自己投天使轮资金，只差一个好的管理系统。

要集中地吸纳优秀教师，打造培训体系，结合《黄金十二卷》那边的独家教材优势连根带叶一气盘活。

姜老板夜里十二点半精神还很足："就这么定了，你这届教完辞职好了，来我公司上班。"

季临秋再度扶额，也不知道该不该夸他。

"先陪我把年过好，急什么。"

男人耍赖："嗓子痛，季老师给我削个梨。"

"削你还差不多，"季临秋习惯性继续焦虑，又被他打断情绪，"明天天一亮，我就是十里八乡的情场浪子，谢谢您哪。"

"不用谢，"姜忘很臭屁地往旁边一瘫，"削一个，挑个甜的！"

最后他还是给削了个，姜忘当场吃得干干净净。

季临秋一回老家就心理压力飙升，颇有种随时要打突击战、伏击战的紧张感。

他很像他的父亲，都有种读过书的自我设限，不可能像姜忘这样破局。

但出于对身边这群亲戚的熟悉，季临秋本能感觉明后天起才真正是过五关斩六将的开始，他不敢放松。

一整夜过去，梦境混乱又疲惫：一会儿是学校里老师开批斗大会，把他架到全校面前训斥羞辱；一会儿是山路间小客车盘旋绕弯，像是随时要飞出去。

惊心动魄的梦连着做了五六个，到最后突然看到姜忘的身影。

"怕什么，忘哥给你做靠山。"

便是如在坠落般的黑暗里，看到一点亮光，也好像什么都不用再管了。

季临秋倏然醒来，条件反射地往身后看去。

他抵着老屋的墙独自睡着，窗外晴光朗照，鸟儿啼啭，已是清晨。季临秋在这种环境里睡眠很浅，半夜走廊里妹妹起夜的脚步声都听得一清二楚。

他知道姜忘没有来，反而怔怔坐在被子边想那个梦。依赖一个人，就好像清河浸沙一般，无声无息又难以剥离。他甚至后悔自己醒得太早。

新的一天也是相当热闹。

后天便是除夕，手机里已经有不少同事提前发短信拜年。

亲戚往来串门也是极多。大量打工人返乡回家，留着媳妇老人忙碌家务，自己跟朋友打牌闲聊。

好在季父有心和儿子笼络感情，很温和地留他们在家里再吃一顿饭。

席间聊到季临秋手腕上的玉坠子。

"我从来不买玉，"季国慎感慨道，"小姜你也看得出来，我们是教师家庭，家里除了书，空空荡荡，电视都是好几年前买的。

"但那一回，我还在西北支教的时候，我爱人着急打电话过来，说临秋突然大病不起，在医院连着挂了好几天的水都没好。

"他那时候正好读高三，正是学习抓紧的时候，突然病了我还赶不回去。

"想来想去心里亏欠，找朋友一块儿去寺里求了块开过光的玉。"

老人做完手术以后身体虚，说几句话要歇一会儿，任由季临秋默不作声地给续了半杯茶。

"我那时候，都不盼着他考得多好了。

"我就希望，临秋平平安安的、健康幸福的，什么事都不要有。"

姜忘看向季临秋腕间的羊脂玉，轻轻点头："我也这样想。"

"巧了，"季国慎没听出他的话外之意，笑起来，"在那块玉求回来以后，临秋很听话地日日戴着。

"还真就再没有生过病，你说灵不灵？"

"灵的，灵的！"季母已经听他讲这个故事八百多遍，一边端菜一边笑道，"难得临秋回来一趟，讲点儿新鲜的！"

季临秋帮着布置碗筷,其间看向姜忘:"今天特意给你做了个豇豆炒肉,一点辣都没有放,快谢谢我妹妹。"

季长夏满脸通红:"这是我应该的,不用谢,不用谢!"

姜忘试图挽救一点面子。

"其实……我能吃微辣。"

"昨天那顿,我特意提前打电话要的微微辣。"季临秋笑得很温和,"你好像不行。"

姜忘:"……"

中午在家里吃,下午晚上照规矩要先去拜访季家排行靠前的长辈,陪他们聊天吃酒。

山路蜿蜒狭窄,路边积雪将消未融,散养的鸡鸭在林间啄啄点点,多走几步还有大黄狗前后跟着,摇着尾巴很亲人。

季长夏在前面引路,压低声音道:"大伯父他们家几个弟兄,喜欢灌酒,你们俩可得小心点儿。"

姜忘来了兴趣:"怎么个灌法?"

"先喝米酒,或者开两瓶城里带的红酒,然后再黄酒、白酒轮着上。"季长夏面露忧色,"上回喝倒了邻村的一亲戚,回家的时候差点儿冻死在路上,他们现在天天当笑话讲。"

季临秋皱起眉:"大过年的,一点道理都不讲。"

姜忘笑眯眯道:"问题不大。"

真到了席间,还没等饭菜上齐,姜老板就被熟脸、生脸团团围住,俨然是新来的大红人。

他说话讨喜,不像季国慎那独苗儿子半天问不出点事来,荤话好话都讲得妙,大伙儿都乐意跟他聊天。

几个宗族里的大兄弟特意搬来好几盒酒,想考考这外乡人的功夫。

总不能被外头的人比下去!

女人们也面露笑意,端菜倒水期间偶尔跟着攀谈几句。

季临秋目光始终落在酒盒上,神色谨慎。

"欸,姜大兄弟,"这家长子季传荣大声道,"等会儿能喝酒的吧?"

他一开口，好些人纷纷附和。

"别说不能喝啊，过敏、吃药的也都别整那套！"

"你们城里人特能找借口，这都要过年了，来喝点，喜庆！"

像是考试正式开始，题目当众扔了过来。

姜忘笑起来："当然能，来，满上。"

人群当即爆发出一阵叫好声。

姜忘年轻时也曾性子剽悍过，二十岁出头那会儿敢对别人狠，对自己更狠。

如果换那时候的自己来，还真可能跟这帮人硬碰硬喝到胃出血，现在二十八岁不一样。心里有了牵挂，什么赢不赢的，不重要。

秉持着养生的平和心态，姜老板笑眯眯地接酒就喝，有人敬也喝，完全不带废话。

季临秋看得心惊，有意拦他，旁边的人话更快："姜老板好样的，跟那些文绉绉的男人就是不一样！"

姜忘像是没听出话外在讽刺谁，只夹菜喝酒，像早就和这帮人混成一伙儿，相当自在。

席间也有好事的人问起季临秋对象情况，没等他开口，昨儿提前过去凑热闹的几个人抢着回答，把姜忘昨儿讲的添油加醋再讲一遍，听得众人喧哗一片。

"季老师艳福不浅啊！"

"没看出来，来来来，哥敬你一杯，你教教哥你是怎么追姑娘的！"

"牛，我要这样我也不结婚，娶老婆等着被管呢？"

正聊着天，姜忘头先是一点一点，脸颊也泛着红。

季传荣看着好笑，又把他面前酒杯满上："这才刚开始，哥们儿就不行了？来，咱再走一个！"

季临秋伸手欲拦，姜忘伸手绕过季临秋的手，跟人家又碰了个杯，当场干完。

喝完就倒桌边，头一歪睡着，再碰他都没反应了。

饭桌上众声骤静，季临秋也急了，伸手探他呼吸。

"别闹。"男人迷迷瞪瞪道，"睡呢。"

全场登时爆发一场哄堂大笑，所有人乐得不行，像是看见擂台上有人第一回合就倒下来。

"这就瘫了啊？别尿啊！"

"听着口音是北方人啊，居然喝一点马上倒？"

"来来来，把他拍醒，咱接着喝！"

季传荣都准备好今晚拼个你死我活了，没想到对手完全是个空壳子，脸上露出骄傲又不屑的神色来。

"我都没开始呢，刚尝着个酒味儿。"

季临秋在混乱里是唯一一个怕姜忘出事的人，不由分说把他扛起来。

旁边难得有看不过去的，也帮着搭了把手，说楼上有客房，先带过去休息，不行开车送医院。

季临秋本以为姜忘会在酒桌怎样一鸣惊人，这会儿也顾不上猜测，把他强扛去二楼。

奇怪的是，姜忘身材精瘦，个子有一米九，扛起来完全不重。

季临秋这边轻飘飘的没感觉，旁边搭手的堂哥闷哼一声："这哥们儿够重的啊，我肩膀要断了。"

此刻刚开席没多久，菜肴上了不到七成，小媳妇儿们都上上下下忙活着，瞧见现在已经倒了个人，都跟着吓一跳。

"今天喝这么狠？"

"欸，是A城来的客人！"

"客人还折腾啊，老三他们太过分了……"

二楼最近的客房就在楼梯拐角，堂哥帮忙把人往床上一撂，招呼一声下楼吃饭去了。

季临秋开了床头灯又怕他觉得晃眼睛，想想关了灯又端杯热水摸黑过来，叹口气准备把姜忘四肢一样一样往床中间搬。

他走近了放下杯子，伸手想探姜忘额头的温度。

"嘘。"姜忘捂住他的嘴，"小点声。"

季临秋压低声音道："你喝醉了，先起来喝点水。"

姜忘没起来，思维很清晰："你先看一眼现在几点？"

手机一开，六点十五。

"六点十五。"姜忘算着时间,"我卡着六点三十五下去,先吃饱然后喝两口继续倒。"

"你还下去?"季临秋已经在生气了,"你信不信你下去他们还敢灌你?"

"要的就是这个。"

姜忘伸手探兜,呀了一声。

"我手机落桌上了,这样,你先把你手机留给我看时间,然后下去吃饭,该笑笑该乐乐,别跟他们摆脸色。"

季临秋隐约猜到他要做什么,点点头答应。

刚往门口走两步,又快速折返,伸手摸姜忘额头。

"真没醉?"

姜忘耍无赖:"醉了,季老师来照顾我。"

季临秋再走出门时,刚好碰见上来查看情况的二婶:"他还行,睡会儿就成。"

二婶噢了一声,拿围裙擦擦手招呼他下去吃饭。

大伙儿其实也有不少人在观察情况,毕竟酒局里真傻的没几个,这会儿都是明白人。亲戚里喝倒几个问题不大,但姜老板怎么也是客人。

季临秋发觉席上许多人都在看自己,扬了个笑道:"他没事,喝醉了睡会儿就行,正说胡话呢。"

季传荣本来还担心季临秋借这事给他难堪破坏气氛,闻声大笑道:"我说吧,来来来,都继续吃!"

既然当事人都说没什么,他更像斗赢的公鸡一般眉飞色舞地吹牛斗酒,席间一片快活。

不过也许是借了姜忘的光,大伙儿知道季临秋不发火已经是给面子了,这回真没有一个人劝他喝酒。

后厨忙碌得不行,又有酱椒鱼头、奶汤蹄筋、炝炒猪头肉等好菜一样样端上来。

山外传来鞭炮的噼里啪啦声,这个山头响过另一片又接着响,牛铃声般此起彼伏,许久没有停歇。

远方山风奔卷,竟衬得屋里有几分荒谬的团圆温馨。

季临秋只当这些是错觉,袖子一偏收好姜忘手机,悄悄看了眼时间。

六点三十二。

又过了几分钟,姜忘竟真的小睡归来,摇摇晃晃走下来不说,气色比方才还要好。

季传荣第一个看见他来,比季临秋反应还要快,热情满面地招呼他过来坐。

"正上了火锅,快过来吃!"

"还行吧?"

"当然,"姜忘精神道,"刚才那一轮不算啊,再喝,再喝!"

人们大笑欢迎,又有好几个人借机损他几句,姜忘听啥都笑,完全不在乎所谓的面子。

"你先吃点儿东西吧,"端菜的女人搭话道,"小心伤着肠胃,传荣、传华,你们别光顾着劝人喝酒,人家是客!"

"欸欸,知道了!"

姜忘还真跟计划里一模一样,不紧不慢喝汤吃菜,半碗饭下来很舒服地打了个嗝。

又有人试探着斟酒,同时还看季临秋脸色。

季临秋记得楼上谈话,这会儿只当没看见。

姜忘来者不拒:"喝!谢谢兄弟!"

"真豪爽啊,"旁边的叔伯比了个大拇哥,"这才像个男人,倒了又怎么样,接着喝,不怕!"

季临秋已经猜到这家伙想干吗了,在旁边忍着笑吃饭。

果不其然,姜忘也不知道是被辣得脸红还是又喝上头,拇指大的小杯子一饮而尽四五杯,头一晃嘟哝几句又睡倒了。

这回大伙儿心里都有数了,特意过去扒拉他。

"别……"姜老板口齿不清道,"困……困。"

完事又昏睡过去,在饭桌上当场关机。大伙儿哈哈哈直乐,季临秋叹口气,当着大家的面探他额头温度,张口说瞎话不打草稿。

"他以前喝醉了也这德行,合着来过个干瘾。"

"那也不能怪他,这说倒就倒,面子是挣不着喽。"季传华得意道,

"还是咱Z乡人能喝,你也学着点!"

季临秋跟另一人扛着他二进宫,帮手一走,姜忘即刻睁眼睛,倍儿清醒。

"现在几点?"

"七点四十五,这是你的手机。"季临秋把手机丢给他,坐在床头若有所思。

这一次没有等姜忘开口,他先报情况。

"我们这边吃宴席差不多晚上九点多收尾,再晚一点,不超过十点半最后一轮喝完,然后各回各家。"

天气冷,都睡得早。

姜忘瞧出他思路很快,歪在床上笑起来:"你还挺上道。"

"你是打算最后一轮再去堵人家是吧?"季临秋若有所思,"我以前果然还是太老实了,玩点小心机挺好。"

"哪里的话。"姜忘略有不满,"我是那种人吗?"

"对了,"他支起身,一边看门外情况一边小声问道,"你姑嫂她们会做醒酒汤吗?"

"会的,但那帮人喝得少,有时候不做。"

"你是小辈,当然要叮嘱她们把醒酒汤做好。"姜忘眸光含锋,已经准备好打场硬仗,"至于我,当然有义务好好关照下长辈们。"

季临秋闷笑一声,道:"坏东西。"

姜忘这一睡就睡到晚上八点五十,其间有人担心他吐了或者呛着了,季临秋都摆摆手,表示随便吐,谁叫他自己爱喝。

"看看,你们看看,"季传华相当满意,"我这弟弟,以前尽喜欢念叨人,一点不合群,这才跟姜老板一块待了多久,通融多了!"

"就是啊,你得合群,别一天到晚绷着一张冷脸,多笑笑!"

"所以你撩小姑娘那个——讲讲呗!"

宴席走到后半程,大部分人已经喝得差不多了,女眷们在另一张桌上一块儿吃着残羹冷炙,虽然都是预留好的饭餐,但忙到这会儿早冷得差不多了,鸡鸭鱼肉也早就被侧桌上的小孩儿们瓜分了个干净,不剩多少。

场上十几个男人,有接近十个都已经醉醺醺地或靠或趴,还剩下传荣、传华两兄弟继续跟人划拳拼酒，但也都是强弩之末。

也就在这时候，满面春风的姜老板再次下楼。

"哟，你们都不等我，这就喝完了？"

好些人醉意已经上来了，这时候大着舌头说话都不囫囵，摆摆手表示喝不动了。

"那哪儿行，"姜老板正色道，"我休息好了，来！"

"你这作弊啊，"季传荣笑骂他道，"我们喝的时候你小子跑去睡觉了，这会儿来逗能？"

"我这一倒头就睡着，不能怪我，"姜忘自干一杯赔罪，咂巴了下嘴道，"好酒，劲儿足！来，兄弟再干一个！"

季传荣笑得有点儿勉强："你来太晚了，我陪半杯行吧？"

这要是刚开席，他能把姜忘拼到桌底下去，可现在后劲全上来了，哪里还喝得动啊。还算清醒的几个人推来推去，都不肯跟姜忘再喝会儿，刚好老嫂子把一大碗醒酒汤端上来。

"好东西啊，"姜忘眼睛睁圆，像是发现什么不得了的稀罕货，"我们A城那边喝这个，六七十元一碗，还没这个多！"

"这有什么，十分钟就做好了，"老妇人不好意思道，"你要是喜欢，我把方子告诉你。"

"您知道吗，您放的这莲子、绿豆啊，最是养胃护肝的好东西，"姜忘当着她面盛了一大碗，又瞧见女人们陆续出来收拾自家醉鬼，声音也扬起几分，"老中医可是讲过，人喝完酒以后，就忌讳空腹睡着，肝脏肠胃全给烧没了！"

"嫂子们帮我个忙，给哥哥们、叔伯们都喂点儿汤，最少也得半碗。"

姜忘身先士卒喝了大半碗，瓷碗一放痛快道："我这人得仗义，酒喝少了更该照顾长辈们，来，我跟您几位帮着喂，千万别伤着他们的身子！"

季临秋捏捏鼻梁，在一旁看戏。醉鬼们本来就意识模糊了，哪里还分得清白开水、五粮液、醒酒汤，喝啥都嘟哝着求饶不喝了，不喝了。

姜忘趁机猛科普一番，还说城里人的养生秘诀都是喝满至少半碗。

好几个人胃里本来就够呛，再强行被灌半碗汤直接当场狂吐。妻子们在旁边看得边心疼边骂人:"天天不长记性,再喝下去身体垮了谁养你!"

"吐了才好,"季临秋忽然开了口,"酒液饭菜积压一晚上,第二天醒来更容易头疼,姜哥这话说得没错。"

姜忘瞅他一眼,后者以目光回了个彼此彼此。

往常大伙儿都是喝完酒就散,哪里还有这种善后环节。

今天姜老板金口一开,醒酒汤炖了也不能浪费,还真就七七八八喂了不少人。

一帮男的拼酒时逞能得很,这会儿全连哭带呛地讨饶。

"不喝了!真不喝了!!别喂了!"

女人接着骂回去:"谁给你喂酒呢,张嘴,赶紧醒酒了回家!"

这一晚直接成为许多人一生的噩梦,第二天醒来满鼻子都是莲子、绿豆混着呕吐物的味儿。

姜老板一战成名,好些人背后猛啐这孙子居然乘人之危下狠手,当面还得绿着脸打招呼,再假模假样道声谢谢。

"不谢不谢,"姜老板一脸慈悲为怀,客客气气道,"我也是希望大家新年安康,尽了一点小小的心意。"

季临秋在一旁笑得直不起腰来。

再睡醒时,窗外又在飘着鹅毛雪。冬日里下雪的时候,室外比室内要静。

天地声响都融进漫山积雪里,时间流速也像是被冻上,睁眼后恍然发呆一会儿又睡去,再醒来也不过去半个小时。

A城下雪时,城市会变得更旧。排水管淅淅沥沥滴着灰黑色的水,街道两侧堆积着泥泞冰碴儿,积雪的落白被狭窄房檐切割吞吃,最后更显得逼狭局促。

姜忘换好衣服下楼时,季母正倚着雕花旋柱看雪。

乡下老房子都是木质建筑,翘角飞檐上立着轮廓模糊的小兽,斗拱年久失修,靠几根长钉子又楔深了些。

陈丹红年纪大了,也穿不惯轻薄的羽绒服,只有被沉甸甸的棉衣压着才感觉暖和。

后厨不休不止地飘着炊烟，女儿繁忙之际到院前透口气，和母亲一块儿望着山的远方。

"糯米圆子都蒸上了。"

陈丹红嗯了一声，把手揣进棉袖里，放松没一会儿又忧心忡忡起来。

"腊月二十九、三十下雪都好，大年初一就别下雪了。"

她像是在嘱咐老天爷，对着无人的冷风絮叨道。

"初一下雪，不吉利，别下。"

季长夏在城市待了太久，早不记得那些农谚，漠然地看了会儿雪，又惦念起孩子会不会贪玩冻着手，返回屋子里打电话去了。

姜忘站在楼梯上目睹全程。

大雪一落，这两个女人才像终于从既定角色里挣脱出来短短一瞬。

他一时间有些困惑，是不是每个人都得经历这么几回，甚至几十年里挣脱来昏睡去，反反复复不断地自我折磨。

季临秋一大早就和父亲出去串门了。

他性子离群喜静，纯粹是听了姜忘来Z乡第一日时说的那句话，还债般问了个次序去一家家拜访。

明日才是除夕，但这种串门纯粹是体现小辈的孝顺恭敬，哪天去区别不大。

季国慎早上在修剪院子里的梅花枝，听他问起这事时人都愣住了，像是领错儿子回家。

季临秋以为他没听清楚。

"您大概说下，我按照规矩该先去看谁，该鞠躬还是磕头，我一家家走个过程。"

总之回来也是为了照顾乡里的父母，他对行礼那套很淡漠，磕了也不觉得折辱。

季国慎不知道儿子怎么突然就想通了，一根犟骨头以前拧都拧不回来，强掰会断个粉碎，还得好生伺候着。

他讪讪道："你回来已经很好了，不用特意去拜年。"

又像感觉心意表达得不够，季国慎特意叫上陈丹红，一齐道："明年啊也不用非要回来，省得人家天天拉你喝酒，扰得你不自在。"

"没事，我们俩跟你妹妹过年也挺好的，"季母也讪笑道，"偶尔记得回来看看我们就行。"

季临秋突然肯回来过年了，他们俩盼望许久的愿望骤然得到满足，以至于两个老人都跟小孩一样，表现得甚至有几分顺从，好讨他开心。

季临秋看见他们这样的神色，突然想起自己教的那些小孩子，有些不自在地快速应了一声，解释道，自己只是出去散步顺路看看老人们。

陈丹红求之不得，露出得到解脱的表情："他爸，你快带他去转转，二爹他们念那么久了，老早叨念着想孩子！"

季父把季临秋带出家门，见他心平气和地跟在自己身后，还有点儿不可思议。

"走啊。"季临秋伸手搭了一把，"您扶着我，小心路滑。"

几家长辈碰到小辈上门问好都显得讶异惊喜，婆婆婶婶笑得嘴都合不拢，连连往季临秋怀里塞糕饼、红包，还把他当十几岁的小孩。

"以前村里就你读书最用功，现在我孙子读小学了，我们也天天跟他说，跟你临秋叔叔学，你临秋叔都上首都读大学了！"

季国慎带着儿子再去见兄弟亲戚，终于证明自己有个靠谱孝顺的儿子，像是肩上几把枷锁应声脱落一样松快，笑容精神不少。

季临秋一上午陪他拜访了七八户人家，每家都觉得眼熟又陌生，往往等着季父吩咐着叫什么，然后大姑爹、二姑奶奶的一路喊过去。

至于姑奶奶到底是姑姑还是奶奶，到最后都没头绪。

谁见了他都眉开眼笑，免不了要说句"你小时候我抱过你好几次""你小时候跟我去河里捉过鱼，还记不记得"。

当然不记得。

季临秋一路笑着搭话，看到那些苍老面容时根本没有对应的记忆画面。

他礼貌推辞所有红包，但很被动地收了好几卷红糖酥饼，跟在父亲身后走走停停，坐一坐又去往下一家，有些动容。

为什么这些陌生人，血缘要隔好几个弯的老人们，要把与他儿时的记忆一直留着？

也许是在深山里停滞太久了。小辈一代一代长大离开，他们仍然在井边田垄外过着日子，互相拉扯又相互限制，最后守着陈旧记忆独自老去。

季临秋忽然又找不到自己的情绪了。

他知道自己离这些长辈亲戚很远，今日也只是短暂一点头，笑着说声新年好。

日后自己回到A城又或者Y市，姑婆叔伯的面容也会在回忆里快速褪色。

他只是好像突然开始懂他们。

女性亲属们看到季临秋大多又怜又爱，老太太们会用皱纹纵横的手轻轻碰他的脸颊，像是不敢相信当年的小婴儿如今都这么大了。

但男性亲属们总要发表几番意见，不吝于给所有人当爹，以及反复当爹。

季国慎在一部分亲戚面前辈分偏低，这种场合也只能赔笑着听，还担心儿子生气。

"听说，你现在同时在谈好几个女朋友？"宗族里话语权最重的四爷爷开了口，抽了口旱烟道，"什么时候考虑结婚？"

"你爸也老了，你得赶紧让他抱个孙子。"

没有等季临秋开口，老人家一晃拐棍，坐直几分又继续道："既然条件好，那完全可以从工作好、家境好的姑娘里挑个能结婚的。"

他想了想，又很慷慨地放宽要求："娶个外国妞也行，给咱村里争脸。"

围坐的亲戚们放声大笑。季临秋面上笑着——应了，心里在想如果是姜忘会怎么打算。

姜忘表面鬼话说得比他还顺溜，能把老头老太太全哄得心花怒放。

转头估计就和平演变，先把爹妈接到省城，介绍些广场舞老太太、练字打牌的老大爷，等朋友圈子培养好了再带着他们慢慢脱离小山村。

半点儿硝烟不要，一句话都不吵。

旁人不觉得季临秋在走神，见他顺从又好说话，几句寒暄下来，还是点回主题。

"临秋啊，"又一个叔父道，"你结婚成家，彩礼能少则少，给你爸妈减轻点儿负担。"

季国慎忙不迭开口解围:"也不用特意缩减,临秋要是遇到喜欢的姑娘,我们还有点儿家底,应该接得住。"

"那随你们,"叔父正色道,"女方嫁妆得按照我们这儿的来,你这种时候不能脸皮薄,不然以后拿什么养孩子,是吧?"

一群爹这儿指点几句,那儿嘱咐两点,时间一晃而过。

再返回家里吃饭时已是中午。

姜忘刚跟彭星望打了个电话,确认小孩儿那边一切都好。

彭星望电话那边乱哄哄的,鞭炮烟花声响个不停。

"哥!新年好!你记得跟季老师也问个好!"

小孩扯着嗓子喊:"我还在放炮,我爸给我买二踢脚了!!"

姜忘啥都听不清楚,拿着电话吼回去:"买——什么——"

"二!踢!脚!"

"玩儿去!"男人也懒得管他,"看着点手!!别把自己给炸了!!"

"好嘞——"

电话一挂,季临秋刚好从西边拐进屋里,手里还捧了一束野山茶花,朵朵皆是碗口大小,灿烂又喜人。

姜忘跑去给他找了个玻璃汽水瓶来,高低不齐的花枝一并放进去再淋点儿清水,很有英式油画那个味儿。

姜老板看着闲情雅致地在帮忙插花,开口很粗暴:"下午我们去找那烂人一趟。"

季临秋还在摆弄枝叶,瞥他一眼又反应过来:"我们主动去?"

"嗯,择日不如撞日,"姜老板捏捏花瓣边缘,"再说了,辞旧迎新,你还想把这点儿破事留到新一年去?"

季临秋一想到又要见到那个人,登时本能地反胃。

"要不算了,"他像在跟自己说,"也不是多大的事。"

"你一想到这事就恶心,就说明这事没过去。"姜忘抬眸看他,"这人叫什么?"

"史豪,四十多岁。"

史豪跟季家有八竿子勉强能打着的关系,因为能喝酒爱吹牛,跟村里的一帮男人关系还算不错。

　　季临秋二十岁出头时和父母去邻家吃饭，刚好和这个人坐一桌，中途跟妹妹换了个位置。

　　结果史豪喝高了手一拍下去猛捏一把，手感不对才惊起看他，惹得满桌人大笑不止。

　　现在再回想一次，还是让人想呕。

　　姜忘听完前后因果，神色凝重道："得去一趟。"

　　"知道他住哪儿吗？"

　　"嗯。"

　　"好办，"男人转身回屋，"等我会儿。"

　　季临秋以为他要回屋拿凶器，喝住："你去拿什么？"

　　"没啥，换身阔绰衣服，再抹个油头、打领带。"

　　"好家伙，"季临秋气笑，"你去跟人家相亲呢？"

　　江湖经验丰富的姜老板眯了眯眼，声音温柔又危险。

　　"等到这混球面前，你什么都别说，安心当个背景板。"

　　史豪并非独居，他还有个年长十几岁的哥哥，已经头发花白了。

　　姜忘过去敲门的时候，史豪只开了个门缝，很警惕地看他："有什么事？"

　　"我姓姜，您应该听说过了，"姜忘笑着递了根烟，"临秋之前好像跟您有点儿误会，咱趁着过年前把话说开呗，省得以后不痛快。"

　　史豪一听那事，脸色发青，但还是把门又打开一些。

　　"我真不是故意的。"他辩解道，"而且多大点儿事，没必要记这么多年吧，咱都是男的，有必要吗？"

　　"没必要。我来的路上都跟临秋说，不过就是个小误会，"姜忘笑得很大方，"来，咱进去坐坐，喝您一杯茶不耽误吧？"

　　史豪先是看了眼季临秋，发觉他好像真是听姜忘的话，才放心开门。

　　"不耽误！"

　　季临秋很尽职尽责地当了三十分钟背景板。

　　严格来说，这桩不愉快他们只开门时聊了几句，后头纯粹是姜老板跟史豪吹牛，从国际局势聊到股票、石油，然后把城里一系列的赚钱买卖都谈了个遍。

一开始史豪还半信半疑，外加有点儿拘谨，聊到后半程完全被姜忘绕了进去，不知不觉就开口大笑称兄道弟，还招呼着哥哥一块儿过来听新鲜。

姜忘这两天发了不少红包，谈吐大方，出手阔绰，人气增长速度极快。

史豪聊得舒坦松快，跟姜老板待久了觉得脸上都生光，竟然还有几分毕恭毕敬。季临秋只觉得自己坐在这里很荒谬。

"既然咱把话说开了，"姜忘一拍大腿，一副很好说话的样子，"还有什么该摊开说的，今儿个也该一并讲完，新年新气象。"

史豪呆了下，扭头看哥哥。

老头儿敲敲拐杖："听姜老板的，做过什么说什么，别以后再跟季家闹不愉快！"

史豪突然被问到这，呆住半天，根本没料到攻势转得这么快。

姜忘对这种二皮脸再熟悉不过，面上一副老好人的样子。

"咱互相要还有什么隐瞒，以后再碰着面，也都尴尬不是？"

史豪心一横，仗着大哥和姜老板都在这儿，站起身给一直沉默的季临秋赔了个不是。

"对、对不起啊，我不该碰你妹妹。"

季临秋瞳孔一竖。

"你说什么？"

史豪没察觉到他的杀气，低着头吞吞吐吐道："她还没结婚那会儿，我老是逗她玩，捏她屁股来着，再过分的也没做了，你信我。"

季临秋骤然间所有的隐忍和怒意全部爆发，声音都透着寒意："你敢动我妹妹？"

姜忘转过身，声音很轻："史大哥，这种混账事，揍一顿不过分吧？"

史家两人俱是一惊，没有等史豪反应过来，季临秋一脚直接踹上去了。

"哐——"史豪刚才的防备心全解除了，现下猝不及防直接被踹到地上，猛号出声，"你！！"

老头晃晃悠悠要站起来,被姜忘按下去,轻描淡写道:"小辈打个架,您就不用掺和了吧。"

"别打了,别打!!痛痛痛——啊!!脸!!"

季临秋以前从未动手打过人,今天眼神都狠了,动作利落干净,又准又有劲。

姜忘慢悠悠在旁边指点:"别踹肚子,容易内脏破裂。

"嗯,这一下肘击给得很稳,肌肉放松。"

途中史豪几次想要站起来或者回击,完全找不到机会。

没挨几下就一脸鼻血:"你——你居然!"

季临秋冷笑一声,狠踹一脚,转头就走。他甚至没有再跟姜忘说话,揍完人立刻转身回家,任由男人一路跟在身后。

山路多石,野草疯长,大片的野夹竹桃斜倚溪流隐去来路。

季临秋踏石穿林径直选了最近的路,像是周身禁锢在此刻都逐一应声解开,不顾院口母亲诧异的招呼,一路冲到柴火灰呛人的后厨。

里头一群姑嫂惊呼起来:"秋秋,你怎么来这儿了?"

"这是厨房,你找谁?饿了?怎么脸色不好?"

"我来接我妹妹。"他伸手握紧季长夏的手腕,把她从无尽的宗族宴食准备里强拽出来,"不要再做饭了,该准备的菜早就够了。"

"欸,临秋,你怎么突然管女人的事!"

"别啊,她还没剁完肉呢!"

季临秋一身凛寒,眸子里锋芒极利。

"现在年夜饭去饭店的人多的是,谁上赶着受苦随便。

"我妹妹季长夏,她不是谁家的下人。"

说完季临秋牵着她便大步上楼,根本不给任何人驳斥的机会。

几个中年妇女还围着锅炉,有点儿茫然又觉得气愤。

"读点书傲成什么样子了,临秋他妈你还不过来管管!"

"还有几条鱼没收拾呢,找他妹妹他反而还不乐意了?"

"就是,吃枪药了吧这么冲,谁欠他的!"

季临秋把季长夏拉进书房里单独问话,门一关就是四十多分钟,也不知道在里面说了什么。

中间季父季母都围过去忧心忡忡地看了好几回,也不敢触儿子突如其来的火气,只好去探姜忘的口风。

"唉,这下又得罪人了。"

"您想哪儿去了。"姜忘笑起来,"年轻人火气旺,谈不拢打个架也就闹着玩,统共也没打掉几颗牙。"

也不过就是得卧床休息半个月,肌肉青紫碰哪儿哪儿疼,活该。

"再说了,"他倚着墙,望着书房道,"临秋这样的,但凡长着眼睛,都会夸一声好。"

"恨他的人不长眼睛,再讨好几回结果都一样。"

季国慎想了想,觉得也有道理,只不安地继续等。

书房门再打开时,姑娘红着眼睛又用力抱了抱哥哥,哽咽着说记住了。

季临秋沉默点头,把她送出来又关上房门,一个人待到晚饭时间才出来。

姜忘先前早放话出去,说自己关系网络灵泛,该认识的人一样不少。

史家也知道理亏,当晚又遣人来送酒赔礼道歉。

被打的那孙子还在床上痛得乱号,听说用了快一整瓶跌打酒。

姜忘也没有主动去找季临秋,跟一帮小孩儿一起看了一下午《还珠格格2》。

他知道季临秋需要理清楚很多事情。

这个人从前过分相信秩序,以至于恪守世俗定义的本分,绝不踏错一步。

如果他没有再度见他,季临秋可能会就这样过一辈子,安分隐忍,身上没有一根刺。

今天这一架打得他手背见血,才像骤然间活明白过来。

等电视里的香妃变成蝴蝶飞走了,季临秋才终于下楼,平静冷淡地和大家一同吃晚饭。

他身上那层温柔亲切的壳已经褪掉了,像是山雾散去,夜雪消融般,整个人都显得轮廓清晰,气场锐利。

季家父母都没有见过他发怒的样子,小心翼翼地给夹了好几块山羊肉、野猪肉，看着他一声不吭地盛汤。

季长夏反而满脸笑容。

"对了，临秋啊，"陈丹红没有吃多少，像是有点儿释然，声音平缓道，"吃完饭，你过来一趟，妈给你看个东西。"

她注意到姜忘，又怕他误会他们有意避着他，笑了笑道："是一件衣服，没什么，明天就是除夕了，要穿新衣服过年，对吧？"

姜忘原本没放在心上，下一刻却筷子没夹住笋干，下意识道："我能跟着看看吗？"

"能，当然可以。"

姜忘脸色变得复杂起来，他们在饭后上了楼，走进老两口的卧室。

陈丹红打开衣柜，慢慢道："以前啊，妈一直把你当小孩，今天看你，才发现你大了，二十多岁，也开始保护妹妹了。"

她的手暗暗有几处冻伤的痕迹。

"妈其实一直有件大衣，老早就做好了，想要给你穿着过年。"

被红布精心包裹的新衣从高处被取下来，仔细地慢慢展开。

"可是你……没有回来。"

一年不回，三年不回，五年不回。

陈丹红笑的时候有点儿自嘲，终于肯在儿子面前半开玩笑地说几句气话。

"我跟你爸讲，国慎，咱儿子要是当作没有我们这两个爸妈，这衣服，等我死了再给他。

"我真的不敢想，我可能要等到那天才能看见你，看见你穿上这件外套。"

姜忘站在他们身侧，看见那件大衣外套被缓缓展开。立领裁剪得很好，纽扣是深灰色，双排扣中腰线，料子混纺羊毛。款式大小，全是按照季临秋的身形定做的。

在现实里，他穿过这件外套十几年，指腹都记得每一处的质地。

此刻它完好无损，以崭新的样子，静静地躺在他们面前。

姜忘不敢去猜为什么现实世界里，当年的季临秋会把这件外套送给他。

那一年的他甚至可能都不知道这是亡母一直在等待他的礼物，又或许出于更难以分辨的情绪，临时把这件外套解下来，送给一个贫苦的学生，再无再见。

他至今记得自己要离开 A 城时，在火车站见到的那个季临秋。

冷清平静，穿着亡母留下的外套独自站在人头攒动的候车厅里，像被遗忘很久的信鸽。没有信，没有去路，也没有可归的巢。

直到看见十五岁的学生，笑容又温暖起来，几年不见，依旧能唤出他的名字。

"姜忘，最近还好吗？"

姜忘望着这件失而复回的外套，目光从领口到袖子一寸一寸掠过。

他重新站在了故事的开始。心口发冷，喉头滚烫。

季临秋没有注意到身后姜忘异常安静，还在随着母亲的动作注视这件新衣服。

先前彭星望围着他们蹦蹦跳跳的时候，他心里还笑小孩儿为这么简单的一件事能高兴成这样。

可这一刻，他竟也有一模一样的快乐。

我也有妈妈送的新衣服了，过年真好啊。

季临秋其实听得出来，妈妈那句气话真能说到做到。

他们家里几个人在外人眼里看着都很好说话，其实性格一个比一个拧。

"你要是早这样该有多好。"他低声道，"以前我一直想问，一定要每次打电话张口就催婚吗？"

陈丹红不太自然地咳了一声，辩解道："你要是三十岁了还不结婚，人家会觉得你不正常啊。"

不正常这个概念，像是小城市和乡村山野里的一场瘟疫，人人避之不及。

季临秋转头看向她，又好气又好笑。

"别人说什么你都听？"

陈丹红被刺了一下，寻求掩护般地举起外套："试试，新衣服好看吗？"

季临秋接过衣服，仍在看着她，心平气和地又问了一句。

"妈，别人把眼睛和手伸进我们家里指指点点，你不觉得恼火吗？"

他没让这个话题继续下去，只展开外套对着镜子试穿，肩线腰身都很合适。

陈丹红怔了好半天，仓促地夸他好看，衣服也衬得气色好。

季临秋捋顺衣摆领口，转身张开手，把老人抱在怀里，又拍了拍她的背，声音低沉平和。

"妈，新年快乐。"

大年三十一到，早上四点多钟就有人在放鞭炮，噼里啪啦像是在炸山。

姜忘昨晚看电视看到凌晨两点多，强行蒙着被子继续睡。

早上六点多开始天光漏过窗帘缝隙，走廊和楼梯渐渐有了声响走动。

姜忘把头埋得更深了点，不管不顾地睡到了九点。

季临秋和妹妹一起贴完春联福字，上楼叫他起床，敲敲门进来看见一团被子。

他哑然失笑，坐在床边用指节敲敲年糕团一样的某人。

"起来了，今天过年。"

年糕团扭动了一下。

"还早，让我再睡会儿。"

话音未落，三四串红挂鞭在对门侧院同时轰鸣作响，架势像要炸破天。

姜忘："……"

他其实已经打算起了，但就喜欢逗季临秋玩，故意把脑袋往里又埋了点。

下一秒被子被掀开一个角，季临秋看着他。

"起不起？"

今日是最喜气洋洋的好日子，按这儿的规矩都要全身洗个遍然后穿新衣吃团年饭。

手打的糍粑蒸出来一股糯米清香，腊鸡、腊鸭油亮喷香，一长条煎鱼嘴里塞着红纸花，不许拨断一根刺。

姜忘举筷子时看见满桌红椒、绿椒、小米椒已经没有任何波澜，大拇指一竖发自内心道："香！"

季临秋随手给他倒了杯白水，他快速接住，眯眼一笑。

由近及远有许多焰火在白日燃放，此刻晴日照天，根本看不见艳紫明蓝的花样，只能听见破空的哨响和爆破声。

姜忘闻声望向窗外，看了几秒道："我好多年没有看到烟花了。"

季国慎听着诧异："A城不让放鞭了？"

"没，"他笑着摇摇头，"以前在别的地方做生意，回不来。"

"临秋，你晚上带姜老板多去看看烟花。"季母先前就听季长夏说了，临秋能回来过年很大程度是姜先生的功劳，心里很感激，"我们照顾不周，也谢谢你不嫌弃。"

"哪里的话，您客气。"

到了晚上，春节联欢晚会播到一半的时候，电视节目就几乎听不清台词了。

村里怕山火泛滥，特意划了几个专门用来放礼花的大空地，季临秋大概打听好位置，举着手电和姜忘另找一个偏僻的高处看，不和其他人挤。

他们背对着轰鸣噼啪声快步向上攀登，已经有十余朵灿烂焰火嘭地一下炸开，尽数在夜空灿烂散开。

高处视野果真清晰，甚至能看见遥远城市里升起的金光银辉。

姜忘穿得少，站着看了会儿觉得寒意蛛网般细密地浸进裤腿里，抽出一包烟给自己点了一根。

季临秋随他看漫天绽放的璀璨，似无意般笑了下："不是戒了吗？"

姜忘侧头："你又知道了。"

"嗯，你这几个月抽得很少，基本都是陪客人时才来一根，点燃了是个意思。"季临秋扬眉道，"怎么想到要戒？"

姜忘没有解释，笑了笑继续看山巅的深夜霓光。

"有点儿冷。"

"我也冷。"季临秋把外套拉紧了些，靠着栏杆看他，"我怕我妈做的那件衣服蹭着刺果树枝了，没舍得穿。"

与此同时，更多的烟火在尖啸着升到最高空，然后砰地同时炸开。他们同时望向天空，冬风打着旋儿自山谷穿过，空气里却弥漫着温暖。

季临秋是姜忘年少时的一束光,是他一度不敢触碰的一个谜。

可此刻他们离得这样近,就好像心脏都紧抵在一起,同样热烈地共鸣着。

姜忘在这之前,从未感觉过他们都在渴望靠近更多。

然后轻轻地,像是害怕任何一个音节错误一样,姜忘轻轻地对他说:"遇见你很幸运。"

季临秋也笑起来,下一瞬又有烟花在他们身侧的高空炸开,让夜幕幻化出无尽的银树霜枝。

他望着他,眸中亦璀璨生光:"我也是。"

两个人不知道在山上待了多久,然后并肩走小径回家。

再回去的时候,路还是来时的路,依旧无人经过,满是乱石、野草、未融的雪,可就是变得宽阔又平坦。

他和他什么话都没有再说,只是一起往家的方向走。

到家以后,姜忘跟客厅里看春晚的几人刚打完招呼,就被季临秋往楼上带。

"欸——都来看小品啊!"季母招呼道,"上去干吗!"

季长夏也开朗很多,叼着大块苹果道:"姜哥!过来吃水果啊!"

"我给他送个礼物,马上下来。"季临秋随意答了一句,"你们先看。"

姜忘被一路领到书房,季临秋从书桌里找到一支油笔,然后把袖子拉开,一直挽到手肘位置。

"来,满足你的愿望。"

男人一时间没反应过来,右手已被他的左手捉住,握着笔在光洁的皮肤上一笔一画。

姜,忘。

他忽然想起他跟季临秋提过,他喜欢在一本书的封面写名字,他渴望拥有这件事。他怔怔几秒。

"原来你是左撇子?"

季临秋长叹一口气:"你才知道?"

"那这个名字被洗掉了怎么办?"姜忘露出小孩儿一样的困扰表情,"都留不了两天。"

但又很快摇摇头。

"不许刺青,你白白净净最好看了。"

"不会被洗掉。"他俯身说,"字会一点点浸进去。

"浸过皮肤,透过骨血,顺着动脉一直流淌到我的心脏旁边。

"你对我的在意有多深,字就镌刻得多深。"

番外

高考记（上）

彭星望高二放假的那天，晴日灿烂，长风欢畅，正是初夏时不热不躁的好日子。

他从初二那年开始猛蹿个子，到了高一时已经同姜忘不分上下。

姜总其实有看在眼里，没有拿手比画，转头还是和季临秋吐槽两句。

"这小子不能再长了，再往上蹿进门都要撞头。"

话一说出口，又有点儿后悔。好像这么说了，便显得自己很是老气，跟即将被后浪拍在沙滩上的那一代没什么区别。

三十多岁，刚好迎着中年危机，人很容易失去年轻时呼风唤雨的感觉。

季临秋看破不说破，在一旁笑得不行。

彭星望逐渐长大的这十年，过得说快不快，但有种风波落幕后的笃定安心。

他们很意外地在他读初中那一年把所有事摊开讲明，小朋友为此恍惚了一段日子，但到底是活力满满的青春期，即便世界观被暴击了，一样能很快缓过来，继续毫无保留地爱所有人，开开心心地叫大哥。

大自己二十岁的自己那一样得喊大哥，这很合理。

高二结束之际，很多学生都逮着机会猛玩，有末日来临前的危机感。

这个暑假一过就得荣升高三，正式进入鲤鱼跳龙门的核心环节。

彭星望提前想过很多次，在放假前就跟两位总裁约好档期，要在那一天请他们吃饭。

地点不能选比萨店或者炸鸡店之类的地方，得正式庄重。

小孩儿挑来挑去，选了个很老派的东方大酒店，还学着大人那样，预先订了包厢，要了五菜一汤一甜品。

姜总和季总并不是从同一个机场回来的。他们现在各自成为房产行业和教育行业的龙头人物，天南海北转个没完，有段时间互相见不着对方太久闹过争执，然后一块儿推了不少应酬公务，分权给下属，宁可长相见。

即便如此，回回见彭星望时好像都难一块儿出现，总是一个先到，一个后来。

高中生坐在商务包厢里喝可乐，等来等去终于听见推门声。

先来的是季临秋。他如今三十多岁，早已洗净从前年轻教师的青涩，做管理层久了，便在外人眼里显得淡漠又贵气，仿佛一直如此。

当然对内，还是在假日里会拉着小孩儿一块儿去学开公交车的可爱二哥，十年一晃并无区别。

他们俩等得凉菜都快吃完了，正叫服务员来续一盘糖拌西红柿，才听见另一人大步流星地前来赴约。

姜忘走起路来一派彪悍粗犷，辨识度一直很高。他正值盛年，较从前更像是猎豹头狼一般，獠牙锋利但略有藏敛，威而不露，很有味道。

"抱歉抱歉，路上堵车。"

彭星望轻咳一声，招呼服务员上菜。

小孩儿其实很少这么正式地谈事情。

季临秋来的路上还同姜忘打过电话，猜他是不是要宣布什么。

如果是带着别的伴儿来，那也许是有了契合的恋人，非常认真地要互相介绍一下。

星望对感情很认真，这种事很符合他的风格。

"当然也可能是打算出国留学，或者想暑假找个兼职什么的，都有可能。"

电话另一头的人沉吟片刻，予以否定："不像。多半是芝麻大点儿的事。"

季临秋："……"

酒桌这边，高中生招呼服务员给他倒了一杯可乐。

姜忘看着他，目光停留很久。

他们虽是同一个人，但成长经历截然不同，以至于最后完全变成了两样。

彭星望自由、营养充分，个子蹿得很快，但骨架完全没有姜忘那般扩展，更多的是少年人的高挑松散，而没有肌肉紧绷感。

同样地，两人吃饭口味渐渐有所分别，更不用说喝酒。

小孩儿果汁从小喝到大，压根就搞不懂成年人烟酒那套。

今天这架势确实……认真。

彭星望强绷神情，站起来举杯。

"我先敬。"

完事强行灌了一大口，用力把玻璃杯放下来，响出砰的一声。

姜忘十指交叉，似笑非笑。

"咳咳咳咳！！"

高中生脸都红了："这什么味儿嘛！"

季临秋以手掩面，哭笑不得："说吧，什么事？"

"你们知道今天是什么日子吗？"

两个人在来的路上皆提前想过，甚至问过秘书自己是不是忘了什么，这会儿一块儿整齐摇头。

"今天！是我结束高二的日子！"

彭星望一手拍桌，豪情万丈："这意味着什么，意味着我不再是高二学生，马上要读高三了！"

姜忘默默嗯了一声。

"亲爱的大哥，亲爱的二哥，我，彭星望，即将迎来人生最重要的挑战——高考！

"我今天请你们过来吃饭，就是为了说，我一定会好好努力、好好备战，不负青春，勇闯未来！"

话音一落，两个哥哥很给面子地啪啪啪啪鼓掌。

彭星望非常满意，举起玻璃杯又喝了一大口，以强调自己有多重视这件事。

"你们不用为我担心,我会尽全力把握机会!"

一顿饭吃得简直像誓师大会,两位哥哥均是充分配合、充分鼓励,吃得差不多了,一块儿开车把他送回去,完事一起回家。

人活到三十多岁差不多全明白了,都知道高考并不是选择未来的唯一窗口。

何况彭星望从小有优良教育资源环绕,小学、初中竞赛拿奖一堆,将来保送好大学也是理所应当的事。

姜忘回家时开着车许久没说话,像是对那种青少年的热血感觉陌生。

季临秋刚才就看出来了,在旁侧解释:"他们的班主任,比较喜欢打鸡血。"

不光是他这个班的老师,基本所有高中的班主任,都得会这一套。

各种励志视频在电脑里塞到内存溢出,把"拼搏""汗水""奋斗"一类的词汇充分燃烧,就差带着所有学生振臂高呼,一起雄赳赳、气昂昂扛旗猛冲。

当然,这样才能完全调动出学生们的战斗热情,再说教也合理。

季临秋留在教育行业这么多年,也受邀参观过好几次誓师大会,理解其中残酷又浪漫的一面。

他解释完,见男人仍在看红绿灯,又觉得自己是不是说得不够妥当。

姜忘只读到了初三。

他那个年代,义务教育也只能供人到初三。

然后就是北上,深一脚浅一脚地在人生路上走了许久。

做房产中介,被客户嘲讽笑骂,在路边价格牌旁问每一个路过的人历史最低价考虑一下。

算是什么都尝试过。

姜忘以前会讲一些个人独闯时的故事,有时候会在喝醉之后,间断停顿着讲几句,然后去阳台抽烟。像是在回顾梦境,觉得一切都不真实。

有时候也会流露几分脆弱,淡笑一声。

"如果我一直读书,还未必能像星望这样考上高中,他确实很厉害了。"

季临秋在副驾驶座上收紧安全带,半晌道:"绿灯了。"

姜忘回过神来，换挡继续往前开。

这顿饭吃完之后，他有好几天都不在状态里。做饭不炒糖色，洗衣服忘了丢袜子，还有次剥橙子到一半走神，等表皮都发干了才撂下，不打算吃了。

季临秋在看电视，顺手接了那颗橙子，继续顺着前面的痕迹往后剥，把湿润酸甜的果瓣塞到他嘴里。

"你要是今天不跟我说，以后都别讲了。"

姜忘嚼着橙子，求饶似的看着季临秋。

后者并不买账，似笑非笑道："说不说？"

"我在想，"姜忘起了个头，又拖延起来，"我在想……"

他很少顾虑什么，便是白手起家的时候，做许多决定也只需要一两秒。

这种果决往往代表一种勇气，愿意承担责任，不惧结果如何。

季临秋凝视着他的眼睛。

便是眼尾生出细纹来了，也像是宝石上泛着光，一直看不厌。

姜忘把尾音拖了很久，终于低了头，声音很小、语速飞快。

"我想考个试。"

季临秋怔了下，很快意识到这个被模糊重点的话关键在哪里。

"高考？"

"嗯。"

一辈子如果没有尝试过这件事，像是少了点儿什么。

他们平时看新闻时也会扫到类似的情况，譬如"五十三岁的大爷第四次高考失败""保洁阿姨成功考取某名牌大学硕士"一类。

人至中年再度博取改变命运的机会，着实励志。但姜忘想去参加高考，在事业家庭都几近完满的前提下，显然是因为遗憾。

姜忘把话说出口，便是基本做好了决定，不会再改。

他坐正许多，接过季临秋手中的橙子，把最后一点边角剥开。

"我想好了。"

季临秋第一时间在想自己该联系哪些老师来帮他补课，以及今年的考纲范围出到哪里，大概时间够还是不够。

他在这方面非常职业,以至于私人感情还暂时没有反应过来。

姜忘还在等对方的反应,此刻给出提示:"你得先鼓励我一下。"

"噢噢。"季临秋拍了拍他的后背,"我陪你,加油。"

姜忘懒洋洋道:"算是地狱难度,对吗?"

"如果你是认真的话,"季临秋道,"距离高考不到三百三十天。"

"等下!不是一年吗?"

"不是哦。"

姜总前面几天的纠结在于"到底要不要从头开始准备考试",还没有落实到高考本身具体的内容广度、深度上。

但一拍板就定了,基本不打算回头。

当天下午,季老板开车带他去公司总部见了一个老朋友,符耳。

符老师当年还是他们俩齐心协力请来的名师,现在奋斗在教育第一线,战果累累,还拒绝了董事会给的管理岗,乐得多教教书。

符老师档期安排得很满,给下一个学生提前安排了四十分钟的阶段考试才回自己办公室。

"姜总,季总,好久不见,"她招呼道,"是总部又想给我调岗位了吗?"

"不是,"季临秋含蓄道,"忘哥他想跟你聊聊高考的事,你们先谈,我出去转转。"

符耳有些蒙,等门关上了还没反应过来。

"你担心星望?"她挥了挥手,表示大可放心,"这小孩的理科思维是我从小看着培养的,再说了,今年他刚拿完建模的奖,直接考虑保送或者特招都可以。"

这方面的话匣子一打开,当老师的很容易刹不住。

姜忘举手打断,温和道:"等一下,人错了。"

符耳又愣了下:"是你有朋友的小孩儿找插班的名额吗?"

"不算。"姜忘说,"我打算明年高考。"

小个子老师终于扬起头来,瞪视般看了半天。

姜忘被她看得有点儿后背发麻,刚想说话缓和下气氛,后者拔腿就走。

姜忘:"……"

符耳直接冲去了别的办公室，几分钟里抱着一摞书快步回来，卸货般成堆放到他面前。

目测得有十几本。

姜忘强笑道："等等……"

后者已经冲了出去，又抱了一摞书回来。

如此往复，直到六科课本及参考资料全部搬完。

"这是保守程度的内容，"符老师皮笑肉不笑道，"您先翻翻，还有教辅留着之后再拿。"

姜总也在努力保持微笑，在她的注视下翻着看了几本，然后开门叫秘书。

"小余，你去叫个人来，把这些书都搬到我后备厢去。"

秘书在门外还没了解情况，云里雾里搬了就是。

符耳让开一条道方便其他人进进出出，看了眼表道："你真考虑好了？"

"我不怕吃苦。"姜总心平气和道，"读书是好事，哪怕考不上，也要尝试一次。"

"行。"符耳点头答应，"你的补课老师我这边可以帮忙安排，英语课是我这边找老师，还是您直接跟季总学？"

姜忘看见季临秋刚好遛弯儿回来，也不避讳，嚣张地喊了一长声："季总！"

"欸。"

"你教不教我学英语？"

"教，"季临秋倚门道，"我当老师很严，你做好心理准备。"

姜忘笑容很灿烂："那怕什么。"

秘书做事很靠谱，特意拿了个旅行箱，把所有书拿绳子打包结实一块儿放进去了。

姜总推着箱子回去时背影很潇洒，大有看破红尘、一心向学的通透。

季临秋跟在后面，吩咐自己助理把这几天无关的会都推了。

两人回家一理，杂七杂八的课本先清理出来一大堆。

补英文不用教材，里面的课文基本不用背，单词表有另外的教辅直接总结三年的全部词汇。

语文书当杂志看看就行，语法、作文、阅读等都需要专题课来从头开垦。

至于数理化那些，不在季临秋的考虑范围内。

季老师一本一本地往旁边搁，姜忘还看得很惆怅。

"这些都不用背吗？"

他本来还做好了通宵奋战的准备，没想到上来就卸走这么多。

"我们先补英语。"季临秋回自己书房随意找了两本，拿出纸笔来，"从音标认读开始，来吧。"

说着便展开一对一入门教学。

姜忘好歹也读到了初三，学得飞快，教完一遍基本都会。

完事他很是骄傲："怎么样，还不错吧？"

季老师虚虚点了点头，拿出一个小册子，低头数了下页数，给他折角。

"从这儿，到这儿，三天内背完，我先去开视频会议。"

"等下……"姜忘还没欣赏够自家老师的上课英姿，"再上一节课嘛，季老师？"

季老师转头看他，说话时清冷又客气："单词都不认识，还想学别的？"

姜忘："……"

想象中其乐融融的上课过程并没持续多久。姜忘一个人被扔在长桌前，惆怅一小会儿自顾自背书去了。背单词这种事，颇有点儿像一个人的长城工程。

从小学积累到大学容易，一口气从零开始难度直接翻了数倍。

姜忘索性在家门口挂了个牌子，上面每天计数距离高考还剩多少天，接着开启全天候的英语单词记忆时间。

不光是桌椅板凳冰箱全部贴上便笺，出门还会拿个小本子念念有词。

同时白天还要去上班。

第三天要去首都开个会，在头等舱还碰见了拿着《纽约时报》的老熟人。

"姜总！哎呀呀，幸会幸会！"

"何董，巧了！"

一方看完股市跌涨，掏出手机关心起期货价格。

另一方也坐下打开 APP，聚精会神地看到快要下飞机。

何董有心看看业内投资高手姜大老板最近在关注什么，下飞机前找了个话题凑过去打哈哈。

距离拉近一看，手机屏幕上三个大字十分醒目——"百词斩"。

何董："……"

另一边，季临秋开完会回家，一推门就看见了满屋满墙的单词纸。

冰箱一张，冰箱贴一张，冰箱把手又一张，冰箱颜色来一张，冰箱材质再一张，像在搞什么行为艺术。

某人管理层做了许久，平时基本都不怎么上课了，今天揣着手转了一圈，忍俊不禁。

写就写吧，一看就是照着抄的时候眼花手滑，还有拼错的地方，像个小学生。

学英语单词就和学入门汉字一样，看着都很有规矩，其实"oo"或"ae"之类的容易弄混，一错就直接错一片。

他随手抄了一根红笔，顺着贴便笺的轨迹一路改过去，对的地方标注名动词用法和句式，错的地方划掉重写一遍。

信手涂改的同时，像是看见了姜忘读初中时的样子。

十四五岁时，估计正值叛逆期，头发都乱糟糟的。

他能透过时光看见那时候的姜忘，被家庭拖累又被生活苛待，但如同野草般顽强地不断寻找着缝隙，从万难里寻出一条道路来。

想到这里，季临秋为之动容，悬着笔迟迟没有落下。

他总是在各个角落里发觉自己有多在意他。

到了晚上，两人打视频电话，照例闲谈几句然后开始报听写。

几百个生词捋过一遍，然后开始做初中难度的阅读题，以及从头恶补语法。

姜总裁在高级套房里挑灯夜战，草稿纸揉烂了好几张，笔记本写得很潦草。

季临秋表面看着是沉稳不迫的老师状态，其实也在悄悄观察他。

白天出差谈生意开会时的西装都还没有脱下来，发型胡楂无一不像个成熟的商务精英。

苦思冥想的时候，又是个很认真的学生。

他看着忍不住笑。

姜忘以为是自己太久没有接话，迟疑道："所以'clever'的比较级，应该是'more clever'，对吗？"

季临秋摇摇头，清晰道："是 cleverer。"

姜总点点头，顺着往下记，看着这词像个毛毛虫，薄怒抱怨："这都行，这英语还讲不讲道理。"

几番来去，竟然还真是让他办成了。

即便如今姜忘已经是商界新星，高度执行力和自律能力不容小觑。

说一天背多少单词、做多少题，便雷打不动地严格执行，从来保质保量，只多不少。

他三十多岁准备去高考这件事，几个秘书都知道，但都以为只是一时兴起或者是怀念青春。

直到看着他在开会间隙还在算数学题，下属们才真正露出骇然的表情。

我去，老板这是要上天啊。

明年考不上先不用说，万一真考上了，按照姜总的嚣张性格，岂不是还要全公司做营销活动！

"热烈祝贺我司姜总以×××高分考入211名牌大学！新房源二手房统统特惠折扣不要错过！"

姜忘性格嚣张不是什么秘密，身边负责各层事务的秘书基本都是名校高才生，白天要跟着飞来飞去，晚上冷不丁会接到老板的微信红包以及电话。

"这道题我不会，辛苦讲讲。"

秘书也是快哭了。

大哥，我大学毕业都几年了，现在连配平都忘得干干净净，你就不能学文科吗？

这么大的红包我好想拿，可恶！你不会做我也不会做啊！

336

后来某人乱发红包这事不知怎的传到季总那里，后者及时派了个全勤小分队予以解围。

"给你的秘书们留条活路吧，半夜问函数题小心人家做噩梦。"

姜总见好就收，乖乖加入讨论组。

"我这不是充分利用身边高端资源……"

他渐渐开了窍，基础单词许多忘掉了也成功记起来，紧接着初中过渡到高中，吃早餐时一边听房产财报，一边听英语广播电台练听力。

先前那些学会的小单词已经被爽快撕掉，痕迹还没消退，又立刻被换上了新的，只是不再与家具颜色、是方是圆有关。

季临秋端了热牛奶，正观望着早会里有多少人隔着视频会议被全神贯注的老板唬到，门口突然响起了敲门声。

"大哥、二哥！妈新做了卤鸡和酱牛肉，我给你们送来！"

视频里有下属在提问，姜忘指指门，季临秋会意去开。

两人在门打开的一瞬间猛然反应过来一件事，同时看向对方。

等等！这满屋的单词纸还没收拾！

要暴露了！！

姜忘对谁都猛，但在彭星望面前还是有几分收着，有几分当大哥的自尊心。

他虽然会踏实努力，但并不确定自己是不是真能考上，甚至想把这事拖到高考之后再告诉小孩儿。

哪想到小朋友这么快就来了。

彭星望一手拎着食盒，一手抱着花，每次看大哥、二哥都是两百分的爱意。

然而季临秋推开门时有点儿迟疑，微笑不够自然："那个，咱们要不今天一起出去玩？"

"都行啊，我先进去把东西放好？"

"等等，"季临秋只露了个头，伸手帮着接了东西，"你大哥——在换衣服。"

彭星望很茫然："他难道在客厅换裤衩？"

姜忘这边关了麦克风，喟然道："算了，你放他进来。"

季临秋回头看了看客厅电视上都贴着的单词纸，缓缓打开了门。

彭星望还以为他们是背着自己养猫养狗了，一走进去，才再次呆住。

"啊——"

季临秋刚要开口，姜总已经别别扭扭在狡辩了："你临秋哥打算出国。"

后者最终点头承认："嗯，是我想出国，在重新准备。"

这话骗谁都好使，唯独彭星望不行。

小朋友先换好鞋去把食盒放厨房里，帮着季临秋把大朵向日葵插在瓶里，其间已经看完一圈墙上门前的单词纸。

全是高中词汇，有几个单元的他还复习过。

姜忘在他进屋前就把英语听力关了，还故作高深地打开股市图，看了十分钟没动下鼠标。

季临秋夹在这两人中间努力不笑场，仍是能感受到空气里逐渐加深的沉默。

小朋友走到总裁旁边，给他倒了杯水，眼睛红红的。

姜忘假装没看见。

彭星望坚持戳在那里。

姜忘："你影响我看股票了。"

"大哥，你打算跟我同期高考对不对？"彭星望双手抓住他的手，眼泪汪汪，"我有天做梦就见到我们一起进考场，没想到成真了！"

"大哥你好好哦，我好爱你！"

姜忘面无表情："这和你爱我是怎么扯上的？"

彭星望已经当他是默认了，抱住人猛蹭。

"爱你爱你爱你！你一定可以的，你最厉害，最最最厉害了！"

怎么也是快高三的小孩了，说话还是这个调调。

然而姜忘很受用，这会儿虽然还有点儿害臊，但还是起身给人家展示目前自己的学习进度。

譬如挥毫狼草的听课笔记本，目前分数渐进的数学卷子，以及被勾掉很多格子的六科进度表。

完事他说话也像高中生起来："给你看归看，但你不许告诉妈。"

彭星望看得直点头:"好好好。"

转天就说漏了嘴。

杜文娟听着吃惊,但很快过来送天麻炖鸡汤,特意陪着他一起喝了一碗。

"这是补脑子的,虽然味道怪了点儿,但对身体很好。"

"还可以吗?要不要再来一碗?"

她哪怕没说出来,姜忘都知道是那小子又漏风了。

三十多岁的人了,哪怕如今看起来和母亲是同龄人,闷头喝汤的样子也很青涩。

"还可以,谢谢姐。"

两人原本没说话,也不用提高考的那些事,像只是单纯聚聚,喝个汤罢了。

姜忘喝了几口,反而不再看她,闷闷开口。

"你会不会觉得,我有点儿异想天开……之类的。"

他基础太差了,虽然以前读过书,但那也是很多年前的事。

想要在一年里把这些都补上,哪怕有足够的教育资源随时辅导着,各个公司还有董事会里的一堆事也不可能全都抛下,要在两难里找到平衡。

他似乎在谁面前都很有勇气,可坐在妈妈身边的时候,又能感受到自己的忐忑与小心翼翼。

杜文娟没说话,把自己做的石锅饭递过去,撑着下巴看他吃。

半晌才笑起来,压低声音告诉他自己的秘密。

"我今年通过中级审计师的考试了。"

姜忘怔了下,一时间有点儿错乱,仓促道:"好,你考得好快,我是说,你很厉害,很了不起。"

"哪里,也是之前想着试试看,报了个班上了好久。"杜文娟笑得很开朗,全然没有当年疲惫懦弱的样子,"我可以,你肯定也行,谁不是一边上班一边有点理想。"

她拍了拍他的肩,很是赞赏。

"想做什么就坦坦荡荡去做,你一直是这样。"

男人轻嗯一声,闷头喝汤。

如果是十七岁的彭星望,这会儿已经在呜呜呜着说妈妈你真好了。

他内心也差不多。

豪言壮语虽然放出去,现实仍是有许多阻力。姜忘身兼数职,作为几家公司的老大总要四处应酬,想找到完整时间去学不大可能。

他在商务车上学一点儿,吃饭前学一点儿,零零碎碎地凑起来,并不如预料的那样势如破竹。

有时候自己脾气上来,不想靠谁教,单纯靠自己去解开一道题,可能一两个小时过去,答案永远不对。

这种事总会被其他同龄人看见,三四十岁甚至五六十岁的生意伙伴总会露出目瞪口呆的表情,紧接着努力忍笑,好像他选择了很不靠谱的业余爱好。

诚然,事业有成的青年中年,高端的会去打高尔夫、潜水跳伞,低端的则是成日在酒色里泡着,没听说谁业余想考个 211 出来。

"小姜啊,你一看就是那种争强好胜的性子,我年轻的时候也跟你一样。"

启强纸业的徐总刚跟他谈完一笔项目,煞有介事道:"你别看现在小孩儿们削尖了脑袋考这个考那个,现在啊——大学生哪有那么吃香!

"当然了,教小孩肯定都会鼓励鼓励,你说咱们都是当老总的,私下还不清楚情况?大学生早就不是香饽饽了,老子就读到小学四年级,不还是当他们的头儿了?"

姜忘翻了一页单词本,语气平和地说了句您说的是,然后继续背单词。

徐总脸上有点儿挂不住:"……"

旁边秘书早就碰到过这种局面好多次,立刻解围道:"车马上到了,准点送您到天海机场。"

"好。"姜总把小单词本揣回西装口袋里,笑了笑,客气道,"我还要赶下一场,回见。"

男人确实把面子这种东西丢到很远了。

只做想做的事,过想过的日子,别人怎么议论关他什么事。

季临秋常驻 W 城,对彭星望的事关心更多一些。

他消息灵通，早早帮小孩留意了好几个自主招生的通道。

虽然大部分人家是高考结束、分数公布之后才开始琢磨专业的挑选，但不少好专业有前置要求，早点儿留个心眼不会有错。

他们对彭星望的任何异想天开都给予充分鼓励，如果这小朋友突然说要去读艺术，家里也只会开个会充分确认他想好了没有，然后立刻去找最适合的老师帮忙准备艺考。

恰好，符耳有个朋友是大学招生办的，很乐意带他们逛逛W城大学，以及随意聊聊。

姜忘特意推了两个应酬，同一天和彭星望过去看樱花、逛大学，感受二十岁特有的、朝气蓬勃的书香氛围。

他们最后不一定会选择这所学校，但直到踏入这所学校的那一刻，许多缥缈虚无的概念才突然生动真实起来。

招生办的朋友把往年的各个手册都拿了出来，连带其他几个大学的宣传册也捎了一份。

季临秋同符耳一起坐在旁边悠闲喝茶，观察一大一小两个人的反应。

他选择师范，有很大原因和父亲有关。

姜忘和彭星望虽然是不同维度的两个人，但专业选择上，会不会恰好碰到一起去了？

他这个念头还没想完，少年已经抬头提问了："请问——海洋生物怎么样？"

招生办的老师还在琢磨着怎么把这个优秀的奥赛省级金奖招过来，闻声有点儿惊讶，先没有回答他的问题，而是看向符耳和季临秋。

眼神传达出典型的"你们要不要劝劝他？"

季临秋摇摇头，示意她如实回答就可以。

"是很有趣的专业，不过……不一定好就业。"

"你一定很喜欢海洋馆之类的吧？但是这门专业不一定都会跟动物接触，有很多学术范围的研究和实验。"

姜忘在旁边翻着书，过了许久才插话道："学医怎么样？"

他最初的人生选择是北上打拼，现在在梦境中重来，专业可以自由另选，但一时间好难想象自己会有另一个身份。

他曾是学生姜忘，房产中介姜忘，书店店长姜忘。

未来，会不会也有一种可能，去成为姜医生、姜律师、姜建筑师？

招生办的老师很少遇到这样的咨询者，一面客气地介绍了几句，一面笑容委婉地予以劝诫："您工作比较忙的话，不太建议学这个……"

符耳不紧不慢道："记得我上次给了您多少书吧？"

"记得？"

"数量乘五，全部背下来，然后再读九年，你就可以当医生了。"

姜忘拱手告辞："是我异想天开了。"

当天逛完大学，大伙儿回到杜文娟那儿喝藕汤吃煎包，席间谈到目前暂定的结果。

"我想去读海洋学！"

"我想读个兽医。"

杜文娟笑容僵了几秒，扭头看向季临秋。

后者耸耸肩："听着也不错。"

二十年后风云变幻，现在吃香的行业未来也许在某一个命运的交叉口就突然陨落了。

与其去追逐别人口中的风潮热门，聆听自己的本心也很好。

意料之外的是，彭星望最后放弃了特招，决定自己考到哪儿是哪儿。

他原本手里有好几张底牌，甚至有大学早早发来本硕连读的邀请函。

"早早透露结局就不好玩了，不是吗？"

杜文娟心有不舍，但还是答应了，只是反复摩挲了很久少年毛茸茸的脑袋。

又是担心，又为他感到开心。

图书在版编目（CIP）数据

炽夏临秋 / 青律著 . —广州：广东旅游出版社，2023.9
ISBN 978-7-5570-3063-6

Ⅰ．①炽… Ⅱ．①青… Ⅲ．①长篇小说 – 中国 – 当代 Ⅳ．① I247.5

中国国家版本馆 CIP 数据核字 (2023) 第 100812 号

炽夏临秋

CHI XIA LIN QIU

出 版 人：刘志松
责任编辑：陈　吉
责任技编：冼志良
责任校对：李瑞苑

广东旅游出版社出版发行
地址：广州市荔湾区沙面北街 71 号首、二层
邮编：510130
电话：020-87347732（总编室）　020-87348887（销售热线）
投稿邮箱：2026542779@qq.com
印刷：河北鹏润印刷有限公司
（地址：河北省沧州市肃宁县工业聚集区）
开本：880 毫米 ×1230 毫米　1/32
字数：328 千
印张：11
版次：2023 年 9 月第 1 版
印次：2023 年 9 月第 1 次印刷
定价：49.80 元

【版权所有 侵权必究】

如发现图书质量问题，可联系调换。质量投诉电话：010-82069336